Ulla B.

Liebe, Drugs

Bisher von Ulla B. Müller erschienen:

Der Rollenkavalier
Mobbic Walking
Ein Landhaus zum Verlieben Teil 1
Ein Landhaus zum Verlieben Teil 2
Lieb gewonnen
Er liebt uns, er liebt uns nicht

Die Autorin

Ulla B. Müller schreibt moderne Liebesgeschichten, die auch die unangenehmen Dinge im Berufs- und Privatleben nicht auslassen. Bewegung ist für sie als ehemalige Physiotherapeutin ein wichtiges Thema. Deshalb haben viele ihrer Romane mit Fitness, aktuellen Trends und Lifestyle-Dingen zu tun. Ganz besonders liebt sie Romanhelden, die streiten und verzeihen können, die manchmal schwierig sind und ihr Herz dennoch am rechten Fleck haben.
Das Schreiben begleitete Ulla B. Müller schon immer. Erst waren es amüsante Kurzgeschichten, mit denen sie erfolgreich an Wettbewerben teilnahm, dann folgte ihr erster Roman für Leserinnen, die gern etwas mit Herz und Humor lesen. Mit dem sportlichen Liebesroman »Mobbic Walking« ist ihr spontan der Sprung in die Amazon-Bestsellerlisten gelungen.
Mit ihrem Mann lebt sie zwischen Köln und Düsseldorf, einen Steinwurf vom wunderschönen Rhein entfernt.

Weitere Informationen:
http://ullabmueller.de
http://facebook.com/ullabmueller

Ulla B. Müller

Liebe, Drugs und Neopren

Roman

Bibliografische Information der Deutschen Nationalbibliothek:
Die Deutsche Nationalbibliothek verzeichnet diese Publikation in der Deutschen Nationalbibliografie; detaillierte bibliografische Daten sind im Internet über http://dnb.dnb.de abrufbar.

© 2017 Ulla B. Müller

Dieses Buch erschien bereits unter dem Titel »Nett Working«.

Lektorat: Barbara Frank
Satz, Layout und Coverlayout: Dr. Werner Müller
Coverelemente: Rolau Elena, Tomasz Trojanowski, GG Studios Austria/Shutterstock.com
Herstellung und Verlag: BoD – Books on Demand, Norderstedt

ISBN: 978-3-7519-7660-2

Kapitel 1

Wow! Unglaublich! Louisa bekam eine Gänsehaut. Noch nie hatte sie so ein riesiges Exemplar gesehen. Diese Länge! Diese elementare Kraft, die die Muskeln unter seiner samtigen Hülle vermuten ließen! Einfach atemberaubend!

Am liebsten hätte sie den Arm ausgestreckt, um es zu berühren. Doch bevor sie diesen Schritt wagen konnte, musste sie wissen, wie Jacques dazu stand. Sie drehte den Kopf zu ihm und zeigte mit einem fragenden Nicken auf den Giganten.

Der hagere Taucher wusste, dass sie sich nichts sehnlicher wünschte, als dieses Wunderwerk der Schöpfung zu berühren. Zu ihrem Erstaunen gab er ihr ein klares Stoppzeichen. Danach bewegte er die Hand waagerecht auf und ab. Im gleichen Atemzug deutete er auf Pierre, den Kameramann, der sich vorsichtig rückwärtsbewegte. Louisa hatte verstanden. Sie reduzierte die Schwimmbewegungen ihrer Arme und Beine auf ein Minimum.

Jacques Cousteau, die beiden Männer der Calypso und sie konnten ihr Glück kaum fassen. Sie waren in diesem Augenblick so dicht an dem riesigen Walhai, dass es viel zu riskant gewesen wäre, ihn durch eine Berührung zu erschrecken. Mit einem Schlag seiner riesigen Antriebsflosse hätte er die Taucher in Lebensgefahr gebracht.

Zu schwebenden Neoprenpuppen erstarrt verfolgte die Gruppe das langsame Weiterziehen des imposanten Tieres. Als es hinter einem Makrelenschwarm verschwunden war, deutete Louisa dem Leiter der Expedition per Handzeichen an, wie fasziniert sie von dem Ereignis war. Jacques nickte ihr verständnisvoll zu. Im nächsten Moment wies er in die Richtung, in die der Tauchgang fortgesetzt werden sollte.

Von gleichmäßigen Flossenschlägen angetrieben glitt Louisa hinter den anderen durch das warme Wasser des Riffs. Ruhig und monoton atmete sie durch die Maske ein und aus. Das sanfte Blubbern der Luftblasen, die aus dem Mundstück ihres Atemgeräts zur Wasseroberfläche perlten, wirkte beruhigend, fast hypnotisch. Sonnenstrahlen fielen durch das kristallklare Wasser und ließen den Sandboden zwischen den Korallenbänken und den umherquirlenden Fischen hell und überdeutlich aufleuchten. Wie in Trance sog Louisa die phantastischen Farben und Formen dieser Wunderwelt in sich auf. Herrlich, diese Schwerelosigkeit! Wie ein winziges, unbedeutendes Etwas schwebte sie in der unfassbaren Weite des Ozeans dahin.

Mit einem Mal hielt sie in der Abwärtsbewegung inne und betrachtete fasziniert einen Schwarm weiß gebänderter Clownfische, die im wogenden Wasser eine Seeanemone umschwirrten. Als sie über die Riffkante hinwegschwamm, tat sich ein Abgrund auf, der so tief war, dass sie den Boden nur schemenhaft erkennen konnte. Finster war es dort unten, aber Angst hatte sie keine. Mit geschmeidigen Beinschlägen paddelte sie gemeinsam mit den anderen tiefer und tiefer, die Arme dicht an den Körper gelegt.

Da! Was war das? Aus weiter Ferne drang ein dumpfes Alarmsignal an ihre Ohren. Beunruhigt stoppte Louisa ihre Beinbewegungen und lauschte. Kam das Geräusch etwa von ihrem Atemgerät? Mit einem Mal hatte sie das Gefühl, nicht mehr tief genug durchatmen zu können. Panik breitete sich in ihr aus. Während sie immer angestrengter nach Luft rang, versuchte sie die Quelle des Geräuschs auszumachen, das nun grässlich laut und ganz dicht an ihrem Kopf losschrillte. Mein Gott, sie bekam nicht genug Sauerstoff! Für ein zügiges Auftauchen war sie bereits viel zu tief. Gleich würde sie ohnmächtig werden und leblos in die Tiefe sinken. Am liebsten hätte sie um Hilfe geschrien, aber mit einer Tauchermaske auf dem Gesicht? Und wo war plötzlich der Rest der Gruppe?

Beim nächsten Losschrillen des Alarms riss Louisa die Augen auf. Für eine Sekunde starrte sie schwer atmend ins Schwarze. Dann begann sie so wild mit Armen und Beinen zu rudern, dass ihre ... Bettdecke im hohen Bogen auf den Boden segelte. Sie war gerettet! Befreit aufatmend starrte sie erst zur Zimmerdecke, dann auf den Wecker, der statt der Alarmintervalle nun einen nervigen Dauerton von sich gab. Warum mussten ihre schönsten Träume nur immer so ernüchternd enden? Kein sanftes Auftauchen, kein Boot, das an der vereinbarten Stelle auf sie wartete und kein Froschmann, der sie zärtlich in seine starken Arme schloss!

Kaum hatte sie den Wecker zum Schweigen gebracht, fuhr ihr der nächste Schreck in die Glieder. Es war bereits kurz vor halb acht. Ganze zweiunddreißig Minuten blieben ihr, um sich frisch zu machen, adrett anzuziehen, fünf Kilometer durch den dichtesten Berufsverkehr der Innenstadt zu preschen und die hundert Meter vom Parkplatz bis zu ihrem neuen Arbeitsplatz in Rekordzeit zurückzulegen. Und das nicht, wie vor kurzem noch, in bequemen weißen Jeans, Klinik-Kasack und Reformhaus-Sandaletten, sondern im schicken, engen Rock mit Bluse und Pumps. In ihrem alten Job in der Privatklinik am Schloss wäre es kein Problem gewesen, ein paar Minuten zu spät zu kommen. Da hatte man morgens eine halbe Stunde Gleitzeit zur Verfügung. Doch seit genau zwei Tagen war sie keine unterbezahlte, teilzeitbeschäftigte medizinisch-technische Assistentin mehr, sondern eine vollzeitbeschäftigte Schnittstelle. So jedenfalls hatte ihr Frederic Marlow die Stelle beim Einstellungsgespräch beschrieben. Dabei vertraute er ihr auch seine Erleichterung an, als er beim Durchsehen der unzähligen Bewerbungen auf sie gestoßen war. Auf ihren erstaunten Blick hin hatte er versichert, dass nur sie die passenden Fähigkeiten mitbrächte.

»Ihre Aufgabe, Frau Paulus, ist es ab jetzt, unser Labor und die Produktion informationstechnisch mit der Unternehmensleitung, also mit mir, zu verbinden. Der heiße Draht sozusagen.« Für die ungewollte Zweideutigkeit seiner letzten Worte entschuldigte er sich sofort: »Bitte, nicht falsch verstehen!«

Während sich Louisa von einer roten Ampel zur nächsten vorarbeitete, dachte sie abermals über den seltsamen Verlauf des Einstellungsgesprächs nach, und wieder wurde ihr ganz flau im Magen. Nicht, weil ihr neuer Vorgesetzter so attraktiv und zuvorkommend war. Es lag eher an ihrer leichten Verunsicherung, die ihn dazu veranlasst hatte, ihr Mut zu machen.

»Machen Sie sich keine Sorgen, Frau Paulus«, hatte er ihr zugeraunt. »Das kriegen wir schon hin.« Das väterliche Wir in seinem verbalen Rettungspaket hatte dann langsam ihre Schreckstarre gelöst.

»Verwaltungsarbeit ist zwar absolutes Neuland für mich, aber ich versichere Ihnen, dass ich mich schnell und gewissenhaft einarbeiten werde«, hatte sie mit geröteten Wangen bekundet. So eine Chance bekam man schließlich nur einmal! Auf keinen Fall durfte sie den Eindruck erwecken, sie könnte mit ihrer zukünftigen Arbeit überfordert sein.

»Ich werde Ihnen die anfallenden Aufgaben bis ins Detail erklären. Außerdem können Sie jeder Zeit Herrn Dr. Urdenbach, unseren Laborleiter, fragen, wenn Ihnen etwas unklar ist. Und dann warten wir einfach mal ab, wie Sie zurechtkommen.«

»Danke. Das ist wirklich sehr nett von Ihnen«, war Louisas betretene Antwort gewesen. Bei dem Wort zurechtkommen hatte sie sofort das große, unausgesprochene Fragezeichen in seinem Blick gesehen. Schon klar, ein geschmeidiger Einstieg sah anders aus!

Umso erstaunter war sie über Marlows wohlwollendes Nicken gewesen, bei dem er einen Zipfel seines Oberlippenbarts mit den Fingern zwirbelte.

Für längeres Haar in männlichen Gesichtern hatte Louisa eigentlich nicht viel übrig. Dennoch musste sie zugeben, dass der extravagante Schnäuzer dem stämmigen Mann guttat. Er gab ihm etwas Nobles und lenkte von den kindlich kleinen Ohren ab. Sein akkurater Kurzhaarschnitt wirkte dagegen so einfallslos wie der eines Bundeswehrrekruten. Louisa schätzte ihren neuen Chef auf Ende dreißig. Mit dem hellen Seidentuch in der Brusttasche seines Anzugs hätte er gut in ihrer Lieblingsfernsehserie mitwirken können. Die männlichen Hauptdarsteller spielten darin überwiegend reiche, gutaussehende Aristokraten. Als Regisseurin hätte sie ihm allerdings die Rolle des intriganten Gegenspielers verpasst. Aus welchem Grund, konnte sie gar nicht genau sagen. Wahrscheinlich hatte es mit weiblicher Intuition zu tun, dass sie gleich bei der ersten Begegnung nach dem Haar in der Suppe suchte. Vielleicht lag es auch daran, dass ihr Frederic Marlow einfach einen Deut zu nett und zu hilfsbereit war.

Vor zehn Jahren, als sie gerade mit ihrer Ausbildung fertig war, hätte sie einen Vorgesetzten wie ihn vermutlich vergöttert oder sich gar in ihn verliebt. Doch während ihrer Berufsjahre in unterschiedlichen Kliniklaboren hatte sie gelernt, bei auffallend netten Männern in diesen Positionen Vorsicht walten zu lassen. Nicht ganz unschuldig waren natürlich auch die beiden gescheiterten Beziehungen, die ihre Einstellung zum anderen Geschlecht Mal zu Mal verändert hatten. Auch wenn sie durch die Streitereien, Enttäuschungen und Eiszeiten auf bittere Weise gereift war, dachte sie mit Wehmut an die Zeiten der Zweisamkeit zurück. Lediglich ihrer letzten Beziehung trauerte sie absolut nicht nach. Raimund, der smarte Assistenzarzt in der Klinik, in der sie bis vor kurzem noch beschäftigt war, hatte sich am Ende als menschlicher Blindgänger entpuppt. Nie hätte sie gedacht, dass dieser Mann, dem sie sich so nahe gefühlt hatte, so dreist sein konnte, gleich zwei andere Beziehungen parallel zu führen, und das über Monate. Okay, das ernüchternde Thema war abgehakt! Lehrgeld musste halt jeder mal zahlen, und welche Frau kam bis zum zweiunddreißigsten Geburtstag schon ohne Schrammen auf der Seele davon?

Als sie endlich den Firmenparkplatz erreicht hatte und aus ihrem Wagen ausstieg, vibrierte das Handy in ihrer Tasche. Louisa fischte es während des Gehens heraus und las die seltsame Nachricht ihrer Freundin.

Ich hab schon dreitausend, und du?

Erst hatte sie keinen Schimmer, was Betty ihr damit sagen wollte. Dann rollte sie lächelnd mit den Augen. Für eine präzise Antwort brauchte sie nur auf das nagelneue Fitnessarmband an ihrem linken Handgelenk zu schauen. Beim Ablesen der Zahl, die ihr auf dem schmalen Display entgegenleuchtete, weiteten sich ungläubig ihre Augen. Sie war niedriger als das Alter ihrer Großmutter.

Okay, okay! Als Betty ihr am vergangenen Wochenende das schlichte dunkelblaue Armband zum Geburtstag überreicht hatte, war sie noch völlig überzeugt gewesen, dass sie in ihrem neuen Bürojob keine Mühe haben würde, die empfohlenen achttausend Schritte am Tag zu schaffen.

»Das ist der Mindestwert, um fitter und vor allem leichter zu werden«, hatte ihre Freundin wie die Moderatorin einer Gesundheitssendung im Fernsehen erklärt. Der Wink mit dem Zaunpfahl war Louisa erst bitter aufgestoßen. Es war schließlich ihr Geburtstag. Einen Augenblick später hatte sie ihrer sportbegeisterten Freundin jedoch ergeben zugenickt. Der fleischfarbene Schwimmring, der sich bei ihr nach der Trennung von Raimund klammheimlich in Taillenhöhe gebildet hatte, musste bis zum Beginn der Badesaison unbedingt verschwinden. Eigentlich noch eher, wenn Louisa an die Verwirklichung ihres Traumziels dachte.

Aber selbst für hundert Schritte mehr hätte sie an diesem Morgen zwanzig Mal vom Badezimmer zum Balkon rennen müssen. Und auch die vier Treppen à fünfzehn Stufen und die acht Meter bis zum Straßenrand, an dem ihr Wagen stand, hätten es nicht gebracht. »Dadurch wäre nicht der Kohl fett geworden, sondern du selbst«, meckerte sie vor sich hin und beäugte widerwillig die kleine Rolle über ihrem Rockbund. Kurz vor dem Firmeneingang tippte sie ihre Antwort ein.

Bin leider erst bei neunzig. Aber bei unserem Walking-Treff heute Abend schaffe ich meinen ersten Achttausender. Garantiert!

Sorry! Wollte dich nur ein bisschen schocken, kam es prompt zurück. *Bin schon seit fünf auf den Beinen. Mit Frühdienst knacke ich heute locker die zehntausend!*

»Als Krankenpflegerin ist das ja auch keine Kunst«, schnaubte Louisa verächtlich vor sich hin, während sie auf der Treppe zum Direktionstrakt gleich zwei Stufen auf einmal nahm. Drei Minuten vor acht klopfte sie völlig aus der Puste an die Bürotür ihres neuen Arbeitgebers. Nach seinem ungehaltenen »Ja, bitte!« öffnete sie die Tür und ging ihm lächelnd entgegen.

»Guten Morgen, Herr Marlow. Wir waren für acht Uhr verabredet. Sie wollen mir heute das Labor zeigen und die Mitarbeiter vorstellen.«

Der Leiter des Unternehmens sprang sofort auf Louisa zu und begrüßte sie mit Handschlag. Im Gegensatz zu den Tagen davor machte er einen gestressten Eindruck.

»Den Rundgang durch das Labor müssen wir leider verschieben. Ich habe gar nicht bedacht, dass Dr. Urdenbach, der Leiter unserer orthomolekularen Forschungsabteilung, erst morgen wieder da ist. Außerdem muss er dann selbst jemand Neues einarbeiten.« Um seiner nächsten Aussage mehr Gewicht zu geben, streckte er kurz den Zeigefinger hoch. »Genau genommen handelt es sich um eine Studentin, die ihre Masterarbeit unter seiner Obhut anfertigen will.«

Louisa zwang sich, nicht zu verwundert dreinzuschauen. Was war so besonders an einer Frau als Labormitarbeiterin, noch dazu, wenn es um eine Studentin ging, die noch gar nicht fertig ausgebildet war?

Herr Marlow bat sie, auf dem Stuhl vor dem wuchtigen Mahagoni-Schreibtisch Platz zu nehmen und setzte sich ebenfalls.

Während er kurz auf seinem Laptop abwärtsscrollte, blickte sich Louisa unauffällig im Zimmer um. Als Erstes fiel ihr die Bücherwand auf, die fast die gesamte Fläche gegenüber der Fensterfront einnahm. Das riesige Bild mit der schroffen Küstenlandschaft an der Wand hinter seinem Chefsessel wirkte dagegen regelrecht erholsam. Die Norwegen-Fähnchen rechts und links daneben fand sie allerdings reichlich kitschig. Dann blieb ihr Blick an dem murmeltiergroßen, haarigen Troll hängen, der sie über seine lange rotgefrorene Nase hinweg anstierte. Einen anderen Begriff als widerlich fiel ihr dafür nicht ein.

Unbeeindruckt von ihrem leicht befremdeten Gesichtsausdruck fuhr Herr Marlow fort: »Ich bin ganz froh, dass wir diesen jungen, dynamischen Uni-Absolventen die Möglichkeit zum Experimentieren geben können. Den einen oder anderen konnten wir sogar gewinnen, nach dem Studium für Blifrisk zu arbeiten. Solche Leute zu binden, ist für ein Unternehmen essentiell.« Er warf Louisa einen stolzen Blick zu. »Und noch ein Aspekt ist mir dabei sehr wichtig. Ich bin bemüht, die Anzahl der beschäftigten

Frauen im Betrieb zu steigern. Unsere Quote ist gelinde ausgedrückt blamabel.« Er sah Louisa an, dass sie in Gedanken nach einer Erklärung suchte. Um falschen Vermutungen zuvorzukommen, ergänzte er mit betretener Miene: »Das ist noch ein Relikt aus der Zeit, als mein Vater das Unternehmen führte. Er ist vor einem Jahr überraschend an einem Herzinfarkt verstorben.«

Louisa drückte ihm ihr Beileid aus. Insgeheim jedoch betete sie dafür, dass die verkrustete Einstellung des Seniors nicht im Genpool der Familie verankert war.

»Auf manchen Gebieten ist es bestimmt schwer, geeignete weibliche Bewerber zu finden«, räumte sie mitfühlend ein.

Er nickte vehement.

»Äußerst schwer.«

Herr Marlows zerknirschter Gesichtsausdruck kam ihr trotzdem reichlich übertrieben vor. Als moderner Unternehmensleiter musste er den Anforderungen der Zeit Folge leisten. Er konnte Begriffe wie Frauenquote und Gender nicht übergehen. Es waren heiße politische Eisen und kaum gleichzusetzen mit einer Debatte über das Für und Wider zusätzlicher Mitarbeiterparkplätze. Louisa spürte intuitiv, dass es in diesem Unternehmen genau beim Thema Frauen hakte, und das gefiel ihr ganz und gar nicht. Aber warum sollte ausgerechnet Herr Marlow anders ticken als ihre ehemaligen Arbeitgeber? In Kliniken gab es zwar seit jeher mehr Frauen als Männer, aber die verantwortlichen Stellen, also die Kassen, Chefärzte und Direktoren, unternahmen alles, um sich nicht übermäßig mit den Belangen ihrer weiblichen Angestellten beschäftigen zu müssen. Schließlich gab es Wichtigeres.

Herr Marlow war von Louisas Verständnis angetan.

»Ich sehe schon, Sie haben einen Blick für die Schwierigkeiten, mit denen ich in dieser Branche zu kämpfen habe. Biochemie ist halt immer noch eine Männerdomäne, auch wenn wir ausschließlich für den modernen Lifestyle-Markt produzieren, dessen Kundschaft überwiegend aus Frauen besteht.«

Louisa hörte aufmerksam zu, als er ihr in einem unaufhörlichen Fachwörterstrom die Herstellung und die Wirkweise der

Vitaminpillen erklärte, die seine Firma herstellte.

»Auf keinen Fall darf man unsere Produkte mit Medikamenten gleichsetzen«, betonte er. »Alle Blifrisk-Vitaminmischungen sind lediglich Ergänzungen zur normalen Ernährung, wenn auch sehr sinnvolle und nützliche. Aber leider reagiert Otto-Normalverbraucher auf dem Gesundheitssektor immer noch wie vor fünfzig Jahren. Bei Herstellernamen, die er nicht kennt, bleibt er skeptisch. Die akzeptiert er nur, wenn ihm der Apotheker seines Vertrauens das Produkt empfiehlt.«

Louisa konnte sich das gut vorstellen. Gravierend anders als der banale Durchschnittsbürger tickte sie schließlich auch nicht.

»Glaubt nicht jeder, dass Vitamine aus der Apotheke wirkungsvoller sind als die vom Discounter, auch wenn die Menge und die Inhaltsstoffe gleich sind?« Auch sie hatte sich aus diesem Grund schon mit Apotheken-Vitaminen eingedeckt, je nachdem, in welcher Gemüts-, Gewichts- oder Beziehungslage sie sich gerade befand. Aber im Gegensatz zum Otto-Normal-Vitamineschlucker bemühte sie sich stets, den ermüdend langen Beipackzettel durchzuarbeiten. Viel zu groß war ihre Angst vor unerwünschten Nebenwirkungen wie Wassereinlagerungen, Juckreiz oder Haarausfall. Dass das Zeug schweineteuer war, nahm sie bei jedem Kauf zähneknirschend hin.

»Ja, das ist genau der Zwiespalt. Einerseits scheuen die Kunden die Apothekenpreise, auch wenn sie dort gut beraten werden. Andererseits trauen sie billigeren Produkten nichts zu«, bemängelte Herr Marlow und formte mit aufgestützten Ellenbogen eine Merkelraute vor seinem Mund. »Trotzdem bin ich froh, dass wir die ortsansässigen Apotheker allmählich dazu bekommen, unsere Produkte in ihr Sortiment aufzunehmen. Der Verkauf über diese Schiene bringt einen immensen Imagegewinn. Die übrigen Vertriebsstätten, also die Fitnessstudios und Gesundheitszentren, sind hart umkämpfte Märkte. Da wird von den Vitalstoffherstellern mit allen Tricks gearbeitet, um ein Stück vom Kuchen zu erobern.«

»Woher kommt eigentlich der Name Blifrisk?«, wollte Louisa

wissen und hatte damit unbeabsichtigt Herrn Marlows Lieblingsthema angesprochen.

Sein Gesicht strahlte, als er zur Erklärung ausholte.

»Tja, diesen Firmennamen gibt es erst, seitdem ich die Leitung übernommen habe.«

»Dann haben Sie ihn kreiert?«, schloss Louisa und hob erstaunt die Augenbrauen.

Er nickte stolz.

»Ja. Ich bin darauf gekommen, als ich mir den Film meines letzten Norwegenaufenthalts angesehen habe. Die glasklaren Fjorde und die Berge mit den Gletschern sind einfach wahnsinnig beeindruckend!«, schwärmte er mit glänzendem Blick, bevor er wieder auf Louisas Frage zurückkam. »Der Name setzt sich zusammen aus dem norwegischen Verb bli, was so viel wie werden oder bleiben bedeutet, und dem Adjektiv frisk, das mit dem deutschen gesund gleichgesetzt werden kann. Blifrisk steht also im übertragenen Sinn für fit werden und gesund bleiben.«

»Einen treffenderen Namen hätten Sie Ihrem Unternehmen nicht geben können«, meinte Louisa anerkennend. Auch Menschen wie er konnten schließlich ab und zu ein Lob gebrauchen.

Ihre Worte zauberten ein beschämtes Lächeln auf das Gesicht des Firmenchefs.

»Waren Sie schon mal in Norwegen, Frau Paulus?«

Louisa überlegte kurz. Auf keinen Fall durfte sie ihm preisgeben, dass sie absolut nicht zu den Menschen gehörte, die eine Reise mit dem Postschiff zum Nordkap als das Highlight ihres Lebens bezeichnen. Nie würde sie verstehen, wie man sich für nebelverhangene Fjorde, menschenfeindliche Natur und einen verregneten Hochsommer begeistern konnte, der höchstens zwei Wochen dauerte. Ihr Traumziel war das Rote Meer, auch wenn sie es aus finanziellen Gründen noch nicht bis dorthin geschafft hatte. Sie liebte die Sonne und ganz besonders das Meer mit dem kristallklaren, badewannenwarmen Wasser und seiner unendlichen Fülle an Lebewesen. Außerdem wusste sie schon genau, wohin es in ihrem nächsten Urlaub gehen sollte. Vorausgesetzt, sie würde die Probezeit bei Blifrisk erfolgreich überstehen.

»Nein, bisher hat es mich immer in den Süden gezogen. Aber ich habe gehört, dass es in den Fjorden eine atemberaubende Unterwasserwelt geben soll.«

Gerade wollte er zu einer ausführlichen Erläuterung ansetzen, da meldete sich sein Telefon.

»Hallo, Weltenbummler! Ich hatte schon Angst, du würdest deinen Urlaub auf ein Sabbatical ausdehnen. Danke übrigens für deinen Rückruf. Es gibt da eine dringende Sache, die ich mit dir bereden müsste. Aber warte mal kurz!« Er legte kurz die Hand auf den Hörer und deutete Louisa an, dass das Telefonat länger dauern würde. »Ich lass Ihnen mal Bildmaterial über Norwegen zukommen«, ergänzte er mit hoch gerecktem Kopf und hob zum Abschied kurz seine Hand.

»Super, danke. Sehr nett von Ihnen«, antwortete Louisa schon halb an der Tür. Auf dem Flur schnaufte sie erst einmal erleichtert durch, bevor sie sich zu ihrem Büro begab, das zwei Türen weiter lag. Über zukünftige Urlaubsziele plauschte sie sonst nur mit ihrer besten Freundin, und das war bei Gott nicht so anstrengend!

»Danke, Weltenbummler, wer immer du auch bist«, seufzte sie leise und warf dem unbekannten Anrufer in Gedanken eine Kusshand zu.

Den Rest des Vormittags verbrachte sie damit, sich in die beiden Ordner einzulesen, die Marlow ihr am ersten Vorstellungstag in die Hand gedrückt hatte. Neben der Historie des Familienunternehmens fand sie darin alle Angaben über die wichtigsten Zulieferer und Abnehmer. Den umfangreichsten Teil nahm allerdings die Herstellung der unterschiedlichen Vitalstoffmischungen ein.

Als kleine Gedächtnisstütze wollte sich Louisa auf ihrem Privatrechner eine Datei mit Notizen zu sämtlichen Kollegen und Führungspersonen anlegen, mit denen sie ab jetzt zu tun haben würde. Von dieser Methode hatte sie früher schon profitiert, wenn es darum ging, sich in neue Arbeitsverfahren oder Abteilungen einzuarbeiten. Oft waren die Vorgesetzten und Kollegen verblüfft, wenn sie über Details Bescheid wusste, die vorher nur angerissen worden waren. In der Schule war das Lernen von zehn Vokabeln am Stück ein absolutes No-Go für sie gewesen, aber außergewöhnliche Merkmale, Bezeichnungen oder Attribute speicherte ihr Kopf wie ein Mega-Rechner ab. Diese Fähigkeit hatte allerdings auch ihre Schattenseiten. Als sie kürzlich von einer ehemaligen Schulfreundin überschwänglich begrüßt wurde, erinnerte sich Louisa sofort an den Pfuschzettel mit den chemischen Formeln, den ihr das Herzchen unbemerkt ins Heft geschoben hatte, als es ans Einsammeln ging. Um den Bestechungsvorwurf zu entkräften, fehlten ihr damals leider die passenden Argumente. Und ihr letzter Freund konnte ihr auch nicht weismachen, den Namen der Bar nicht zu kennen, von der die Quittung in seiner Hosentasche stammte. Als Louisa ihn emotionslos daran erinnerte, dass er sich dort von seiner Ex-Freundin getrennt hatte, war er mit Schnappatmung gegangen.

Gegen eins fand sie sich in der Kantine ein, die in einem Seitenflügel des Verwaltungsgebäudes untergebracht war. Als sie an den voll besetzten Tischen vorbei zur Essensausgabe schlenderte, spürte sie die Blicke, die ihr die neuen Kollegen teils neugierig, teils abschätzend zuwarfen. Sie lud einen großen Salatteller und eine mit Früchten garnierte Quarkspeise auf ihr Tablett und steuerte auf das einzige Tischende zu, an dem nur eine robust wirkende Mittfünfzigerin saß, die mit dem Blick auf ihr Handy gerichtet Gemüseeintopf löffelte.

»Darf ich?«, fragte Louisa höflich an.

»Klar, gern«, kam es wie selbstverständlich zurück und das Handy landete augenblicklich neben dem Suppenteller. Rasch kaute Louisas Tischpartnerin ihren Mund leer, während sie die neue Kollegin mit ihren munteren Augen musterte.

»Ich bin die Edith vom Labor, sozusagen die rechte Hand von Dr. Urdenbach.« Mit einem derben Händedruck hieß sie Louisa willkommen.

»Louisa Paulus.« Bei den ersten Worten, mit denen sie ihren Tätigkeitsbereich beschreiben wollte, deutete Edith per Handzeichen an, dass sie bereits im Bilde war.

»Entschuldige, aber der Chef spricht seit Tagen von nichts anderem als der neuen Frauenpower, die dem Betrieb einen innovativen Touch geben soll«, erklärte sie gelangweilt kauend.

Louisa kämpfte mit der riesigen Salatportion, die sie sich aus Versehen in den Mund gesteckt hatte. Als sie den Mund wieder leer hatte, fragte sie: »Wie viele Frauen hat er denn noch eingestellt?« Sie blinzelte ein paar Mal, denn das Zuviel an Essig hatte ihr Tränen in die Augen getrieben.

»Soviel ich weiß, nur dich.«

»Und das nennt Marlow dann gleich Frauenpower? Was ist denn mit dieser Biochemie-Studentin, die ebenfalls in diesen Tagen angefangen haben soll?«

»Ach, dieses Fräulein Hoppla-jetzt-komm-ich?« Edith zog ihre Augenbrauen so weit in die Höhe, dass sie unter dem Pony verschwanden, der ihre brünette Prinz-Eisenherz-Frisur vorn komplettierte. Mit einem missbilligenden Blick neigte sie sich zu Louisa vor. »Die ist doch nur hier, um ihre Masterarbeit zu schreiben, was ich im Übrigen auch sehr bezweifele.«

Das Warum lag Louisa schon ganz vorn auf der Zunge. Fest entschlossen presste sie die Lippen zusammen. Sie war für eine qualitativ gute und schnelle Informationsübermittlung eingestellt worden, nicht zur Verbreitung vom Firmentratsch, wies sie sich harsch in die Schranken.

»Ich hab sie noch gar nicht kennengelernt«, lavierte sie sich aus dem Minenfeld.

»Okay, hab schon verstanden.« Edith lächelte Louisa entschuldigend an. »Ist eigentlich auch nicht meine Art, andere im Betrieb durch den Kakao zu ziehen. Aber diese Frau ist ätzender als hochkonzentrierte Schwefelsäure. Da muss man doch mal Druck ablassen dürfen.« Trotz ihrer rosigen Wangen wirkte sie verzweifelt. »Weil der Laborchef erst morgen wieder da ist, hat mich Marlow gebeten, ihr die Apparaturen und Messgeräte zu erklären. Wäre ja auch alles kein Problem, wenn sie ...« Sie seufzte schwer.

»Wenn sie was?«, hakte Louisa nun doch nach.

»Wenn sie nicht alles besser wüsste. Ständig gibt sie mir zu verstehen, dass es alles abgelutschte Kamellen sind, von denen ich ihr da erzähle.«

Louisa schnaubte leise als Zeichen ihres Mitgefühls.

»Hast du eine Ahnung, wie dein Vorgesetzter, also dieser Dr. Urdenbach, auf sie reagieren wird?«

Edith brach in so lautes Lachen aus, dass sich ein paar Kollegen von den umliegenden Tischen schlagartig zu ihnen drehten.

»Das ist mein einziger Trost. Wenn der Doc könnte, würde er ihr wahrscheinlich das ständig herausblitzende Hirschgeweih über dem Po mit dem Bunsenbrenner abflämmen.« Kaum ausgesprochen, verdüsterte sich ihr Gesicht sofort wieder. »Aber wenn man ihm so ein aufgebrezeltes Appetithäppchen vor die Nase hält ...« Resigniert zog sie einen Mundwinkel hoch und kratzte das restliche Gemüse auf ihrem Teller zusammen. »Bei so was ticken doch alle Männer gleich.«

»Du meinst, sie ist so was wie ein Vamp im Laborkittel?«

»Ja, und der ist bis zum Po geschlitzt und lässt vorn so tief blicken, dass man den goldenen Ring an ihrem Bauchnabel erkennen kann.«

Louisas Neugierde hatte nach der blumigen Beschreibung der Kollegin die obere Grenze der Skala erreicht. Und das bezog sich nicht nur auf die Studentin. Auch dieses arme, schwache Männlein, das Edith fast zärtlich Doc nannte, musste sie unbedingt kennenlernen. Automatisch sah sie einen leicht gebeugten, schweinsäugigen Sechzigjährigen mit Metallbrille vor sich, mit blassen, wulstigen Fingern und mehr Haaren in den Ohren als auf dem Kopf. Sicherlich war er mit einer moralisch durch und durch gefestigten Gutmenschin verheiratet, die auf Wohltätigkeitsveranstaltungen Spenden für Außenseitergruppen sammelte. Für Louisa war dieser Dr. Urdenbach der Inbegriff der Harmlosigkeit.

Na ja, wie Louisa ihre Tischnachbarin nach den ersten Minuten des Kennenlernens einschätzte, würde Edith sicherlich etwas finden, an dem sich der Laborvamp die Reißzähne ausbiss. Die kleine, stämmige Frau mit der wetterstabilen Frisur und dem

Schalk in den Augen war ihrer Ansicht nach eine gewitzte Kämpfernatur, und das gefiel ihr.

Ein paar Minuten später schafften die beiden Frauen ihre Tabletts zur Geschirrannahme und machten sich auf den Weg zu ihren Arbeitsplätzen.

»Macht's dir was aus, wenn wir morgen Mittag wieder zusammen essen?«, fragte Louisa, als ihre Begleiterin am Aufzug stehen blieb und auf den Knopf drückte.

Edith schüttelte wohlwollend den Kopf.

»Versteh schon. Du bist scharf auf die Fortsetzung von *Twilight – Biss im Morgengrauen, als der Chef zurückkehrte*! Beim nächsten Mittagessen serviere ich dir Folge zwei. Bin selbst schon gespannt auf die Reaktion vom Doc, ich meine, von Dr. Urdenbach.« Um von ihrem verbalen Ausrutscher abzulenken, wies sie auf Louisas linken Arm. »Vielleicht kannst du mir dafür erklären, wie dieses Fitness-Dingsda funktioniert. Ich will mir nämlich auch so einen Spaziergänger-Tacho zulegen. Geht ja nicht mehr weiter so.« Sie sah an sich hinab und umfasste seufzend die Fleischrolle über ihrem Gürtel.

»Klar, kein Problem«, erwiderte Louisa und wies lachend auf den Aufzug, dessen Tür sich gerade öffnete. »Mit einem Fitness-Tracker wird der aber zum No-Go für dich. Ab dann werden Schritte gezählt und keine Höhenmeter.«

Obwohl die Aufzugkabine längst nicht mehr zu sehen war, hörte Louisa immer noch Ediths kerniges Gelächter.

»Hoffentlich vergeht ihr das Lachen nicht so schnell«, seufzte sie beim Weitergehen. Sie wusste schließlich, wovon sie sprach. Bereits am zweiten Abend nach ihrem Geburtstag, an dem sie und Betty ganz offiziell mit dem digitalen Schrittzählen begonnen hatten, waren Veränderungen an ihrem Körper spürbar geworden, die alles andere als positiv waren. Ihre Gesäßmuskeln hatten sich in den wenigen Gehstunden so schmerzhaft verkrampft, dass das Einsteigen ins Auto eine wahre Folter war. Und statt sich auf der Waage über die ersten hundert Gramm weniger freuen zu können, hatte sie einen solchen Appetit entwickelt, dass sie sich dauernd die Zähne putzte, um sich vom

Essen abzuhalten. Dennoch war sie froh, eine Gleichgesinnte gefunden zu haben. Wenn es mit Ediths Fitness-Ambitionen gut anlief, konnten sie sich vielleicht gegenseitig zum Durchhalten animieren. Ihre Freundin Betty war in dieser Beziehung kein brauchbarer Partner.

»Das Schlanke habe ich von meiner Schwiegermutter geerbt«, entschuldigte sie sich jedes Mal mit ernster Miene bei den Neidern. Wenn derjenige oder diejenige dann auch noch beeindruckt nickten, freute sie sich diebisch, dass wieder jemand auf den kindischen Gag hereingefallen war.

Louisa wusste, dass die Erbmasse völliger Unsinn und lediglich ein Produkt ihrer sprudelnden Phantasie war. An dem Tag, als Betty ihren Sohn abgestillt hatte und sich zufällig nackt im Spiegel begegnet war, startete sie ein alles umfassendes Anti-Speck-und-Aging-Programm. Das war nun über sechzehn Jahre her. Inzwischen war aus dem süßen, kleinen Robin ein gutmütiger, leicht pummeliger Computer-Nerd geworden, der sich gegen die Gewichtssticheleien seiner superschlanken Mutter mit entwaffnenden Sprüchen zur Wehr setzte. Das wiederum hatte Betty mehr graue Haare gekostet, als es für das Liebesleben einer alleinerziehenden Zweiundvierzigjährigen zuträglich war.

»Kein Wunder, dass mich keiner will, so grau und ausgemergelt«, hatte sie einmal nach drei Gläsern Wein verzweifelt geschluchzt. Natürlich wurde sie daraufhin von Louisa in den Arm genommen und getröstet. Doch klar war auch, dass der Hase woanders im Pfeffer lag. Die wenigen Verehrer, die Betty in der Zwischenzeit hatte, vertrieb sie mit ihrer angespannten Einstellung zu Figur und Ernährung schneller als sie den Tageskalorienverbrauch auf ihrem Armband ablesen konnte. Dolce Vita und Genuss standen nun einmal nicht auf ihrer Agenda.

»Wenn du jeden Tag Mägen und Därme von innen angucken müsstest, würde dir auch der Appetit vergehen«, konterte sie erbost, wenn Louisa sie mal wieder als lukullische Spaßbremse bezeichnete. Aber Verständnis hatte sie für ihre Freundin allemal, denn die Magen-Darm-Spiegelungen, bei denen Betty ihrem Chef seit Jahren assistierte, konnte man beim besten Willen nicht als ästhetisch bezeichnen.

Auf dem Heimweg am späten Nachmittag war Louisa so guter Dinge, dass sie beschloss, ihrem Traumziel einen Schritt entgegenzugehen. Um sechs war sie mit Betty zum Walken verabredet. Doch bis dahin war noch eine halbe Stunde Zeit, und das örtliche Schwimmbad lag genau auf der Hälfte des Weges.

Sie lenkte ihren Wagen stadtauswärts über ein paar Seitenstraßen zum Parkplatz des Freizeitbads. Von hier aus waren es nur wenige Meter zu dem überdachten Eingangsbereich der Halle. Die Luft über dem asphaltierten Vorplatz hatte sich unter der kräftigen Maisonne so stark aufgeheizt, dass sie leicht flimmerte. Louisa, die von der klimatisierten Luft im Büro und in ihrem Wagen verwöhnt war, traf fast der Schlag, als sie die Tür aufdrückte. Für einen Augenblick hatte sie Mühe, richtig durchzuatmen. Hier im Innenraum herrschte dieselbe Temperatur wie außen, nur dass sich die Hitze mit der Feuchtigkeit aus dem Wasserbereich und der Restaurantluft zu einem fettig schwülen Dunst vermischte. Trotz ihrer luftigen Bluse spürte sie, wie ihre Stirn feucht wurde und Schweiß von der Achselhöhle zum Rockbund hinablief. Merkwürdig! Zu Schulzeiten hatte die Schwimmbadluft noch nach Duschdas und Sonnenöl gerochen und nicht nach Pommes frites und Chlor.

»Was kann ich für Sie tun?«, fragte die blonde Frau am Anmeldetresen. Mit ihrer studiogebräunten Haut, dem aufgestellten Kragen ihres Poloshirts und den dunklen Shorts passte sie eher in den SPA-Bereich eines Hotels auf Mallorca als in eine unspektakuläre, deutsche Badeanstalt.

»Ich hätte gern Informationsmaterial über die Tauchkurse, die hier angeboten werden.«

Schon hatte die Frau den Telefonhörer in der Hand.

»Da muss ich grad mal nachhören, ob jemand von der Tauchschule drüben ist. Einen Moment bitte.« Sie tippte einige Ziffern ein, dann erhellte sich ihr Gesicht. »Hi, Sascha. Kannst du mal kurz zur Anmeldung kommen? Hier ist jemand, der was über das Tauchen wissen möchte.«

Louisa verzog das Gesicht und blinzelte auf ihre Uhr. Für eine ausführliche Beratung fehlte ihr eigentlich die Zeit. Ein Flyer mit den Übungszeiten und Preisen hätte ihr völlig gereicht. Den hätte sie dann abends bei einem gemütlichen Glas Wein durchgeblättert. Doch weiter kam sie mit ihren Gedanken nicht, denn plötzlich kam Ryan Gosling auf sie zu, im Körper von David Beckham. Sein strahlendes Lächeln, der federnde Gang und die wild zur Seite geworfenen dunklen Haare, alles hätte wunderbar zu der Promi-Symbiose gepasst, wenn die Tattoos nicht gewesen wären, die seine Arme wie eine Tapete bedeckten. Louisa mochte sich gar nicht vorstellen, wie der Rest dieses gut gebauten Typen aussah. Das blieb zum Glück auch sein Geheimnis. Die Körperteile, die in der Blumenbermuda und dem türkisfarbenen Tanktop steckten, regten Louisas Phantasie dennoch zu wilden Vermutungen an. Das aufgerissene Haifischmaul auf seiner Brust flößte ihr dagegen weniger Ehrfurcht ein als die Narbe, die sich von seinem Haaransatz quer über die rechte Halsseite bis zur Schulter zog.

»Hi, ich bin der Sascha. Ich leite die Tauchschule.«

Obwohl Louisa vom Druck seiner Hand enttäuscht war, fühlte sie sich durch das anerkennende Aufblitzen seiner stahlblauen Augen, nachdem er fast unauffällig ihre Figur gescannt hatte, geschmeichelt. »Louisa Paulus. Ich wollte eigentlich nur ein paar Informationen über das Tauchen. Vielleicht hätten Sie so ein Info-Blättchen mit Preisen und Trainingszeiten für mich.«

Er nickte bedächtig und türmte seine wild gemusterten Arme vor der Brust übereinander. »Finde ich supi, Louisa, dass du dich für diese faszinierende Sportart interessierst. Du hast Glück. Gerade ist nämlich ein Tauchschüler ausgefallen. Er ist vom Fahrrad geflogen und hat sich einen offenen Bruch am Schienenbein zugezogen. Am besten gehen wir rüber ins Diving-Camp hinter dem Nichtschwimmerbecken. Da ist die Base mit dem Unterrichtsraum und dem Tauchequipment.«

Louisa hatte den Eindruck, dass der Herr der Pressluft bereits fest entschlossen war, sie unter seine Fittiche zu nehmen. Oder sagte man in Taucherkreisen eher unter seine Flossen? Abgesehen davon ging ihr das alles viel zu schnell.

»Das klingt ja alles superinteressant, aber fürs Erste würde mir auch irgendwas zum Durchlesen reichen.«

Das charmante Flackern in den meerblauen Augen ihres Gegenübers wich einem sachlich distanzierten Blick.

»Das findest du alles auf der Homepage der Tauchschule.« Ein wenig resigniert ergänzte er: »Schick mir einfach eine Mail, wenn du mehr wissen willst.«

Dieser Vorschlag war ganz nach Louisas Geschmack.

»Prima, das werde ich tun. Und danke für die Auskunft. Ich melde mich, sobald ich mich informiert habe.« Um nicht noch einmal einen butterweichen Händedruck zu bekommen, hob sie zum Abschied kurz ihre Hand und entfernte sich Schritt für Schritt in Richtung Ausgang. »Sorry, aber ich muss leider weiter. War nett, Sie kennenzulernen.« Errötend korrigierte sie sich. »Ähm, ich meine, dich kennenzulernen, Sascha.«

Das kumpelhafte Du aus dem Mund dieses fremden Mannes machte Louisa auf dem Weg zum Parkplatz immer noch zu schaffen. In der Klinik hatte sie sich nur mit den engsten Kollegen geduzt, und bei Blifrisk war Edith bisher die einzige, die sie mit dem Vornamen ansprach, und das war auch gut so. Aber dieser Sascha hatte nichts mit ihrem Beruf zu tun, sondern lediglich mit ihrer Freizeit. Außerdem sah er unverschämt gut aus und wirkte sportlich und kompetent. Warum ärgerte sie sich bloß so darüber? War sie mit zweiunddreißig schon spießig? Zu alt, um diese kumpelhafte Art der Anrede locker wegzustecken? Sie wusste doch, dass es im Sport üblich war, sich zu duzen. Und trotzdem. Bei diesem kurzen Informationsgespräch wäre sie einfach gern gesiezt worden. Etwas mehr Distanz zu diesem Mr. Lifeguard der örtlichen Schwimmbadlagune würde sicherlich nicht schaden.

Mit diesem Entschluss beendete sie den unangenehmen Gedankengang und widmete sich dem Berufsverkehr, der die Fahrt zu Bettys Wohnung zu einem Geduldsspiel machte. Zehn nach sechs eilte sie völlig durchgeschwitzt auf das ältere Mehrfamilienhaus zu, in dem ihre beste Freundin seit ihrer Scheidung vor sechs Jahren mit ihrem Sohn zusammen wohnte. Es dauerte eine Weile, bis die Tür geöffnet wurde. Erstaunt blickte Louisa den verstrubbelten Kopf des siebzehnjährigen Robin an. »Hallo, hab ich dich geweckt?«

Er zog einen Mundwinkel hoch und schnaubte lächelnd. »Sehe ich nicht immer so aus?« Ungeschickt versuchte er Ordnung auf seinem Kopf zu schaffen. »Außerdem zählt, was drin ist, nicht obendrauf.«

»Richtig!«, bestätigte Louisa ihm schmunzelnd. »Und top gestylte Männer werden sowieso überbewertet.« Sie ging vor ihm durch den Flur ins Wohnzimmer. »Ist deine Mutter noch nicht da? Ich hab mich um sechs mit ihr zum Walken verabredet.«

»Nee, aber warte! Ich glaube, sie ruft gerade an.« Robin zog sein Handy aus der Hosentasche und drückte auf grün. »Hi, Mum! ... Ja, alles klar soweit ... Ja, das wollte ich nachher noch machen ... Nein, noch nicht ... Mach ich gleich.« Nach einer kurzen Pause, in der er an einem Stück ergeben nickte und mindestens fünf Mal mit den Augen rollte, stöhnte er ins Mikrofon: »Nee, ich dachte, der Müll ist erst morgen ... Okay, okay, schon immer mittwochs. Übrigens wartet deine Sparringpartnerin auf dich.«

Louisa amüsierte sich über das Mienenspiel des Halbwüchsigen, das im krassen Gegensatz zu der höflichen, geduldigen Art stand, mit der er seiner Mutter antwortete. Sie wusste, wie sehr ihre Freundin diesen hochintelligenten Knuddelbär liebte. Doch von einer Helikoptermutter, die ihrem Sprössling die Butterbrotdose nachtrug und ihm alles Hinderliche aus dem Weg räumte, war sie weit entfernt. Schon in der Grundschulzeit hatte Robin einen umfangreichen Haushaltsplan abzuarbeiten. Davon verschont blieb er höchstens kurz vor einer Klassenarbeit, oder wenn sich seine Körpertemperatur auf vierzig Grad zubewegte.

»Ja, okay. Sag ich ihr.« Mit einem Stoßseufzer ließ er das Handy in die Hosentasche zurückgleiten und blickte zu Louisa. »Ich soll dir ausrichten, dass sie es heute nicht schafft. Auf ihrer

Station herrscht zurzeit Hochbetrieb. Aber ich soll dir schon mal die App zu deinem Fitness-Armband runterladen und dir erklären, wie das Ding funktioniert.«

Louisa sah den jungen Mann mitleidvoll an. »Deine Mutter kann auch niemanden rumsitzen sehen«, meinte sie mit einem verschmitzten Zwinkern. »Braucht du für dieses Runterladen lange? Ich muss heute Abend nämlich unbedingt noch ein paar Schritte sammeln, sonst bekomme ich Ärger mit ihr.« Sie untermalte ihre Aussage mit einer verdrießlich verzogenen Oberlippe.

»Nee, das geht ratzfatz.« Mit cooler Miene nahm er Louisas Handy entgegen und ließ sich in einen der Sessel fallen. »Setz dich doch solange!«, forderte er sie auf, ohne vom Display aufzuschauen.

Bewundernd verfolgte Louisa von der Couch aus seine Finger, die auf der Oberfläche wie fremdgesteuert hin- und herflitzten. Nach wenigen Sekunden reichte er ihr das Handy über den Tisch.

»So, ist drauf. Jetzt kannst du die Werte, die dein Tracker bisher gesammelt hat, als Kurvendiagramm sehen. Ich habe dein Armband über das Pairing-Verfahren mit deinem Handy bekannt gemacht. Ab jetzt sind die beiden immer über Bluetooth koppelbar.«

Louisa verstand nur Bahnhof. Mit verunsicherter Miene rückte sie näher an Robin heran.

»Und jetzt bitte noch mal für Doofe! Ich kann jetzt was?« Mit höchster Konzentration folgte sie seinen Eingabeschritten, bis auf dem Handy ein Bild erschien, das ein bisschen der DAX-Kurve vor den Zwanzig-Uhr-Nachrichten ähnelte.

»Das hier zum Beispiel ist deine Schlafkurve. Sie ist deshalb noch so kurz, weil du dein Armband erst seit ein paar Tagen trägst«, meinte Robin so beiläufig, als würde er vom Kilometerstand eines neuen Wagens reden. »Man kann genau erkennen, zu welcher Uhrzeit du im Tiefschlaf, oder wie hier«, er tippte auf einen Aufwärtszacken, »hellwach warst. Vielleicht bist du da von einem Albtraum geweckt worden, oder grad mal zur Toilette gegangen oder so.«

Louisas Augen weiteten sich entsetzt. Hoffentlich interpretierte Robin nicht noch mehr in ihre Schlaf- und Wachphasen hinein. Es war ihr schon peinlich genug gewesen, dass er gleich am Geburtstagsabend ihre heikelsten Daten abfragte, um das Fitness-Armband betriebsbereit zu machen. Alter und Größe waren dabei das kleinere Übel. Viel schlimmer fand sie, dass das harmlos wirkende Gerät an ihrem Handgelenk angeblich nur richtig arbeiten konnte, wenn es ihr aktuelles Gewicht mitgeteilt bekam.

»Ich dachte, es geht da hauptsächlich um die Schritte, die man am Tag latscht«, versuchte sie den Sechzehnjährigen durch ihre lässige Wortwahl abzulenken.

Mit einem Wisch zauberte Robin ihre Schrittkurve auf das Display. »Na ja, die sieht ja auch noch reichlich mager aus.« Vorwitzig grinsend sah er Louisa von der Seite her an. »Man sieht genau, dass du jetzt einen Bürojob machst. Wahrscheinlich auch noch im Erdgeschoss. Der Tracker erkennt nämlich, ob du Treppen läufst. Die rechnet das Programm darin sofort in Schritte um.«

»Richtig unheimlich, was so ein kleines Ding alles kann.« Ehrfürchtig musterte sie das dunkle Plastikband an ihrem Handgelenk. »Und was die Schritte angeht, da arbeite ich ab jetzt dran«, rechtfertigte sie sich mit mürrischem Gesicht. Gut fand sie es deshalb noch lange nicht, dass ihr neuer digitaler Assistent anscheinend genau mitbekam, wo sie sich gerade befand.

Robin wischte erneut. »Hier siehst du übrigens die Kalorien, die du bisher verbraucht hast.« Wieder blitzten seine Augen verschmitzt auf. »Nach diesem Wert hast du heute gerade mal ein halbes Käsebrötchen abtrainiert.«

Ungläubig starrte Louisa auf die Grafik. »Kann das nicht auch ein Systemfehler sein?«

»Nee, sorry.« Mit Mühe verkniff sich Robin das Losprusten. »Diese Minirechner arbeiten schon ziemlich präzise.« Er spürte genau, dass er jetzt dringend etwas Positives anbringen musste, damit die Freundin seiner Mutter nicht gänzlich die Freude an ihrem neuen digitalen Trainingspartner verlor. »Okay, ganz abwegig ist das nicht. Ich könnte mir schon vorstellen, dass es eine kleine Abweichung bei der Umrechnung in Kilometer gibt. Man macht seine Schritte ja nicht immer gleich groß. Aber eigentlich soll das Teil ja nur zum Bewegen motivieren. Oder willst du deinen Gewichtsverlust wirklich auf das hundertstel Gramm genau wissen?«

Louisa schüttelte mit bitterer Miene den Kopf. Diesem Teenager, auch wenn er noch so charmant und hilfsbereit war, wollte sie jetzt nicht auf die Nase binden, dass sie sich zurzeit über den kleinsten Krümel Gewicht freute, den sie irgendwie loswurde. Er würde es ohnehin nicht verstehen. In seinem Alter brauchte sie nur von einem Zehnkilometerlauf zu träumen, dann war sie am nächsten Morgen ganze zwei Kilo leichter.

Geistesabwesend fiel ihr Blick wieder auf das Band an ihrem Handgelenk. Sie schreckte auf, als sie die winzige Angabe der Uhrzeit wahrnahm.

»Meine Güte, es ist ja schon fast sieben!« Nach einem entschlossenen Auf-die-Knie-Klatschen schnellte sie in die Höhe. »Ich muss los. Bis es dunkel wird will ich doch noch ein paar hundert Schritte schaffen. Richte deiner Mutter bitte schöne Grüße von mir aus.«

Robin nickte wohlwollend.

»Die ist sowieso hinüber, wenn sie gleich vom Dienst kommt. Wenn ihre Beine Radiergummis wären, hätte sie bei ihrer täglichen Schrittmenge in der Klinik längst Stummel an den Hüften.«

Louisa schmunzelte über den bildhaften Vergleich. »Guter Vergleich! Aber sie ist im Gegensatz zu mir wenigstens schlank.«

Das Körpergewicht war eben der alles entscheidende Faktor. Das war Louisa nicht erst seit diesem Moment klar. Aber leider war auf der Welt nichts so anhänglich wie überschüssige Körpermasse. Das langweilige Mittelblond ihrer Haare, einen schiefen Schneidezahn und das unschöne Muttermal über ihrem Bauchnabel, ja, selbst ihren üppigen Teenagerspeck war sie fast zeitgleich mit den verhassten, schulterlangen Zöpfen losgeworden. Nur die zehn Kilo, die sich seit ihrer Trennung von Raimund ungewollt dazugesellt hatten, verhielten sich wie streunende Hunde, denen man den trockenen Brötchenrest seines Burgers zugeworfen hatte. Man konnte sie noch so sehr ignorieren oder mit Verachtung strafen, sie wichen einem nicht mehr von der Pelle.

In der Wohnungstür bedankte sich Louisa noch einmal bei Robin für das Herunterladen der Fitness-App auf ihr Smartphone. Wenig später lenkte sie ihren Wagen auf einen kleinen Parkplatz, der direkt an den weitläufigen Park eines kleinen Schlosses angrenzte. Dieses architektonische Juwel hatte der damalige Landesfürst lediglich zu Lust- und Jagdzwecken erbaut. Für Entzücken sorgte es auch in der Stadtverwaltung, denn das hochherrschaftliche Anwesen hatte sich über die Jahrzehnte zu einem einträglichen Touristenmagneten gemausert. Dementsprechend intensiv investierte die Kommune in die Erhaltung des schmucken Gemäuers und in die Pflege des umliegenden Geländes.

Diesen außergewöhnlichen Ort hatten Betty und sie für ihre gemeinsamen Walkingabende auserkoren. Er erschien ihnen deshalb als besonders geeignet, weil er von ihren Arbeitsstellen und ihren Wohnungen nahezu gleichweit entfernt lag. Außerdem war jede Minute, die man sich in dem wunderschönen Park aufhielt, pure Erholung. Der hohe, lichte Buchenwald, der Spiegelweiher mit den Schwänen, die Blumenrabatten an den Seiten der Rasenflächen, all das wirkte wie ein Wohlfühlbad nach einem verregneten Einkaufsbummel im Winter. Schon früher hatten die beiden Freundinnen gern diesen Ort aufgesucht, um sich bei einem Spaziergang gegenseitig den beruflichen oder privaten Ärger phantasievoll von der Seele zu reden. Louisa hatte hier bereits mental einige unangenehm aufgefallene Liebhaber im Schlossweiher ertränkt. Raimund, die personifizierte Untreue, war von ihr sogar nackt auf das mannshohe Ablaufgitter des Weihers gekettet worden. Mit Wonne hatte sie ihn den Schwänen überlassen, die großes Interesse an seinem Gemächt zeigten. Das sorgfältig enthaarte Teil, das da knapp über der Wasseroberfläche baumelte, wirkte aber auch zu appetitlich!

Auch Betty hatte hier im Geiste schon mehrere Opfer entsorgt. Hoch oben in den Baumkronen hingen sämtliche Patienten, die das Pflegepersonal aus Langeweile in Trapp hielten, oder ihren Po mit dem ihrer Frauen verwechselten. Auch ihren Sohn hatte sie schon etliche Male im Schlosskerker eingesperrt. Das erste Mal vor ungefähr dreizehn Jahren, als sie fast jeden zweiten Tag im Kindergarten antanzen musste. Robin liebte es damals, um sein Leben zu schreien. Ganze zwei Stunden hatte er es einmal geschafft, nachdem ein Gruppenkind getestet hatte, ob ein Hariboschnuller ganz in seine Nase passte.

Sein letzter Kerkerarrest war noch gar nicht so lange her, erinnerte sich Louisa mit einem amüsierten Lächeln. Betty hatte ihr beim Spazierengehen genervt entgegengeschmettert, dass Robins Klassenlehrer der Auffassung sei, nur er käme für die Manipulation der Schulhomepage in Frage. Mangels belastbarer Beweise war dem jungen Mann der angedrohte Schulverweis erspart geblieben. Doch Betty kannte ihren Sohn. Das Hacken des Schulcomputers war mit Sicherheit das geheime Highlight seiner Schullaufbahn. Als sie ihn zur Rede stellte, hatte der Siebzehnjährige nur gemeint, das seien Peanuts gewesen, gleichzusetzen mit dem Einstellen einer Zeitschaltuhr. Im Grunde könne die Schule ihm sogar dankbar sein, dass er die mangelhafte Systemabsicherung aufgedeckt habe. Doch für seine Mutter war es alles andere als eine Bagatelle, und das ließ sie ihn auch deutlich spüren.

Das war vorerst das letzte Mal, dass Betty ihren hochbegabten Knuddelbär zur Läuterung in den Schlosskerker gewünscht hatte. Es lag sicherlich nicht daran, dass sich Robin seitdem voller Einsicht auf harmlose Computerspiele beschränkte. Viel eher konnte man annehmen, dass er sich bei seinen Experimenten einfach nicht mehr erwischen ließ und als jüngstes Mitglied des örtlichen Chaos-Computer-Clubs auch genügend Unterstützung dafür fand.

Als Louisa endlich in Walkingschuhen die Runde um den Spiegelweiher in Angriff nahm, wanderte ihr Blick von dem langgezogenen Wassergraben, in dem sich das weiße Barockschlösschen spiegelte, zu den Baumkronen des angrenzenden Waldes. Wen würden Betty und sie wohl als Nächstes hier entsorgen müssen? Sie schnaubte amüsiert und sog beim energischen Vorwärtsschreiten die milde Wärme der Frühlingsluft in sich auf. Dieser wunderschöne Ort ließ sich natürlich auch für Dinge nutzen, die herzerwärmender waren als Folter und Hinrichtungen. Wie zum Beweis stieß sie beim Abbiegen in den Wald fast mit einem jungen Pärchen zusammen, das verschämt dreinschauend das Küssen beendete und sich Hand in Hand entfernte. Die junge Frau mit den roten Wangen spielte in diesem Moment garantiert nicht mit dem Gedanken, an welchem Baum sie ihren Freund am liebsten aufhängen würde, seufzte Louisa in sich hinein.

Als sie eine halbe Stunde später schnaufend den Kofferraum öffnete, um ihre Schuhe zu wechseln, streifte ihr Blick das Display ihres Fitnessarmbands. Sofort zog sie ihr Handy hervor und tippte voller Stolz an Bettys Nummer: *Bingo! Achttausendzweihundertsiebenunddreißig!*

Kapitel 2

Betty hetzte über den Gang zum Wäscheschrank der Station und riss den rechten Türflügel so stürmisch auf, dass die Scharniere gefährlich knirschten. Zielstrebig griff sie nach zwei lindgrünen Laken und den Tüchern für den Instrumententisch. Mit dem Stoffberg vor der Brust ging es genauso eilig den Flur entlang zurück zum Untersuchungszimmer. Da sie jetzt, kurz vor sechs, bis auf die Reinigungsfrauen allein im OP-Trakt war, brummelte sie ungebremst vor sich hin: »Alles muss man hier selber machen. Kein Wunder, dass man sich die Füße rund läuft, wenn man nie rechtzeitig informiert wird. Kann doch keiner ahnen, dass fünf Minuten vor Dienstende unbedingt noch eine Darmspiegelung stattfinden muss.« Mal rollte sie mit den Augen, mal zog sie die Mundwinkel hoch. »Es könnte ja lebensbedrohlich sein, mit einer reinen Vorsorgeuntersuchung bis zum nächsten Vormittag zu warten! Und immer muss alles hoppla-hopp gehen!«

Sie war sehr gespannt, welchem von Dr. Wessels einflussreichen Privatpatienten sie diesmal den außerplanmäßigen Endspurt zu verdanken hatte. Sie hoffte inständig, dass sie dieser Typ nicht auch noch mit flapsigen Sprüchen beglückte oder noch schlimmer, den sterbenden Schwan spielte, während der Chef mit der Kamera durch seinen Dickdarm kurvte. Das würde nämlich bedeuten, dass sie dem bedauernswerten Geschöpf so lange das Händchen halten musste, bis sich sein Kreislaufzustand normalisiert hatte. Je nach Prominenz und Geldbeutel konnte das dauern.

Sie drückte auf den Türöffner und betrat das hell erleuchtete Untersuchungszimmer. Während sie die Liege mit einem der grünen Laken bedeckte und die Tücher über die Instrumententische spannte, hörte sie, wie sich der Chefarzt im angrenzenden Raum mit dem Kandidaten für die Darmspiegelung unterhielt. Kaum hatte Betty die nötigen Utensilien bereitgelegt, klopfte sie an die Verbindungstür und begrüßte den fremden Mann vor Dr.

Wessels Schreibtisch mit einem freundlichen Hallo. »Es ist alles bereit, Herr Doktor.« Und zum Patienten gewandt fuhr sie fort: »Wenn Sie bitte hier in diesen Raum kommen möchten? Ich erkläre Ihnen kurz, was zu tun ist.«

»Ja, natürlich, sehr gern«, erwiderte der Mann und folgte Betty ins Nebenzimmer.

»Sie können sich hier hinter dem Vorhang ausziehen und sich dann auf die Bank legen«, wies Betty ihn an. Um der Frage zuvorzukommen, die nun üblicherweise folgte, ergänzte sie kurz und schmerzlos: »Bitte auch die Unterhose.«

Statt eines flapsigen Kommentars gab der Patient nur ein leicht gedehntes Okay von sich und verschwand in der Umkleideecke. Betty war leicht irritiert, und das lag nicht nur an dem zurückhaltenden Verhalten des Patienten. Vielmehr war es seine äußere Erscheinung, die es ihr angetan hatte. Sie schätzte den Mann, dessen Namen sie in der Eile nicht richtig verstanden hatte, auf Anfang vierzig. Jedenfalls war er nicht viel älter als sie, und das war ein wenig beunruhigend, denn Darmspiegelungen wurden üblicherweise erst jenseits der Fünfzig durchgeführt. Doch das war nicht das Einzige, was Betty dazu brachte, ihn aufmerksam zu betrachten. Es war nicht nur seine athletische Ausstrahlung, genau genommen war es sein sympathisches Gesicht, das ohne Dreitagebart oder den gängigen kahl geschorenen Schädel auskam. Stattdessen war es sauber rasiert, von einem gepflegten, dunkelblonden Haarschopf getoppt und für Anfang Mai erstaunlich braun gebrannt. Die Farbe seiner Augen hatte sie sich in der Eile nicht gemerkt. Doch das konnte man ja nachholen. Das Gesamtpaket wirkte jedenfalls so umwerfend, dass Betty es kaum erwarten konnte, ihn in das OP-Tuch zu hüllen.

Aufgrund ihrer langjährigen Erfahrung hatte sie sich angewöhnt, solange am gegenüberliegenden Tisch zu hantieren, bis der Patient auf der Bank lag. So umging sie die peinliche Situation, in der ihr die meist älteren männlichen Patienten nackt entgegentreten mussten. Frauen hatten damit kaum Probleme. Da sie Ähnliches schon von den Frauenarztbesuchen her kannten, lief die Untersuchung bei ihnen generell entspannter ab.

Betty hörte am leisen Quietschen der Bank, dass der Mann dabei war, sich niederzulegen.

»Drehen Sie sich bitte gleich auf die rechte Seite«, forderte sie ihn auf und klopfte dezent an die Tür zum Besprechungsraum. Einen Augenblick später betrat Dr. Wessel den Raum. Er setzte sich auf den Rollhocker neben der Bank und bereitete den schmalen Schlauch mit der Kamera vor, deren Aufnahmen er auf einem Bildschirm schräg über ihm verfolgen konnte.

»Tja, dann wollen wir mal ein bisschen in uns gehen«, meinte er lachend zu dem Mann auf der Liege.

Betty stöhnte innerlich auf. Den Wessel'schen Schlachtruf, mit dem ihr Chef jede Darmuntersuchung einläutete, hatte sie an diesem Tag schon fünfmal gehört.

»Tun Sie sich keinen Zwang an«, erwiderte der Angesprochene ebenfalls lachend.

Ein paar Sekunden musste sich Dr. Wessel mit dem Beginn der Untersuchung noch gedulden, denn Betty war mit ihrer Arbeit nicht ganz fertig. Das lag nicht an der Fülle der Vorbereitungen, sondern an dem Mann, der da splitternackt vor ihr lag. Während sie das weitere grüne Laken über ihn ausbreitete, ließ sie sich bewusst viel Zeit. Wenn sie schon Überstunden machen musste, wollte sie auch etwas davon haben. Genüsslich studierte sie beim Feststecken des Stoffs jeden Quadratzentimeter des sehnigen, braungebrannten Körpers. Es war schließlich schon ein Unterschied, ob sie ein männliches Bademoden-Model einzuhüllen hatte, oder einen bleichhäutigen Siebzigjährigen, bei dem sämtliche knochenfreie Teile erschlafft am Körper hingen. Bei dem Mann auf der Bank hing jedenfalls nichts. Ganz im Gegenteil. Aber dafür konnte er nichts, nahm Betty ihn wohlwollend in Schutz. Die offensichtliche Erregung war sicherlich seiner momentanen Anspannung geschuldet. Damit hatte sie absolut kein Problem. Höchstens mit der Zickzacknarbe, die eine verblüffende Ähnlichkeit mit der auf Harry Potters Stirn hatte, und die sich fast über seine gesamte linke Pobacke zog. Die sah wirklich übel aus. Was dem Ärmsten da bloß passiert war? Im Anschluss an die Spiegelung würde sie versuchen, es herauszufinden. Mit entschlossenem Blick steckte sie den letzten Zipfel des Tuches fest.

»So, es kann losgehen.«

Für die eigentliche Untersuchung der einzelnen Darmabschnitte brauchte Dr. Wessel meist nicht mehr als eine Viertelstunde. Auch diesmal ging es komplikationslos vonstatten, denn der Darm des Patienten war völlig in Ordnung. Während der Untersuchung kommentierte der Mediziner mit verständlichen Worten, was er gerade auf dem Monitor sah. Am Ende bestätigte er dem Untersuchten noch einmal, dass er sehr zufrieden mit dem Ergebnis sei und die nächste Darmspiegelung, wenn überhaupt, erst in zehn Jahren nötig wäre.

»Meine Assistentin wird Ihnen jetzt weiter behilflich sein. Ich muss mich leider schon verabschieden. Den Befund schicke ich Ihnen umgehend zu.« Mit einem kurzen Händedruck wünschte er dem Mann weiterhin alles Gute und verschwand gleich darauf wieder im Nebenzimmer.

»Klar, der geht schon mal nach Hause«, moserte Betty in sich hinein, während sie die benutzten Tücher und Instrumente einsammelte. Plötzlich erschrak sie leicht, als sich der Mann auf der Liege mit Schwung aufsetzte.

»Oh, stopp! Machen Sie langsam! Nicht, dass Ihnen schwindelig wird.«

Er antwortete ihr mit einem erheiterten Lachen. »Nett, dass Sie so besorgt um mich sind, aber mein Kreislauf ist wirklich gut trainiert«, versuchte er ihre Bedenken zu zerstreuen. »Außerdem habe ich mich selten so ausgeruht und fit gefühlt.«

»Kein Wunder, wenn man gerade frisch aus dem Urlaub zurück ist«, rief sie zu dem hellen Vorhang hinüber, hinter dem er sich nun wieder anzog.

»Ja, genau«, erwiderte er. »Leider musste ich ihn vorzeitig abbrechen, weil die Fluggesellschaft mit einem Streik des Bodenpersonals rechnete. Deshalb bin ich jetzt auch hier. Ich wollte den Urlaubstag nicht unnütz verstreichen lassen. Zum Glück konnte Dr. Wessel den Termin noch anhängen.«

Betty warf dem Vorhang einen säuerlichen Blick zu.

»Ja, in der Beziehung ist unser Chef immer sehr entgegenkommend.«

Bis Mister Baywatch den Raum verließ, musste sie unbedingt noch ein bisschen mehr über diesen Mann herausfinden.

»Wo haben Sie Ihren Urlaub denn verbracht, wenn ich fragen darf?«

»Ich war erst ein bisschen mit einem Boot auf dem Indischen Ozean unterwegs und dann ein paar Tage zum Faulenzen auf den Malediven. Sie wissen schon, in der Sonne liegen, schwimmen, lesen und so.«

»Oh, beneidenswert.«

Betty machte ein verkniffenes Gesicht. Bootstouren waren leider gar nichts für sie. Ihr wurde schon bei der fünfminütigen Überfahrt mit der Fähre über den Rhein schlecht. Und schwimmen war auch nicht so ihr Ding, schon gar nicht, wenn sie den Grund nicht sah oder spürte. Ganz abgesehen von den Schlingpflanzen und dem ganzen Viehzeug, das sich unter der Wasseroberfläche herumtrieb.

»Sagen Sie jetzt nur noch, dass die Narbe auf Ihrem Gesäß von einem Haiangriff herrührt«, sagte Betty mit weit geöffneten Augen, als er den Vorhang zur Seite schob und auf sie zukam.

Sein erfrischendes Lachen erfüllte erneut den Raum.

»Oh, nein! Da wäre ich sicherlich nicht so glimpflich davongekommen. Die Narbe stammt von einem zersplitterten Glasbehälter, in den ich mich blöderweise gesetzt habe.«

»Oh, das klingt auch nicht viel besser«, antwortete Betty bekümmert.

»Halb so wild. Es sieht halt nur sehr spektakulär aus.«

»Nur für diejenigen, die Sie ohne Hose zu sehen bekommen.« Bettys Gesicht lief rot an. Wie konnte sie so etwas zu einem Patienten sagen?!

Er schmunzelte verlegen und reichte ihr zum Abschied die Hand.

»Ja, genau. Für besondere Menschen wie Sie zum Beispiel.«

Das Lächeln auf Bettys glühendem Gesicht blieb noch eine ganze Weile bestehen, nachdem der Mann das Zimmer verlassen hatte. Während sie zu Ende aufräumte, seufzte sie verträumt. Zu blöd aber auch, dass die tollsten Männer immer völlig unpassenden Hobbys nachgingen.

Louisas Kopf brummte immer noch, als sie an der Essensausgabe auf ihren Teller mit Hühnchencurry wartete. Den ganzen Vormittag über hatte sie Telefonate geführt und zu den gewünschten Stellen durchgestellt, Informationen und Sitzungstermine weitergeleitet und an einem Meeting mit Marlow und zwei Leuten eines Zulieferers teilgenommen. Verstanden hatte sie dabei nur, dass es um den Reinheitsgrad der angebotenen Stoffe und den davon abhängigen Preis ging. Da sie genauso viel Ahnung von der Materie hatte wie eine Obstverkäuferin vom Aufbau eines Herzschrittmachers, wunderte es sie sehr, dass der Chef überhaupt Wert auf ihre Anwesenheit legte. Es war sicherlich gut gemeint von ihm, aber hatte er überhaupt eine Ahnung, wie anstrengend es für sie war, die ganze Zeit den interessierten, kompetenten Zuhörer zu mimen?

»Na, alles klar bei dir?«, wurde sie plötzlich von Edith aus ihren Gedanken gerissen. Die kleine, stämmige Frau nahm ihr Gulasch mit Nudeln entgegen und wies zu den Tischen an der Fensterfront. »Sollen wir uns dorthin setzen? Da kriegt man wenigstens ein bisschen was von dem herrlichen Frühlingswetter draußen mit.«

Louisa nickte erfreut.

»Ja, gerne. Gibt es was Neues von der Twilight-Szene?«

»Wie man's nimmt«, deutete Edith mit einem geheimnisvollen Grinsen an und ging zu dem vereinbarten Platz. Kaum saß sie, wünschte sie Louisa einen guten Appetit und schaufelte hastig ein paar Gabeln voll Nudeln in den Mund. Während sie Louisa mit einem spitzbübischen Zwinkern ansah, kaute sie den Mund leer. »Angebissen hat Edward jedenfalls nicht«, sagte sie mit einem triumphierenden Unterton. »Obwohl es die schöne Bella mit allen Mitteln darauf angelegt hat.«

Da Louisa bisher weder Ediths Chef noch die Studentin zu

Gesicht bekommen hatte, musste sie der Klarheit wegen ein bisschen ausholen.

»Hab ich das jetzt richtig verstanden? Dein Chef, also dieser Dr. Urdenbach, ist seit heute wieder da?«

»Genau«, bestätigte Edith. Mit zufriedener Miene schob sie mehrere Gulaschstücke auf ihre Gabel. »Und prompt heute Morgen erschien unser Goldlöckchen eine halbe Stunde zu spät im Labor.« Sie gluckste leise.

»Und wie hat dein Chef darauf reagiert?«

»Der Doc hat nur bedächtig genickt und gemeint, dass es durchaus Menschen gäbe, die mit dieser Arbeitseinstellung Erfolg hätten. Aber ich kenne ihn ziemlich gut. Immerhin arbeiten wir schon seit zehn Jahren zusammen. Daher weiß ich auch, dass er nichts schlimmer findet als mangelnde Arbeitsbegeisterung und Unpünktlichkeit. Bei ihm muss jeder, der wissenschaftlich arbeitet, für sein Gebiet brennen. Und er muss in der Lage sein, Maße und Zeiten präzise einzuhalten. Das hat er ihr zwar nicht gesagt, aber sein anschließendes Verhalten sprach Bände. Zwei Stunden lang hat er sich von ihr jeden Schritt ihrer geplanten Masterarbeit bis ins Detail erläutern lassen. Bei der kleinsten Unstimmigkeit hat er akribisch nachgehakt. Zum Schluss wurde Miss Wasserstoffsuperoxid dann immer zickiger und einsilbiger.« Edith blickte gedankenverloren aus dem Fenster und nickte mit gespitztem Mund.

Genau so stellte sich Louisa den Laborchef von Blifrisk vor. Super korrekt, pedantisch und überpünktlich. Wahrscheinlich saß er mit seinen Kindern exakt fünf vor sieben am Frühstückstisch, und von seiner Frau erwartete er zum Abendessen ein grammgenau abgewogenes Steak, das keine Minute zu lange in der Pfanne schmoren durfte. Komisch nur, dass Edith so hohe Stücke auf ihn hielt. Louisa war jedenfalls froh, mit diesem Mr. Superkorrekt nicht allzu viel Zeit verbringen zu müssen. Für ihre Tischnachbarin freute sie sich dennoch. Die flippige Studentin schien bei ihrem Vorgesetzten bereits durch das Raster gefallen zu sein.

Zu ihrem Erstaunen zeigte Edith erneut interessiert auf das

Armband an ihrem linken Handgelenk.

»Du wolltest mir doch erklären, was so ein Ding alles kann.«

»Ein Freak auf diesem Gebiet bin ich jetzt auch nicht gerade, aber die grundlegenden Funktionen kann ich dir schon zeigen.«

Nachdem beide Frauen zu Ende gegessen hatten, setzte sie sich auf den Stuhl an Ediths rechter Seite, nahm das Armband ab und ging mit ihr die einzelnen Angaben durch.

Edith wurde beim Zuhören ganz hibbelig.

»Darf ich auch mal?«

»Klar. Nur zu.«

Louisa reichte ihr das Band. Mit kindlicher Begeisterung wischte sie auf dem Display nach rechts und links.

»Toll! So etwas hat mir immer als Anreiz gefehlt. Weißt du, zu meinem Fünfzigsten habe ich mir einen jungen, bewegungsfreudigen Isländer gekauft. Ich schwärme schon seit meiner Jugend von diesen Pferden. Ein Nebenaspekt des Kaufs war aber auch, mein Gewicht durch die Ausritte in den Griff zu bekommen. Doch der einzige, der davon schlanker wird, ist Wotan.« Edith machte ein zerknirschtes Gesicht und neigte sich etwas mehr zu Louisa. »Ehrlich gesagt habe ich in den letzten Jahren schon unzählige Diät- und Fitnessprogramme ausprobiert. Aber je älter man wird, desto mieser fühlt man sich, wenn man sie nicht durchhält. Was fehlt, ist einfach das spontane positive Feedback. Jemand, der einem sofort nach einer Trainingseinheit auf die Schultern klopft und sagt: Gut gemacht! Weiter so!«

Louisa nickte heftig.

»Genau aus diesem Grund habe ich mit dem Sporttreiben und Abnehmen auch nie länger als zwei Tage durchgehalten. Aber dieses kleine Ding zeigt einem haargenau an, was man geleistet hat. Das ist Motivation pur. Meine Körperfettwaage im Badezimmer mutet dagegen wie ein Roboter der ersten Stunde an.«

Edith lachte bei diesem Vergleich herzhaft und laut, aber das war Louisa ja schon von ihr gewöhnt.

»Na ja, so wie du aussiehst, hast du es ja wohl kaum nötig abzunehmen.«

Louisa klemmte mit grimmiger Miene die Fleischrolle über

ihrer Gürtellinie zwischen Daumen und Zeigefinger ein.

»Schön wär's. Und wie nennst du das hier?«

»Ach, komm! Das bisschen zählt ja wohl nicht.«

Weil Louisa gerade zu ihren Händen hinabsah, um ihr Armband wieder anzulegen, bekam sie nicht mit, weshalb Edith mit einem Mal die Augen verdrehte. Als sie aufblickte, starrte sie geradewegs ihren Chef an, der lächelnd vor ihrem Tisch stand. Überrascht wanderte ihr Blick zu der langbeinigen, blond gelockten Frau an seiner Seite, die zu ihren hautengen Jeans eine weiße Bluse und High Heels trug. Auf dem Tablett vor der halb geöffneten Knopfleiste balancierte sie eine halbvolle Salatschale und eine Flasche stilles Wasser.

»Meine Damen, darf ich Ihnen Frau Wessel vorstellen. Sie studiert Biochemie und wird in unserem Labor die nötigen Versuchsreihen für ihre Masterarbeit durchführen. Sicherlich haben Sie nichts dagegen, wenn sie Ihnen beim Essen Gesellschaft leistet.« An Edith gewandt fuhr er fort: »Sie haben sich ja bereits kennengelernt, Frau Fuchs.« Mit der flachen Hand zeigte er nun auf Louisa. »Und das ist unsere Frau Paulus. Sie unterstützt mich bei der innerbetrieblichen Organisation. Genau wie Sie, Frau Wessel, hat sie erst vor ein paar Tagen bei uns begonnen.«

Louisa nickte der Studentin freundlich zu und wartete, bis sie ihr Tablett abgestellt hatte. Ihr höfliches Händedrücken nutzte Marlow, um sich gleich wieder zu verabschieden.

»Ich muss leider zurück ins Büro. Auf ein allseits zufriedenes und vertrauensvolles Miteinander!«

Während sich die junge Frau an den Tisch setzte, hielt er mit eiligen Schritten auf den Kantinenausgang zu.

»Ihr könnt mich übrigens Doreen nennen«, bot sie großzügig an und stach auf ihren Salat ein. Die verwunderten Blicke der beiden Älteren am Tisch lächelte sie einfach weg.

Einfach so geduzt werden zu werden, war gewöhnungsbedürftig.

»Okay, ich bin die Louisa.«

Das erste Wort zog sie betont in die Länge. Aus dem Augenwinkel sah sie, wie Edith die Lippen aufeinanderpresste.

»Edith«, kam es wie der Knall einer Schreckschusspistole aus dem Mund der Fünfzigjährigen.

Doreen ließ das kalt. Sie gabelte weiter ihren Salat auf und kaute gelangweilt.

»Wo habt ihr eigentlich studiert?«, wollte sie plötzlich wissen.

Louisa spürte deutlich, wie sich ihre Nackenhaare aufstellten. Was sollte das denn jetzt? Konnte sich diese Hochschul-Barbie nicht vorstellen, dass es in allen Unternehmen auch Mitarbeiter gab, die keine akademische Ausbildung genießen durften?

»Dormagen«, warf Edith mit einem kämpferischen Flackern im Blick ihren Köder aus.

Doreen sah sie verunsichert an.

»Soviel ich weiß, ist das so ein kleines Nest zwischen Köln und Düsseldorf. Ich wusste gar nicht, dass es dort sogar eine Uni gibt.«

»Gibt es auch nicht. Aber vielleicht hast du schon mal was von der kleinen Klitsche gehört, in der ich meine Ausbildung zur Chemie-Laborantin gemacht habe.«

»Möglicherweise kenne ich sie ja«, schnappte Doreen prompt zu. »Wie heißt sie denn?«

»Bayer!«

Es dauerte einen Augenblick, bis die Studentin merkte, dass sie ihrer Kollegin auf den Leim gegangen war. Schnippisch entgegnete sie, dass dieser Großkonzern ja nicht nur für seine Weltmarken bekannt sei, sondern auch für die ausgeprägte Anonymität unter den Mitarbeitern und seine Umweltskandale. Dass der rheinische Chemiegigant ihr Traumarbeitgeber war, behielt sie jedoch für sich. Aber einen weiteren Seitenhieb auf Edith hatte sie dennoch parat. »Ich hab schon gedacht, du hättest bis jetzt immer nur Vitaminpillen zusammengemischt.«

Edith hob als Antwort nur gelangweilt einen Mundwinkel. Auf ihrer Stirn stand deutlich geschrieben, was sie von ihrer neuen Kollegin hielt.

Auch Louisa hatte nur noch wenig Lust, den Mittagspausenplausch fortzusetzen. Nach dem spitzen Wortwechsel wollte sie auf keinen Fall Doreens nächstes Verhöropfer werden. Sie sah auf die Uhr und blickte erschreckt in die Runde.

»Meine Güte, so spät schon.«

Wie auf Kommando sprang Edith mit ihr auf und griff nach ihrem Tablett. Im Eiltempo brachten die beiden Frauen ihr Geschirr weg und verließen die Kantine. Auf dem Gang zum Treppenhaus atmeten sie hörbar aus.

»Das hast du super pariert!«, lobte Louisa und grinste die Frau an ihrer Seite an. »Na, das kann ja noch heiter werden mit Marlows neuer Frauenpower.«

Edith schüttelte schnaubend den Kopf.

»Power mag die ja vielleicht haben, aber eher unter der Bluse als im Kopf«, knurrte sie vor sich hin. »Ich werde nie verstehen, warum sich der Chef auf diese Uni-Schnepfe eingelassen hat, nach all dem, was sein Vater uns damals beschert hat.«

»Was meinst du denn damit?« Louisa hatte keine Ahnung, worauf sich ihre Anspielung bezog.

»Das Hofieren der Hochschulen war das Steckenpferd des alten Marlow. Er hielt große Stücke auf seinen guten Kontakt zu den Professoren der umliegenden Universitäten. Ab und an luden sie ihn ein, um einen Vortrag zu halten. Das wurde dann in der Firma wie die Verleihung des Bundesverdienstkreuzes gefeiert. Im Gegenzug brauchten die Professoren nur mit dem Finger zu schnippen, wenn es um Praktikumsstellen oder das Schreiben von Masterarbeiten ging.« Edith schnaubte verächtlich. »Leider hat es den Senior nie interessiert, wie viel Zeit und Nerven uns Laborleuten die Betreuung der Studenten gekostet hat. Stattdessen drängte er ohne Rücksicht auf die Einhaltung der vorgegebenen Fristen. Einen Monat vor seinem Tod hatte sich der Doc dann richtig mit ihm angelegt. Auf seine ruhige und sachliche Art hat er ihm verdeutlicht, dass er die Produktionsvorgaben unter diesen Bedingungen nicht einhalten könne. Doch der alte Marlow ist gar nicht darauf eingegangen, sondern hat immer nur vom Stellenwert der Hochschulen gefaselt und wie wichtig diese Kontakte für Unternehmen wie Blifrisk seien.«

Als Louisa merkte, wie bekümmert Edith mit einem Mal war, versuchte sie, ein paar mitfühlende Worte zu finden.

»Dieser alte Firmenpatriarch tickte bestimmt genauso wie unser damaliger Chefarzt, der mit siebzig immer noch alle Doktoranden antanzen ließ, um seine Show-Visite abzuhalten.«

»Für den stand ja auch nichts auf dem Spiel«, konterte Edith leise. »Aber Dr. Urdenbach hat damals seinen Job für uns riskiert.«

»Und was ist der Grund, dass er nun doch noch da ist?«

»Wie schon gesagt ist der Seniorchef kurz darauf verstorben, und sein Sohn musste den Laden Hals über Kopf übernehmen. Marlow junior hat natürlich mit Engelszungen auf den Doc eingeredet, damit er blieb. Aber ganz so unproblematisch war das Ganze dann doch nicht.«

Louisa spürte an Edith bruchstückhafter Berichterstattung, dass immer noch irgendwo ein Mosaikstein fehlte.

»Na ja, dein Laborchef wird dem Senior ja wohl kaum etwas in den Tee gemischt haben«, versuchte sie es auf die humorvolle Art. »Oder weshalb gab es nach seinem Ableben Probleme? Der Juniorchef ist doch eigentlich ein patenter, umgänglicher Typ.« Ihr wurde ganz komisch, als sie Ediths verbitterten Gesichtsausdruck wahrnahm.

»Wegen seiner Mutter. Eleonore Marlow glaubte damals felsenfest, dass der Doc für den Tod ihres Mannes verantwortlich sei. Seitdem redet sie nicht mehr als nötig mit ihm.«

»Aber warum ist er dann nicht einfach gegangen? Ich meine, unter solchen Bedingungen weiterzumachen, ist doch alles andere als angenehm. Als promovierter Wissenschaftler hätte er doch bestimmt auch woanders einen Job gefunden.«

Ein leichtes Lächeln erhellte nun das Gesicht der Fünfzigjährigen. »Weil er den Juniorchef nicht im Stich lassen wollte. Die beiden haben ein fast brüderliches Verhältnis zueinander. Ohne den Doc hätte der Juniorchef die Firma längst gegen die Wand gefahren.«

So ein edelmütiges Verhalten hätte Louisa dem kleinkarierten Laborleiter gar nicht zugetraut. Das Wort brüderlich kam ihr im Hinblick auf den geschätzten Altersunterschied allerdings etwas deplatziert vor.

»Du meinst wohl eher väterlich«, korrigierte sie Edith.

»Wieso? Der Doc ist doch nicht viel älter als der Chef«, erwiderte sie mit einem verständnislosen Kopfschütteln.

»Schon in Ordnung«, beendete Louisa das fruchtlose Gerede mit einem milden Lächeln. Liebe macht eben blind! Und für das Verhalten von Frederics Mutter hatte sie auch eine simple Erklärung.

»So ein plötzlicher Tod kann die Angehörigen ganz schön aus der Bahn werfen. Vielleicht hat die Seniorchefin auch deshalb so heftig reagiert. Sie stand einfach unter Schock«, erklärte Louisa mitfühlend. »Es ist ja bekannt, dass Trauernde in ihrem Schmerz nach einem Schuldigen suchen.«

Vor dem Eingang zum Labor blieb Edith stehen und sah Louisa eindringlich an. »Das mit dem Herzversagen des Seniorchefs ist jetzt über fünf Jahre her. Aber glaub nur nicht, dass die alte Schreckschraube ihre Meinung geändert hätte.«

Louisa zuckte entschuldigend mit den Schultern. Da kann ich mir kein Urteil erlauben. Ich habe die alte Dame ja noch gar nicht kennengelernt.«

Edith grinste sie mit einem hämischen Flackern in den Augen an. »Keine Bange. Das wirst du noch früh genug. An Eleonore Marlow kommt hier im Betrieb keiner vorbei.«

Irritiert sah Louisa der Laborassistentin nach, bis die Tür ins Schloss fiel. Auf den restlichen Metern zum Verwaltungstrakt kam ihr wieder das erste Gespräch mit Frederic Marlow in den Sinn, und auch, wie zuvorkommend er sich ihr gegenüber verhalten hatte. Beim besten Willen konnte sie sich nicht vorstellen, dass seine Mutter das krasse Gegenteil sein sollte. Sie war vielleicht vom alten Schlag und ein bisschen verhärmt, aber eine Schreckschraube?

Louisa lächelte verständnisvoll, als sie sich auf ihrem Bürostuhl niederließ und an Ediths zornige Reaktion dachte. Die Arme war eben in ihren Chef verschossen und wie die Vorstandssekretärinnen aus den alte Heimatfilmen stets darauf bedacht, alles Böse von ihm fernzuhalten. Kein Wunder, dass ihr die Seniorchefin wie die Schwester von Cruella De Vil aus *101*

Dalmatiner vorkam.

Bevor sie sich mit Betty zum Walken im Schlosspark traf, musste sie noch einmal zum Hallenbad, um etwas Wichtiges mit dem Leiter der Tauchschule zu besprechen.

Auf seinen Rat hin hatte sie sich am Abend zuvor die empfohlene Webseite angesehen und war sehr beeindruckt von den umfangreichen Möglichkeiten, die dort angeboten wurden. Außer der theoretischen und praktischen Ausbildung im tiefen Schwimmerbecken konnte man im angrenzenden Baggersee Tauchgänge bis zu einer Tiefe von acht Metern durchführen. Es gab Spezialkurse zur Tauchsicherheit und Rettung, zum Erkunden von Wracks und Höhlen und den Besonderheiten beim Eis- und Strömungstauchen. Zu Louisas größter Freude fanden auch regelmäßige Gruppenfahrten an die bretonische Küste und sogar nach Ägypten statt. Ihre Augen hatten am Ende richtig gebrannt, so intensiv war sie die Texte und Fotos auf dem Bildschirm durchgegangen. Als sie ihren Rechner endlich zugeklappt hatte, war sie so begeistert gewesen, dass sie am liebsten gleich den Anmeldebogen für den theoretischen Unterricht ausgefüllt und abgeschickt hätte. Doch um überhaupt beginnen zu können, brauchte sie ein ärztliches Attest über die Tauglichkeit für diesen Sport, und dazu wollte sie dem Leiter der Tauchschule am kommenden Feierabend noch ein paar Fragen stellen.

Anschließend hatte sie sich seufzend in die Kissen auf ihrem Sofa fallen lassen und mit offenen Augen zu träumen begonnen. In ihrer Phantasie platschte sie mit Flossen, Atemgerät und Brille über den Steg am Ufer der Kiesgrube, um sich am hinteren Ende mit einem großen Schritt ins Wasser zu stürzen. Natürlich genauso spektakulär, wie es die Polizeitaucher in den Fernsehkrimis immer machten - mit der Hand auf der Tauchermaske.

Der Preis des Kurses hatte Louisa anfangs fast den Atem verschlagen. Doch nach reiflicher Überlegung war sie mit sich übereingekommen, dass sie ihren Job nicht gewechselt hatte, um weiterhin auf den Grund ihrer Badewanne abzutauchen und am Strand von Cala Ratjada zwischen Kleinkindern mit Schwimmflügeln zu schnorcheln. Natürlich war ihre Arbeit im Labor der

Schlossklinik weniger anstrengend gewesen, aber bei dem Gehalt, das man ihr dort gezahlt hatte, musste sie für alle größeren Anschaffungen und Urlaube Monate sparen. Lustkäufe im dreistelligen Bereich waren bisher ein absolutes No-Go gewesen.

Mit ihrer Anstellung bei Blifrisk taten sich ganz andere Möglichkeiten für sie auf. Hier bekam sie für die gleiche Stundenzahl ein ganzes Drittel mehr, und von der zweimonatigen Probezeit hatte sie immerhin schon eine Woche problemlos hinter sich gebracht. Warum also nicht den nächsten Schritt zur Verwirklichung ihres Traums tun und den Kursvertrag unterschreiben? Vorausgesetzt natürlich, dass von ärztlicher Seite keine Bedenken bestanden. Welche körperlichen Fähigkeiten brauchte man wohl für das Tauchen? Genau das wollte sie Sascha fragen. Sie fühlte sich zwar topfit, aber woher sollte sie wissen, auf welche physischen Gegebenheiten es unter Wasser ankam? Schließlich reichte schon eine leichte Sehschwäche, um kein Pilot werden zu können.

Kurz nach Feierabend stellte Louisa also erneut ihren Wagen auf dem Parkplatz des örtlichen Schwimmbades ab. Weil sich die Frau am Eingang noch an sie erinnern konnte, verzichtete sie darauf, in der Tauchschule anzurufen und schickte Louisa direkt mit einem gebieterischen Blick dorthin.

»Sascha müsste im Büro sein.« Als sie mitbekam, wie Louisa auf ihren Sandaletten den Umkleidebereich ansteuerte, schimpfte sie entsetzt hinter ihr her: »Doch nicht mit Schuhen! Ziehen Sie die sofort aus! An der Tür beginnt der Barfußbereich!«

»Oh, Entschuldigung«, murmelte Louisa und streifte schuldbewusst ihre Sommerschuhe ab. Vorsichtig tastete sie sich über den rutschigen Boden der Schwimmhalle zu dem dahinterliegenden Flachbau vor. Durch das Fenster im Vorraum sah sie den Tauchlehrer mit dem langen dunklen Haarschopf am Computer sitzen. Sie klopfte an und öffnete die Tür zum Büro.

»Hi, Sascha. Ich hoffe, ich störe nicht? Ich wollte dich nur etwas fragen.«

Das blendende Weiß seiner Zahnreihen blitzte auf, als er sich erhob und auf sie zukam.

»Hi, Paula. Was kann ich für dich tun?«

»Louisa«, korrigierte sie ihn. »Der Paul kommt in meinem Nachnamen vor.«

»Ach, ja, richtig. Louisa.« Er setzte sich lässig auf die vordere Ecke des Schreibtischs und sah sie neugierig an. »Hast du dir mein Angebot durch den Kopf gehen lassen? Meinetwegen kannst du nächste Woche schon mit der Theorie anfangen.«

»Das würde ich ja gern. Aber in den Aufnahmebedingungen steht, dass man ein ärztliches Attest vorlegen muss.«

Sascha machte eine wegwerfende Handbewegung.

»Alles halb so wild. Man darf halt nichts an der Lunge und an den Ohren haben, und das Herz muss auch durchgecheckt werden.« Er legte den Kopf leicht schief und sah sie lächelnd an. »Aber das wird bei dir alles paletti sein. Da habe ich einen Blick für.«

»So, so!«, antwortete sie mit einem irritierten Lächeln. »Und was ist, wenn ich heimlich Kette rauche, geplatzte Trommelfelle habe und einen Herzschrittmacher trage?«

Saschas Lachen war so ansteckend, dass Louisa Mühe hatte, wieder ernst zu werden. Mit einem belustigten Schnaufen fuhr sie fort: »Keine Angst, ich habe auch keine Chlorallergie oder Panikattacken. Das Einzige, was ich nicht vertrage, sind Neoprenanzüge zum Ausleihen. Schon bei der Vorstellung, in so ein feuchtes Ding schlüpfen zu müssen, in dem vorher jemand anderes steckte, bekomme ich eine Gänsehaut.«

Sascha warf sich in die Brust.

»Das musst du auch nicht. Ich hab da ein paar Adressen, über die du kostengünstig an das nötige Equipment kommst. Ein gutes Netzwerk ist ja bekanntlich Gold wert.«

Fast hätte Louisa erneut losgeprustet. Sascha konnte ja nicht wissen, dass ihre Freundin Betty das Netzwerken für das Wichtigste im Leben hielt. Auf den nächsten Rängen folgten ihr Sohn und wahlweise ein intaktes Auto oder eine gebrauchsfähige Waschmaschine. Sie war fest überzeugt, dass man eine Zeit lang auf Mann und Maus verzichten konnte. Doch ohne ein funktionierendes Netzwerk würde man in ihren Augen in kürzester Zeit zu einem fettleibigen Psychopathen mit suizidalen Tendenzen. Louisas Schicksal lag ihr daher ganz besonders am Herzen. Am liebsten hätte Betty sie nach der Trennung von Raimund umgehend bei sämtlichen Facebook-Gruppen, Dating-Portalen und Single-Kochkursen angemeldet. Nur mit großer Mühe hatte Louisa sie davon abhalten können. Wenn es ganz eng wurde, half ihr oft nur noch der Hinweis, dass Betty trotz ihres umfangreichen Netzwerks immer noch solo war.

»Also«, kam Sascha auf das eigentliche Thema zurück. »Wenn du in dieser Woche noch mit dem Kurs beginnen möchtest, reicht es, wenn du mir das Attest bis zum übernächsten Wochenende vorbeibringst.«

»Vorausgesetzt, ich finde bis dahin einen Arzt, der die Untersuchung macht«, schränkte Louisa ein. »Das dürfen ja nur Internisten mit einer Zusatzausbildung für den Tauchsport machen.«

Auch das hielt Sascha für absolut problemlos.

»Frag doch einfach mal in der Klinik am Schloss nach! Da gibt es meines Wissens etliche Ärzte, die Sportuntersuchungen machen.«

»Gute Idee«, meinte Louisa. Sie wusste auch schon genau, wer ihr dort schnellstmöglich einen Termin besorgen würde. »Da kann Betty endlich einmal demonstrieren, was ihr Netzwerk so draufhat«, gluckste sie in sich hinein.

Eine Viertelstunde später wartete Louisa auf dem Schlossparkplatz an den Wagen gelehnt auf ihre Laufpartnerin. Sie nutzte die Zeit, bis Bettys kleiner Flitzer neben ihrem parkte, um die Werte und Grafiken auf dem Display ihres Fitnessarmbands zu studieren. Schon seltsam, wie zackig ihre tägliche Schlafkurve verlief. Von den zahlreichen Tiefschlafphasen bekam sie nie etwas mit. Wenn sie morgens zum Badezimmer schlurfte, hatte sie eher den Eindruck, insgesamt nicht mehr als drei Stunden geschlafen zu haben. Da war es schon sehr beruhigend, die Realität als eindeutige Zahl vor sich zu sehen. Und noch zufriedener machte Louisa der Smiley, der stets erschien, wenn ihre Schlafdauer die Siebenstundengrenze überschritten hatte.

Eine Angabe stimmte sie allerdings vom ersten Tag des Zählens an verdrießlich, und das lag nicht nur an dem Smiley mit den hängenden Mundwinkeln daneben. Ihre täglichen Schritte wurden einfach nicht mehr. Aber darum ging es doch gerade, beziehungsweise um den Kalorienverbrauch, der von ihnen abhing. Genau deshalb trug sie doch Tag und Nacht dieses blöde Band am Handgelenk. Es sollte sie doch motivieren. Sie dazu bringen, stolz auf ihre Leistung zu sein und sich noch mehr anzustrengen. Und was tat es wirklich? Jedes Mal, wenn sie ihren Schrittwert aufrief, war sie deprimiert. Selbst an diesem herrlichen Frühlingstag hatte sie es erst auf mickrige dreitausend Schritte gebracht. Die Angabe über die gelaufenen Kilometer ließ sie kalt, aber der Kalorienwert machte sie regelrecht wütend. Wenn es nach ihm ginge, hätte sie seit einer Woche nach dem Frühstück nur noch Kaugummi kauen dürfen, um abzunehmen. In diesen Momenten hasste sie das blaue Plastikding. Vor lauter Wut hatte sie schon daran gedacht, etwas unter das Armband zu schmieren, das einen ordentlichen Hautausschlag erzeugte, oder es eine Weile im erhitzten Backofen schmoren zu lassen. Aber Betty hatte es ihr geschenkt, weil sie sich um sie sorgte und bemüht war, ihr beim Abnehmen zu helfen und nicht, um sie mit der Nase auf ihren inneren Schweinehund zu stoßen.

Als der rote Mini auf den Platz gerollt kam, winkte Louisa ihrer Freundin fröhlich zu. Niemals würde sie ihr zeigen, wie sehr ihr dieser smarte Big Brother an ihrem Handgelenk zu schaffen machte. Vor der geöffneten Kofferraumklappe gaben sie sich die üblichen Begrüßungsküsschen.

»Na, alles klar bei dir?«, fragte Betty, während sie ihre Sportschuhe zuschnürte.

Louisa nickte.

»Hab beim Mittagessen viel Neues über die Leute in der Firma erfahren. Du glaubst gar nicht, was für interessante Dinge da passiert sind. Der Laborleiter soll den damaligen Unternehmenschef umgebracht haben, die Laborassistentin spricht von ihrem Vorgesetzten, als wäre er ihr Papa, und die Seniorchefin soll angeblich ein kälteres Herz haben als der tiefgefrorene Ötzi.«

»Unglaublich! Und was gab's zu Mittag?«, kam es kurz und knapp aus Bettys Mund.

Louisa machte ein betretenes Gesicht, denn an der Frage erkannte sie sofort, dass sie sich verplappert hatte.

»Och, nur so ein bisschen mageres Hühnchencurry. Mehr nicht.« Sie linste zu ihrer Freundin hinüber und atmete erleichtert aus, als sie sah, wie sehr sie bemüht war, nicht loszulachen. Natürlich hatte Betty sie durchschaut.

»Mit Hühnchencurry kurbelst du höchstens die Agrarwirtschaft an, aber nicht deinen Fettstoffwechsel, meine Liebe«, mahnte sie mit gespielter Strenge. »Ich schätze, deine Portion hatte mindestens fünfhundert Kalorien.«

»Du weißt doch gar nicht, wie viel ich genommen habe«, maulte Louisa wie ein Kind, das beim Griff ins Bonbonglas erwischt wurde.

»Ach, komm, ich kenn dich doch«, war Bettys Antwort, und damit lag sie nicht so falsch. Mit einem vorwitzigen Flackern im Blick schloss sie den Kofferraum und klatschte in die Hände. »Wie viele Schritte hast du denn heute schon auf deinem Konto?«

»Frag nicht!«, erwiderte Louisa misslaunig. »So was um die dreitausend«, fuhr sie kaum hörbar fort.

Bettys Kopf schoss entsetzt in die Höhe.

»Na, dann lass uns mal den Tag retten!«

Schwungvoll lenkte sie ihre Schritte zu dem langen Weg, der den Schwanenweiher vom Schlosswald trennte. Nachdem sie eine Weile schweigend gegangen waren, kam Betty auf ihre anfangs gestellte Frage zurück.

»Und deine neuen Kollegen sind okay, auch wenn es bei euch zugeht wie im letzten Tatort?«

Louisa wusste sofort, dass sie nicht scharf darauf war zu erfahren, ob sie sich in der Gemeinschaft aufgehoben fühlte. Ihre Freundin wollte auf etwas ganz Spezielles hinaus.

»Genau genommen möchtest du gern wissen, ob bei meinen männlichen Kollegen zwischen dreißig und vierzig einer dabei ist, der …« Sie musterte ihre Freundin verschmitzt.

»Ja, genau. Der in dein kompliziertes Beuteschema passt.«

Mit einem Blick aus dem Augenwinkel versuchte Betty, die Antwort in Louisas Gesicht zu finden. Nach zwei Sekunden drehte sie ihren Kopf wieder resigniert nach vorn. Dem gelangweilten Ausdruck nach zu urteilen, schien die männliche Belegschaft älter als fünfzig zu sein und hauptsächlich aus karrieresüchtigen oder Burnout-gefährdeten Familienvätern zu bestehen.

»Schade, schade, schade«, murmelte Betty. »Ich hab so gehofft, dass es bei dir endlich mal wieder funkt. Die Geschichte mit Raimund liegt doch nun schon über zwei Monate zurück.«

Louisa hätte ihrer besorgten Freundin gern etwas anderes erzählt, aber nach ihrem Reinfall mit dem umtriebigen Assistenzarzt hielt sie Arbeitsplatzverhältnisse per se für anstrengend und gefährlich. Außerdem gab es unter den Blifrisk-Mitarbeitern wirklich niemanden, mit dem sie sich gern verabredet hätte. Der einzige, der da vielleicht in Betracht käme, war Frederic Marlow. Aber er war der Boss des Unternehmens und spielte dadurch in einer ganz anderen Liga. Und sollte sie nicht wenigstens ein kleines körperliches Signal spüren, wenn er in ihrer Nähe war? Ein Herzklopfen, ein Flattern im Bauch oder wenigstens den Wunsch, ihn häufiger sehen zu wollen? Aber von all dem hatte sie bisher nicht viel gemerkt.

»Aber was nicht ist, kann ja noch werden«, versuchte sie sich Mut zuzusprechen.

»Dann solltest du wenigstens meinen Rat beherzigen und dich endlich in einem Sportclub oder einem Fitnessstudio anmelden. Deine Zielgruppe tummelt sich doch nicht auf Briefmarkenbörsen oder im Kirchenchor!«

Louisa atmete auf. Genau das hatte sie ja getan. Sie strahlte Betty ins Gesicht.

»Rate mal, womit ich demnächst beginnen werde!«

»Yoga?« Betty drehte sich um und klapperte beim Rückwärtslaufen alle möglichen Sportarten ab. Je exotischer ihre Vorschläge wurden, desto entrüsteter schüttelte Louisa den Kopf.

Als sie sich resigniert zurückdrehte, lüftete Louisa ihr Geheimnis.

»Ich werde demnächst endlich mit dem Tauchen anfangen. Vierhundert Euro kostet der Kurs. Das ist zwar viel Geld, aber mit dem Gehalt, das ich jetzt bekomme, kann ich mir endlich diesen Traum erfüllen. Genau deshalb habe ich ja auch den Job gewechselt.« Ein glückliches Lächeln verzauberte ihr Gesicht. »Tauchen im Roten Meer. An der Südspitze der Sinai-Halbinsel, dem schönsten Unterwasserrevier der Welt.«

»Das willst du wirklich machen?« Bettys Stirn hatte sich zu einem Faltengebirge zusammengeschoben. »Ich habe gelesen, dass es gar nicht gut sein soll, alle seine Träume in die Tat umzusetzen. Ein paar soll man ruhig übrig lassen. Das Leben kann nämlich ziemlich öde werden, wenn man nichts mehr hat, worauf man sich freut«, gab sie zu bedenken.

»Du mit deiner selbstgestrickten Lebensphilosophie!«, konterte Louisa genervt. »Ich habe noch genug andere Träume. Und außerdem! Was hat dir das bisher gebracht? Was ist mit dem Weinberg in der Toskana und der Sport-WG, die du mit ein paar Facebook-Freunden gründen wolltest? Macht es dich glücklicher, immer nur davon zu träumen?«

Sie war in diesem Moment richtig sauer auf ihre Freundin, auch wenn Betty im Kern recht hatte.

»Ich habe jedenfalls den ersten Schritt getan, und das fühlt sich richtig gut an. Der Leiter der Tauchschule will mir übrigens bei der Anschaffung der Tauchausrüstung helfen.« Und mit einem Augenzwinkern fuhr sie fort: »Sascha verfügt nämlich über ein umfangreiches Netzwerk.« Den Köder mit dem Netzwerk hatte sie bewusst ausgeworfen, als ihr Bettys betretenes Gesicht aufgefallen war. Mit diesem Hinweis wollte sie ihr zeigen, dass sie es nicht so meinte. »Versteh mich bitte nicht falsch! Deine Meinung ist mir sehr wichtig, aber man hat nur dieses eine Leben. Deshalb sollte man doch alles dafür tun, es zu genießen. Und zwar jetzt und nicht erst, wenn man die Wechseljahre hinter sich hat.«

»Ja, ja, ist schon richtig«, lenkte Betty ein. Weil sie sich durch

Louisas Anspielung etwas in die Enge getrieben fühlte, schnitt sie rasch ein anderes Thema an. »Und was ist das mit diesem Tauchschulleiter? Dieser Tausend-Sascha scheint dir ja mit seinen Kontakten mächtig den Kopf verdreht zu haben!«

Diesmal schien Betty einen Treffer gelandet zu haben, denn Louisa wurde sichtlich verlegen. Mit einer abwertenden Handbewegung stellte sie klar, dass ihrerseits absolut kein Interesse an dem Mann bestand.

»Der sieht zwar super aus und benimmt sich auch gut, aber er ist mir einfach ein bisschen zu geschäftstüchtig.«

»Und was ist daran so schlimm?«, wollte Betty wissen. »Der weiß wenigstens, worauf es ankommt. Die meisten in dieser Branche sind doch Spinner, die mit Krediten die Suche nach irgendwelchen mysteriösen Goldschätzen finanzieren, von denen sie dann anschließend zu leben hoffen.«

Als ob sie damit dem Reizthema entfliehen könnte, holte Louisa mit ihren langen Beinen ordentlich aus. Obwohl Betty von der Klinik her auf Schnelligkeit getrimmt war, konnte sie nur mit Mühe Schritt halten.

»Bist du jetzt sauer, weil ich das gesagt habe, oder warum rennst du plötzlich so?«

Natürlich war Louisa sauer, aber eher auf sich selbst. Wie konnte sie nur so blöd sein, Betty von Sascha zu erzählen? Sie wusste doch, dass Betty mit ihren Fragen so lange nervte, bis sie Louisa unter Morddrohungen aufforderte, kein Wort mehr über den potenziellen Mr. Right zu verlieren. Außerdem hatte sie mit Sascha bisher höchstens zehn Sätze gesprochen. Sie kannte ihn also genauso gut wie das Putzpersonal von Blifrisk.

»Ich nehme an, dass der längst in festen Händen ist«, versuchte sie Bettys Gedankengänge in die richtige Richtung zu lenken. »Ist ja nicht selten, dass Institutionen wie diese Tauchschule von Ehepartnern geführt werden, oder zumindest von einem Paar, das zusammenlebt. Das kennt man doch von Koch- oder Fahrschulen.«

Betty sagte nichts darauf. Sie war froh, dass endlich der Parkplatz in Sicht kam. Ihr Schrittpensum für diesen Tag hatte sie dreimal erfüllt.

»Stell dir vor, der Wessi empfiehlt seinen Krampfader-Operierten neuerdings das Schrittzählen mit Armband. Sind wir nicht ein modernes Unternehmen?« Sie klopfte sich theatralisch auf die Schulter.

Louisa lächelte wohlwollend. Zum einen, weil Betty endlich ein harmloseres Thema angeschnitten hatte, und zum anderen, weil der Chefarzt der Schlossklinik, für den Betty gern die Kurzform nutzte, lange Zeit auch ihr Chef war. Dr. Wessels medizinischen Fähigkeiten waren exzellent und stets auf dem neusten Stand, aber mit technischen Neuheiten auf anderen Gebieten tat er sich äußerst schwer. Aus diesem Grund konnte Betty besonders stolz auf sich sein. Ihr hatte der Chefarzt die Idee mit den Fitnessarmbändern zu verdanken. Seitdem waren seine Patienten viel bewegungsmotivierter, und er genoss das Lob, das sie ihm für den modernen Touch seiner Empfehlung zollten.

»In großen Firmen bekommt man für innovative Ideen einen angemessenen Gehaltsbonus«, sagte Louisa. »Und womit hat Wessi dich belohnt?«

Es war nicht das erste Mal, dass sie Betty mit der Nase darauf stoßen musste, wie sehr sie sich ausnutzen ließ. Ihre Freundin war zwar ehrgeizig und hartnäckig, aber ihr Durchsetzungsvermögen ließ arg zu wünschen übrig. Mitzubekommen, wie wenig sie für ihren aufopfernden Einsatz bekam, tat ihr oft richtig weh. In solchen Momenten nutzte es kaum, sie zu bemitleiden. Da musste Louisa den verbalen Hammer kreisen lassen, und zwar dicht über dem Kopf ihrer Freundin.

»Du hast gut reden mit deinem neuen Schreibtischjob, bei dem die Beine langsam verkümmern!«, setzte sie sich mit grimmiger Miene zur Wehr. Nach einer kurzen Pause zog plötzlich ein hämisches Grinsen über ihr Gesicht. »Dafür durfte ich heute Mr. Baywatch zur Darmspiegelung vorbereiten. Wenn du Genaueres wissen willst: Ich kann dir genau sagen, wie viele Leberflecke er in seiner rechten Leiste hat. Und er hat etwas, an dem würde ich ihn sogar mit verbundenen Augen erkennen.« Als Louisa losprustete, sah sich Betty gezwungen, etwas genauer zu werden. »Mensch, was du wieder denkst! Ich meine natürlich die riesige Zickzacknarbe auf seiner linken Pobacke.«

Louisa hielt sich vor Lachen den Bauch.

»Oh! Sag jetzt nur noch, du hattest bei der Oberflächenbegutachtung deine Lesebrille auf!«

»Tse!«, entgegnete Betty gespielt beleidigt. »Aber ich kann nur sagen: Es gibt noch Männer, bei denen sich das genaue Hinsehen lohnt. Dir wäre bei seinem Anblick auch anders geworden.« Sie sah verträumt in die Höhe. »Ein Körper, so kraftvoll und schnittig wie ein Formel-1-Wagen, die Haut, lückenlos sonnengebräunt, eine traumhaft tiefe Stimme und der Kopf, nicht unbedingt hübsch, aber interessant. Der absolute Hammertyp, nur leider nicht für mich!«

»Und warum nicht?« Es gab nur einen Grund, der für Betty ein absolutes K.-o.-Kriterium war. »Hatte er keine Haare mehr auf dem Kopf?«

»Nee, die waren ganz in Ordnung«, antwortete sie schmallippig. »Aber er hat mir ein bisschen von seinen Freizeitbeschäftigungen erzählt, und das war's dann für mich. Er ist ein totaler Wasserfreak. Boot fahren, schwimmen, am Strand in der Sonne braten.«

»Verstehe. Also alles, wofür du überhaupt nichts übrig hast.«

Sie nickte stumm mit einem Gesicht, das einem die Tränen in die Augen trieb.

»Wenn das nicht gewesen wäre, hätte ich ihm sofort meinen Hausbesuch ans Herz gelegt, der Nachsorge wegen selbstverständlich.«

»Ja, ganz klar. So gewissenhaft und fürsorglich, wie du nun einmal bist«, witzelte Louisa auf derselben Schiene weiter. »Wenn es soweit ist, nehme ich dich mal zum Tauchen mit. Vielleicht entdeckst du dabei ja doch noch dein Wasser-Gen«, schlug sie vor, als sie wieder auf dem Parkplatz eintrafen.

Betty winkte empört ab.

»Niemals! Wasser ist zum Waschen da!«

Dieses Argument kannte Louisa zur Genüge. Mit einem verschmitzten Zwinkern sang sie das angefangene Lied weiter:

»Falldari und falldara! Auch zum Zähneputzen kann man es benutzen.«

Sie setzte sich ins Auto und ließ wie Betty die Scheiben herunter, um frische Luft ins Innere zu lassen. Mit einem Winken verabschiedete sie sich und trällerte laut zum Fenster hinaus: »Männer sind zum Lieben da, falldari und falldara. Auch zum Haushaltputzen kann man sie benutzen.«

»Du mich auch«, rief Betty Augen rollend herüber und machte Wischbewegungen vor ihrem Gesicht, bevor sie mit durchdrehenden Reifen davonbrauste.

Kapitel 3

Louisa spürte ein leichtes Drücken in der Magengegend, als sie die Treppen zur Chefetage hinaufstieg. Als Herr Marlow sie kurz vorher am Telefon zu einer Besprechung in sein Büro gebeten hatte, meinte sie am Klang seiner Stimme gehört zu haben, dass er ihr etwas besonders Ernstes mitteilen wolle. Hoffentlich hatte es nichts mit ihrer Weiterbeschäftigung zu tun, schoss es ihr durch den Kopf. Vielleicht war er mit ihrer Arbeitsweise unzufrieden, oder er hielt sie für die neu geschaffene Stelle doch nicht geeignet. Möglicherweise ging es Blifrisk auch momentan gar nicht gut, und es mussten Arbeitsplätze eingespart werden.

Als sie an die Tür des Chefbüros klopfte, schien sich bereits ein wahrer Betonklotz in ihrem Bauchraum gebildet zu haben.

»Guten Morgen! Sie wollten mich sprechen, Herr Marlow?« Louisa war überrascht, ihn ganz leger im Hemd mit offenem Kragen und aufgekrempelten Ärmeln vor seinem Schreibtisch sitzen zu sehen. Seine blauen Augen blitzten erfreut auf. Er kam ihr mit großen Schritten entgegen und reichte ihr die Hand.

»Bitte, Frau Paulus. Nehmen Sie doch Platz!« Er wies auf den Stuhl vor seinem Schreibtisch.

Sie setzte sich auf die vordere Kante und sah flüchtig zu dem kleinen Bücherstapel, den der Troll auf der Schreibtischecke mit grimmigem Blick zu bewachen schien. Als sie das Wort Norwegen in der Titelzeile des oberen Buches las, atmete sie erleichtert auf. Herr Marlow hatte ja schon angekündigt, dass er sie mit Informationsmaterial über seinen Urlaubsfavoriten versorgen wollte.

»Tja, ich habe gerade ein wenig Zeit, und da wollte ich mal nachhören, ob Ihnen die Arbeit bei uns gefällt, wie Sie mit der Belegschaft zurechtkommen und welche Erfahrungen Sie bis jetzt in Ihrem Tätigkeitsbereich gemacht haben. Vielleicht gibt es ja etwas, dass aus Ihrer Sicht zu verbessern wäre.«

Louisa war so perplex, dass ihr die Worte fehlten. Mitarbeitergespräche dieser Art hatte es in der Klinik am Schloss nie gegeben.

»Oh, ich fühle mich wirklich sehr wohl in Ihrem Unternehmen. Die Leute, mit denen ich zu tun habe, sind alle supernett und hilfsbereit. Und mit meinen Aufgaben komme ich immer besser zurecht. Bis auf den Laborchef kenne ich jetzt sämtliche Abteilungsleiter und auch die meisten Mitarbeiter. Nur die Kunden und Zulieferer sind mir noch nicht so geläufig. Zu denen hatte ich erst wenig Kontakt.«

Herr Marlow nickte mit einem verständnisvollen Lächeln. »Machen Sie sich darüber keine Gedanken. Die Produktion und der Vertrieb gehören ja auch nicht zu Ihrem Aufgabenbereich.« Er lehnte sich zurück und faltete die Hände hinter dem Kopf. »Prima, dass es Ihnen so gut bei uns gefällt. Ich bin übrigens mit Ihrer Arbeitsweise sehr zufrieden. Sie haben sich wirklich schnell eingearbeitet.« Mit Elan setzte er sich gerade und schlug den Deckel der roten Mappe auf, die vor ihm auf der ledernen Schreibmatte lag. Er blätterte bis zu einer bestimmten Seite vor, die er mit der flachen Hand glatt strich. »Wissen Sie eigentlich, was den Ausschlag für Ihre Einstellung gegeben hat?«

Obwohl sie seine geheimnisvolle Äußerung verunsicherte, schüttelte sie neugierig den Kopf.

»In Ihrem Zeugnis steht etwas über Ihre außerordentliche Befähigung im Umgang mit besonderen Personengruppen, zum Beispiel mit Behinderten oder älteren Menschen.«

Dass dieser kleine Zusatz in ihrem Lebenslauf einmal so wichtig sein würde, hätte Louisa nie für möglich gehalten.

»Ja, in der Klinik wurde ich häufig auf die Bettenstation gerufen, wenn es darum ging, schwierigen Patienten Blutproben zu entnehmen. Ich bekam immer schnell einen Draht zu ihnen.« Sie lachte befreit. »Irgendwas muss ich wohl an mir haben, das vertrauenerweckend und beruhigend auf ältere Menschen wirkt«, versuchte sie, ihre besondere Begabung auf heitere Weise zu begründen. Wie geschmeichelt sie sich fühlte, konnte Herr Marlow ohnehin ihrem strahlenden Gesicht entnehmen. Aber warum legte man bei einem Hersteller von Nahrungsergänzungsmitteln Wert auf diese Fähigkeit?

»Ja, mir kommt es bei meinen Mitarbeitern eben nicht nur auf die fachliche Kompetenz an, sondern auch auf die sogenannten Soft Skills. Sie wissen, was das ist?«

»Ja, ich denke schon«, antwortete Louisa irritiert lächelnd. Es kostete sie einige Mühe, ihre Verärgerung zu verbergen. Glaubte dieser Mann wirklich, jemand in ihrem Alter wüsste nicht, was Soft Skills sind? War er wirklich so blasiert, oder war er nur ein bisschen weltfremd, weil er in der Vergangenheit nur wenig mit seinen Angestellten zu tun hatte? »Ein guter Teamplayer zum Beispiel. Also jemand, der sich anpassen kann, empathisch und kooperativ agiert, der gut zuhören kann, aber seine Meinung selbstsicher vertritt.«

»Ja, genau. Besser hätte ich es nicht beschreiben können.« Herr Marlow war sichtlich angetan von Louisas Zusammenfassung. »Vieles davon bringen Frauen automatisch mit in die Berufswelt. Deshalb bin ich auch so froh, dass wir nun durch Sie und Frau Wessel Verstärkung bekommen haben.« Er sah Louisa nachdenklich an. »Das Thema *Ausbau der weiblichen Belegschaft* ist aber nur eins meiner Projekte in der nahen Zukunft. Ich will auch etwas für das gesundheitliche Wohlergehen der Belegschaft tun. Ich meine damit nicht die übliche Versorgung mit ergonomischen Bürostühlen und höhenverstellbaren Schreibtischen. Mir schwebt da etwas möglichst Modernes vor, etwas mit Alleinstellungscharakter.«

Zum Thema Gesundheitsmanagement fiel Louisa nur die Fußballmannschaft ihres ehemaligen Arbeitgebers ein. Doch das behielt sie tunlichst für sich. Dieser Betriebssportgruppe haftete seit Jahren das verstaubte Image an, das man den Kegelvereinen aus den Sechzigern nachsagt. Herr Marlow hatte bei seiner Vision sicherlich nicht an Mannschaftssport, Bürostuhlgymnastik oder Wandertage gedacht. Auf der Suche nach etwas Passendem fiel ihr Blick auf das Armband an ihrer linken Hand.

»Die meisten jüngeren Arbeitnehmer gehen heute ins Fitnessstudio. Oder sie joggen oder walken in ihrer Freizeit mit so einem

Fitnessarmband.« Sie hielt ihm das Handgelenk mit dem blauen Plastikband entgegen. »Damit lässt sich ganz einfach kontrollieren, ob man sich genug bewegt, ausreichend schläft, wie viele Kalorien man verbraucht hat, und noch einiges mehr. Heutzutage läuft kaum noch jemand durch den Wald, um das Grün und die herrliche Luft zu genießen. Viel wichtiger ist den meisten, ihren Körper bis in die Haarspitzen zu kontrollieren. Nur so lässt sich angeblich das Optimale aus ihm herausholen.« Sie klang fast wie der Koordinator einer Wettkampfmannschaft, dabei stammten diese Informationen aus der Laufsportbroschüre, die ihr Betty zusammen mit dem Fitnessarmband zum Geburtstag überreicht hatte. »Der moderne Weg zur Selbstoptimierung sozusagen.« Sie kicherte verhalten. »Den inneren Schweinehund beeindruckt man damit allerdings wenig.« Mit einem demütigen Augenaufschlag setzte sie hinzu: »Meinen jedenfalls.«

Herr Marlow lachte herzlich. Dann dachte er einen Moment mit den Fingerspitzen an den Mund gesetzt nach.

»Das ist gar nicht so schlecht.«

Louisa sah förmlich, wie es in seinem Kopf arbeitete.

»Mit acht- bis zehntausend Schritten täglich ist man schon auf der sicheren Seite«, versetzte sie seinem Gedankengang einen zusätzlichen Schubs. »Es gibt sogar schon Fitnessbänder mit erzieherischen Qualitäten.« Sie warf ihrem Chef einen belustigten Blick zu. »Die vibrieren, wenn man sich eine Zeit lang nicht rührt. Das hat bestimmt schon viele junge, übernächtigte Väter im Büro vor peinlichen Situationen bewahrt«, witzelte sie arglos. »Manche Krankenkassen planen sogar schon, den Gebrauch von Fitnessbändern mit Tarifvergünstigungen oder Gutscheinen für Massagen oder Zahnreinigungen zu belohnen.«

»Aber das geht doch nur, wenn die Versicherten ihre gesundheitsrelevanten Daten der Kasse überlassen.«

»Ja, so etwas gibt es in den USA schon länger. Die Mitglieder gehen mit ihrer privaten Krankenversicherung einen Gesundheitsdeal ein: Sie erklären sich bereit, sich vernünftig zu ernähren und Sport zu treiben. Dafür erhalten sie einen Bonus, dessen Wert sich nach ihrer Fitnessleistung bemisst«, erklärte sie.

»Und die Daten bekommen die Kassen von diesen Kontrollbändern«, resümierte Herr Marlow und blickte dabei gedankenversunken aus dem Fenster. Dann nickte er energisch, und im nächsten Augenblick strahlte er über das ganze Gesicht. »Perfekt! Das ist es!« Er klatschte seine Hände auf die Tischplatte und blickte Louisa tatendurstig an. »Frau Paulus, Sie haben mich auf eine geniale Idee gebracht. Vielleicht können Sie zeitnah eine Liste mit dem Leistungsvolumen der verschiedenen Fitnessarmbänder erstellen und mir reinreichen. Dieses Ding scheint wirklich interessant zu sein.«

Eigentlich wollte Louisa noch etwas zu den Nachteilen sagen, aber das konnte sie immer noch tun, wenn sie ihm die angeforderte Liste vorlegte. Auch für Herrn Marlow schien das Thema erledigt zu sein, denn er zeigte auf den Bücherstapel vor ihm.

»Ich habe Ihnen übrigens einige hübsche Bildbände über die Westküste Norwegens herausgesucht. Die herrlichen Aufnahmen von den Gletschern und Fjorden werden Ihnen bestimmt gefallen. Behalten Sie sie bitte solange, bis Sie alles in Ruhe angesehen haben.«

Fünf riesige Bände voller Eis und Schnee zählte Louisa. Sie hatte große Mühe, einen Ausdruck von Überraschung und Freude auf ihr Gesicht zu bekommen.

»Oh, danke. Da bin ich gespannt. In Bildbänden findet man oft sehr interessante und kuriose Dinge über fremde Länder.«

Er war völlig ihrer Meinung.

»Apropos Bücher. In Ihren Bewerbungsunterlagen steht, dass Sie gern lesen, Frau Paulus?«

Louisa fühlte sich durch diese Frage nicht nur verunsichert, ihr wurde richtig unbehaglich zumute. Diese Freizeitbeschäftigung hatte sie eigentlich nur angegeben, weil es eben dazugehörte. Eigentlich wollte sie ihrem neuen Chef gar nicht so einen tiefen Einblick in ihr Privatleben geben. Der Grund war ganz simpel. Sie gehörte schlichtweg nicht zu der Kategorie Leseratte. Ehrlich gesagt konnte sie sich nicht einmal an den Zeitpunkt und den Titel des Romans erinnern, den sie zuletzt gelesen hatte. Ihr war es viel lieber, sich die Bestseller, die sie interessierten, einige

Wochen später in der verfilmten Form gemütlich vom Sofa aus anzusehen. Ihren eher zart ausgeprägten Lesehunger stillte sie mit Zeitschriften, in denen es um aktuelle Mode- und Ernährungstrends oder Ratschläge zu bestimmten Lebenskrisen ging. Doch das zählte sicher nicht zu dem Lesestoff, den er mit seiner Frage gemeint hatte. Irritiert sah sie erst zu dem Bücherstapel, dann in das Gesicht ihres Vorgesetzten.

»In den letzte zwei Wochen habe ich mich hauptsächlich mit den Ordnern beschäftigt, die Sie mir gegeben haben.«

Das entsprach nicht nur der Wahrheit, es hörte sich sogar so an, als warte sie sehnlichst darauf, wieder mehr Zeit zum Schmökern zu haben. Die Augen des Chefs sprühten bei diesen Worten förmlich vor Begeisterung.

»Oh, das habe ich gleich geahnt, dass Sie Spaß am Lesen haben.«

»Wer tut das nicht?«, fragte es Louisa im Stillen. Heutzutage war es doch fast ein K.o.-Kriterium, wenn man es nicht in seinem Lebenslauf aufführte. Wer stellte sich schon selbst gern als Bildungsmuffel dar?

Frederic Marlow legte den Kopf schief, strich sich mit der Hand über den nicht vorhandenen Bart und plapperte munter weiter: »Ich könnte mir vorstellen, dass Sie Biografien lieben, oder Reisedokumentationen aus exotischen Ländern. Afrika beispielsweise. Vielleicht auch etwas Abenteuerliches mit einer Liebesgeschichte im Hintergrund, nicht wahr?«

Die Art, wie er sie ansah, trieb Louisa immer mehr in die Enge. Erwartete er jetzt von ihr eine Liste mit ihren Lieblingsschriftstellern? Als sie den Mund spitzte und ihren Kopf abwägend nach rechts und links neigte, legte er nach: »Bestimmt kennen Sie *Jenseits von Afrika* von Tania Blixen? Oder den Klassiker »Wer die Nachtigall stört« von Harper Lee. Der stellt meiner Meinung nach jeden aktuellen Gerichtskrimi in den Schatten. Beides ganz hinreißende Bücher.«

Louisas Nicken wurde immer zaghafter, bis sie sich schließlich nicht mehr traute, weiter die Literaturexpertin zu mimen.

»Es tut mir wirklich leid, aber in der letzten Zeit …«

»Oh, ja, entschuldigen Sie. Ich will Sie nicht unter Druck setzen. Für seine Lieblingslektüre braucht man schließlich Zeit und Muße. Und was das Lesen betrifft, da hat ja auch jeder andere Vorlieben«, bemerkte er voller Verständnis. »Aber wenn Sie mal wieder mehr Zeit haben, kann ich Ihnen die Werke von Lee und Blixen nur wärmstens ans Herz legen. Sie werden Feuer und Flamme sein. Das garantiere ich.«

Bei diesen Worten erhob er sich, um ihr die Norwegenbücher anzureichen. Doch kaum hatte er die Arme nach dem Stapel ausgestreckt, klopfte es kurz und laut. Im nächsten Moment erschien eine vornehm gekleidete ältere Dame im Türrahmen, die sich ohne zu Zögern und mit energischen Schritte dem Schreibtisch näherte.

»Oh, nee!«, hörte Louisa Herrn Marlow leise stöhnen. Unter dem forschen Blick der Besucherin ging ein Ruck durch seinen Körper. »Darf ich dir unsere neue Mitarbeiterin vorstellen, Mutter? Das ist Frau Paulus. Sie unterstützt mich bei der innerbetrieblichen Organisation.«

Louisa fiel als Erstes die perfekt sitzende, aschgraue Kostümjacke mit dem Stehkragen auf. Hatte sie ein ähnliches Modell nicht kürzlich erst in den Nachrichten gesehen, am Körper des nordkoreanischen Ministerpräsidenten? In Kombination mit der starren, aufrechten Haltung der korpulenten Siebzigerin wirkte sie wie eine Ritterrüstung.

»Frau Paulus«, meinte er zu Louisa gewandt. »Darf ich vorstellen? Das ist meine Mutter.« Seine huldvolle Bekanntmachung untermalte er zu ihrer Verwunderung mit einem unübersehbaren Augenrollen. Ehrfürchtig drückte sie die knochige Hand, die ihr von der Seniorchefin mit einem eiskalten Blick gereicht wurde.

»Schön, Sie kennenzulernen, Frau Marlow.«

Der entsetzte Blick der alten Dame traf sie völlig unerwartet. »Lo!«, schoss es empört aus dem faltigen Mund. »Maroo, nicht Maroff!«

»Natürlich. Entschuldigung, Frau Marlow«, wiederholte sie, diesmal nur mit dem Vokal am Ende.

Das reichte der Seniorchefin jedoch noch nicht.

»Sie werden ja wohl auch nicht Fernsehschoff sagen, wenn Sie Fernsehshow meinen?«

»Nein, natürlich nicht! Es heißt Show, genau wie Marlow.« Peinlich! Nun kam ihr die Endsilbe mit einem gedehnten »ou« über die Lippen.

»Hm, ja. Schön, schön.« Frau Marlows Blick huschte genervt zu dem Bücherstapel. »Ich verstehe nur nicht, was norwegische Reiselektüre mit der Firmenorganisation zu tun hat«, zeterte sie nun ohne Hemmungen los. »Oder gehört die Urlaubsplanung nun auch schon zu den innerbetrieblichen Belangen?«

Das Gift in dem Blick, den sie zwischen Louisa und ihrem Sohn hin- und herwandern ließ, hätte für die Ausrottung der gesamten Elefantenpopulation Afrikas gereicht. Louisa war erleichtert, als sich Herr Marlow schützend vor sie stellte.

»Entschuldige bitte, Mutter, aber du kennst den Zusammenhang nicht. Frau Paulus wird mir bei der Vitamin-D-Kampagne in Nordnorwegen helfen, die ich für das kommende Halbjahr geplant habe. Du weißt schon, die Sache mit meinem Studienfreund, der Chefchirurg in der Klinik in Tromsø geworden ist. Frau Paulus hatte bisher nicht viel Kontakt zu diesem Land, deshalb habe ich ihr Bildmaterial herausgesucht.«

Die Seniorchefin schüttelte missbilligend ihren blond gesträhnten Haarhelm.

»Ich weiß zwar nicht, warum du den unkultivierten Wikingern unser teuer produziertes Vitamin D in den Rachen werfen willst, aber dein Vater war ja, was dieses kalte, trostlose Land angeht, auch unbelehrbar.« Sie zog ihre Mundwinkel so weit in die Höhe, dass Louisa Sorge um den Halt der dicken Make-Up-Schicht um ihren faltigen Mund hatte. »Wie wäre es, wenn du mal einen Blick ins Labor wirfst und dich um Fräulein Wessel kümmerst? Eine sehr nette Studentin von der Uni Düsseldorf übrigens. Du weißt, wie wichtig deinem Vater das gute Verhältnis zu den Hochschulen war. Er hat immer dafür gesorgt, dass sich diese fleißigen, jungen Menschen bei uns wohlfühlen. Die Studenten von heute sind schließlich unsere Mitarbeiter von morgen. Vielleicht sorgst du dich mal lieber darum, anstatt Nischenmärkte am Polarkreis zu erschließen«, beendete sie ihre Unterweisung. Noch bevor Herr Marlow den Mund öffnen konnte, um seiner Mutter Kontra zu geben, nahm die Seniorchefin Louisa ins Visier. »Und Sie? Wo haben Sie eigentlich studiert?«

Gerade wollte Louisa damit beginnen, der alten Dame ihren Werdegang zu beschreiben, da schob er sich mit einem erzwungenen Lächeln zwischen die beiden Frauen.

»Mutter, Frau Paulus erwartet gleich in ihrem Büro ein wichtiges Telefonat. Sie wird dir später Auskunft über ihren Lebenslauf geben.« Mit einer Hand auf dem Rücken signalisierte er Louisa, sich schnellstens zu verabschieden.

»Ah, ja, richtig. Es tut mir leid, Frau Marlow, aber ich muss dringend in mein Büro zurück. Das Telefongespräch hätte ich beinahe vergessen«, entschuldigte sie sich und hastete zur Tür. Beim Verlassen des Raums hörte sie noch, wie die alte Dame ihrem Sohn zuzischelte: »Na, die Qualitäten deiner neuen Mitarbeiterin scheinen ja auf einem ganz besonderen Gebiet zu liegen, oder warum hängt sie hier in deinem Zimmer herum? Die Beherrschung ihres Terminplans gehört jedenfalls nicht dazu. Oder findest du es richtig, dass du sie an wichtige Telefonate erinnern musst?«

Kaum hatte Louisa die Tür ihres Büros mit dem Rücken zugeschoben, klatschte sie die Norwegenbände auf das Sideboard hinter ihrem Schreibtisch und ließ sich mit einem Stoßseufzer auf ihrem Stuhl nieder. Mindestens eine Viertelstunde dauerte es, bis sie ihren Kopf frei genug hatte, um sich wieder auf ihre eigentliche Arbeit zu konzentrieren. Mit Frederic Marlow hatte es nichts zu tun. Als er ihr die Bildbände ausgehändigt hatte, war er wie immer höflich und zurückhaltend gewesen, ja, fast liebevoll, musste Louisa mit einem verschämten Lächeln zugeben. Aber das herbe, abweisende Verhalten der Unternehmenschefin machte ihr zu schaffen. Obwohl das Zusammentreffen nur eine Sache von wenigen Minuten war, hatte es einen seltsam schalen

Nachgeschmack verursacht. Irgendwie wurde sie das Gefühl nicht los, dass nicht Frederic Marlow die Unternehmensstrippen in der Hand hielt, sondern seine Mutter. Vermutlich war sie es auch, die Doreen den Platz im Labor besorgt hatte. Immerhin hatte sie das *nette Fräulein* Wessel sogar beim Namen genannt. Je intensiver sie darüber nachdachte, desto klarer wurde ihr, dass die alte Dame ein ganz anderes Ziel mit der Studentin verfolgte, als sie zu einer banalen Mitarbeiterin von morgen heranzuziehen. Sie würde ihr Fitnessarmband darauf verwetten, dass Doreen demnächst in der Kantine bekanntgab, der Vorstand habe sie für den Besuch eines Management-Kurses ausgewählt. Wieder seufzte sie schwer. Ob sie es als einfache Assistentin ohne Hochschulabschluss je erleben würde, dass die Seniorchefin sie mit Frau Paulus begrüßte?

Weiter kam sie in ihren Gedanken nicht, denn plötzlich forderte jemand mit harschem Klopfen Einlass. Nach Louisas überraschtem »Ja, bitte!« stolzierte niemand anderes als Frau Marlow auf ihren Schreibtisch zu.

»Ich wollte Sie noch einmal kurz unter vier Augen sprechen, Frau …?«

»Paulus. Louisa Paulus«, half sie höflich auf die Sprünge und ging der alten Dame entgegen.

»Ja, richtig. Paulus wie Saulus. Sie müssen entschuldigen, dass ich mich mit den Namen unserer neuen Mitarbeiter ein wenig schwertue. Seitdem ich meinem Sohn das Ruder übergeben habe, ist im Betrieb ein ständiges Kommen und Gehen. Als mein Mann noch der Chef war, gab es so etwas nicht.« Frau Marlow musterte Louisa abschätzend. »Wir kamen gerade im Büro meines Sohnes nicht mehr dazu, über ein paar Dinge zu sprechen, die ich noch gern von Ihnen wissen will. Ich möchte mir nämlich ein unabhängiges Urteil über die Mitarbeiter unseres Betriebes machen. Vor allem, wenn sie so eng mit meinem Sohn zusammenarbeiten wie Sie.«

Louisa gab sich Mühe, so erfreut wie möglich zu lächeln.

»Ja, das kann ich gut verstehen.« Sie zog den einzigen Besucherstuhl im Raum aus der Ecke hervor. »Möchten Sie sich nicht setzen?«

Mit einem vornehmen Kopfnicken nahm die Seniorin Platz. Ihr prüfender Rundblick weilte kurz auf dem schmalen Fotoband, der direkt neben dem Telefon lag.

»Oh, Sie interessieren sich für Bücher?«

Louisa war froh, dass sie ein unverfängliches Thema ansprach und reichte Frau Marlow das Buch.

»Eigentlich eher für das Tauchen. Ich finde, es ist ein faszinierendes Hobby. Das hier ist die Biografie von Jacques Cousteau, dem berühmten französischen Meeresforscher. Man lernt in dem Buch viel über das richtige Verhalten unter Wasser«, erklärte sie begeistert. Doch als sie den ablehnenden Blick der alten Dame wahrnahm, war es ihr fast peinlich, wie ein Teenager für diesen außergewöhnlichen Mann zu schwärmen.

»Etwas Anspruchsvolleres lesen Sie wohl nicht. Dieses Fotobüchlein hier kann man doch höchstens als Reiseinformation bezeichnen«, meinte Frau Marlow und legte das Buch beiseite.

Louisa schluckte. War sie hier in eine Sondersendung des Literarischen Quartetts geraten, in der die streitbare Seniorchefin den verstorbenen Reich-Ranicki vertrat? Dass der junge Unternehmenschef Wert auf gute Bücher legte, hatte sie ihm als liebenswürdige Eigenart gutgeschrieben, aber das hier grenzte fast an Kultur-Folter!

»In unserer Familie wurde immer Wert auf das Lesen hochwertiger Bücher gelegt. Unser Wohnhaus hinter dem Schlosspark beherbergt seit Generationen eine umfangreiche Bibliothek mit allen weltberühmten Autoren: Goethe, Schiller, Dickens, Steinbeck und so weiter.«

Eine weitere Salve von mindestens acht Namen ging auf Louisa nieder.

»Diese Autoren sagen Ihnen wohl nichts? Die Werke von ihnen sind nicht zu vergleichen mit dem trivialen Schund, der sich auf dem heutigen Büchermarkt wie eine Seuche ausbreitet. Dieses hohle Geschreibsel über Zauberlehrlinge, Millionärsflittchen und verliebte Vampire kann man doch nicht als Lesestoff bezeichnen.«

Louisa spürte, wie ihr Gesicht heißer und heißer wurde. Natürlich kannte sie die genannten Autoren. Gelesen hatte sie von ihnen bestimmt auch schon das eine oder andere Buch. Doch mal ganz ehrlich? Wer kaufte sich denn heute noch so etwas? Den meisten in ihrem Alter war die Lust auf anspruchsvolle Literatur doch in der Schulzeit verleidet worden. Angestrengt suchte Louisa nach Rudimenten aus dem späten Deutschunterricht. Kafka und Dürrenmatt fielen ihr ein. Doch wie hießen die Titel, die von ihnen stammten?

»Der kleine Prinz war eins meiner Lieblingsbücher«, stieß sie in ihrer Not hervor.

Frau Marlow hob die kräftig nachgezogenen Brauen in die Höhe.

»Na ja, Antoine de Saint-Exupéry! Wer kennt diesen französischen Bruchpiloten nicht? Mittlerweile werden seine Weisheiten ja schon auf jedem zweiten Grabstein zitiert. Aber wenn ich Ihnen einen guten Rat geben darf, Frau Pawlow.«

»Paulus«, korrigierte Louisa unwillig.

»Äh, ja, Frau Paulus. Befassen Sie sich ab und an mit den berühmten amerikanischen Literaten? Etwas von Faulkner, Miller und Hemingway sollten Sie unbedingt mal lesen.« Sie warf Louisa ein eisiges Lächeln zu. »Sie werden merken, wie wichtig das auch für das berufliche Weiterkommen ist. Es schult nicht nur das Gedächtnis, sondern auch den sprachlichen Ausdruck. Mit Kenntnissen in klassischer Literatur kommt man in jeder gehobenen Gesellschaft zurecht.«

»Ich werde Ihren Rat beherzigen«, versprach Louisa mit bittersüßem Gesicht. Nichts war für sie in diesem Moment leichter als diese Zusage zu geben. Die bevormundende Art der Seniorchefin war ihr so zuwider, dass sie alles versprochen hätte, um sie möglichst schnell los zu werden. Frau Marlow mochte in diesem Unternehmen ja noch so viel Einfluss haben, aber nachprüfen, welche schmalztriefende Milliardärs-Schmonzette bei ihren Mitarbeitern auf dem Nachtschränkchen lag, konnte sie zum Glück nicht.

Anscheinend war das alles, was die Seniorchefin mit Louisa

zu klären hatte, denn im nächsten Moment erhob sie sich und verabschiedete sich mit einem weiteren Hinweis auf das Lesethema.

»Ich würde mich sehr freuen, wenn Sie mir mal von ihrer zukünftigen Lektüre berichten würden.«

So leicht kam Louisa also doch nicht aus der Literaturschlinge heraus, die ihr die alte Dame über den Kopf gezogen hatte.

»Wie soll ich das in der Zukunft nur alles schaffen?«, stöhnte sie leise in sich hinein. Zu Hause wartete das große ABC der Vitamine auf sie, das sie sich von Berufs wegen aneignen musste, dann würde sie sich bald mit den theoretischen Grundlagen des Tauchens befassen, und zu all dem wollte sie jeden Abend noch mindestens fünftausend Schritte schaffen. Zum ersten Mal seit ihrem Arbeitsbeginn fragte sie sich, ob der Wechsel zu dieser Firma die richtige Entscheidung war.

»Alexander, altes Haus!«, rief Frederic Marlow bereits beim Betreten des Labors. »Wie war dein Urlaub? Ich hoffe, du hast dich gut erholt.«

Der Laborleiter blickte vom Bildschirm seines Rechners auf, sprang auf und ging dem Firmenchef entgegen.

»Bestens, wie du siehst«, erwiderte er mit einem fröhlichen Lachen. Bei der anschließenden Umarmung gaben sich die beiden Männer ein paar derbe Klapse auf den Rücken. »Mir scheint, du bist mit deinen Plänen ein attraktives Stück weitergekommen.« Er deutete mit dem Kopf unauffällig zu Doreen, die am übernächsten Arbeitstisch vor einem Metallraster mit winzigen Glasröhrchen saß, in die sie gelbe Flüssigkeitstropfen aus einer Pipette träufelte.

Frederic nickte grinsend und zeigte Alexander seinen hochgestreckten Daumen. Gleich darauf wies er zu dem Raum im Hintergrund des Labors.

»Lass uns kurz in dein Büro gehen. Ich habe eine Superidee zu dem Gesundheitsprojekt, von dem ich dir vor deinem Urlaub erzählt habe. Ich bin gespannt, was du davon hältst.«

Nachdem der Laborchef die Tür hinter sich geschlossen hatte, ließen sich die Männer in die Ledersessel an der Fensterseite fallen.

»Trinkst du einen Kaffee mit?«, fragte Alexander und schob nach Frederics Zustimmung eine weitere Tasse unter den Automaten.

Während Alexander die dampfenden Tassen auf dem Beistelltisch abstellte, zog Frederic ein schwarzes Plastikarmband aus seiner Jackentasche und legte es auf die Tischplatte.

»Sicherlich kennst du diese Dinger«, meinte er lässig.

Alexander betrachtete das Band eingehend.

»Könnte ein Fitnessarmband sein. In den Sportzentren trägt doch mittlerweile fast jeder so was.«

»Ja, genau. Die meisten nutzen diese Aktivity Tracker, um zu kontrollieren, ob sie sich über den Tag genug bewegt haben. Die einfachen Geräte nehmen nur die Schritte auf und zeigen die verbrauchten Kalorien an. Die etwas komplizierteren erfassen zusätzlich den Puls und die Schlafphasen, und wenn du noch einen Hunderter drauflegst, kannst du dir die Daten per Bluetooth auf dein Smartphone übertragen und in Grafiken anzeigen lassen.« Er musterte erwartungsvoll das Gesicht seines Gegenübers.

»Und was hat das mit dem Gesundheitsprojekt zu tun, mit dem du deine Belegschaft fitter machen willst?« Alexander warf ihm einen verständnislosen Blick zu. »Selbst wenn du jedem Mitarbeiter so ein Ding in die Hand drückst, heißt das doch noch lange nicht, dass sie daraufhin nur noch die Treppen benutzen und ihr Butterbrot im Gehen essen.«

Frederic presste die Lippen zusammen, um seine Enttäuschung zu verbergen.

»Doch, doch, das funktioniert. In Amerika liegt das schwer im Trend. Der Clou dabei ist, dass ich die Bänder nur denjenigen zur Verfügung stellen werde, die bereit sind, an einer betriebsinternen Challenge teilzunehmen. Natürlich müssen sie dann auch einverstanden sein, mir für die Auswertung ihre Daten zu überlassen.«

»Und was machst du, wenn niemand mitmacht?« Alexander

hatte Mühe, seine Zweifel zu verbergen. »Du weißt, wie empfindlich die Leute auf die Preisgabe von Daten reagieren. Außerdem glaube ich nicht, dass du die Leute allein durch die Vergabe solcher Bänder motivierst, gesünder zu leben.«

Frederic stoppte mit abrupt erhobenen Händen den pessimistischen Gedankengang seines Gegenübers.

»Dafür gibt es doch ein ganz simples Mittel.«

Alexander hörte mit Befremdeten, wie Frederic eine kleine Melodie pfiff und nach seinem verständnislosen Kopfschütteln den berühmten amerikanischen Cabaret-Songs anstimmte: »Money makes the world go round, the world go round, the world go round!" Nachdem er Frederic mit einem schiefen Lächeln bekundete, er habe verstanden, fuhr sein Gegenüber voller Enthusiasmus fort: »Ich werde die Teilnehmer in kleine, homogene Gruppen einteilen und ihnen für besonders hohe Schrittleistungen Prämien in Aussicht stellen. Dann sollst du mal sehen, wie die plötzlich die Hufe schwingen.«

Es entstand eine kleine Pause, in der Alexander ein paar Mal leise brummte, während er Frederic nachdenklich ansah.

»Hast du denn den Eindruck, dass deine Leute nicht hart genug arbeiten?«

»Nein. Oder vielleicht doch. Im Grunde geht es doch darum, den Krankenstand auf ein Minimum zu reduzieren. Und außerdem hat dieses kleine Gerät noch ein paar sehr segensreiche Fähigkeiten, die ich mir gern zunutze machen möchte.« Er sah mit einem unheilvollen Grinsen in die Ferne. »In Amerika ist man mittlerweile soweit, dass man sämtliche gesundheitsrelevanten Daten erfasst und analysiert.«

Alexander verstand nicht, was er damit ausdrücken wollte. »Mir ist zwar zu Ohren gekommen, dass sich manche Krankenversicherer mit diesem Thema befasst haben, aber gibt es da nicht Schwierigkeiten mit dem Datenschutz?«

Frederic schüttelte mit gespitztem Mund den Kopf. »Ach was. Da wird meiner Meinung nach viel zu viel Buhei drum gemacht. Wenn man den Leuten zusichert, dass ihre Daten das Haus nicht verlassen, ist das doch alles kein Problem. Natürlich muss man so ein Abkommen schriftlich festhalten. Das wirkt professioneller, und die Leute haben etwas in der Hand.«

Alexander schnaubte verächtlich.

»Und was für firmenrelevante Erkenntnisse willst du aus diesen Daten ziehen?«

Wie ein Zauberer im Zirkus hob Frederic langsam den virtuellen Zylinder an, um das schneeweiße Kaninchen zu präsentieren.

»Was mich an den Trackern so fasziniert, ist die Möglichkeit, mithilfe der Daten herauszufinden, wie meine Leute wirklich ticken. An den Schlafkurven sieht man, wer ausgeruht zur Arbeit kommt, oder wer die Nächte durchmacht. Aus den Ergebnissen der Schritte-Challenge kann man ablesen, wer besonders ehrgeizig ist und sich auch in der Freizeit für die Gesundheit ins Zeug legt, und die Gewichtsgrafik sagt mir etwas über die Disziplin des Mitarbeiters. Das Entscheidende ist doch, dass man so viel schneller die tauben Nüsse in der Belegschaft entlarvt und nicht erst, wenn die Produktion hinterherhinkt. In meinen Augen ein riesiger Vorteil.«

Alexander wurde zunehmend stiller. Natürlich war es sinnvoll, der Belegschaft Anreize zum gesunden Verhalten zu geben. Doch dieser Plan hatte etwas Windiges an sich. Es mutete wie ein Spiel mit gezinkten Karten an, und das behagte ihm überhaupt nicht.

»Gibt es denn schon Unternehmen, die mit dieser Methode Erfahrung haben?«

»Die diesbezüglichen Berichte stammen durchweg aus den USA. Aber das ist ja nicht unbedingt schlecht. Alles Innovative kommt schließlich aus den Staaten. Wir wären dann so etwas wie Pioniere. Die Ersten in Deutschland, die diesen Trend übernehmen.« Sein Gesicht spiegelte seinen Stolz über das erwartete Aufhorchen in der Wirtschaftswelt wider, das er mit der Umsetzung seiner Idee verband.

»Hast du keine Sorge, dass du damit das Vertrauen deiner Leute aufs Spiel setzt?«, gab Alexander zu bedenken.

»Keineswegs.« Frederic lehnte sich siegessicher zurück. »Es

ist doch ein fairer Deal. Ich stelle ihnen die Armbänder zur Verfügung, die mich im Übrigen einen ganz schönen Haufen Geld kosten.«

»Kosten, die du ohne Weiteres absetzen kannst«, ergänzte Alexander mit provozierendem Unterton.

»Ja, schon richtig.« Frederic nickte genervt. »Dafür liefern sie uns dann einmal monatlich die Werte auf ihrem Fitnessarmband ab und bekommen, abhängig von ihrer Schrittleistung, einen hübschen Bonus ausgezahlt.« Er zuckte unschuldig mit den Schultern. »Was kann man daran bemängeln? Im Grunde bin ich es doch, der das Risiko trägt. Gesetzt den Fall, die liefern alle nur noch Höchstleitungen ab, dann zahle ich drauf.«

Alexander lächelte ihn leicht spöttisch an.

»Hoffen wir mal, dass du damit den gewünschten Erfolg hast. Wer hat dich eigentlich auf diese verrückte Idee gebracht?«

Frederic schmunzelte.

»Die stammt von dem zweiten weiblichen Neuzugang, der, genau wie Frau Wessel, seit Anfang der Woche zu unserer Belegschaft gehört.«

»Hoffentlich nicht noch so eine studierte Schönheit, der die Östrogene aus den Knopflöchern quellen.« Er rollte mit den Augen.

Frederic erhob sich und lachte lauthals.

»Na ja, ehrlich gesagt wollte ich dir auch mal ein bisschen Abwechslung verschaffen. Wie lange arbeitest du jetzt schon mit unserer strammen Pferdemutti zusammen?«

»Komm, lass Edith aus dem Spiel. Die beherrscht wenigstens ihr Metier. Außerdem ist sie mir tausendmal lieber als dieser durchgeknallte Sex-and-the-City-Verschnitt, der mich ständig mit lüsternen Blicken bombardiert.«

»Verstehe ich gar nicht. So unattraktiv, wie du aussiehst«, lästerte Frederic amüsiert.

»Hattest du mir nicht letztens noch erzählt, dass du diese angestaubten Unikontakte deines Vaters langsam einschlafen lassen willst?«

Frederic zog die Augenbrauen in die Höhe und warf Alexander einen gestressten Blick zu.

»Ja schon, aber du kennst doch meine Mutter! Ich hoffe ja, dass ich sie möglichst bald überreden kann, sich aus der Firma zurückzuziehen. Danach stehen dir im Labor garantiert keine Studenten mehr im Weg herum.« Mit leidiger Miene ging er zur Tür. »Ach ja, apropos Mutter. Würdest du bitte an ihre monatliche Vitaminpackung denken?«

»Ja, geht in Ordnung. Ich bringe sie dir nachher rüber«, sagte Alexander und erwiderte Frederics knappen Abschiedsgruß.

Energisch klappe Louisa den Ordner zu und stellte ihn zu den anderen auf das Sideboard. In ihrem Kopf schossen mittlerweile sämtliche Hersteller, Zulieferer und Abnehmer, mit denen Blifrisk zusammenarbeitete, kreuz und quer durcheinander. In der letzten halben Stunde war es ihr schon dreimal passiert, dass sie die Produktnamen fremder Firmen mit denen von Blifrisk verwechselt hatte.

»So kann es nicht mehr weitergehen«, stöhnte sie mit den Händen an den Kopf gelegt. »Einmal muss auch Schluss sein!«

Der flüchtige Blick auf die Uhr im Bildschirm ließ sie erschreckt aufspringen. In spätestens zwanzig Minuten musste sie auf dem Schlossparkplatz sein, denn Betty war sehr ungeduldig. Sie scharrte bereits drei Minuten nach ihrem vereinbarten Zeitpunkt mit den Hufen, und danach konnte Louisa von Glück sprechen, wenn sie ihr noch irgendwo im weitläufigen Schlosspark begegnete.

Sie war gerade dabei, die Norwegenbildbände in eine Tragetasche zu schieben, als es klopfte.

Seufzend ging sie die wenigen Schritte bis zur Tür, um nachzusehen, wer so kurz nach Dienstende noch etwas von ihr wollte. Ein hochgewachsener, sympathisch wirkender Mann stand vor ihr und blickte sie überrascht an.

»Oh, hallo! Wollten Sie zu mir?«, kam es etwas holperig über ihre Lippen.

»Eigentlich nicht. Oder besser gesagt, nicht direkt«, erwiderte er mit einem verwunderten Aufblitzen seiner dunklen Augen. Im nächsten Augenblick räusperte er sich und lächelte. »Mein Name ist Urdenbach, Alexander Urdenbach. Ich leite das Labor. Eigentlich wollte ich Herrn Marlow sprechen, aber der ist nicht in seinem Büro. Und da dachte ich mir, ich erkundige mich mal nebenan, ob jemand weiß, wo er steckt.«

»Sie sind … Dr. Urdenbach?« Völlig verdattert reichte Louisa dem Laborleiter die Hand. »Mein Name ist Paulus, Louisa Paulus. Ich bin die neue Assistentin von Herrn Marlow.«

Es war nicht nur der Anblick seiner markant geschwungenen Augen, die Louisa völlig aus dem Tritt brachten. Es war hauptsächlich die Erkenntnis, dass dieser Mann nichts, aber auch gar nichts mit dem väterlichen, blasshäutigen Pedanten gemein hatte, der sich seit Tagen in ihrem Kopf festgesetzt hatte. Erst schüttelte sie sprachlos den Kopf, dann fasste sie sich, und mit einem Mal sprudelten die Worte nur so aus ihr heraus.

»Ach, natürlich. Sie sind der Doc. Ich meine Ediths Chef. Ähm, Frau Fuchs wollte ich sagen. Ihre Assistentin hat mir beim Mittagessen von Ihnen erzählt.« Also doch kein Vater-Tochter-Verhältnis!

Der Mund des Laborleiters verzog sich zu einem Schmunzeln. »So, so. Und jetzt kennen Sie sämtliche meiner Macken und Vorlieben?«

Louisa spürte, wie sie rot anlief.

»Oh, nein, nein! Da kennen Sie Ihre Mitarbeiterin schlecht. Edith hat absolut nichts Persönliches über Sie geäußert. Sie erwähnte nur, dass Sie im Urlaub sind. Ich kenne Ihre Assistentin ja auch erst seit Anfang der Woche.«

»Mehr hat sie nicht über mich gesagt?«

»Nein, höchstens …«, stotterte Louisa.

Herr Urdenbach drehte ihr belustigt ein Ohr zu.

»Ja, ich höre.«

»Eigentlich will ich damit nur sagen, ich habe den Eindruck, dass sie sehr gern mit Ihnen zusammenarbeitet.« Louisa atmete nach dieser prekären Aussage unauffällig durch. »Tratscherei ist absolut nicht ihr Ding«, beteuerte sie noch einmal, während sie den hochgewachsenen Mann erleichtert anlächelte.

Herr Urdenbach nickte daraufhin deutlich ernster.

»Ja, ich weiß. Auf Frau Fuchs' Diskretion ist Verlass.« Er hob das Päckchen in seiner Hand leicht an. »Sie wissen nicht zufällig, ob Herr Marlow noch im Haus ist? Ich habe hier etwas Wichtiges für seine Mutter.«

Louisa warf einen kurzen Blick auf die schlichte, weiße Pappschachtel, die in eine Plastikhülle eingeschweißt war, und schüttelte den Kopf.

»Nein, tut mir leid. Aber wenn Sie möchten, gebe ich es ihm, sobald er morgen früh vor Ort ist.«

Sie rechnete damit, dass er ihr das Päckchen sofort aushändigen würde. Doch seltsamerweise presste er die Lippen aufeinander und blickte sie aus leicht zusammengekniffenen Augen an.

»Ähm, ja. Warum eigentlich nicht?«

Verwundert hob Louisa ihren Blick.

»Sie können sich auf mich verlassen. Sobald ich morgen im Büro bin, gebe ich es ihm. Oder wenn Sie möchten, kann ich es Frau Marlow auch sofort bringen.«

Zu Louisas Verwunderung lehnte Dr. Urdenbach ihren gut gemeinten Vorschlag entschieden ab.

»Nein, auf keinen Fall. Bitte händigen Sie das Paket nur Herrn Marlow persönlich aus. Nicht seiner Mutter. Das ist sehr wichtig.« Er sah sie erneut prüfend an.

»Natürlich. Ich verbürge mich dafür, dass er es gleich morgen früh bekommt«, bestätigte sie ihm noch einmal mit irritiertem Blick.

Nach einem verhaltenen Nicken reichte er Louisa das Päckchen. Dabei fiel sein Blick auf das Armband an ihrer linken Hand, und ein leichtes Lächeln erhellte sein Gesicht.

»Mit ihrem Fitnessarmband haben Sie unserem Chef ja ganz schön den Kopf verdreht.«

Um ihre Verlegenheit zu kaschieren, warf sie ihren Kopf beherzt lachend in den Nacken.

»Und ich hab schon geglaubt, es läge an dem Arm, der darin

steckt!« Unweigerlich musste sie an Marlows charmante, zuvorkommende Art denken, mit der er ihr von Anfang an begegnet war. Sein Interesse empfand sie natürlich als schmeichelhaft. Doch nach der ironischen Äußerung des Laborleiters war ihr der intensive Kontakt zu Marlow eher peinlich. Augenblicklich hatte sie das Bild vor Augen, wie sich Doreen in ihrer aufdringlich lasziven Art an den Laborchef heranmachte. Ein Schauer des Widerwillens lief ihr bei dieser Vorstellung über den Rücken. Wie konnte sie nur verhindern, dass sich in der Firma der Eindruck breitmachte, sie würde sich an den Firmenchef heranmachen? Sie hob den Arm mit dem Fitness Tracker leicht an.

»So ein Ding trägt ja mittlerweile fast jeder, der ein bisschen auf seine Gesundheit achtet. So außergewöhnlich finde ich das gar nicht.«

Dr. Urdenbachs Augen weiteten sich interessiert.

»Lassen Sie mich raten, welchen Sport Sie betreiben.« Er betrachtete sie kurz mit einem anerkennenden Aufleuchten seiner Augen. »Ihrer gut trainierten Figur nach tippe ich auf Schwimmen oder Radfahren.«

Das intensive Rot ihres Gesichts ließ sich allmählich kaum noch steigern.

»Na ja, um ehrlich zu sein, beschränkt sich meine Sportlichkeit auf zweimal Walken in der Woche.« Eigentlich wollte Louisa noch anhängen, dass sie demnächst mit dem Tauchen anfangen werde, doch das kam ihr dann doch etwas angeberisch vor.

Der Laborleiter nickte verständnisvoll und sah ihr in der kurzen Gesprächspause tief in die Augen.

»Okay, dann verlasse ich mich darauf, dass Sie dem Chef das Paket morgen früh übergeben.« Er reichte Louisa mit einem charmanten Lächeln die Hand. »Es hat mich sehr gefreut, Sie kennenzulernen, Frau Paulus.«

Sein Händedruck fühlte sich angenehm kraftvoll an.

»Ganz meinerseits.«

Obwohl das Geräusch seiner Schritte längst verhallt war, lehnte Louisa immer noch an ihrem Schreibtisch und blickte gedankenversunken auf die kleine weiße Schachtel in ihren Händen. Ganz allmählich beruhigte sich ihr Herzschlag, und auch das Glühen ihrer Wangen ließ nach.

Bevor sie das Päckchen für die Seniorchefin auf den Schreibtisch legte, betrachtete sie es von allen Seiten. Seltsam! Gewicht und Größe ähnelten der Verpackung der ACE-Vitaminmischung von Blifrisk, doch die Oberfläche war komplett weiß. Keine Produktbezeichnung, keine Mengenangabe, kein Haltbarkeitsdatum, nichts. Sie schüttelte es vorsichtig. Dem knisternden Geräusch nach war es mit mehreren Blistern gefüllt. Louisa warf einen letzten Blick auf das ominöse Ding in der Plastikhülle, dann eilte sie den Flur entlang zum Firmenausgang. Als ihr vor der Tür die laue, würzige Frühlingsluft ins Gesicht wehte, musste sie wieder an die Begegnung mit Dr. Urdenbach denken. Ein angenehmes Kribbeln im Magen begleitete sie bis zu ihrem Wagen. Beim Anblick ihrer Walkingschuhe im Beifahrerfußraum schnaufte sie genervt. Betty war mit ihrem Laufpensum sicherlich schon fertig. Doch seltsamerweise störte sie das in diesem Moment kaum. So beschwingt und energiegeladen wie sie sich gerade fühlte, würde sie die Schritte, die ihr an diesem Tag noch fehlten, dreimal so schnell aufholen.

Kapitel 4

Die beiden Türflügel des großen Tagungsraums standen weit offen, und neben den acht akkurat aufgestellten Stuhlreihen herrschte ein reges Treiben. Einige Firmenmitarbeiter hatten sich bereits auf den Plätzen der vorderen Reihen niedergelassen und tippten auf ihren Handys herum. Andere standen in kleinen Gruppen neben den Sitzplätzen und unterhielten sich angeregt. Da niemand genau wusste, weshalb Frederic Marlow die Belegschaft so kurzfristig zusammengerufen hatte, lag eine leichte Spannung in der Luft. Ein paar Männer von der Produktion machten sich Sorgen über Kurzarbeit, die möglicherweise auf sie zukommen würde. Doch die meisten geäußerten Vermutungen betrafen das Gesundheitsmanagement von Blifrisk. Genaueres darüber wusste jedoch niemand.

Louisa war nicht ganz unschuldig an den Spekulationen, die mit der betrieblichen Gesundheitsvorsorge zu tun hatten. Vor ein paar Tagen erst hatte sie Edith mit einem geheimnisvollen Zwinkern vom Kauf eines Fitnessarmbands abgeraten. Weil die Laborassistentin natürlich den Grund wissen wollte, sah sich Louisa gezwungen, den Schleier leicht zu lüften. Mit der Bitte um Geheimhaltung hatte sie ihr anvertraut, dass der Chef der Blifrisk-Belegschaft bald ein interessantes Angebot machen werde, bei dem das Sportarmband eine wichtige Rolle spiele. In diesem Zusammenhang erwähnte sie auch voller Stolz, dass ausgerechnet sie beauftragt worden sei, die technische Einführung zu übernehmen. Die immense nervliche Belastung, die die Präsentation für sie bedeutete, hatte sie dabei mit keinem Wort erwähnt.

Louisa, die mit Edith zusammen in der Mitte der ersten Reihe saß, war sich sicher, dass ihre Nachbarin nichts ausgeplaudert hatte. Doch Neuigkeiten dieser Art verbreiteten sich wie ein Lauffeuer. Meistens sorgten sie für Aufruhr, doch am Verhalten der Leute konnte man ablesen, dass niemand mit bedrohlichen Änderungen rechnete. Die meisten befürchteten eher, dass jede

Minute, die ereignislos verging, ans Ende angehängt werden würde und dann einen Teil der wohlverdienten Mittagspause kostete.

Edith sah besorgt zu Louisa, die mit ihren hochgesteckten Haaren, dem dunklen Kostümrock und der pinkfarbenen Bluse wie eine hochqualifizierte Managerin aussah. Als ihr auffiel, dass sie in einem fort ihre Unterlagen durchblätterte, fragte sie leise nach rechts: »Und? Bist du sehr aufgeregt?«

Louisa nickte heftig.

»Es ist das erste Mal, dass ich vor so einer großen Gruppe reden muss.«

Edith tappte ihr beruhigend auf den Unterarm.

»Komm, das schaffst du schon! Du kennst doch den alten Managertrick. Stell dir einfach vor, sie sitzen alle nackt da!«

Louisa konnte musste trotz ihrer Anspannung lachen.

»Ob sich das lohnt?«

Gerade wollte Edith mit einer ihrer typischen Lachsalven antworten, als ein Raunen durch den Raum ging. Nach einem raschen Blick zur Tür atmete sie erleichtert durch.

»Na, endlich! Dass die da oben nie pünktlich sein können! Die wissen doch, was man für einen Kohldampf schiebt, wenn man seit halb acht arbeitet.«

Der Firmenchef, der in Begleitung seiner Führungsriege den Raum betrat, stellte eine schuhkartongroße Pappschachtel auf den Tisch neben dem Rednerpult. Während er die Handflächen rieb, ließ er seinen Blick über die Köpfe des Publikums wandern. Dann nickte er Louisa aufmunternd zu und wartete noch einen Augenblick, bis auch die letzten ihre Plätze eingenommen hatten. Nach einem tiefen Atemzug straffte er seinen Rücken.

»Tja, dann wollen wir mal«, sagte er leise in ihre Richtung. Mit entschlossenen Schritten trat er vor das Flipchart und räusperte sich. »Meine sehr geehrten Damen und Herren! Wie Sie alle wissen, bin ich seit dem Tod meines Vaters sehr bemüht, das Ansehen unseres Unternehmens speziell in der Healthlife-Branche zu steigern. In den letzten zwei Jahren habe ich den Maschinenpark modernisiert und unser Angebot um einige sehr erfolgreiche Produkte erweitert. Außerdem wurden zahlreiche Büros renoviert und die Sanitäranlagen erneuert. All das hätte ich ohne Ihre Geduld und Mitarbeit nicht geschafft. Als Zeichen meiner Anerkennung und natürlich auch, weil mir Ihr Wohlergehen am Herzen liegt, möchte ich nun auch etwas für Sie, genauer gesagt für Ihre Gesundheit tun.«

In den gelangweilten Gesichtern der Zuhörenden regte sich Neugierde, die sich in gedämpftem Murmeln äußerte. Der Geräuschpegel senkte sich, als Herr Marlow den Deckel des Kartons öffnete und ein blaues Plastikarmband herausnahm und seinem Publikum in Schulterhöhe entgegenhielt.

»Ich möchte Ihnen heute ein innovatives Gerät vorstellen, das ich in den nächsten Tagen allen Mitarbeitern zur Verfügung stellen werde.« Als er die skeptischen Blicke wahrnahm, lachte er aufgekratzt. »Keine Angst! Das sind keine Stoppuhren, mit denen Sie festhalten sollen, wie lange Sie Zigarettenpause machen. Dieses Ding ist ein sogenannter Activity Tracker, bei uns auch unter dem Begriff Fitnessarmband bekannt. Ein digitales Messgerät also, das die tägliche Schrittmenge aufzeichnet und noch einiges mehr. Mithilfe dieses kleinen Kameraden erhält man einen erstaunlich präzisen Überblick über sein Bewegungsverhalten und damit auch über seinen Fitnesszustand. Wie wichtig das ist, brauche ich Ihnen nicht zu erklären. Seien wir doch mal ehrlich! Wer von uns hat nicht ab und zu den Eindruck, dass er ein bisschen mehr machen müsste, um fit zu bleiben?«

Das Gemurmel wurde sofort heftiger. Ein Mann aus der Produktion äußerte mutig die erste Kritik: »Und was ist mit denen, die sowieso schon Sport treiben?«

Louisa hatte Herrn Marlow vor diesen Einwänden gewarnt. Gerade unter den jüngeren in der Belegschaft gab es viele, die regelmäßig Fußball spielten, zum Fitnessstudio gingen oder joggten. Doch darin sah er keinen Grund, dass jemand das firmeninterne Gesundheitsangebot ablehnen könnte. Ganz im Gegenteil. Gerade die sportbegeisterten Mitarbeiter würden sich untereinander messen wollen, hatte er ihr gegenüber argumentiert. Außerdem war er fest davon überzeugt, dass diese Leute ihre weniger bewegungsfreudigen Kollegen mitziehen würden. Herr Marlow nickte dem Mann in der Mitte der Stuhlreihen verständnisvoll zu.

»Ich kann mir vorstellen, dass gerade die Sportler unter Ihnen motiviert sind mitzumachen.« In seinem Gesicht machte sich ein spitzbübisches Lächeln breit. »Wer gut trainiert ist, möchte seinem eher gemütlichen Büronachbarn doch zeigen, was er drauf hat, oder nicht?« Das folgende Palaver beendete er, indem er die Aufmerksamkeit auf Louisa lenkte, die ihrem Einsatz mit eiskalten Händen und rosigen Wangen entgegenfieberte. »Ich bin sehr froh, eine neue sportbegeisterte Mitarbeiterin in unserer Firma zu haben, die sich mit der technischen Seite dieser Fitnessarmbander bestens auskennt.« Mit ausgestreckter Hand deutete er Louisa an, nach vorn zu kommen. »Bevor wir in die Mittagspause starten, wird Ihnen Frau Paulus nun kurz erklären, was so ein Ding kann und welchen gesundheitlichen und …«, er zwinkerte verheißungsvoll, »… welchen finanziellen Nutzen es für Sie haben wird.«

Louisa bedankte sich mit einem Nicken, trat nach vorn und legte ihre Merkblätter auf dem Stehpult ab. Als sie den Metallrand umfasste, merkte sie, wie sehr ihre Finger zitterten. Und nun entdeckte sie auch noch Doreen, die mit kess vorgestrecktem Oberkörper neben Dr. Urdenbach in der letzten Reihe saß und unablässig auf ihn einredete. Der Laborleiter, der seinen rechten Arm lässig über die Rückenlehne des leeren Stuhls an seiner linken Seite gelegt hatte, nickte immer wieder gelangweilt, ohne die Studentin dabei anzusehen. Als sich Louisas und sein Blick trafen, taute er sichtlich auf und lächelte ihr charmant zu.

Eigentlich war Louisa perfekt auf diesen Vortrag vorbereitet. Angespannt war sie dennoch bis in die Ohrläppchen. Und nun gesellte sich zu ihrer Nervosität auch noch ein Vibrieren, als ob jemand auf den Fasern ihrer Bauchmuskeln Gitarre spielte.

Am Abend zuvor hatte sie Robin mit einer Riesenpizza zu

sich gelockt, damit er ihr noch ein paar Fragen zur Funktionsweise der Fitnessarmbänder beantwortete. Die nötigen sportmedizinischen Informationen hatte sie schon an den Tagen zuvor aus dem Internet zusammengesucht. Obwohl sie genau wusste, worauf es bei einer erfolgreichen Präsentation ankommt, fühlte sie sich in diesem Moment so elend wie beim Vokabelabfragen in der Schule.

»Sehr geehrter Herr Marlow, liebe Kolleginnen und Kollegen. Um diesen schicken, kleinen Schrittzähler geht es.« Kurz vor ihrem Start hatte sie sich ebenfalls ein Armband aus dem Karton genommen. Das hielt sie an der Schnalle in die Höhe. »Bevor wir nun alle mit diesem Ding am Handgelenk losmarschieren, möchte ich Ihnen kurz erklären, wie das Gerät unsere Schritte zählt. Im Kern funktionieren die Fitness Tracker über ähnliche Beschleunigungssensoren, wie man sie in der Automobilindustrie verwendet. Solche Fühler stecken zum Beispiel in jedem Airbag. Der winzige Sensor reagiert auf Pendelbewegungen ab einer gewissen Stärke und errechnet daraus die zurückgelegten Schritte. Bei dem speziellen Band, das Ihnen Herr Marlow kostenlos zur Verfügung stellen wird, können Sie außerdem die gelaufenen Kilometer ablesen. Und es kann noch etwas, das ich persönlich sehr zu schätzen weiß.« Sie warf den Zuhörern ein verlegenes Schmunzeln zu. »Es errechnet die verbrauchten Kalorien. So lässt sich ganz leicht ablesen, ob beim Mittagessen noch ein Nachtisch drin ist, oder ob man besser nur die Salatbar besucht.« Das erwartete Gelächter währte nur kurz. Dann wurde es von mürrischen Bemerkungen überlagert, die Louisa so gut es ging ignorierte. »Sie alle werden mir Recht geben, wenn ich behaupte, dass Bewegung für die Gesundheit förderlich ist. Sie hält den Stoffwechsel in Trab, verbessert die Durchblutung und stärkt das Immunsystem. Genau aus diesem Grund wollen wir diese moderne Technologie auch während der Arbeit nutzen. So kann jeder von Ihnen mit einem Blick prüfen, ob er sich seit dem Schritt aus der Haustür ausreichend bewegt hat. Die Weltgesundheitsorganisation hat herausgefunden, dass dazu acht- bis zehntausend Schritte täglich nötig sind. Damit Ihnen nicht nur der Einstieg leichter fällt, sondern auch das Dabeibleiben, hat sich Herr Marlow noch etwas ganz Besonderes einfallen lassen. Er wird Ihre ...«

Zu Louisas Verwunderung sprang der Firmenchef plötzlich auf und knüpfte nahtlos an ihre Worte an.

»Ja, genau, meine sehr verehrten Damen und Herren. Ich habe mir überlegt, Ihre Bemühungen um ein gesünderes Verhalten mit einem finanziellen Bonus zu belohnen.«

»Was sollte das jetzt?«, fragte sie sich verwirrt. So unhöflich, ihr einfach ins Wort zu fallen, kannte sie ihren Chef gar nicht. Mit versteinerter Miene beobachtete sie, wie er die Ahs und Ohs genoss, bevor er die bewusst gesetzte Redepause mit erhobenen Händen beendete und seinen höchsten Trumpf aus dem Ärmel zog.

»Jeder von Ihnen hat ab dem nächsten Ersten die Chance, monatlich eine Prämie zwischen fünfzig und dreihundert Euro zu erlaufen. Ermittelt werden die jeweiligen Gewinner mit einer Software, die IT-Spezialisten speziell für die Auswertung der jeweiligen Schrittleistung entwickelt haben. Wir werden alle Teilnehmer in kleine, homogene Gruppen einteilen und am letzten Arbeitstag des Monats die Ergebnisse erfassen. Das Computersystem ermittelt dann nach einem Staffelprinzip die Höhe der erlaufenen Gesundheitsprämie. Auf die können sich dann die besten drei jeder Gruppe freuen.«

Louisa hatte sich ein paar Schritte hinter das Rednerpult zurückgezogen und verfolgte von dort aus den triumphalen Auftritt ihres Vorgesetzten. Was für einen Wirbel er bloß um diese Supersoftware machte! Um von vierzig Mitarbeitern die Gruppenbesten einer monatlichen Schritt-Challenge zu ermitteln, hätte eine einfache Excel-Tabelle gereicht, und die würde Robin ihm mit Musik in den Ohren auf dem Heimweg von der Schule anfertigen!

Da die Unruhe im Raum immer mehr anstieg, mahnte der Firmenchef zur Ruhe.

»Kurz noch etwas, dann sind wir auch schon am Ende. Das Armband können sie sich in den nächsten Tagen im Büro von

Frau Paulus abholen. Sie wird Ihnen dazu auch einen kleinen Vertrag aushändigen, in dem Sie uns Ihre Erlaubnis geben, dass wir die Daten ihres Schrittzählers erfassen dürfen. Danach kann es losgehen mit unserem gemeinsamen Fitnesstraining. Ich danke Ihnen für Ihre Aufmerksamkeit und wünsche Ihnen eine angenehme Mittagspause.«

Der obligatorische Applaus hielt nur wenige Sekunden an. Dafür dauerten die hitzigen Wortwechsel der einzelnen Zuhörergruppen umso länger. An den teilweise ratlosen und erbosten Gesichtern erkannte man deutlich, dass längst nicht alle seine Begeisterung über den winzigen Bewegungsmotivator teilten.

»Wirklich gut gelungen, Ihre Präsentation, Frau Paulus«, lobte er sie ohne die kleinste Andeutung einer Entschuldigung.

Louisa bedankte sich brav und hängte sogar noch einigermaßen glaubhaft an, wie motivierend sie seine Idee mit dem gestaffelten Bonussystem fand. Den Tisch und den Ständer mit dem Flipchart musste sie jedoch allein an die Wand zurückstellen, denn der Firmenchef war bereits in ein intensives Gespräch mit dem einzigen männlichen Neuzugang vertieft. Pascal Franzmann, der IT-Spezialist mit der knabenhaften Figur, war kurz vor Louisa eingestellt worden, um die veraltete EDV-Ausrüstung der Firma auf den neusten Stand zu bringen. Schon fast auf dem Flur fiel dem Unternehmenschef noch etwas Wichtiges ein.

»Ach, Frau Paulus! Wären Sie so nett, den Karton mit den Fitnessarmbändern noch schnell in Ihrem Büro einzuschließen, bevor Sie zum Essen gehen?«

Sie nickte ergeben.

»Klar, kein Problem.«

Auf dem Weg zum Tisch stand plötzlich Dr. Urdenbach vor ihr und sah ihr mit einem durchdringenden Blick in die Augen.

»Hat er sich wenigstens bei Ihnen entschuldigt?«

Erst wollte Louisa so tun, als wisse sie nicht, was er meinte. Doch das hätte genauso unglaubwürdig geklungen wie die Behauptung, seine unhöfliche Unterbrechung habe ihr nichts ausgemacht.

»Er ist halt so begeistert von der Idee«, legte sie mit gedämpfter Stimme ein gutes Wort für ihren Chef ein.

Dr. Urdenbach nickte bedächtig.

»Ihre Loyalität in allen Ehren, aber damit kommen Sie nicht weit. Ich kenne Frederic, seitdem er sein erstes Praktikum im Lager gemacht hat. Menschen wie er neigen dazu, die Schwächen der Mitmenschen auszunutzen.«

Louisa sah ihn streng an.

»Na ja, besonders loyal ist diese Aussage ja auch nicht gerade.« Sie kaute nervös auf ihrer Unterlippe. »Was hätte ich denn tun sollen? Ihm ins Wort fallen?«

»Nein, das natürlich nicht.« Er setzte sich leicht auf die Kante des Tischs, sodass ihre Augenpaare auf gleicher Höhe waren. »Aber hinterher hätte ich ihm schon gesagt, dass ich noch nicht ganz am Ende war mit meinem Vortrag.«

Louisa blickte genervt an ihm vorbei zur Fensterfront.

»Das unterscheidet uns eben«, erwiderte sie schnippisch.

Dr. Urdenbach musterte sie eine Weile nachdenklich.

»Ihre Präsentation hat mir übrigens gut gefallen. Sie war kurz, für alle verständlich und gleichzeitig humorvoll. Chapeau!«, lobte er sie mit sanfter Stimme. »Ich habe meinen ersten Vortrag vor großem Publikum komplett in den Sand gesetzt. Viel zu lang und zu detailliert, mit anderen Worten - total langweilig.«

Eigentlich war Louisa immer noch verärgert über die Arroganz, mit der er sie auf ihr mangelndes Durchsetzungsvermögen aufmerksam gemacht hatte. Doch nun konnte sie nicht mehr anders als verlegen zu lächeln.

»Für mich ist es beruhigend zu sehen, dass auch Menschen wie Frederic Marlow nicht perfekt sind. Das heißt trotzdem nicht, dass ich mich von ihm unterbuttern lassen werde.«

Dr. Urdenbach lächelte sie verständnisvoll an.

»Ich hoffe, er weiß Ihre Toleranz und Loyalität zu schätzen. Ich wünsche Ihnen noch einen schönen restlichen Arbeitstag«, verabschiedete er sich mit einem vielsagenden Blick und verließ den Tagungsraum.

Während Louisa mit dem Karton unter dem Arm zur Kantine marschierte, versuchte sie Herr über das Chaos in ihrem Kopf zu werden. Ihre malträtierte Präsentation, das dreiste Verhalten ihres Chefs, die empathischen Worte des Laborleiters, alles schwirrte kreuz und quer in ihrem Kopf herum. Auf halbem Weg stoppte sie und schüttelte den Kopf.

»Erst Büro, dann Kantine!«, schimpfte sie in Gedanken und eilte in die Gegenrichtung. Wenig später saß sie neben Edith und Doreen in der Kantine und versuchte, mit einem Teller Nudelsuppe das riesige Loch in ihrem Magen zu stopfen. Nach den ersten Löffeln fühlte sie sich schon deutlich besser.

»Wie stellt sich der Chef das eigentlich vor? Mit so einem Ding am Arm wird man doch nicht automatisch super fit«, meckerte die Studentin mit nudelgefüllten Backen.

Ediths Augäpfel drehten sofort ab zur Deckenbeleuchtung.

»Logisch! Mit dem Kauf von Turnschuhen ist man ja auch nicht gleich ein Marathonass.«

Louisa verstand die ganze Aufregung nicht.

»Was ist denn daran so schlimm? Es ist doch jedem selbst überlassen, ob er sich anstrengen will, oder nicht. Man hat halt nur eine einfache Kontrolle über seinen aktuellen Aktivitätsstatus.«

Doreen fuchtelte entrüstet mit einer Hand in der Luft herum.

»Aktivitätsstatus! Pah! Vor dem Schreibtisch auf- und abzurennen bringt dann vielleicht fünfzig Euro ein. Aber was bekommt man in der Zeit von seiner Arbeit getan? Niente! Und außerdem. Was passiert mit denjenigen, die selten oder nie eine Prämie erlaufen, weil sie konzentriert am Computer arbeiten. Können die sich ihre nächste Gehaltserhöhung dann gleich abschminken, oder wie?«

»Nein, das wäre ja äußerst ungerecht, und außerdem bemisst sich das Gehalt immer noch an der Arbeitsleistung und nicht am Ehrgeiz beim Fitnesstraining«, entrüstete sich Louisa. Ganz so glatt kam ihr dieser Einwand allerdings nicht über die Lippen. Auch ihr war schon mehrfach der Gedanke gekommen, dass die

Chance, eine hohe Schrittzahl zu erreichen, nicht für jeden Mitarbeiter gleich war. Ein Vater mit kleinen Kindern hatte sicherlich andere Sorgen, als in seiner knappen Freizeit im Wald herumzutraben. Und jemand, der mehr als fünf Kilometer von seiner Arbeitsstätte entfernt wohnte, hatte gar keine andere Wahl, als mit Bus, Bahn oder Auto zur Arbeit zu kommen.

Doreen nutzte die kleine Pause, um ihrer Skepsis weiter Luft zu machen.

»Wollen wir mal hoffen, dass es wirklich so ist.« Sie funkelte ihre beiden Tischnachbarinnen provozierend an. »Und was ist mit den älteren und gehbehinderten Kollegen? Das sind doch von vornherein die Verlierer dieser Aktion!«

Dieser Aussage konnte Louisa voller Überzeugung entgegentreten.

»Nein, das stimmt nicht. Da scheinst du etwas nicht mitbekommen zu haben. Jeder, der körperlich beeinträchtigt ist, sei es durch sein Alter, oder aus medizinischen Gründen, kann ohne Folgen von der Teilnahme befreit werden. Allerdings nur gegen ein kurzes ärztliches Attest«, schränkte sie kleinlaut ein.

Auf Ediths Stirn zeigten sich nun auch ein paar Falten.

»Unser aller Datenschutz wird dadurch aber immer löcheriger, oder sehe ich das falsch? Wer legt seinem Arbeitgeber schon gerne ein ärztliches Gutachten vor, wenn er ein leichtes Hüft- oder Herzleiden hat?«

Louisa behagte es immer weniger, für dieses umstrittene Gesundheitsprojekt den Kopf hinzuhalten. Sie ließ ein paar Sekunden wortlos verstreichen, bevor sie genervt fortfuhr: »In unserer Firma hat immer noch jeder selbst in der Hand, ob er an einer gesunden Lebensweise arbeiten möchte. Der Chef will uns doch nur in die richtige Richtung lenken, und sicher nicht, dass wir wie Bonus-Junkies durch die Firma hecheln.«

Doreen war mit dem Thema noch längst nicht durch.

»Das stinkt doch zum Himmel! Ich vermute, dieser ganze Gesundheitsaktionismus soll lediglich dazu dienen, das Firmenimage aufzubessern!« Sie sah sich kurz nach rechts und links um und flüsterte den beiden Älteren ungeniert zu: »Diese ganzen Vitaminpillen sind auch nichts anderes als ein Bluff. Damit wird den Leuten vorgegaukelt, dass man sich nur dann auf der gesunden Seite bewegt, wenn man dieses Zeug schluckt. Aber jedes Vitamin kann man problemlos durch die Nahrung aufnehmen. Und fit bleibt man auch, wenn man sich an der frischen Luft so stark verausgabt, dass man ins Schnaufen kommt. Wodurch auch immer.«

Donnerwetter, das war mal eine Ansage! Und ganz Unrecht hatte Doreen nicht. Das war Louisa und Edith gleichermaßen klar. Aber hier ging es nicht mehr nur um die Sache mit den Fitnessbändern. Die Studentin hatte ihnen ganz deutlich zu verstehen gegeben, wie wenig sie von der Philosophie des Unternehmens hielt. Dass ihr der Unternehmenschef die Chance gab, das Studium durch das Anfertigen der Masterarbeit bei Blifrisk erfolgreich fortzusetzen, hatte sie wohl vergessen. Loyalität war für die Fünfundzwanzigjährige anscheinend eine angestaubte, lästige Tugend, vermutete Louisa. Wenn sie überhaupt wusste, was man darunter verstand!

Sie beobachtete eine Weile fasziniert, mit welcher Geschwindigkeit die Studentin ein paar Mails in ihr Handy tippte. Während sie ihre Suppe zu Ende löffelte, schüttelte sie in Gedanken den Kopf. Nach dem gerade stattgefundenen Meinungsaustausch würde es sie nicht wundern, wenn Doreen demnächst einen Shitstorm über den unsinnigen Konsum von Vitaminpillen losließ. Und ihre negative Einstellung zu Fitnessarmbändern würde sie der Öffentlichkeit sicherlich auch nicht vorenthalten.

Kaum hatte die Studentin ihr Handy in der Tasche verschwinden lassen, fuhr sie mit ihrer Lästerei fort: »Findet Ihr nicht auch, dass dieses Sportband ziemlich langweilig aussieht? Warum machen die Hersteller das nicht ein bisschen peppiger, wenigstens für uns Frauen?«

Louisa sah sie mit hochgezogenen Brauen an.

»Soviel ich weiß, gibt es für dieses Modell Wechselarmbänder in allen Variationen. Du bist also nicht gezwungen, im unauffälligen Einheitsblau rumzurennen.« Aus dem Augenwinkel bemerkte sie, wie die Fünfzigjährige die Lippen zusammenpresste, um nicht loszuprusten.

»Bestimmt gibt es auch schon Bänder im Vintage-Look oder mit Schlangenhautoberfläche, passend zur Handtasche«, schlug sie todernst vor.

Doreen blieb die Stichelei hinter Ediths Worten nicht verborgen. Sie erhob sich mit einem gelangweilten Augenaufschlag und winkte den beiden Frauen lässig zu.

»Mahlzeit noch! Im Gegensatz zu anderen kann ich mich nicht stundenlang mit dem Mittagessen aufhalten.«

Edith sah Louisa mit großen Augen an. Dann schüttelten beide genervt die Köpfe.

In den Tagen darauf hatte Louisa hauptsächlich mit der Ausgabe der Fitnessarmbänder zu tun. Die meisten Mitarbeiter brauchten nur wenige Minuten, um den kleinen Vertrag zu unterzeichnen und ihr Sportband entgegenzunehmen. Den etwas misstrauischeren musste sie bestätigen, das mit dem schriftlichen Abkommen keine Repressalien im Hinblick auf ihre Arbeit zu befürchten seien. Ein Auszubildender meinte scherzhaft, dass Big Brother ja nun auch bei Blifrisk mitmischen würde. Das hielt ihn jedoch nicht davon ab, sich an dem Sportprojekt zu beteiligen. Selbst die Herren von der Führungsriege ließen es sich nicht nehmen, ihr Band selbst im Büro der neuen Chefassistentin abzuholen. Zwei von ihnen merkte sie deutlich an, dass sie das Ganze für ein albernes Spielchen hielten. Da sie sich aber ihrer Vorbildfunktion bewusst waren, schnallten sie es sich mit gelangweilter Miene um ihr Handgelenk.

Als Louisa am Ende der Woche die Teilnehmerliste durchging, stellte sie irritiert fest, dass neben einigen Mitarbeitern, die gerade im Urlaub waren, nur noch einer das Band nicht abgeholt hatte, und das war ausgerechnet der Laborleiter. Sie blätterte kurz den Ordner mit den ärztlichen Begleitschreiben durch. Vielleicht hatte sie ja übersehen, dass er wegen einer gesundheitlichen Beeinträchtigung von der Teilnahme befreit war. Natürlich fand sie nichts. Das Gegenteil hätte sie bei seinem frischen, kraftvollen Erscheinungsbild auch sehr erstaunt. Sie entschied, ihn beim nächsten Zusammentreffen darauf anzusprechen. Vielleicht gab es ja einen speziellen Grund, weshalb gerade er nicht mitmachte. Oder es war ihm einfach nur durchgegangen, weil er nach seinem Urlaub eine Menge aufzuarbeiten hatte.

Kurz vor der Mittagszeit des letzten Maifreitags war sie endlich mit ihrer Verteilarbeit fertig, sodass die Schritte-Challenge pünktlich am ersten Arbeitstag im Juni starten konnte. Aufatmend ging zum Fenster, öffnete es weit und ließ ihren Blick über die hübsche Parkanlage gleiten, die das Verwaltungsgebäude bis auf die Verbindungstrasse zu den Fertigungshallen umschloss. Da sie nicht besonders hungrig war und Edith sich diesen Tag freigenommen hatte, machte sie sich mit einem Apfel in der Hand auf den Weg nach draußen. Bei dem herrlichen Frühsommerwetter, das seit Beginn der Woche herrschte, war es in ihren Augen geradezu frevelhaft, die Mittagspause im Essensdunst der Kantine zu verbringen. Beim Betreten des Parks atmete sie tief durch. Die Luft war herrlich warm und mit unterschiedlichen Blütendüften angereichert. Louisa machte mit strammen Schritten eine große Runde und genoss dabei ihren Apfel. Als sie sich nach zehn Minuten wieder dem Eingang näherte, fiel ihr Blick auf einen Mann, der mit weit von sich gestreckten Beinen auf einer der Pausenbänke saß, die rings um den Stamm einer riesigen Linde standen. Mit einem merkwürdigen Kribbeln im Bauch registrierte Louisa, dass es Dr. Urdenbach war, der dort mit hochgekrempelten Hemdsärmeln etwas in sein Handy tippte.

Als er ihr Näherkommen bemerkte, steckte er das Smartphone in die Hosentasche und begrüßte sie mit einem charmanten Lächeln.

»Aha, Ihnen ist also Frischluft auch lieber als Spitzkohlmief«, stellte er mit einem belustigten Zwinkern fest und bat sie per Handzeichen, neben ihm Platz zu nehmen.

Beim Niedersetzen stimmte sie ihm lachend zu.

»Nicht immer, aber bei diesem Wetter schon.« Sie streckte

ihm kurz den Arm mit dem Fitnessband entgegen. »Außerdem habe ich schon ein paar Schritte gesammelt, die ich mir heute Abend beim Laufen sparen kann.« Sie musterte das markante, urlaubsbraune Gesicht des Mannes. »Warum machen Sie eigentlich nicht mit? So gebrechlich wirken sie auf den ersten Blick gar nicht«, versuchte sie, ihm auf witzige Weise den Grund zu entlocken.

»Oh, ich habe mir schon vor ein paar Monaten privat so ein Ding zugelegt und getestet. Als Bewegungsanreiz ist es sicherlich nicht schlecht. Aber beim Schwimmen zum Beispiel funktioniert es einfach nicht präzise genug. Als es mich dann immer mehr geärgert hat, bin ich zu dem Entschluss gekommen, es wieder zu verkaufen. Die Technik, mit der diese Tracker ihre Daten ermitteln, ist für manche Sportarten einfach ungeeignet.«

»Dann sind Sie also eher der Typ Hecht als der Typ Rentier?«, hakte sie amüsiert nach.

»Ja, so könnte man es nennen.« Sein Lachen klang so sympathisch, dass Louisa gern noch etwas Lustiges ergänzt hätte, um es erneut hören zu können. Aber das brauchte sie nicht, denn Dr. Urdenbach gefiel die Art ihres Herumalberns auch.

»Genau genommen bin ich mehr der Typ Lachs. Ich schwimme nämlich auch gern in anderen Weltmeeren als nur in heimischen Gewässern.«

Gerade wollte Louisa mit ihrem biologischen Wissen glänzen, als sie sich im letzten Augenblick noch gedanklich gegen das Schienenbein treten konnte. Welchen Eindruck hätte er von ihr bekommen, wenn sie ihm erklärt hätte, dass Lachse eigentlich Süßwasserfische sind, die nur durch die Meere ziehen, wenn sie sich in ihrem Geburtsgewässer paaren wollen. Zum Glück fiel ihr noch etwas Unverfängliches zu dem Thema ein.

»Ja, ich kann mir auch nichts Herrlicheres vorstellen, als irgendwo im badewannenwarmen Meerwasser zu paddeln«, seufzte sie mit einem sehnsüchtigen Blick in die Ferne.

Der Mann neben ihr musterte sie erstaunt aus dem Augenwinkel.

»Tja, es ist wirklich schade, dass so viele Menschen mit dem nassen Sport nichts anfangen können. Dabei gibt es nichts Schöneres, als sich fast schwerelos fortbewegen zu können. Das Schwimmen ersetzt bei mir das Laufen oder Radfahren.« Er lachte kurz. »Eigentlich müsste ich schon Algen angesetzt haben. Ich schwimme nämlich schon seit meiner Jugend, um mich fit zu halten.«

In Louisas Kopf tobte ein kleiner Kampf. Sollte sie diesem fast noch fremden Mann erzählen, dass sie ebenfalls eine hervorragende Schwimmerin war und sich nichts sehnlicher wünschte, als so tauchen zu können wie Jacques Cousteau? Sicherlich würde er stutzig werden und vermuten, dass sie sich mit Wasserkraft an ihn heranmachen wolle. Unweigerlich musste sie an Betty denken, für die Wasser dasselbe war wie männliche Hebammen oder Raumspray mit Hühnersuppenduft – völlig überflüssig. Für genauso überflüssig hielt Louisa ihren Hang zum Ausplaudern ihrer intimsten Wünsche. Wehmütig entschied sie sich, ihren Traum für sich zu behalten und lieber noch einmal auf das anfängliche Thema zurückzukommen. Schließlich war das hier ihr Arbeitsplatz und kein Freundinnentreff im Straßencafé!

»Dann werden Sie also nicht an der betriebsinternen Schritte-Challenge teilnehmen?«

Dr. Urdenbach schüttelte den Kopf und sah sie ernst an.

»Machen Sie sich deshalb keine Gedanken. Der Chef weiß Bescheid. Es passt ihm zwar nicht, dass gerade ich als sportaffiner Mitarbeiter passe, aber ich tue per se nichts gegen meine Überzeugung.«

Er sah sie so eindringlich an, dass sie nicht anders konnte, als einsichtig zu nicken. Ein bisschen übertrieben fand sie sein Verhalten trotzdem.

»Verständlich, wenn das Ding beim Schwimmen nicht funktioniert. Aber dann könnten Sie es doch wenigstens hier in der Firma tragen. Einfach nur pro forma, um ihre Kooperationsbereitschaft zu zeigen.«

Wieder antwortete er mit seinem entwaffnenden, herzerfrischenden Lachen.

»Sie argumentieren ja schlimmer als ein orientalischer Teppichhändler.« Er überlegte einen kurzen Moment. Dann nickte er mit ernstem Gesicht. »Okay, okay! Es gibt noch einen Grund, weshalb ich mich weigere mitzumachen«, fuhr er stockend fort. »Das hat aber nichts mit den Fitnessarmbändern zu tun.«

»Und womit dann?« Auch wenn es äußerst indiskret war, konnte sich Louisa diese Frage nicht verkneifen.

Statt zu antworten, erhob sich Dr. Urdenbach und sah einige Sekunden lang zum Park hinüber.

»Vielleicht erkläre ich es Ihnen später einmal. Jetzt möchte ich nicht darüber sprechen. Ich hoffe, Sie nehmen es mir nicht übel.«

Louisa stand ebenfalls auf, um ihm besser in die Augen sehen zu können. Sein angespanntes Gesicht zeigte ihr deutlich, wie unangenehm ihm die Situation war.

»Natürlich nicht. Es geht mich ja auch nichts an.«

Am Eingang zum Verwaltungsgebäude verabschiedeten sie sich mit einem gut gelaunten Winken. Doch auf dem Weg zu ihrem Büro wurde sie das Gefühl nicht los, dass hinter seiner Geheimniskrämerei mehr steckte als eine persönliche Animosität. Morgen musste sie Edith unbedingt darauf ansprechen. So gut wie sie ihn kannte, wusste sie vielleicht auch den wahren Grund.

Kurz vor ihrer Bürotür kam eine junge Auszubildende auf sie zugeeilt.

»Frau Paulus?«, sprach sie Louisa mit mädchenhaft heller Stimme an.

»Ja, bitte, was gibt's?«

»Frau Marlow hat mich geschickt. Sie möchte gern, dass Sie kurz zu ihr ins Büro kommen.«

»Der Nachmittag fängt ja gut an«, lästerte Louisa im Stillen. »Hat sie gesagt, weshalb?«

»Nein«, erwiderte die junge Frau bedauernd und verabschiedete sich rasch wieder.

Da es kaum arbeitstechnische Berührungspunkte zwischen ihr und der Seniorchefin gab, vermutete Louisa, dass es wieder um das Lieblingsthema der alten Dame ging, die klassische Literatur. Um Autoren und Titel also, die ihr absolut nichts sagten.

Und das hatte ihr jetzt gerade noch gefehlt.

Eine brauchbare Ausrede ließ sich so schnell nicht finden. Also machte sie sich mit mürrischem Gesicht auf den Weg zum Büro des Seniorchefs, in dem Eleonore Marlow seit dem Tod ihres Mannes residierte. Vor der Tür hielt sie einen Atemzug lang inne, dann klopfte sie kräftig an und ging hinein. Zu ihrer Überraschung war die alte Dame nicht allein im Büro. Ihr Sohn, der mit einer Gesäßhälfte lässig auf der Fensterbank saß, sprang sofort auf sie zu und begrüßte sie mit einem beunruhigten Flackern im Blick.

»Wollen Sie zu mir, oder haben Sie etwas mit meiner Mutter zu besprechen?«

Frau Marlow wartete ihre Antwort gar nicht erst ab, sondern übernahm sofort die Leitung des Gesprächs.

»Ja, ja, das geht schon in Ordnung, Frederic. Ich habe deine Assistentin zu mir gerufen, weil ich ihr etwas geben will.«

Die Befürchtungen ihres Sohnes waren damit keineswegs aus dem Weg geräumt.

»Okay, dann lasse ich dich mit Frau Paulus allein. Aber bitte, Mutter. Bedenke, dass sie erst seit einer Woche für uns arbeitet. Nimm es ihr nicht übel, wenn sie in dieser kurzen Zeit noch nicht alle betriebsinternen Gepflogenheiten kennt«, redete er ihr eindringlich ins Gewissen. Als er auf dem Weg zur Tür an Louisa vorbeikam, zog er resigniert die Schultern hoch und lächelte gequält.

Wie nett von ihm, mich in Schutz zu nehmen! Louisa strahlte ihn an und bedankte sich mit einem besänftigenden Nicken. Damit wollte sie ihm zu verstehen geben, dass sie sich so schnell von niemandem einschüchtern ließ. Außerdem hatte sie, was das Thema Literatur betraf, bereits massiv vorgebaut.

Einige Tage zuvor war sie Bettys Einladung auf ein abendliches Glas Wein gefolgt. Im Verlauf des gemütlichen Beisammensitzens hatte Louisa dann ihr Leid über den hohen literarischen Anspruch der Seniorchefin geklagt. Ihre Freundin war daraufhin im Nachbarzimmer verschwunden und mit einem Stapel DVDs zurückgekehrt. Den bekam Louisa in die Hand gedrückt.

»Wenn du dir jeden Tag einen davon anschaust, bist du in einer Woche der absolute Literatur-Experte. Da ist von Blixen, Dickens, Kipling bis Orwell alles dabei. Und den Film *Wer die Nachtigall stört*, von dem du vorhin sprachst, habe ich dir auch dazugelegt.« Bei ihrer anschließenden Beichte war Betty sogar ein bisschen rot geworden. »Gregory Peck war mal eine Zeitlang mein absoluter Schwarm, und in der Rolle des Atticus Finch ist er einfach göttlich.«

So fühlte sich Louisa, als sie auf den Schreibtisch der alten Dame zuging, einigermaßen gewappnet. Aber schon kurz darauf musste sie einsehen, dass der Teufel viele Gesichter hatte. Statt sie einer weiteren Literaturprüfung zu unterziehen, erhob sich Frau Marlow und griff nach dem Bücherstapel, den sie auf einem kleinen Beistelltisch abgelegt hatte.

»Ich habe hier mal eine kleine Sammlung für Sie zusammengestellt, Frau Paulus.«

Louisa nahm die Bücher mit einem zuckersüßen Dank entgegen.

»Oh, das wäre doch nicht nötig gewesen, Frau Marlow. Ich hätte mir doch auch selber …«

»Nein, nein, schon gut. Ich finde, gute Bücher gehören in die Hände interessierter Leser und nicht in den Bücherschrank. Mein verstorbener Mann meinte ja immer, ich soll die Mitarbeiter nicht damit behelligen. Die würden froh sein, wenn sie sich nach Feierabend der Familie widmen und anschließend vor dem Fernseher die Füße hochlegen können. Aber da bin ich ganz anderer Meinung. Schließlich hat man als Arbeitgeber auch eine kulturelle Verantwortung der Belegschaft gegenüber. Wenn man so will, einen Bildungsauftrag. Schließlich hat nicht jeder einen vollen Bücherschrank im Wohnzimmer stehen.« Sie lehnte sich selbstgefällig zurück und faltete ihre knochigen Hände auf dem Schoß. »Lassen Sie sich ruhig Zeit beim Lesen. Es reicht, wenn Sie mir die Bücher in zwei Wochen zurückgeben.«

Ganz konnte Louisa das erschreckte Aufreißen ihrer Augen nicht vermeiden. Doch anstatt sofort klarzustellen, dass sie es niemals schaffen würde, sie in dieser kurzen Zeit durchzulesen, warf sie der Frau im Chefsessel ein meisterhaft gespieltes, freudiges Lächeln zu.

»Herzlichen Dank. Bewundernswert, Ihr soziales Engagement«, hörte sie sich zu allem Überfluss auch noch sagen.

»Schon gut, schon gut. Und nun will ich Sie nicht länger von Ihrer Arbeit abhalten!« Ihre Abschiedsworte untermalte Frau Marlow mit einem Winken, mit dem man üblicherweise einen Spatz vom Kaffeetisch verscheucht.

Von der Tür aus, die Louisa gerade soeben mit dem Ellenbogen aufbekam, rief sie der Seniorchefin noch einmal ihren Dank zu. Dann drückte sie von außen so kräftig mit dem Po dagegen, dass es beim Schließen einen ordentlichen Knall gab.

»Upps!«, entschuldigte sie sich mehr der Form halber, denn wirklich leid tat ihr der explosive Abgang nicht.

Voller Selbstmitleid schleppte sie die lästige Fracht zurück in ihr Büro und lud den Klassikerberg neben den Norwegenberg. Vom Cover des oberen Buches aus blickte sie ein weißbärtiger Mann mit rundem Gesicht an, der eine Angel ausgeworfen hatte.

»Der alte Mann und das Meer«, murmelte sie erstaunt. Wenigstens schien es so, als ob ihre Tauchambitionen bei der Seniorchefin einen winzigen Eindruck hinterlassen hätten.

Als sich Louisa endlich seufzend auf ihren Bürostuhl niederließ, ging es bereits auf vier Uhr zu. Gerade hatte sie ihren Rechner gestartet, um sich einige Tabellen anzusehen, da klopfte es an ihrer Tür. Auf ihr Herein hin betrat Frederic Marlow das schmale Zimmer und marschierte gut gelaunt auf ihren Schreibtisch zu.

»Ich hoffe, ich störe Sie nicht mitten in einer Terminsache?«

Louisa schüttelte lächelnd den Kopf. »Nein, nein. Das ist nicht eilig, was ich gerade mache.« Verwundert registrierte sie sein zerknirschtes Gesicht, als sein Blick auf die beiden Bücherstapel im Regal hinter ihr fiel.

»Eigentlich wollte ich mich nur erkundigen, ob meine Mutter Sie nicht zu sehr unter Druck setzt mit ihrer Literaturleidenschaft.« Seine Besorgnis bekam nun eine leicht verzweifelte Note. »Leider übertreibt sie es oft mit ihrem missionarischen

Wirken. Die meisten hier kennen das schon und wissen, wie man es möglichst geschickt anstellt, nicht mit ihr zusammenzutreffen. Aber an Ihnen hat sie anscheinend einen Narren gefressen.«

Weil Louisa diese Äußerung peinlich war, zuckte sie ungelenk mit den Schultern.

»Ist ja in gewisser Weise auch sehr interessant, was Ihre Mutter zu berichten weiß.«

Er zog die Augenbrauen in die Höhe.

»Aber auch nur für begrenzte Zeit. Irgendwann geht einem ihre ewige Fragerei nach den Literaturkenntnissen und Lesegewohnheiten auf die Nerven.« Er sah sie unsicher an. »Verstehen Sie mich jetzt bitte nicht falsch. Ich finde es wirklich ganz prima, wie Sie auf meine Mutter eingehen. Ich als ihr Sohn kenne sie ja nun besser als alle anderen. Deshalb weiß ich auch, wie angetan sie von Ihnen ist. Sie kann es nur nicht so direkt zeigen. Kaum einer der Mitarbeiter ist so geduldig und rücksichtsvoll mit ihr wie Sie.«

Seine Lobeshymne entfachte ein Gefühlschaos in ihr. Einerseits freute sie sich über sein Lob. Andererseits fühlte sie sich unbehaglich, weil sie ihm die ganze Zeit etwas vormachte. Die Seniorchefin wirkte zwar leicht schutzbedürftig, aber toll fand Louisa es nicht, dass sie sie ständig mit der Nase auf ihre Bildungslücken stieß.

»Na ja, in ihrem Alter ist es sicherlich nicht einfach, ihre Position als Unternehmenschefin zu behaupten.«

Frederic Marlow nickte verdrießlich.

»Genau das ist ja mein Hauptproblem. Meine Mutter hat in unserem Betrieb keinerlei Entscheidungsgewalt oder Weisungsbefugnis. Das liegt alles in meiner Hand. Trotzdem hält sie sich hier für absolut unentbehrlich.«

Louisa verfolgte, wie ihr Vorgesetzter verzweifelt schnaubte und den Teppichboden zwischen seinen Schuhen betrachtete. Was sollte sie dazu sagen?

»Bitte, Frau Paulus. Das, was ich Ihnen jetzt sage, muss unter uns bleiben.« Er warf ihr einen eindringlichen Blick zu. »Ehrlich gesagt bin ich für jeden Vorschlag dankbar, mit dem ich es schaffe, meine Mutter vom Betrieb fernzuhalten.«

Louisa fühlte sich sehr geehrt. Anscheinend war sie für ihn zu einer Art Kummerkasten avanciert. Mit der erhobenen flachen Hand deutete sie ihm ihre Verschwiegenheit an.

»Kein Problem. Sie können sich voll auf mich verlassen.«

Für einen kurzen Augenblick herrschte Stille. Dann fuhr er mit bedrückter Stimme fort: »Ich hätte ja längst schon etwas in diese Richtung unternommen, aber leider ist ihr Gesundheitszustand nicht mehr der beste, und Aufregungen sollte sie tunlichst vermeiden.«

»Oh, das tut mir leid. Auf mich machte sie bisher einen sehr fitten Eindruck«, erwiderte Louisa irritiert.

»Ja, ja, aber der Schein trügt. Jede Veränderung ihrer Lebensumstände bedeutet Stress für sie. Deshalb bin ich ganz froh, wenn sie friedlich oben im Büro meines Vaters sitzt. Andererseits hat ihr der Arzt dringend empfohlen, sich mehr zu bewegen.« Er fuhr sich mit den Fingern durch die Haare. »Manchmal weiß ich wirklich nicht, wie es mit ihr weitergehen soll.«

Trotz des Mitleids, das sie für ihn empfand, wurde sie aus seinem Gesicht nicht schlau. War er nun betrübt über den schlechten Zustand seiner Mutter oder eher verärgert? Im Prinzip hätte sie einfach nur fragen müssen, mit welcher Krankheit die alte Dame zu kämpfen hatte. Aber heute, bei der Plauderei mit dem Laborleiter im Park, war sie schon einmal wegen einer indiskreten Frage ins Fettnäpfchen getreten. Noch ein zweites Mal wollte sie sich an diesem Tag nicht blamieren. Als ihr Blick auf das Fitnessarmband an ihrem Handgelenk fiel, kam ihr eine Idee.

»Was halten Sie davon, wenn Sie Ihrer Mutter auch so ein Band schenken? Vielleicht hat sie ja Lust, sich an unserer Fitness-Challenge zu beteiligen.«

Erst wirkte er wie vor den Kopf gestoßen. Doch je intensiver er über Louisas Idee nachdachte, desto mehr hellte sich seine Miene auf.

»Warum eigentlich nicht?« Mit einem Mal strahlte er sie an, als habe er den Jackpot bei der Klassenlotterie gewonnen. »Ich weiß auch, wer ihr das am ehesten schmackhaft machen kann.«

Kapitel 5

Louisa klemmte sich den Hefter mit den Mitteilungen für Dr. Urdenbach unter den Arm und schob mit beiden Händen die schwere Sicherheitstür zum Labor auf. Ein undefinierbares Geruchsgemisch schlug ihr entgegen, als sie auf das Büro des Laborleiters zuging. Bei ihrem Rundblick über die Tischreihen mit den elektronischen Messgeräten und den Reagenzglasständern erkannte sie Doreen an einem der Tische im hinteren Bereich. Überrascht registrierte sie, dass Herr Marlow auf dem Stuhl neben ihr saß und konzentriert auf den Bildschirm ihres Laptops starrte. Während ihm die Studentin wort- und gestenreich die Bilder und Skizzen erläuterte, fuhr er immer wieder mit lauter Stimme dazwischen. Louisa hätte zu gern gewusst, um was es da ging, denn an der Körpersprache der beiden konnte selbst ein Unbeteiligter erkennen, dass es etwas besonders Heikles sein musste. Seltsamerweise war sie auch ein wenig enttäuscht. Bisher hatte ihr der Juniorchef den Eindruck vermittelt, er mache sich nicht viel aus der Studentin. Doch so aufgeregt und engagiert, wie er doch mit Doreen diskutierte, schien er mehr von ihr zu halten.

Bei ihrem ersten persönlichen Kontakt hatte Louisa Frederic Marlow ganz interessant gefunden, aber ihr Typ war er eigentlich nicht. Nachdem er ihr allerdings so vertraulich von Norwegen und dem Verhältnis zu seiner Mutter erzählt hatte, war sie überzeugt gewesen, er würde mehr als eine nette Assistentin in ihr sehen. Sie müsste lügen, wenn sie behaupten würde, es nicht ein wenig erhofft zu haben.

Plötzlich meldete sich eins der Prüfgeräte mit einem hellen Piep-Signal. Fast zeitgleich schoss Edith hinter einem mannshohen Regal hervor, das eng mit Chemikalienbehältern vollgestellt war.

»Ich hab dich gar nicht kommen hören«, rief sie Louisa erstaunt zu. Gleich darauf wandte sie sich dem Display der Zentrifuge zu und tippte so lange darauf herum, bis der Alarm erlosch.

»Ich habe etwas für Dr. Urdenbach. Ist er in seinem Büro?« Louisa zeigte in die Richtung, in der sich sein Arbeitszimmer befand.

Edith schüttelte den Kopf. »Er ist unterwegs zu einer Besprechung mit einem neuen Zulieferer. Wenn du willst, lege ich ihm das auf den Schreibtisch.«

»Ja, gern.« Sie händigte ihr die Unterlagenmappe aus und bedankte sich. »Was haben die zwei denn da Wichtiges zu bereden?«, flüsterte sie, während sie mit dem Kopf zu dem heftig debattierenden Paar am anderen Ende des Raums deutete.

Zu ihrer Verwunderung packte Edith sie am Ellenbogen und führte sie zu einem nicht einsehbaren Winkel hinter ihrem Arbeitsbereich.

»Es geht wohl um einen ziemlich teuren synthetischen Stoff, der angeblich nur in den USA hergestellt wird. Mehr weiß ich allerdings auch nicht. Aber ist dir aufgefallen, was die anhat?«

»Meinst du das jetzt qualitativ oder quantitativ?«, erwiderte Louisa mit einem Grinsen.

»Sowohl als auch.«

Ediths Antwort, die mit einem genervten Augenrollen verbunden war, machte sie neugierig. Vorsichtig setzte Louisa einen Schritt rückwärts und neigte ihren Oberkörper so weit nach hinten, bis sie Doreen im Blickfeld hatte. Mit offenem Mund und weit geöffneten Augen kehrte sie in die Nische zurück.

»Das gibt es ja nicht! Die trägt einen Rock in den norwegischen Nationalfarben! So eine schleimige Kröte! Dagegen ist Männerunterwäsche vom Lieblingsfußballverein ja Pillepalle!«

»Auch vorn auf ihrem Poloshirt ist eine Norwegen-Flagge. Mit so einer albernen Masche kann man auch nur gewinnen, wenn man noch fast ein Teenager ist«, empörte sich die Laborassistentin.

Louisa seufzte leise.

»Doreen weiß halt, worauf Männer abfahren, und das nutzt sie schamlos aus.«

Edith machte ein angewidertes Gesicht.

»Dieses kleine Flittchen lässt bestimmt keinen Mann aus, der in erreichbare Nähe kommt!« Als sie Louisas bekümmerten Gesichtsausdruck bemerkte, hakte sie vorsichtig nach: »Sag nur, du hast auch ein Auge auf unseren Chef geworfen!«

»Ach, Quatsch! So ein Mann wie Frederic Marlow spielt doch in einer ganz anderen Liga. Außerdem kommt für den doch nur eine Buchhändlerin oder eine Bibliothekarin in Frage. Vergiss den Einfluss seiner Mutter nicht!«

Je resignierter Louisa antwortete, desto sicherer war sich Edith, mit ihrer Vermutung ins Schwarze getroffen zu haben. Sie überlegte, wie sie der Ärmsten helfen konnte.

»Lass dich von Doreens Art nicht bluffen! Männer anbaggern ist für die eine Art Sport. So was wie angeln gehen. Sie weiß genau, welchen Köder sie nehmen muss, um einen bestimmten Fisch an den Haken zu bekommen. Und wenn er angebissen hat, zieht sie ihn nur an Land, wenn er gut gewachsen ist und sein Bankkonto stimmt. Ansonsten fliegt er im hohen Bogen wieder zu seinen Kameraden in den großen Teich.« Edith lehnte sich nach ihrer ausführlichen Beschreibung zufrieden an die Wand und musterte mit verschränkten Armen ihr Gegenüber.

»Wenn du meinst.« Louisa warf ihr ein gequältes Lächeln zu. Natürlich. Sie sah es ja auch so. Ein bisschen wenigstens. »Du, ich muss weiter. Sehen wir uns nachher in der Kantine?«

»Klar. Und zerbrich dir wegen der nicht dein fesches Köpfchen! Das Leben wird dem arroganten Fräulein noch früh genug die hübschen Flügel stutzen«, gab Edith ihr tröstend mit auf den Weg. An der Emotionalität ihrer Prophezeiung erkannte Louisa deutlich, wie zuwider ihr das Verhalten der Studentin war. In diesem Moment tat ihr die burschikose Fünfzigjährige mit den rosigen Wangen leid. Es war sicherlich eine Tortur für sie, mit einer zwanzig Jahre jüngeren Barbiepuppe zusammenzuarbeiten, der sämtliche Männer in der Firma hinterhersahen und die im Handumdrehen die begehrtesten Fische an der Angel hatte.

Als sich Louisa und Edith zwei Stunden später zu einem Kaffee in der Kantine trafen, konnten sie es nicht verhindern, dass sich Doreen ebenfalls an ihren Tisch setzte.

»Wow! Wo hast du das denn her?«, staunte Louisa, der sofort das schneeweiße Fitnessarmband mit den Swarovski-Steinen am Handgelenk der Studentin aufgefallen war.

»Du hast mir doch den Tipp gegeben, dass es für die Fitness-Tracker auch Wechselbänder gibt«, erwiderte sie und platzierte den linken Unterarm lässig neben ihrem Teller.

»Hast du nicht Angst, dass dir beim Walken ein paar Steine verloren gehen?« Es kostete Edith viel Mühe, die Formulierung *aus der Krone fallen* wegzulassen.

Doreen war die Ironie in der Bemerkung trotzdem nicht verborgen geblieben.

»Für den Sport reicht mir auch das langweilige blaue Originalband«, konterte sie schnippisch.

Edith nickte theatralisch.

»Geht mir genauso. Wenn ich ausreite, lasse ich meine Spitzenunterwäsche auch im Schrank.«

Damit das verbale Hauen und Stechen nicht auch noch auf die physische Ebene überging, wechselte Louisa kurzerhand das Thema.

»Wisst ihr, worum mich Herr Marlow gestern gebeten hat?«

Die beiden Frauen schüttelten die Köpfe.

»Ich soll seiner Mutter zeigen, wie unser Fitnessarmband funktioniert!«

Edith gab ein Pfeifen von sich, das sich anhörte, als ob jemand in einen Fahrradreifen gestochen hatte.

»Warum das denn? Eine schlimmere Strafarbeit gab es ja nicht einmal in der Schule.« Nachdem der Schrecken aus ihrem Gesicht verschwunden war, sah sie Louisa mitfühlend an. »Warum hast du nicht einfach gesagt, du hättest nicht so einen Draht zu älteren Leuten?«

»Das würde er mir nicht abkaufen!« Louisa sah Edith resigniert an. »Im Zeugnis meines letzten Arbeitgebers steht nämlich, dass ich besondere Fähigkeiten im Umgang mit älteren Menschen habe. Das wäre ja fast so, als ob du behaupten würdest, du wüsstest nicht, was Ascorbinsäure ist.«

Doreen machte ihrer Schadenfreude mit einem hämischen Lachen Luft.

»Vielleicht hat Marlow dich ja genau deshalb eingestellt. Weil er jemanden braucht, der seine Mutter bespaßt.«

Edith schnaubte aufgebracht.

»Das ist doch Quatsch. Als Assistentin des Chefs muss man schon mehr vorweisen können als ein Herz für ältere Semester.«

Auf Ediths herbe Zurechtweisung reagierte Doreen mit einem beleidigten Hochziehen der Augenbrauen.

»Mit mir könnte Marlow das nicht machen!«, tönte sie selbstbewusst. »Ich hätte ihm auf jeden Fall gesagt, dass Seniorenbetreuung nicht zu meinem Aufgabenbereich gehört.«

»Klar.« Die Laborassistentin nickte gelangweilt. »Du hättest ihm womöglich ein nettes Heim für seine Mutter empfohlen.«

Die beiden Laborfrauen stutzten, als sie Louisa nach ihrem Schlagabtausch mit betretener Miene sagen hörten: »Ganz unrecht habt ihr damit gar nicht.«

Wie immer war Doreens Mundwerk schneller als ihr Kopf.

»Echt jetzt? Frau Marlow kommt in ein Heim?«

»Psst! Das habe ich doch gar nicht gesagt.« Louisa neigte sich leicht über den Tisch und fuhr mit verminderter Lautstärke fort: »Ich wollte damit nur andeuten, dass unser Chef dringend nach einer Lösung sucht, wie er seine Mutter …« Sie stockte vor Unbehagen über das schlechte Gewissen, das sie wegen der Tratscherei hatte. »… wie er sie auf möglichst einfühlsame Weise dazu bewegen kann, sich aus der Firma nach und nach zurückzuziehen.« Sie betrachtete skeptisch das dunkelblaue Plastikband an ihrem Handgelenk. »Die Idee, ihr den Gebrauch des Fitnessarmbands näherzubringen, ist einfach ein Versuch in diese Richtung. Damit soll ich die alte Dame auf andere Gedanken bringen.«

Doreen grinste hämisch.

»Glaubst du wirklich, die beschäftigt sich dann nur noch mit ihrer Kilometerleistung? Dazu ist die doch viel zu bequem. Und hast du mal daran gedacht, was das für die Leute hier bedeuten könnte? Der Lesedrache wird dann nicht nur nach Büchern fragen, sondern auch noch nach den gelaufenen Schritten! Da muss es doch noch was Effektiveres geben, um sie wegzubekommen«, murmelte die Studentin und blickte gedankenversunken zum Fenster hinaus.

Louisa und Edith warfen sich fragende Blicke zu. Verstand Doreen das Dilemma mit der Seniorchefin jetzt als betriebsinternen Wettbewerb, oder suchte sie nur nach einem geeigneten Köder, um Frederic Marlow an den Haken zu bekommen?

Louisa hielt beide Ideen für völlig daneben.

»Was ich Euch gerade über die Seniorchefin gesagt habe, muss natürlich unter uns bleiben.« Sie sah Doreen dabei besonders scharf an.

Edith stimmte sofort zu.

»Das versteht sich doch von selbst.« Um Louisa zu unterstützen, musterte auch sie die Studentin eindringlich. »Oder?!«

Die nickte nur und kaute nachdenklich auf ihrer Unterlippe herum.

Louisa war froh, dass Frederic Marlow die Firma schon am frühen Nachmittag verlassen hatte. Er wollte einen Zulieferer aufsuchen, dessen Warensendung zum wiederholten Mal nicht den vertraglichen Vereinbarungen entsprach. So konnte sie pünktlich um fünf zu ihrem Wagen gehen und sich auf den Weg zu ihrer ehemaligen Arbeitsstätte, der Klinik am Schloss, machen. Betty war so nett gewesen, ihr einen Untersuchungstermin für den Tauchkurs zu besorgen. Dass sie ausgerechnet der Chefarzt persönlich untersuchen würde, war ihr im ersten Augenblick gar nicht so recht. Aber ihrer Freundin zuliebe behielt sie ihre Bedenken für sich. Bei schwierigen Operationen war Dr. Wessel voll konzentriert, präzise und schnell. Doch wenn es um routinemäßige Funktionstests ging, gab er sich nicht unbedingt Mühe. Oft hatte man sogar den Eindruck, sie seien ihm lästig. Auch die Laborbeschäftigten konnten ein Lied davon singen. Als Louisa noch dort arbeitete, war es mehr als einmal vorgekommen, dass

Dr. Wessel Tests in Auftrag gegeben hatte, die viel zu oberflächlich formuliert waren. Den schwarzen Peter bekam natürlich die Labormannschaft zugeschoben, weil er die Werte, die sie ordnungsgemäß ermittelt hatten, grundsätzlich für falsch hielt.

Da noch eine Viertelstunde Zeit bis zum Termin war, streifte Louisa mit suchendem Blick über die Privatstation, auf der Betty ihre anstrengende und nervenaufreibende Arbeit verrichtete. Hinter der breiten Glasfront des Schwesternzimmers erkannte sie die schlanke Statur der Pflegekraft. Als sich Betty auf ihr Klopfen hin umdrehte, erhellte sich ihr strenges Gesicht. Mit einem lässigen Winken deutete sie ihrer Freundin an hereinzukommen.

»Na, hast du auch nicht vergessen, deine Ausgeh-Dessous anzuziehen?«, fragte sie Louisa mit einem breiten Grinsen. »Dafür vergibt der Chef nämlich hundert Gesundheitspunkte extra.«

»Tse!«, antwortete Louisa leicht verunsichert. Natürlich hatte sie an diesem Morgen nicht zu ihrer Alltagsunterwäsche gegriffen, aber in fliederfarbener Seide mit Spitze wollte sie ihrem ehemaligen Chef auch nicht vor die Augen treten.

»Wenn es die Höhe seiner Rechnung beeinflussen würde, hätte ich es mir vielleicht überlegt.«

Betty lachte schallend.

»Mach dir deshalb keine Sorgen. Der berechnet doch nur das, was er testet, und mehr als unbedingt nötig, macht er sowieso nicht. Jede Minute, die er einsparen kann, bedeutet doch für ihn, eher auf dem Golfplatz sein zu können.«

Als der Chefarzt kurz darauf den Raum betrat, schreckten die beiden Frauen zusammen und warfen sich ein verstecktes Schmunzeln zu.

»So, so. Hier stecken Sie also und halten meine Assistentin vom Arbeiten ab, Frau Paulus!«, schimpfte er mit einem amüsierten Zwinkern.

Louisa wollte sich entschuldigen, doch Betty war schneller.

»Chef, Sie wissen doch, wie sehr ich meine Arbeit liebe. Da hält mich doch so schnell keiner von ab!«

Dr. Wessel schnaubte belustigt.

»Klar, das weiß ich. Damit Sie ganz in Ruhe fortfahren können, werde ich Frau Paulus jetzt ins Untersuchungszimmer entführen und ihre Unterwasserqualitäten prüfen.«

Louisa warf ihrer Freundin ein gequältes Lächeln zu, als sie dem untersetzten Siebzigjährigen mit dem schütteren, rötlichen Haarkranz in das Nachbarzimmer folgte. Hoffentlich ließ er nicht noch mehr dieser überflüssigen Bemerkungen zu ihrem neuen Hobby los!

Während Dr. Wessel den Computer startete und das Untersuchungsformular aufrief, forderte er sie auf, zum Abhören der Lunge den Oberkörper freizumachen.

»Wollen Sie nach versunkenen Schätzen oder der Titanic tauchen, oder was hat Sie bewegt, mit diesem Sport anzufangen?« Gewissenhaft horchte er mit dem Stethoskop verschiedene Stellen auf ihrem Brustkorb ab.

»Ich habe als Kind schon gern geschnorchelt und alles erforscht, was sich unter Wasser herumtrieb, aber bisher fehlte mir das nötige Kleingeld für einen Tauchkurs.«

»Angst haben Sie wohl keine?«

»Sie meinen, vor einem Haiangriff?« Seltsamerweise hatte sie diese Bedenken noch nie gehabt.

»Nein, ich denke eher an das, was man landläufig als Tiefenrausch bezeichnet. Also wenn man unter Wasser die Orientierung verliert und nicht mehr weiß, wo oben und unten ist.« Er klopfte mit der locker geschlossenen rechten Faust federnd über ihren Rücken. »Es soll da sogar zu ähnlichen Zuständen kommen, wie man sie von der Reaktion auf Rauschmittel kennt.«

»Ja, aber erst ab einer Tiefe von zwanzig Metern, uns so tief darf man als Anfänger gar nicht abtauchen. Außerdem lernt man im Tauchkurs, woran man die ersten Anzeichen dafür erkennt, und wie man gezielt darauf reagiert«, erklärte sie dem Chefarzt gelassen.

Weiter ging es mit der Untersuchung ihres Herzens. Dazu musste sich Louisa auf die Liege legen. Beim Aufkleben der Elektroden für das EKG musterte der Chefarzt ihr Gesicht.

»Mal ein ganz anderes Thema: Zu welcher Klinik haben Sie

eigentlich gewechselt?«

»Zu gar keiner. Ich arbeite jetzt bei einem Unternehmen, das Nahrungsergänzungsmittel herstellt. Vielleicht ist Ihnen Blifrisk ein Begriff.«

Die mit zarten, blonden Wimpern umfassten Augen des Arztes weiteten sich erstaunt.

»Oh, da ist meine Tochter auch seit zwei Wochen. Sie schreibt dort die Masterarbeit für ihr Biochemie-Studium. Im Labor eines gewissen Dr. Urdenbach. Sicherlich kennen Sie ihn.«

»Ja, Natürlich. Er ist einer der wichtigsten Männer im Unternehmen«, bestätigte Louisa ihm. Dabei registrierte sie mit Schrecken, wie unruhig ihr Herz plötzlich schlug. Warum musste das ausgerechnet jetzt passieren, wo jeder Schlag vom EKG-Schreiber genau dokumentiert wurde und das Ergebnis womöglich ihre Tauglichkeit infrage stellte? Sicherlich rührte ihr Herzholpern von der herben Erkenntnis, dass Doreen ausgerechnet die Tochter des Mannes war, der da gerade ihre Herzkurve aufzeichnete. Sollte sie Dr. Wessel sagen, dass sie schon mehrmals mit seiner Tochter zu Mittag gegessen hatte? Aber vielleicht war ihm das überhaupt nicht recht? Doch gar nichts von Doreen zu erwähnen, war genauso unpassend. Wenn die Studentin daheim zufällig Ediths und ihren Namen nannte, würde ihr Vater zu recht stutzig werden. Louisa entschied sich, über die Gegebenheiten so zu berichten, wie sie waren.

»Ach, dann ist Doreen Ihre Tochter?«, tat sie genauso überrascht wie der Chefarzt.

»Ja, genau. Sie sind sich schon begegnet?« Das freudige Aufleuchten seiner Augen erstarb sofort wieder und machte einem unsicheren Flackern Platz. Nach und nach mischte sich sogar Verzweiflung dazu. »Mit Doreen war es nach dem Tod meiner Frau nicht immer einfach«, begann er zögerlich. »Sie war damals gerade erst zwölf.« Sein Gesicht spiegelte nun die Not eines Vaters wieder, der sich um die Zukunft seines Kindes sorgte.

Auch wenn Louisa für Doreen nicht viel übrig hatte, nickte sie Dr. Wessel nun mitfühlend zu.

»Das tut mir leid. Ich habe noch keine Kinder, aber ich kann mir vorstellen, wie schwer es ist, ein Kind allein groß zu ziehen.« Sie dachte dabei an Betty, die mit der Erziehung ihres Sohnes und der Sorge um ihn oft der Verzweiflung nahe war.

»Ja, das ist es wahrlich«, bestätigte er seufzend. Er bat sie, sich aufzusetzen, damit er ihr Gehör untersuchen konnte. Zu ihrer Verwunderung fuhr Dr. Wessel mit der Schilderung seines Problems fort. »Durch den Verlust ihrer Mutter hat sich Doreen zu einer Person entwickelt, die alles auf ihre ganz spezielle Art meistern will. Sehr selbstsicher und temperamentvoll, aber mitunter auch etwas rechthaberisch und impulsiv.«

Louisa nickte nachdenklich. So konnte man das selbstgefällige, wenig empathische Auftreten der Studentin natürlich auch beschreiben! Aus der Sicht eines besorgten Alleinerziehenden war diese relativ positive Darstellung aber verständlich. Was sollte sie nur darauf erwidern, grübelte Louisa. Auf keinen Fall wollte sie ihm den Glauben an seine Tochter zerstören. Zu ihrer Verwunderung fuhr der Chefarzt mit der Beichte über seine Tochter fort: »Ehrlich gesagt war Doreen seit Beginn der Pubertät ein Problemkind. Immer sehr ungeduldig und auf sich bezogen. Dabei zählte sie zu den Besten ihrer Klasse. Allerdings nur für die Lehrer, denn ihre Mitschüler wollten nicht viel mit ihr zu tun haben. Vermutlich hat meine Frau sie zu sehr verwöhnt. Als ich dann allein mit ihr dastand, war es sehr schwierig für sie, mit meiner Art klar zu kommen. Bei mir bekam sie nämlich nicht mehr alles und schon gar nicht sofort.«

Louisa rutschte unruhig auf der Kante der Untersuchungsliege herum. Einerseits schmeichelte ihr das Vertrauen, mit dem ihr Dr. Wessel sein Leid klagte. Andererseits fühlte sie sich sehr unbehaglich in der Rolle des Seelsorgers. Als kinderlose, ungebundene Mittdreißigerin konnte sie kaum auf einen Erfahrungsschatz zurückgreifen, mit dem sie diesem Mann hätte helfen können.

»Als Teenager habe ich mich auch nicht immer so verhalten, wie es sich meine Eltern gewünscht haben. Und haben wollte ich, glaube ich, auch immer alles sofort«, sagte sie mit einem peinlich berührten Kichern.

»Tja, einem Teenager verzeiht man das vielleicht noch«, griff er ihren Faden auf. »Aber mit achtzehn sollte man doch wissen, dass Geld nicht auf Bäumen wächst.« Er schnaubte genervt, während er den Befund ihrer Ohruntersuchung eintippte. »Nach dem Abitur hatte meine Tochter immer noch keine Vorstellung davon, was sie mal beruflich machen wollte. Als mir dann dieses nutzlose Herumhängen zu bunt wurde, habe ich sie zu einer Ausbildung an der Klinik gedrängt. Die hat sie nach zwei Monaten wieder abgebrochen, weil sie angeblich lieber studieren wollte. Mit ihrem Biochemie-Studium an der Fachhochschule ging es dann auch leidlich voran.« Nun sah er sie etwas zufriedener an. »Jetzt können Sie sich auch vorstellen, wie froh ich bin, dass sie bei Blifrisk untergekommen ist.«

Louisa war gerührt von seiner Offenheit. Beinahe kam es ihr vor, als habe er dringend jemanden gebraucht, dem er sein Herz ausschütten konnte. Mit einem Mal empfand sie Doreens Verhalten als nicht mehr ganz so abgedreht.

»Ihre Tochter macht auf mich einen sehr hilfsbereiten und kommunikativen Eindruck.«

In Dr. Wessels Gesicht zeichnete sich überraschte Erleichterung ab.

»So kenne ich Doreen gar nicht.«

»Sie ist den anderen sogar ein sportliches Vorbild, weil sie bei unserer gerade eingeführten Fitness-Challenge mitmacht«, hob Louisa lobend hervor und erzeugte damit ein begeistertes Strahlen in den Augen des Chefarztes.

»Sie können sich gar nicht vorstellen, wie froh mich das macht. Anscheinend hat sie endlich den richtigen Weg gefunden. Manchmal dauert es halt ein bisschen mit dem Erwachsenwerden.«

Louisa nickte voller Mitgefühl.

»Besonders unter den gegebenen Umständen.«

Bei den restlichen Tests wirkte der Arzt geradezu beflügelt. Immer wieder ließ er ein paar humorvolle Sticheleien zu Louisas Unterwasser-Hobby los, und als die Untersuchung dem Ende zuging, war er sich nicht zu schade, sich für sein Wehklagen zu entschuldigen. Abschließend stempelte er das ausgefüllte Testformular und setzte mit Schwung seinen Unterschriftsschnörkel darunter.

»Ja, dann bleibt mir wohl nur noch, Ihnen für die Zukunft Glück zu wünschen.«

Als er ihr das Blatt mit den Testergebnissen in die Hand drückte, bedankte sie sich und überflog rasch die einzelnen Rubriken. Zufrieden stellte Louisa fest, dass er ganz unten das Feld *Uneingeschränkt tauglich* angekreuzt hatte.

»Und was schulde ich Ihnen?«, wollte sie noch rasch wissen.

»Üblicherweise berechne ich fünfzig Euro für diese Untersuchung. Ihre Daten haben wir ja. Meine Sekretärin wird Ihnen die Rechnung in den nächsten Tagen zuschicken.«

Louisa fiel ein Stein vom Herzen. Nachdem sie im Internet gelesen hatte, dass sich die Kosten für die Tauchtauglichkeitsuntersuchung im dreistelligen Bereich bewegten, hatte sie mit wesentlich mehr gerechnet.

An der Tür reichte ihr der Arzt zum Abschied lachend die Hand.

»Und sehen Sie zu, Frau Paulus, dass Sie nicht irgendwo dem Weißen Hai begegnen.«

»Keine Sorge. Ich will ja nicht gleich nach Australien oder Südafrika«, klärte sie den Chefarzt auf, bevor sie die Tür des Untersuchungszimmers hinter sich zuzog. Als sie am leeren Schwesternzimmer vorbeikam, warf sie einen Blick auf die Uhr. Jetzt um sieben war es zu spät, um Betty im Schlosspark abzufangen. Vermutlich war sie schon bei dem letzten Teilstück ihrer Übungsstrecke angekommen.

Beflügelt vom guten Ausgang der Untersuchung machte Louisa noch den kleinen Umweg zum Hallenbad. Sie konnte es kaum erwarten, endlich die ersten Termine für den theoretischen Unterricht in den Händen zu halten. Der einzige Nachteil war, dass ab mit dem Beginn des Tauchkurses ihr Schritte-Konto leiden würde. Bei zwei Unterrichtsterminen pro Woche würde sie sich nicht mehr so häufig mit Betty zum Laufen treffen können.

Als sie den Eingangsbereich der Tauchschule betrat,

herrschte in den Räumen reges Treiben. Neugierig sah sie sich um, während sie das Untersuchungsdokument zu einer Rolle gedreht in der Hand hin-und herschob. Plötzlich hörte sie Saschas Stimme im angrenzenden Raum mit den Gasbehältern und der langen Kleiderstange, an der mindestens zwanzig Neoprenanzüge in verschiedenen Größen zum Trocknen aufgehängt waren. Er erklärte gerade zwei jungen Männern, wie man die Sauerstoffflaschen füllt. Als er Louisa entdeckte, winkte er ihr freudig zu. Sie hob ebenfalls die Hand zum Gruß und war gespannt, ob er sie diesmal mit ihrem richtigen Namen anreden würde. Zu früh gefreut! Ihr neuer Tauchschul-Vorname hatte sich anscheinend bereits bei ihm eingebrannt.

»Hei, Paula. Schön, dich zu sehen!«, rief er ihr zu. Automatisch drehten auch die beiden Jungs die Köpfe in ihre Richtung. Okay, Okay! Dann hieß sie in diesen ehrwürdigen Hallen eben nicht Louisa, sondern Paula. So flexibel musste man als zukünftiger Mittaucher wohl sein!

»Hallo, Sascha!«, begrüßte sie ihn mit einem leicht resignierten Lächeln. »Ich wollte mich nun endgültig für den Grundkurs anmelden.« Sie hielt das Tauglichkeitsattest in die Höhe.

Mit schwungvollen Schritten kam er zu ihr, nahm das Blatt entgegen und studierte es eingehend.

»Perfekt! Ich habe schon befürchtet, du würdest einen Rückzieher machen«, murmelte er zu ihrer Überraschung so leise, dass nur sie es hören konnte. »Dann sollten wir uns jetzt um deine ABC-Ausrüstung kümmern.«

Sie nickte skeptisch. Dass er nicht ihre Grammatik- und Rechtschreibkenntnisse gemeint hatte, war ihr klar. Aber was verstand man dann unter einer ABC-Ausrüstung?

»Ich nehme doch stark an, dass das nichts mit atomaren, biologischen oder chemischen Abwehrmaßnahmen gegen Raubfische zu tun hat«, hakte sie nach und erntete ein schallendes Lachen.

»Nein, nein. Gemeint ist die übliche Grundausrüstung. Die sollte jeder spätestens vor dem ersten Tauchgang haben.«

»So, so!«, erwiderte Louisa mit einem gequälten Lächeln. Jetzt kamen also noch weitere Kosten auf sie zu! Im Grunde fand sie es ziemlich übertrieben, als blutiger Anfänger gleich mit dem kompletten eigenen Equipment aufzuschlagen. So etwas wirkte doch seit jeher snobistisch und hinterließ schnell den Eindruck: *Gewollt, aber nicht gekonnt.* Sie zog sie die Mundwinkel in die Höhe und schnaubte verzweifelt.

»Tja, dann wird meine TSF-Ausrüstung aus Mallorca wahrscheinlich nicht ausreichen«, schloss sie aus Saschas ernsten Worten. Als er wissen wollte, was TSF bedeute, ergänzte sie: »Taucherbrille, Schnorchel, Flossen.«

»Genau das ist doch mit Grundausrüstung gemeint. Sie sollte natürlich nicht aus einer dieser unzähligen Strandbuden stammen. Das ist größtenteils billiger Kram aus China oder Taiwan, der im Handumdrehen kaputt geht. Die meisten Badeurlauber wissen gar nicht, wie gefährlich das Zeug ist, wenn man damit weiter rausschwimmt«, erklärte er fachmännisch, während Louisa ihm beeindruckt zuhörte und sich wunderte, wie viel Verantwortungsgefühl in seiner engagierten Erklärung mitschwang.

Ganz sicher war sie sich nicht, ob ihre Schnorchel-Ausrüstung wirklich aus Mallorca stammte. Vielleicht war sie auch aus Kühlungsborn, wo sie ihre letzten Sommerurlaube mit Raimund verbracht hatte. Mit Schaudern kamen ihr wieder die nervigen Auseinandersetzungen um Nichtigkeiten in den Sinn, die letztendlich zum Aus ihrer Beziehung geführt hatten. Sicherlich würde Sascha das genauso wenig interessieren wie der Herkunftsort ihres Tauchzeugs. Ob die Strandbude am Mittelmeer oder an der Ostsee stand - hinsichtlich der Sicherheit machte das für ihn bestimmt keinen Unterschied.

»Woher ich die Tauchsachen habe, weiß ich gar nicht mehr so genau«, gab sie ihm daher rasch zu verstehen.

Als er ihre verhaltene Reaktion wahrnahm, holte er eine Visitenkarte aus der Schublade seines Schreibtischs und reichte sie ihr zwischen Mittel- und Zeigefinger gesteckt hinüber.

»Ich habe dir ja gesagt, dass ich über ein paar Adressen verfüge, wo man sein ABC-Zeug günstig bekommen kann.« Er zwinkerte ihr zu. »Ohne Vitamin B kommt man heute doch nicht mehr weit.«

War das nicht Bettys Wahlspruch? Während sie innerlich mit den Augen rollte, nahm sie die Karte an sich.

»Ja, da ist sicherlich was dran. Ein gut sortiertes Netzwerk ist mindestens so wichtig wie ein guter Freund«, wiederholte sie die Lebensphilosophie ihrer Freundin. Als sie einen flüchtigen Blick auf die Visitenkarte warf, las sie über der Anschrift und der Web-Adresse: *Kiki's Diving Equipment. Basics und Specials für den anspruchsvollen Taucher.* Nach einem preisgünstigen Anbieter klang das nicht gerade. »Aber so anspruchsvoll bin ich eigentlich gar nicht«, meinte sie leise zu Sascha.

Der Tauchlehrer, der jedem Neuankömmling ein übertrieben freudiges Hallo zuwarf, sah seine neue Schülerin ernst an.

»Eins sollte dir klar sein, Paula: Eine anständige ABC-Ausrüstung ist das Wichtigste überhaupt. Sicherheit steht beim Tauchen an erster Stelle. Um die hundert Euro sollte dir das schon Wert sein. Alles darunter kannst du vergessen.«

Peinlich berührt erinnerte sich Louisa an den Preis ihrer feschen, pinkfarbenen Ostsee-Ausrüstung. Neunzehn Euro fünfzig hatte sie dem schmierigen Strandbudenbesitzer damals dafür in die Hand gedrückt.

»Safety first, also!« An seinem zufriedenen Lächeln erkannte Louisa, dass Sascha es genau so gemeint hatte.

»Ich sehe schon, Paula, wir verstehen uns. Kiki wird dich gut beraten. Vielleicht könntest du dafür sorgen, dass du spätestens in zwei Wochen dein eigenes Equipment beisammen hast. Für die ersten Übungen im Schwimmerbecken bekommst du von mir eine Leihausrüstung.«

Louisa schüttelte sich bei dem Gedanken, in einen gerade benutzten, feuchtkalten Neoprenanzug steigen zu müssen. Womöglich war es auch üblich, dasselbe Mundstück zu benutzen, das kurz vorher jemand zwischen den Zähnen hatte. Brrrr! Noch dringlicher als die Sicherheit schien ihr in diesem Moment ein antibakterielles Mundwasser zu sein, das sie sich vor ihrem ersten Tauchgang unbedingt besorgen musste.

Als sie wenig später auf dem Weg zum Parkplatz die frische, warme Mailuft auf ihrer Haut spürte, atmete sie erleichtert durch. Im chlorhaltigen, schwülen Dunst des Hallenbades war ihr ganz schummerig geworden.

Auf dem Parkplatz kam ihr ein Mann in Sportschuhen, khakifarbenen Bermudas und einem grauen, zerknitterten Shirt entgegen. Sofort fühlte sie, wie ihr Blick auf seinen sonnengebräunten, hochgewachsenen Körper gezogen wurde. Was war es nur, das sie so fesselte? Seine sehnigen, gut trainierten Beine oder eher die federnde Leichtigkeit, mit der er die wuchtige Sporttasche trug, die er über seine Schulter gehängt hatte. Beim Näherkommen merkte sie an dem feinen Elektrisiergefühl, das ihren Körper durchzog, dass es nur wenig mit seiner äußeren Erscheinung zu tun hatte. Es lag daran, dass sie diesen Mann kannte, der sie nun freudig überrascht ansah.

»Frau Paulus, Sie hier?«, begrüßte er sie mit seiner vertrauten tiefen Stimme. »Wirklich bemerkenswert, dass Sie auch so gern schwimmen gehen wie ich. Findet man heute bei Frauen eher selten.«

Für einen Moment dachte Louisa, sie würde den Kampf gegen das Vibrieren, das plötzlich ihren ganzen Körper erfasste, nicht gewinnen.

»Hallo, Herr Dr. Urdenbach«, brachte sie etwas heiser über die Lippen. »Ja, ich bin ab jetzt häufiger hier.« Kaum gesagt hätte sie den letzten Satz am liebsten wieder eingesaugt. Hoffentlich glaubte er jetzt nicht, sie würde ihm nachlaufen? Um dem zuvorzukommen, wollte sie davon berichten, dass sie sich gerade in der Tauchschule angemeldet hatte, um sich bald ihren schönsten Traum erfüllen zu können. Doch das kam ihr genauso unpassend vor, regelrecht albern sogar. Wie ein Teeny, der überglücklich seiner ersten Reitstunde im Leben entgegenfieberte. Zu Louisas Erleichterung ging Dr. Urdenbach nicht näher darauf ein.

»Danke übrigens für das Recherchematerial, das Sie mir ins Büro gebracht haben. Ich bin leider erst am späten Nachmittag zurück gewesen, sonst hätte ich Ihnen den Weg erspart.« Er fuhr mit den Fingern durch die Haare, die eigentlich gar nicht unordentlich waren.

»Keine Ursache«, erwiderte Louisa mit charmant verzogenen Mundwinkeln. »Edith war so nett, die Unterlagen für Sie entgegenzunehmen.«

»Ich habe mir noch schnell Ihre Internet-Ergebnisse zu dem synthetischen Vitalstoffersatz angesehen. Sie haben wirklich sehr gründlich recherchiert.« Er nickte anerkennend. »Wirklich gute Arbeit!«

»Oh, danke. Wozu braucht man diesen Stoff eigentlich?«, hängte sie rasch an, um das Gespräch nicht abreißen zu lassen.

Er antwortete nicht gleich, sondern zog für einen kurzen Moment den linken Mundwinkel in die Höhe. Ein deutliches Zeichen für Louisa, dass er nicht viel von dem Nutzen dieses chemischen Produkts hielt.

»Frau Wessel braucht eine größere Menge davon für die Forschungsreihe zu ihrer Masterarbeit. In den USA wird dieser Stoff verwendet, wenn es darum geht, einem schädlichen Produkt eine gesunde Komponente beizumischen. Deutsche Untersuchungen haben aber gezeigt, dass die Einnahme möglicherweise mit Nebenwirkungen verbunden ist. Solange kein wissenschaftlicher Beweis über die uneingeschränkte Verträglichkeit vorliegt, bekommt man bei uns keine Genehmigung für Anreicherungen mit diesem Stoff. In meinen Augen ein ziemlich fragwürdiges Zeug. Und teuer außerdem.«

Louisa sah nun endlich den Zusammenhang.

»Deshalb wollten Sie von mir auch den Preisvergleich haben.«

»Genau. Damit werde ich Frederic, ich meine, Herrn Marlow, deutlich machen, was für Kosten auf ihn zukommen, wenn er Frau Wessel den Einsatz genehmigt. Ganz abgesehen von den gesetzlichen Schwierigkeiten, die mit der Verarbeitung verbunden sind. Jedenfalls setzt sie zurzeit alles daran, ihn von dem Nutzen des Zeugs zu überzeugen.«

Louisa blinzelte ihn amüsiert an.

»Tja, an Überzeugungskraft fehlt es Doreen wirklich nicht.

Letztens wollte sie Edith und mir sogar weismachen, dass Vitaminpillen, wie sie Blifrisk herstellt, komplett überflüssig sind. Sie meint, es reicht völlig aus, wenn man sich ausgewogen ernährt.«

Dr. Urdenbach sah sie verständnislos an.

»Bei einem Gesunden mag das vielleicht stimmen. Aber an die vielen Magen- und Darmkranken hat sie dabei wohl nicht gedacht. Oder an Personen, die zum Beispiel nicht ins Sonnenlicht dürfen, weil sie dagegen allergisch sind. Für diese Menschen sind Vitaminbeigaben lebenswichtig. Aber darüber scheint sich unsere fesche Studentin nicht so sehr den Kopf zu zerbrechen. Ihr kommt es mehr darauf an, ihr Vorhaben bei Frederic durchzusetzen. Und dafür sind ihr alle Mittel recht«, brummte er. »So aufgebrezelt wie sie in der Firma rumläuft, kommt sie mir wie ein Anglerfisch vor, der seinen Opfern einen schmackhaften Köder vorgaukelt, um im geeigneten Moment zuzuschnappen.«

Louisa nickte begeistert. »Ja, davon habe ich gehört. Der vorderste Stachel ihrer Rückenflosse ähnelt einem Wurm oder einer Garnele, die diese Fische arttypisch zucken lassen können. Und ihren Körper ändern sie in Form und Farbe so, dass man sie fast kaum von einem bewachsenen Stein oder Seeigel unterscheiden kann.«

Dr. Urdenbach zog erstaunt seine gefällig geschwungenen Brauen in die Höhe.

»Sie kennen sich aber gut aus! So etwas wissen doch höchstens Biologen, die sich auf Meerestiere spezialisiert haben.«

Louisa kicherte leise.

»Ich hoffe, Sie finden es nicht albern, aber ich interessiere mich sehr für das Verhalten von Tieren.«

Da war es wieder, dieses unglaublich sympathische Lachen.

»Dann sind Sie sicher auch ein Fan von Konrad Lorenz und seinen berühmten Gänseversuchen!«

Louisa sah ihn leicht beschämt von der Seite her an.

»Das Buch darüber habe ich zu meinem zwölften Geburtstag bekommen, nachdem ich meine Eltern mit dem Wunsch nach einem Meerwasseraquarium fast zur Verzweiflung getrieben habe. Als Ausgleich sozusagen.«

Seine Augen strahlten, als ob sie ihm eine riesige Freude bereitet hätte.

»Und? Haben Sie sich auch Bruteier besorgt, um sie heimlich unter der geklauten Heizdecke von der Oma auszubrüten?«

Louisa prustete vor Lachen.

»Sagen Sie bloß, es ist was draus geworden!« Das spitzbübische Grinsen, das sich in diesem Moment auf seinem markanten Gesicht ausbreitete, sah einfach hinreißend aus, empfand sie.

»Ja. Eine Woche Fernsehverbot, als meine Mutter beim Putzen die Quelle für den fauligen Geruch in meinem Zimmer entdeckt hatte«, offenbarte er ihr schmunzelnd.

Dann konnten sie sich beide vor Lachen nicht mehr halten. Als sein Blick flüchtig die Uhr an seinem braungebrannten Handgelenk streifte, kehrte die gewohnte Ernsthaftigkeit auf sein Gesicht zurück.

»Schade, aber ich muss leider weiter, Frau Paulus. Drinnen warten ein paar Leute auf mich«, meinte er mit ehrlichem Bedauern. Auf dem Weg zur Eingangstür des Hallenbades winkte er ihr noch einmal charmant lächelnd zu.

Sie spürte den Wind über ihre heißen Wangen streichen, als sie auf ihren Wagen zuging. Er kühlte angenehm und wirbelte die absurde Unsicherheit weg, die sie jedes Mal überkam, wenn sie Dr. Urdenbach begegnete. Jetzt verstand sie auch, weshalb Edith ihn so anhimmelte. Mehr allerdings konnte und wollte sie sich zwischen den beiden nicht vorstellen. Immerhin war die Laborassistentin mindestens zehn Jahre älter als er, und außerdem würde es doch mit dem Teufel zugehen, wenn dieser Mann nicht ein waschechter Labrador-Typ war. Unter diese Rubrik fielen bei Louisa all die Männer, die glücklich verheiratet waren, gerade ein top modernes, freistehendes Eigenheim erworben hatten und nun, nach der Geburt ihres ersten Kindes, unbedingt einen Labrador brauchten, um wieder häufiger vor die Tür zu kommen. Alexander Urdenbach war mit Sicherheit auch so ein Typ, redete sich Louisa krampfhaft ein. Weshalb sonst ging er so häufig zum Schwimmen? Und außerdem: Hatte sie nach dem Reinfall mit

Raimund die Nase nicht immer noch gehörig voll von diesen Strahlemännern, diesen Everybody's-Darling-Typen, die daheim den biederen Hausmann spielten, den Fitnessstudiokumpeln aber die Ohren über ihren öden Beziehungsalltag volljammerten und sich dann ganz schnell auf andere Weise ablenkten?

»Bestimmt ist er genau so einer«, zwang sich Louisa mit wehmütigem Gesicht zu glauben. Alles andere wäre ja auch … ein Traum!

Kapitel 6

Natürlich! Dieses Grab hatte sie sich selbst geschaufelt. Louisa rannte vom Kleiderschrank zur gegenüberliegenden Seite ihres Schlafzimmers und betrachtete skeptisch ihr Spiegelbild. Kopfschüttelnd zog sie das blassgrün gemusterte Hemdblusenkleid wieder aus und griff zu dem dunkelblauen Rock für alle Anlässe und der rosafarbenen Bluse mit dem Stehbündchen. Wenn sie die Ärmel leicht aufkrempelte, war sie für den Termin bei der Seniorchefin sicherlich passend gekleidet. Sportlich elegant und dennoch dezent genug, um als Assistentin ihres Sohnes nicht unangenehm aufzufallen. Louisa drehte sich mit prüfendem Blick nach rechts und links und atmete erleichtert durch. Okay, so müsste es gehen. Trotzdem! Wie hatte sie nur so unbedacht sein können, Frederic Marlow vorzuschlagen, seiner Mutter ebenfalls eins der Fitnessbänder zu schenken und sie zu ermutigen, beim firmeninternen Schrittesammeln mitzumachen? Sie wollte ihm damit doch nur zeigen, dass ihr das Problem mit seiner Mutter nicht egal war, und dass sie sich Gedanken machte, wie sie ihm helfen könnte. Nie und nimmer hätte sie damit gerechnet, dass er aus ihrer spleenigen Idee ernst machen würde. Und wie hätte sie ahnen können, dass die alte Dame den Vorschlag begeistert annahm. Genau das zeigte doch, wie unzurechnungsfähig sie war. Welche über Siebzigjährige hatte denn noch Spaß daran, sich mit Personen zu messen, die zehn bis vierzig Jahre jünger waren?

Louisa stürzte den mittlerweile kalt gewordenen Kaffee hinunter, bevor sie im Flur in die dunklen Wildlederpumps schlüpfte und sich mit der Arbeitstasche unter dem Arm auf den Weg zur Firma machte.

Auf der Fahrt ging sie noch einmal die einzelnen Punkte durch, die sie bis in die Nacht hinein ausgearbeitet hatte, um der Seniorchefin die Funktionsweise und den gesundheitlichen Nutzen des Fitnessbandes zu erklären. Immer wieder hatte sie sich beim Auf- und Abgehen vor ihrem Couchtisch gefragt, auf welches medizinisch-technische Grundwissen sie wohl zurückgreifen konnte. Hatte eine Frau im Alter von Frau Marlow überhaupt Ahnung davon, wie viele Kalorien ein Erwachsener täglich benötigte und welche Menge er bei den unterschiedlichen körperlichen Tätigkeiten verbrauchte? Und welche Kenntnisse über den Umgang mit modernen, elektronischen Geräten konnte sie bei ihr voraussetzen? Von der Klinikarbeit her wusste Louisa, wie schwer es den älteren Patienten fiel, die Fernsteuerungen für das Bett, den Fernseher und die Notfallklingel auseinanderzuhalten. Betty, die seit zehn Jahren Dr. Wessels Privatstation leitete, konnte erst recht ein Lied davon singen. Wie oft war sie schon in heller Aufregung zu einem Patienten ins Zimmer geeilt, um festzustellen, dass er nur das Kopfteil seines Bettes höherstellen wollte und dabei versehentlich den Notfallknopf gedrückt hatte.

Mit feuchten Fingern klopfte sie eine halbe Stunde später an die elegante Bürotür, hinter der Frederic Marlows Vater fast vier Jahrzehnte lang die Geschicke der Firma gelenkt hatte. Auf das energische Herein der Seniorchefin hin schlüpfte sie durch die Tür und ging mit einem freudigen Lächeln auf die alte Dame zu.

»Guten Morgen, Frau Marlow. Ihr Sohn hat mich gebeten, Ihnen den Gebrauch unseres Fitnessarmbands zu erläutern.«

»Schön, schön! Bitte nehmen Sie Platz.« Mit ihrer knochigen Hand wies sie auf den Sessel vor der Tischplatte. »Tja, dann bin ich mal gespannt, ob Sie mich von dem Sportding überzeugen können.« Dabei warf sie einen widerwilligen Blick auf das blaue Band, das wie ein kleiner Wurstkringel vor ihr auf der Schreibtischplatte lag. »Eigentlich halte ich von diesem elektronischen Schnickschnack nichts, aber das muss mein Sohn ja nicht wissen«, teilte sie Louisa mit. Erwartungsvoll lehnte sie sich in den knirschenden Ledersessel zurück und schlug die Beine übereinander. »Ich stehe nämlich auf dem Standpunkt, dass es die Mitarbeiter viel zu sehr von ihrer eigentlichen Arbeit ablenkt. Womöglich wird dann nur noch über Fitness und erreichte Schrittzahlen getratscht.«

Das war ja ein gelungener Einstieg, schoss es Louisa durch den Kopf. Auch wenn es die alte Dame ziemlich krass formuliert hatte, lag sie mit ihrer Einschätzung sicher nicht ganz falsch. »Ich habe anfangs auch bezweifelt, ob man die Mitarbeiter eines Unternehmens mit diesem Bewegungsangebot zu einer gesünderen Lebensweise animieren kann, aber amerikanische Firmen haben damit schon beachtliche Erfolge erzielt«, meinte sie zögernd, und das entsprach auch weitgehend der Wahrheit. Nur sah sie den Erfolg der Aktion eher durch den Initiator selbst gefährdet als durch die Teilnehmer, die neugierig auf den Startschuss warteten. Frederic Marlows Motivation war es, die ihr nicht ganz geheuer vorkam. Doch das war nur eine intuitive Einschätzung, für die sie keine Beweise hatte. Und selbst wenn. Als Assistentin des Chefs war es ihre Pflicht, die Gesundheitsaktion mit vollem Einsatz zu unterstützen.

»Wäre es Ihnen recht, wenn ich kurz erläutere, wie das Armband funktioniert?«

»Ja, ja. Aber machen Sie es bloß nicht zu kompliziert.« Die Falten auf der Stirn der alten Frau gruben sich noch tiefer in die pergamentartige Haut ein. »Mir reicht es schon, dass ich mich mit diesem neumodischen Handy herumärgern muss.«

Louisa äugte auf das Mobiltelefon, das neben der ledernen Schreibunterlage lag und mit einem Ladekabel verbunden war. Verwundert stellte sie fest, dass es das modernste war, das es gerade auf dem Markt gab! Wenn die Seniorchefin die Grundfunktionen dieses Geräts beherrsche, dann dürfte die Bedienung des Fitnessarmbands eigentlich ein Kinderspiel sein, mutmaßte sie.

»Also, im Prinzip arbeitet dieser Sporttracker nicht anders als Ihr Handy.« Louisa drehte das Plastikband so herum, dass die alte Dame auf das Display sehen konnte und wischte mit dem Finger nach rechts und links. »Hier sieht man die Anzahl der gelaufenen Schritte, hier die verbrauchten Kalorien und hier die Kilometer, die aus der Schrittmenge errechnet werden.«

»Ja, schön, schön. Und wie viele Schritte, meinen Sie, sollte eine Person meines Alters am Tag schaffen?«, wollte die alte Dame nun wissen. »Ich bin immerhin schon zweiundsiebzig.«

Zur Demonstration ihrer Vitalität streckte sie ihren eingefallenen Oberkörper kerzengerade und reckte ihr Kinn in die Höhe.

Zum Glück hatte Louisa im Internet eine Tabelle gefunden, in der die für alle Altersklassen gesundheitsrelevanten Schrittmengen angegeben waren.

»Sportwissenschaftler haben herausgefunden, dass es für über Sechzigjährige so um die sechstausend Schritte am Tag sein sollten, um einen gesundheitlichen Nutzen zu haben«, antwortete sie, wohl wissend, wie heiß das Eisen war, um das es da gerade ging.

Während die alte Dame Louisa aus den Augenwinkeln musterte, wiederholte sie übertrieben betont das Wort Sportwissenschaftler. Dann fuhr sie kopfschüttelnd fort: »Die Erkenntnisse dieser Leute mögen ja vielleicht für Olympiateilnehmer oder Profifußballer maßgebend sein, aber doch nicht für ganz normale Menschen.« Sie warf Louisa einen strafenden Blick zu. »Sie wollen mir doch nicht weismachen, dass Sie mehr als sechstausend Schritte täglich schaffen!«

Louisa spürte sofort die Falle, die die Seniorchefin für sie ausgelegt hatte.

»An manchen Tagen sind es mehr, an anderen weniger. Je nachdem, wie viel Arbeit ich gerade zu erledigen habe«, beeilte sie sich zu sagen. Mit einem beschwichtigenden Lächeln hängte sie an: »Und natürlich auch, wie viel Lust ich nach Feierabend noch zum Sporttreiben habe.« Sie wusste genau, dass die alte Dame den hohen Schrittwert eines Mitarbeiters nicht unbedingt mit fleißigem Arbeitseinsatz gleichsetzte. Eher schloss sie daraus, dass der Betreffende mehrfach zu einer Zigarettenpause oder einem Plausch mit den Büronachbarn unterwegs gewesen war.

»Na ja, darum geht es auch gar nicht«, bemerkte sie schroff. »Sie sind ja wohl hier, um meinem Sohn den Gefallen zu tun, mich zu der Rumrennerei mit diesem geschmacklosen Band zu überreden.«

Louisa hatte Mühe, das Grinsen zu unterdrücken, das sich mit Macht auf ihrem Gesicht ausbreiten wollte.

»Ihr Sohn will sicherlich nur, dass Sie möglichst lange gesund und beweglich bleiben. Außerdem setzt er damit ein innovatives Zeichen im Hinblick auf das Gesundheitsmanagement Ihres Unternehmens. Mit der Einführung des Fitnessarmbands gehört Blifrisk zu den Ersten in Deutschland, die mit dieser Methode arbeiten.« Sie gratulierte sich im Stillen zu der gelungenen Formulierung, denn die Seniorchefin wirkte mit einem Mal wesentlich zugänglicher.

»Das klingt nicht schlecht.« Nach einer kurzen Pause nickte sie Louisa wohlwollend zu. »Und Sie meinen wirklich, dass es ein Anreiz für unsere Mitarbeiter wäre, wenn ich alte Schachtel da mitmache?«

Louisa nickte heftig.

»Auf jeden Fall! Sie demonstrieren damit, dass diese Art, sich fit zu halten, für jeden Menschen geeignet ist, unabhängig von der Konstitution und dem Alter.«

Der alten Dame gefiel der Gedanke immer besser.

»Tja, dann werde ich es wohl mal versuchen. Schließlich soll mir niemand in der Firma nachsagen, ich würde die innovativen Pläne meines Sohnes torpedieren. Also, was muss ich damit machen?«

Juchu! Endlich war sie am Ziel. Mit der Zusage der Seniorchefin hatte sie ihren ersten wichtigen Auftrag erfolgreich abgewickelt. Louisa sprang begeistert auf.

»Darf ist es Ihnen vielleicht direkt am Handgelenk zeigen?« Während die Seniorchefin das Band umschnallte, ging Louisa um den Tisch herum und beugte sich zu ihrer linken Hand hinab. »Auf der Basiseinstellung sehen Sie immer diese Zahl. Sie gibt an, wie viele Schritte Sie seit dem Aufstehen gelaufen sind. Wischen Sie weiter nach rechts, erhalten Sie die Angaben über Ihre Kilometerleistung, dann die verbrauchten Kalorien und zum Schluss die Schlafdauer. Umgekehrt geht es natürlich genauso.«

Unter Louisas zufriedenem Blick probierte die Seniorchefin nun selbst aus, die Angaben nacheinander aufzurufen. Immer wieder wischte sie mit ihrem dürren Zeigefinger nach rechts und links.

»Hm! Mehr ist das nicht?«, fragte sie nach einer Weile gelangweilt.

»Nein, das ist alles.« Louisas Augen strahlten, als sie übermütig fortfuhr: »Und glauben Sie mir, Frau Marlow, es wird Ihnen bestimmt gefallen, am Tagesende festzustellen, wie viele Schritte Sie geschafft haben. Sie sehen, die Handhabung des Armbands ist für eine weltgewandte, moderne Frau wie Sie kein Problem.«

Mit unergründlicher Miene strich die alte Dame wieder vorsichtig über das Display, bis sie bei der Schrittangabe angelangt war.

»Achtunddreißig«, murmelte sie und starrte Louisa zweifelnd ins Gesicht. »Und bis heute Abend soll ich noch sechstausend Schritte mehr haben? Das ist doch absurd!« Plötzlich zog sie die faltigen Mundwinkel hoch und schüttelte den Kopf. »Ich möchte ja nur mal wissen, wer Frederic auf diese Idee gebracht hat.«

Unglücklicherweise sah Louisa in dieser Frage ein positives Zeichen. Da sie die Urheberin der Aktion war, sah sie es als eine Ehre an, der Seniorchefin den Werdegang ausführlich zu erläutern.

»Zu Beginn meiner Beschäftigungszeit bei Blifrisk ist Ihrem Sohn aufgefallen, dass ich so ein Fitnessarmband trage. Ich habe ihm dann berichtet, wie motivierend es sei, damit sein Bewegungsverhalten zu optimieren, und dass amerikanische Unternehmen ihre Mitarbeiter schon lange auf diese Weise fit halten. Das hat ihn wohl dazu bewegt, das Schrittzählen auch in seiner Firma einzuführen.«

Frau Marlows Mund ging wortlos auf und zu, während aus ihren Augen giftige Pfeile in Louisas Richtung schossen.

»Das hätte ich nicht gedacht, dass ausgerechnet Sie ihn zu diesem Unsinn überredet haben!«

»Überredet eigentlich nicht gerade«, widersprach Louisa kleinlaut. »Ich habe ihn eher von dem Nutzen dieses Geräts überzeugt.« Sie wies auf das Smartphone auf dem Schreibtisch. »Im Internet haben sich übrigens schon unzählige Nutzer positiv dazu geäußert. Alle bestätigen, wie motivierend es ist, sein Bewegungsverhalten mithilfe eines Fitnessarmbands zu kontrollieren. Viele haben sich dort sogar schon vernetzt, um ihre Ergebnisse zu vergleichen und sich gegenseitig anzufeuern.«

»Pah! Jetzt kommen Sie mir bloß nicht mit *Networking*. Ich habe den Eindruck, dass sich die ganze Welt nur noch im Internet begegnet anstatt von Angesicht zu Angesicht. Die Menschheit ist doch auf dem besten Wege, Sklave dieser Erfindung zu werden.« Mit jedem Satz wurden die Gesten der alten Dame fahriger und ihr Gesichtsausdruck verbitterter. »Dauernd stehen in der Zeitung neue Schreckensberichte über Hackerangriffe und Industriespionage! Dagegen ist man doch machtlos! Diese Art der Kriminalität wäre niemals möglich, wenn es dieses verdammte Netz nicht gäbe. Ich sage Ihnen: Irgendwann wird der Mensch und alles um ihn herum von dieser Maschine gesteuert. Aber wenn es so weit ist, bin ich hoffentlich längst unter der Erde!«

Louisa sah einen Moment bedrückt zu Boden. Was sollte sie darauf sagen? War es in manchen Bereichen nicht längst so? Auch ihr war es oft schon vorgekommen, als säße sie auf einem Zug, der immer schneller wurde. An ein Abspringen, ohne Schaden zu nehmen, war kaum noch zu denken. Einen Augenblick rang sie mit sich, Frau Marlow zu offenbaren, dass es teilweise schon so war, wie sie es befürchtete. Doch grenzte das nicht an Effekthascherei? Im schlimmsten Fall würde sie die alte Frau damit sogar in Panik versetzen, und das wollte sie auf keinen Fall. Ihr Sohn hatte ihr bestimmt nicht ohne Grund anvertraut, dass sie gesundheitlich nicht ganz auf dem Posten sei.

»Ich kann verstehen, dass Sie diesen High-Tech-Geräten skeptisch gegenüberstehen«, versuchte es Louisa noch einmal auf die verständnisvolle Tour. »Aber wie wäre es, wenn Sie das Schrittzählen mit dem Armband einfach einen Monat lang ausprobieren? Danach können Sie doch immer noch entscheiden, ob es das geeignete Fitnessgerät für Sie ist. Bis dahin hätten Sie aber allen in der Firma demonstriert, wie wichtig es ist, sich sportinteressiert und gesundheitsbewusst zu verhalten.« Und etwas leiser ergänzte sie: »Und wenn Sie gerade jetzt in der Anfangsphase der Aktion mitmachen, würden Sie Ihrem Sohn erheblich den Rücken stärken.«

Frau Marlow warf Louisa einen abfälligen Blick zu.

»Inwiefern ich bereit bin, die Pläne meines Sohnes zu unterstützen, lassen Sie mal ruhig meine Sorge sein, liebe Frau Paulus.«

»Oh, natürlich. Entschuldigung.« Jetzt, wo sie Frederic Marlow ins Spiel gebracht hatte, merkte sie deutlich, wie angespannt die Unterhaltung wurde. Das unruhige Mienenspiel der alten Dame verriet ihr, dass sie dringend nach einem anderen Anknüpfungspunkt suchte. Und leider hatte sie ihn auch schon gefunden.

»Was macht denn eigentlich Ihre Leserei?«, fragte die Seniorchefin plötzlich mit einem Unheil verkündenden Flackern in den Augen.

Trotz ihrer luftigen Garderobe wurde es Louisa zunehmend heißer. Womit hatte sie das bloß verdient?

»Im Moment schlage ich mich immer noch mit Fachliteratur herum«, erwiderte sie mit einem mitleidheischenden Lächeln. »Aber sobald sich eine Lücke ergibt, geht es mit den Büchern weiter, die Sie mir freundlicherweise ausgeliehen haben. Ganz herzlichen Dank noch einmal dafür«, hängte sie mit einem gewinnenden Lächeln an.

Frau Marlows Gesichtsausdruck wurde nun merklich zufriedener. Auf dem Literaturschiff war sie der Kapitän.

»Für ein paar Seiten guter Belletristik sollte man sich meines Erachtens immer Zeit nehmen«, meinte sie mit leicht angehobenem Kinn. »Leichter kann man in Sachen Bildung nicht vorankommen!« Trotz ihrer Selbstverliebtheit entging der Seniorchefin nicht, wie heftig Louisa nach dieser Belehrung die Lippen aufeinanderpresste. Zu Louisas Erleichterung hatte sie anscheinend erkannt, dass sie zu weit gegangen war. »Nichts für ungut, Frau Paulus. In Ihrer Freizeit gibt es sicherlich noch andere wichtige Dinge, als die Nase zwischen zwei Buchdeckel zu klemmen.

Sagen Sie mir nur rasch, ob sie schon etwas von Tania Blixen gelesen haben.« Die Seniorchefin wartete auf die entsprechende Reaktion in Louisas Gesicht. Als sie ausblieb, ergänzte sie: »Oder haben Sie erst mit dem wundervollen Roman von Harper Lee begonnen? Sie wissen doch, welchen ich meine?«

Da Louisa bisher keins der Bücher gelesen hatte, schüttelte sie verunsichert den Kopf.

»*Wer die Nachtigall stört*«, half ihr die alte Dame auf die Sprünge.

Louisas Gesicht hellte sich augenblicklich sich auf. Was für ein Glück! Genau dieser Film gehörte zu der Sammlung, die Betty ihr vor zwei Wochen mitgegeben hatte. Da das Fernsehprogramm nichts Passendes bereithielt und sie ebenfalls ein Fan berühmter Hollywoodstars war, hatte sie sich am Abend zuvor ausgerechnet diese DVD angesehen.

»Ja, doch. Jetzt erinnere ich mich wieder. Sie ist wirklich toll dargestellt, die Geschichte des sympathischen Anwalts, der nach dem Tod seiner Frau die beiden Kinder allein groß zieht!«

Die alte Dame sah sie irritiert an.

»Na ja. Eigentlich geht es da mehr um den Rassismus, der in den dreißiger Jahren überall in Amerika herrschte. Um diese abscheuliche Ungerechtigkeit, unter der die schwarze Bevölkerung vor allem in den Südstaaten zu leiden hatte. Aber wenigstens haben Sie es gelesen«, gab sie sich zufrieden. »Wer von den Hauptfiguren hat Ihnen denn am besten gefallen?«

»Also, eigentlich die Tochter von Gregory Peck«, schwärmte Louisa. »Das Mädchen hat die Rolle der kleinen Scout wirklich perfekt gespielt. Am besten gefiel mir die Szene, in der die beiden Geschwister nach der Theateraufführung überfallen und von diesem Boo gerettet wurden.«

Frau Marlows zerknitterte Augenhöhlen wuchsen zu der Größe von Walnüssen an. »Gregory Peck? Das ist doch ein Schauspieler und keine Romanfigur!«

Verdammt! Louisa lief es eiskalt den Rücken hinunter. Daran hatte sie gar nicht gedacht.

»Ähm, ich meine natürlich den Anwalt, der den schwarzen

Farmarbeiter verteidigen musste. Finch hieß der, glaube ich. Ja richtig, Atticus Finch«, stotterte sie in der Hoffnung, ihren Schwindel verschleiern zu können.

Die Seniorchefin betrachtete sie nun ziemlich von oben herab.

»So, so. Und Sie wollen also das Buch gelesen haben, das ich Ihnen anvertraut habe!«

Mittlerweile war Louisa so weit, dass sie einen Mord zugegeben hätte, um die Höhle dieses Drachens verlassen zu können. Was spielte sie hier eigentlich für ein erbärmliches Theater? Hatte sie es nötig, sich von dieser alten Frau einschüchtern zu lassen? Noch dazu wegen einer Sache, die überhaupt nichts mit ihrer eigentlichen Arbeit zu tun hatte? Nein!

»Frau Marlow, Sie haben es schon richtig erkannt«, sagte sie nun mit fester Stimme. »Ich habe Ihr Buch nicht gelesen, sondern mir den Film darüber angesehen. Mag sein, dass der Roman besser ist, aber mir hat die Verfilmung mit Gregory Peck trotzdem außerordentlich gut gefallen.«

Nach dieser selbstsicheren Stellungnahme war die Seniorin einige Sekunden lang verstummt. Ihrem Gesicht konnte Louisa deutlich entnehmen, wie sehr sie zwischen Verständnis und Empörung hin- und hergerissen war. Nachdem sie ihre ausgezehrten Handflächen auf die Tischplatte klatschen ließ, resümierte sie resigniert: »Na ja, wenigstens wissen Sie jetzt, worum es in diesem Buch geht.« Damit war der Schlussstrich unter das Gespräch gesetzt.

Als sich die alte Dame ächzend nach vorn beugte, um sich zu erheben, stand Louisa schon auf den Beinen. Nach der kurz angebundenen Verabschiedung kam sie noch einmal auf den eigentlichen Anlass der Unterredung zurück.

»Und falls es Probleme mit Ihrem Fitnessarmband gibt, helfe ich Ihnen jeder Zeit gern weiter, Frau Marlow.«

Auf ihre typisch ungeduldige Art fächerte die Seniorin mit der Hand durch die Luft.

»Schön, schön. Aber so schwer zu begreifen ist das ja nun auch wieder nicht.«

Nachdem Louisa leise die Tür hinter sich zugezogen hatte,

eilte sie auf das Treppenhaus zu. Erst hier traute sie sich, ihrer Anspannung mit einem Stoßseufzer Luft zu machen. Noch auf dem Weg zum Chefbüro hatte sie die bange Hoffnung gehegt, die alte Dame würde sich nicht mehr an den Literaturberg erinnern, den sie ihr vor einer Woche ausgehändigt hatte. Bisher war sie nicht dazu gekommen, auch nur einen Blick hineinzuwerfen. Doch nun ging wohl kein Weg mehr daran vorbei, denn eins war ihr nach diesem leicht verunglückten Gespräch klar geworden: Frau Marlow hielt akribisch nach, wem sie welches ihrer Heiligtümer ausgeliehen hatte. Und sie würde, trotz Louisas Ausrutschers in die Filmwelt, nicht locker lassen, sich nach ihrem Lesefortschritt zu erkundigen. Ein kleiner Trost war es zumindest, dass sich die Seniorchefin mittlerweile ihren Namen gemerkt hatte. Mehrmals täglich mit Pankow oder Pawlow angeredet zu werden, hatte ihr in den ersten Tagen bei Blifrisk mehr als gereicht.

Kaum war sie in ihrem Büro angekommen, sprang ihr der verhasste Bücherberg ins Auge, der zwar dieselbe Höhe hatte wie der Kaffeeautomat links daneben, jedoch einen wesentlich geringeren Genuss versprach. Lediglich der Turm mit den norwegischen Bildbänden rechts daneben überragte die beiden anderen um eine Handbreit.

Louisa griff nach dem oberen Roman, blätterte die ersten Seiten durch und legte ihn seufzend neben den Stapel. Als sie das Cover des nächsten Buchs erblickte, nickte sie wissend. Da war es also, das Werk der Amerikanerin mit dem seltsamen Namen, von dem die Seniorchefin gerade noch in den höchsten Tönen geschwärmt hatte. Louisa hatte es schon geahnt: Im Gegensatz zu der DVD-Hülle der Verfilmung war das Cover so düster und nichtssagend, dass es genauso gut zu einem skandinavischen Krimi gepasst hätte. Niemals wäre sie auf die Idee gekommen, im Buchladen danach zu greifen. Trotzdem gefiel es ihr besser als das schlichte Anglerbild auf dem Buchbändchen von Hemingway, das sie als Erstes von dem Stapel genommen hatte. Auf dem dritten Buch war das Foto eines ausladenden afrikanischen Affenbrotbaums abgebildet, durch dessen Astwerk die untergehende Sonne schien.

»Jenseits von Afrika«, las sie mit einem verträumten Timbre in der Stimme. »Von Tania Blixen.« Plötzlich stutzte sie. Hatte Frederic Marlow diesen Titel nicht erwähnt, als sie zur ersten Besprechung in seinem Büro war und seine außergewöhnliche Belesenheit bewundert hatte? Natürlich. Er war ganz fasziniert von diesem Werk. Und von der Autorin hatte er in den höchsten Tönen geschwärmt. Krampfhaft versuchte sich Louisa an den zweiten Titel zu erinnern, den er ihr im selben Atemzug ans Herz gelegt hatte. Als ihr Blick das düstere Cover von Harper Lees Buch streifte, fiel es ihr wie Schuppen von den Augen. Na klar, genau das war es gewesen! »Wer die Nachtigall stört«, wiederholte Louisa mit einem verwunderten Schnauben. Wie klein doch die Lesewelt war! Dieses Buch hatte ihr doch auch die Seniorchefin empfohlen. Plötzlich lief ihr ein kalter Schauer über den Rücken. Vielleicht war es gar kein Zufall, sondern ein abgekartetes Spiel! Je intensiver sie darüber nachdachte, desto klarer wurde ihr, was Frederic Marlow mit seinen Literaturtipps bezweckte. Wie konnte sie nur so dumm sein zu glauben, dass er ihr etwas Gutes tun wollte. Der einzige, den er vorhatte zu begünstigen, war er selbst. Mit einem Gefühl der Ernüchterung erkannte Louisa, dass Frederic Marlow sie nur eingestellt hatte, um seine Mutter loszuwerden. Indem er sie zu einer Blixen-und-Lee-Expertin ausbildete, schaffte er die Basis für ein geniales Ablenkungsmanöver. Natürlich! Deshalb war er auch so begeistert von dem Zeugniszusatz, in dem ihr eine besondere Empathie für ältere Menschen attestiert worden war. Und die beiden Bücher, die er so betont hervorgehoben hatte, waren mit Sicherheit die Lieblingsbücher seiner Mutter. Louisa presste die Lippen aufeinander, als sie den Leihstapel betrachtete. Weshalb sonst lagen sie so weit oben? Und noch etwas wusste sie nun mit Gewissheit: Frederic Marlow rechnete fest damit, dass seine Mutter sie nicht mehr aus ihren literarischen Fängen lassen würde, sobald sie sich in die beiden Bücher eingelesen hatte. Noch geschickter konnte er die alte

Dame nicht von der Einmischung in die Firmengeschäfte fernhalten.

Völlig ermattet ließ sie sich in den Bürostuhl sinken. Wo war sie hier bloß hingeraten? Ihre Arbeit machte ihr eigentlich richtig Spaß, aber als Alleinunterhalterin der Seniorchefin wollte sie in dieser Firma nicht enden. Sollte Doreen doch nicht so falsch gelegen haben, als sie letztens so respektlos behauptete, der Chef brauche sie nur, um seine Mutter zu bespaßen?

Kopfschüttelnd griff sie zum Telefon, das plötzlich klingelte.

»Firma Blifrisk, Paulus am Apparat?«

»Oha! Da klingt aber jemand ziemlich zermürbt«, meinte die dunkle Stimme im Hörer. »Urdenbach hier.«

Mit einem Herzschlag, der jeden Kardiologen ins Schwitzen gebracht hätte, versuchte Louisa, ihren Telefonpartner vom Gegenteil zu überzeugen.

»Wie kommen Sie denn darauf? Mir geht es gut. Wirklich gut.«

»Mhm, wenn Sie meinen.« Sein Räuspern machte den Anschein, als brauche er Zeit, es zu glauben. »Auf meiner Uhr stehen die Zeiger kurz vor Mittagspause. Was meint Ihr schicker Fitnesstracker denn zu einer Prise Frischluft gleich draußen im Park?«

»Ein paar mehr Schritte täten ihm wirklich gut«, erwiderte Louisa nun lachend. »Um eins an der Bank?«

»Ja, prima. Ich freue mich.«

Bettys Gesundheitssandaletten klackerten wie eine Nähmaschine, als sie den Stationsflur entlang zum Dienstzimmer eilte. Die Person, die sie hier vermutete, saß kauend am Gemeinschaftstisch, das angebissene Brötchen und einen Becher Kaffee vor sich auf dem Teller.

»Kerstin, wo bleiben Sie denn!«, rief ihr die Stationsleiterin von der Tür aus ungeduldig zu. »In Zimmer vierundzwanzig und sechsundzwanzig ist noch das Mittagessen abzuräumen, und bei dem Patienten in der Dreiundzwanzig ist die Infusion durchgelaufen. Da muss dringend eine neue Flasche ran.«

Erschreckt drehte ihr die Schülerin das Gesicht zu.

»Aber ich habe noch nie eine Infusion allein gewechselt«, klagte sie mit weit aufgerissenen Augen und erhob sich rasch. Auf dem Weg zu dem Patientenzimmer versuchte sie krampfhaft, mit Betty Schritt zu halten.

»Dann wird es höchste Zeit«, knurrte die Vorgesetzte. »Sie sind doch jetzt schon über eine Woche auf der Station.« Betty kullerte mit den Augen »Woher soll ich denn wissen, was Sie alles schon können, wenn Sie Angst haben zu fragen!« Im Medikamentenraum holte sie eine durchsichtige, flüssigkeitsgefüllte Plastikflasche aus einem der Schränke und drückte sie der verängstigten Schülerin in die Hände. Kurz darauf betraten sie das Zimmer dreiundzwanzig und begrüßten den Patienten, der vorwurfsvoll auf die leere Flasche am Infusionsständer zeigte.

»So, Kerstin. Dann legen Sie mal los, und zwar so, wie Sie es im Unterricht gelernt haben.« Betty stützte sich auf dem Metallbogen am Fußende des Patientenbettes ab und verfolgte Kerstins ängstliches Hantieren. In regelmäßigen Abständen nickte sie aufmunternd dem Patienten zu, der irritiert zwischen ihr und der Auszubildenden hin- und hersah, und dann wieder der Schülerin, deren Gesicht vor Aufregung rot angelaufen war.

Als Kerstin mit einem zaghaften Lächeln bekundete, sie sei fertig, griff Betty noch einmal zu der Rollenklemme und senkte die Tropffrequenz ein wenig. Zwei Minuten später stand sie mit Kerstin auf dem Flur und umfasste für einen kurzen Moment die schmalen Schultern der Pflegeschülerin.

»Na, war das so schlimm? Der Patient frisst einen doch nicht, wenn man etwas zum ersten Mal macht. Bis auf die Tropfgeschwindigkeit war doch alles richtig.« Betty hob leicht ihre dezent nachgezeichneten Brauen. »Und wonach richtet sich noch mal die Tropfgeschwindigkeit?«

Kerstin biss sich auf die Unterlippe und überlegte laut: »Ein Milliliter entspricht zwanzig Tropfen. Ein Tropfen pro Minute entspricht drei Millilitern pro Stunde. Wenn ein Patient in vierundzwanzig Stunden zwei Liter Flüssigkeit bekommen soll, rechnet man …«

»Ja, ja, schon gut. Ich weiß, dass Sie das rechnen können, aber wenn Sie nicht wollen, dass der Patient inzwischen vertrocknet, stellen Sie einen Tropfen pro zwei Sekunden ein. Und eine Uhr gehört bei einer Pflegekraft ja immer noch zur Pflichtausrüstung.« Bettys Augen weiteten sich beim Anblick des Zeitmessers an Kerstins Handgelenk. »Wow! Das ist ja mal ein Prachtstück! Ist da etwa auch ein Fitnesstracker integriert?« Für einen kurzen Moment kam es ihr vor, als wolle die Schülerin das Band hinter ihrem Rücken verstecken. Doch dann hob sie ihren Arm mit dem Strass besetzten, weißen Band so weit an, dass es Betty gut anschauen konnte. »Ja, wenn man möchte, kann man damit auch Schritte zählen«, druckste sie und ließ ihren Arm gleich darauf wieder absinken.

»War bestimmt teuer, das Ding«, setzte Betty mit herausforderndem Blick nach.

»Schon möglich. Ich weiß es nicht so genau. Das Fitnessarmband gehört mir nämlich nicht«, stotterte Kerstin leise und warf Betty einen verunsicherten Blick zu.

»So?« Die Stationsleiterin wusste nicht viel mit diese Antwort anzufangen. »Haben Sie denn keine eigene Uhr? So teuer sind die doch heute gar nicht mehr.«

Kerstin nickte aufgeregt.

»Doch, doch, habe ich. Aber mit diesem Fitness-Tracker hier tue ich einer Bekannten einen Gefallen. Sie hat mich gebeten, seine Funktionsweise bis zum Monatsende für sie zu testen.«

Betty wischte mit den Fingern über ihr Kinn.

»Hm! Zum Blutdruck- und Pulsmessen hat bisher immer noch der Sekundenzeiger gereicht.« Mit skeptischer Miene fuhr sie fort: »Sie haben aber jetzt nicht vor, zum Betriebsrat zu laufen, weil ich Sie angeblich zu viel hin- und herschicke?«

»Nein! Das ist absolut nicht meine Absicht. Das müssen Sie mir glauben«, versicherte die Schülerin mit einem erschrockenen Blick. »Mehr als die normalen Funktionen einer Uhr nutze ich hier wirklich nicht. Außerdem habe ich noch nie jemanden angeschwärzt.«

Ihrem verzweifelten Gesichtsausdruck entnahm Betty, dass

sie die Antwort ehrlich meinte. Dem aufgestauten Unmut musste sie dennoch Luft machen.

»Ich halte es nämlich für völlig daneben, wenn sich Auszubildende bereits in der ersten Woche auf Station dafür interessieren, wie viele Schritte sie am Tag laufen«, erklärte Betty immer noch gereizt. »So, und nun sehen Sie zu, dass Sie das abgegessene Mittagsgeschirr in den Essenswagen schaffen, bevor das die ersten Besucher übernehmen.«

Kerstin nickte hastig und eilte zu den beiden Zimmern am anderen Ende des Flurs.

Kopfschüttelnd sah ihr Betty hinterher.

»So weit kommt das noch, dass die jungen Herrschaften nachhalten, wie viel sie täglich latschen müssen. Und dann wird sich munter beschwert, dass es so nicht in ihrem Ausbildungsvertrag stehe oder man sie hier nach Strich und Faden ausnutzen würde«, murrte sie verächtlich vor sich hin. Hinter der nächsten Ecke warf sie rasch einen Blick auf ihren eigenen Schrittzähler. »Siebentausendfünfhundertachtzehn!« Ein zufriedenes Lächeln breitete sich auf ihrem Gesicht aus. Das machte ihr von den Jungspunden keiner so schnell nach! Immerhin endete ihr Frühdienst erst in einer Stunde.

Während sie kurz nach zwei im Dienstzimmer in ihre normale Straßenkleidung schlüpfte, überlegte sie, was sie an diesem Nachmittag noch zu erledigen hatte. Per Handy informierte sie ihren Sohn:

Hi, Knuddelbär. Treffe mich gleich um fünf mit Louisa in der Eisdiele. Mach dir den Rest Lasagne warm. Kann später werden, LG.

Die Antwort kam prompt und überraschte sie nicht besonders:

Hi, Mama. Das Häppchen habe ich heute Nacht schon verdrückt. Aber keine Sorge, dein Sohn verhungert nicht. Er ist schon g r o ß.

Schmunzelnd tippte sie die nächste Nachricht ein und schickte sie an Louisas Adresse:

Hi, Lou. Hast du schon genug Schritte für einen Bananensplit zusammen? Oder reicht es erst für eine Kugel Diäteis ohne Sahne? Bis gleich. LG

Als ihr Handy in den Minuten danach still blieb, wunderte sie sich ein wenig, denn üblicherweise bekam sie auch von ihrer Freundin umgehend Antwort. Beim Blick auf die Uhr nickte sie jedoch verständnisvoll. Louisa war sicherlich in einer Besprechung oder anderweitig verhindert, so dass sie keine Gelegenheit hatte, sofort zu reagieren.

Gegen eins steuerte Louisa mit großen Schritte auf die Bank unter der Vorplatzlinde zu, unter der Dr. Urdenbach bereits auf sie wartete. Als er sie kommen sah, sprang er auf und kam ihr sofort lächelnd entgegen.

»Hallo, Frau Kollegin! Was halten Sie davon, wenn wir ein Stück gehen? Sonne ist ein wertvolles Tonikum für den menschlichen Organismus. Sie sorgt nicht nur für eine Stoffwechselerhöhung und Stärkung des Immunsystems, sondern auch für bessere Laune und mehr Energie.«

Louisa war der versteckte Hinweis auf ihre beeinträchtigte Gemütsverfassung bei dem vorangegangenen Telefongespräch nicht entgangen.

»Und Sie meinen, dass ich das heute besonders nötig habe«, folgerte sie amüsiert aus seinem kleinen Vortrag über den Nutzen des Sonnenlichts.

Er betrachtete ihr Gesicht mit leichter Besorgnis.

»Ja, als ich vorhin anrief, wirkten Sie irgendwie bedrückt. Und da dachte ich mir, dass Ihnen eine Extradosis Serotonin gut tun würde.«

Louisa bemühte sich, ruhig und konzentriert gegen das Rotwerden anzuatmen. Besonders erfolgreich war sie damit nicht.

»Nett, dass Sie sich solche Sorgen um mich machen, aber Ihr Verdacht ist eigentlich völlig unbegründet.«

»Und uneigentlich?« Dr. Urdenbach zwinkerte ihr aufmunternd zu, während er einen Weg einschlug, der von wunderschön bepflanzten Blumenrabatten eingefasst war.

Sollte sie diesem Mann wirklich von ihrem Problem mit Frederic Marlow und seiner Mutter berichten? Bisher war es ja nur ein Verdacht, wenn auch ein sehr naheliegender. Kannte sie den

Laborleiter gut genug, um sich ihm vorbehaltlos anzuvertrauen? Immerhin duzte er den Firmenchef. Das ließ doch darauf schließen, dass er gut mit ihm befreundet war. Vor lauter Grübelei wurde es ihr ganz heiß, und im Kopf spürte sie plötzlich deutlich ihren Puls wummern.

»Wahrscheinlich hat es mit den üblichen Schwierigkeiten in der Einarbeitungsphase zu tun. Da läuft halt noch nicht alles rund. Vieles klärt sich vermutlich bald von selbst.« Aus den Augenwinkeln sah sie ihn bedächtig nicken.

Während er die Ärmel seines eng anliegenden, weißen Hemdes aufkrempelte, meinte er besorgt: »Überzeugt sind Sie davon aber nicht. Vielleicht kann ich Ihnen ja helfen. Dazu müssten Sie mir allerdings sagen, was da nicht rund läuft.«

Mittlerweile hatten sie sich so weit vom Verwaltungsgebäude entfernt, dass sie durch die dichten Büsche des Firmenparks nur noch winzige Ausschnitte der Fensterfront erkennen konnten. Auch wenn es absolut nicht der Wahrheit entsprach, tat Louisa so, als ließe sie sein beharrliches Nachfragen kalt. Stattdessen sog sie mit emporgereckter Nase die milde Frühlingsluft ein, die intensiv nach Jasmin und Liguster duftete.

»Wundervoll, diese unterschiedlichen Blumendüfte!«

Doch Dr. Urdenbach ließ sich davon nicht blenden.

»Hat es vielleicht etwas mit dem Literaturtick unserer werten Seniorchefin zu tun?«

Louisa fuhr herum und sah ihm irritiert in die Augen.

»Hat Frau Marlow Sie etwa auch schon mal über die beiden Autorinnen Blixen und Lee ausgehorcht?«, fragte sie nun mit zerknirschtem Unterton.

Wieder nickte er sachte und voller Verständnis.

»Klar, ganz zu Anfang meiner Laufbahn bei Blifrisk. Als ich ihr dann sagte, dass das Einzige, was ich hin und wieder lese, die Tageszeitung sei, hat sie mich wie einen Aussätzigen angestarrt. Nach dem Zusatz mit den Fußballergebnissen hat sie sich dann empört abgewendet und mich nie wieder über mein Leseverhalten ausgefragt.«

»Sie Glücklicher«, seufzte Louisa und sah gequält zu Boden.

»In meiner Position kann ich mir so etwas leider nicht leisten.« Plötzlich spürte sie durch den dünnen Stoff ihrer Bluse die Wärme seiner Hand auf ihrer Schulter. Der Blick in seine tiefgründigen Augen gab ihr dann den Rest. Ganz deutlich spürte sie, wie der Boden um sie herum zu wanken begann und das gleichmäßige Pochen in ihren Ohren lauter wurde. Mit einem Mal wurde sie von zwei kräftigen Händen gepackt und zu der nächst gelegenen Bank geführt. Dort half ihr Dr. Urdenbach, sich niederzulegen und ihre Füße auf die Armlehne zu heben.

»Frau Paulus, was ist los? Ist Ihnen nicht gut?«

Nach einigen tiefen Atemzügen sah sie ihm verwirrt in die Augen.

»Ich weiß auch nicht, was mit mir los ist. Vielleicht hätte ich doch etwas zu Mittag essen sollen.«

»Hatten Sie denn wenigstens etwas zum Frühstück?«

Sie schüttelte den Kopf.

»Heute Morgen hab ich keinen Bissen heruntergekommen.«

»Wieso das denn nicht?«

»Weil ich gleich in der Früh einen Termin bei der Seniorchefin hatte. Herr Marlow hat seiner Mutter doch auch so einen Fitnesstracker geschenkt. Und mich hat er beauftragt, ihr die Funktionen zu erklären. Außerdem sollte ich sie überreden, beim Schrittzählen in der Firma mitzumachen.« Mit einem Stoßseufzer atmete sie aus.

Dr. Urdenbach zog die Mundwinkel hoch und schüttelte den Kopf.

»Dann wundert mich nichts mehr. Diese Frau hat in der Firma längst nichts mehr zu sagen, und das weiß sie auch. Deshalb macht sie auch jedem, der neu ist und ihre Position noch nicht einordnen kann, das Leben schwer. Eine sehr geschmacklose Art des Machtgehabes, finde ich. Leider ist Frederic nicht in der Lage, sich gegen sie durchzusetzen. Dafür ist er einerseits, entschuldigen Sie den rüden Ausdruck, zu feige, andererseits auch zu wohlerzogen.« Abermals sah er Louisa besorgt an. »Sind Sie denn wieder okay soweit? Um ein Haar wären Sie gerade umgekippt.«

Mit einem energischen Schwung setzte sie sich auf.

»Ja, ja, es ist wieder alles in Ordnung mit mir.« Das dankbare Strahlen seiner Augen half dabei, ihrem Kreislauf wieder in den gewohnten Schwung zu geben. »Und danke übrigens.« Sie schenkte ihm ein Lächeln, das von Herzen kam.

Als er sah, dass sie aufstehen wollte, reichte er ihr beide Hände. Zu Louisas Überraschung umfasste er danach so lange schützend ihre Schultern, bis sie wieder in die Sichtweite des Verwaltungsgebäudes kamen.

»Ich bringe Sie jetzt zur Kantine. Da trinken sie erst einmal ein großes Glas Wasser, und ich besorge Ihnen einen Kaffee und etwas zum Essen.«

Wenig später saß Louisa vor einem riesigen Stück Erdbeerkuchen.

»Ich weiß gar nicht, wie ich mich bei Ihnen bedanken soll«, meinte sie mit einem verschämten Augenaufschlag.

Er sah sie nicht an, doch um seinen Mund herum zeigte sich ein verlegenes Schmunzeln.

»Ich wüsste da schon etwas.«

»Ach was!«, stellte sie spaßig fest. Ihr anschließendes Lachen klang so befreit, dass er nicht anders konnte als einzustimmen.

Louisa setzte ihre Sonnenbrille ab und ließ den Blick über die vorderen Tische der Eisdielenterrasse gleiten. Überall saßen schlanke Frauen mit kurzen blonden Haaren, die ihrer Freundin erschreckend ähnlich sahen. Zum Glück hatten die meisten kleine Kinder neben sich sitzen, denen sie halfen, die Eisportion auf dem Löffel sicher in den bunt beschmierten Mund zu befördern. Das erleichterte ihre Suche nach Betty erheblich. Auch die dahinterliegende Tischreihe, die völlig im Schatten der rotweißen Sonnenschirme lag, schied aus. Dort saßen hauptsächlich ältere Frauen mit aschgrauen und lilaweißen Dauerwellen, die mit dicken Strohhalmen im Eiskaffee nuckelten.

Louisa zuckte zusammen, als Betty ihr plötzlich von hinten auf die Schulter klopfte.

»Sorry, du. Ich hab es nicht eher geschafft. Wartest du schon lange?«

»Nee. Aber es sieht so aus, als ob wir uns mit einem Eis auf der Hand begnügen müssten.« Mit hochgezogenen Augenbrauen wies sie auf die komplett besetzte Terrasse. Bedauernd hängte sie an: »Dabei könnte ich heute die Eiskarte rauf- und runteressen.«

»Lass mich mal machen!« Betty schob ihre Freundin sachte zur Seite und blickte mit ihrem von den Pflegeschülern gefürchteten Kontrollblick von Tisch zu Tisch.

Plötzlich fuhr ein fülliger Arm in die Höhe und winkte.

»Hallo, Schwester Betty!« Die Augen der korpulenten Frau leuchteten beglückt. »Erinnern Sie sich nicht mehr an mich? Krampfader-OP, beide Beine, vor zwei Wochen.«

Betty schien förmlich aus dem Häuschen zu sein.

»Natürlich! Jetzt, wo Sie es sagen«, gurrte sie der ehemaligen Patientin zu, blieb aber mit betont verzweifelter Miene dabei, sich nach einem leeren Platz umzusehen. Zu Louisas Erstaunen mühte sich die dicke Frau augenblicklich in die Höhe und zeigte auf die beiden Stühle an ihrem Tisch. »Kommen Sie nur! Ich muss sowieso weiter. Die Pflicht ruft.« Und mit einem genierlichen Kichern hängte sie leise an: »Eigentlich hat mir der Chefarzt ja empfohlen, das Eis und alle anderen Süßigkeiten wegzulassen. Wegen meinem Übergewicht und den kaputten Venenklappen, Sie wissen schon. Aber das sagt sich so leicht.«

Verständnisvoll nickend schlängelten sich die beiden Freundinnen zu dem freiwerdenden Tisch durch und bedankten sich bei der Frau, die nun auf ihren Schrittzähler am Handgelenk tippte.

»Ich muss heute noch auf fünftausend kommen«, gab sie den beiden mit pflichtbewusster Miene zu verstehen. »Das hab ich Ihrem Chef bei der Entlassung versprechen müssen. Ist ja schon ein toller Arzt, dieser Dr. Wessel, und so modern eingestellt«, hob sie mit einem anerkennenden Nicken hervor. Gleich darauf meinte sie im Flüsterton zu Betty, die sich mit einem Augenrollen niedergesetzt und die Eiskarte aufgeschlagen hatte: »Das Dumme ist eben, dass es auf meiner Gehstrecke so viele Kioske und Eisdielen gibt. Davon hab ich dem Doktor aber nichts gesagt.« Nach ihrer Beichte machte sie sich mit einem verschämten Kichern auf den Weg.

Als die Frau außer Hörweite war, konnte Betty endlich ihrem Ärger Luft machen.

»Wie ich das liebe, dieses ewige Schwester Betty! Das steckt in den Älteren drin wie das Amen in der Kirche. Beim Begrüßungsgespräch stelle ich mich immer mit vollem Namen vor. Aber kaum bin ich durch die Tür, heiße ich wieder Schwester. Am schlimmsten finde ich es, wenn sie dann auch noch Schwester Bettina sagen«, empörte sie sich.

Louisa blinzelte sie amüsiert von der Seite her an.

»Na ja, manchen mag es vielleicht auch komisch vorkommen, Frau Heiland zu rufen, wenn es ihnen schlecht geht.«

»Tse!« Betty starrte weiter mürrisch auf die Eiskarte. »Diesen Namen habe ich mir ja nicht ausgesucht. Außerdem ist er immer noch besser als der von den Patienten, die vorige Woche auf meiner Station lagen.«

»Und wie hießen die?«

»Hühnermörder und Winkelmüller.«

»Das geht doch noch«, fand Louisa.

Betty warf ihr einen genervten Blick zu.

»Aber nicht, wenn man Stress hat und sich ständig verhaspelt.«

»Versteh ich nicht.«

Mit einem genervten Augenaufschlag erklärte die Krankenpflegerin: »Als es an einem Vormittag drunter und drüber ging, habe ich den Winkelmüller aus Versehen Winkelmörder genannt. Der hat sich dann prompt beim Chef beschwert und wollte unbedingt vorzeitig entlassen werden.«

Louisa hielt sich den Bauch vor Lachen.

»Und den Hühnermörder hast du Habicht genannt?«

»Quatsch! Der hat das wegen seiner Schmerzen in den Beinen gar nicht gecheckt, dass ich ihn mit Hühnermüller angesprochen habe.« Betty lächelte ihre Freundin gequält an. »Aber das Schlimmste kommt ja noch.«

Mit großen Augen bettelte Louisa um die Fortsetzung der peinlichen Klinik-Comedy.

»Anfang letzter Woche sollte bei einem Herrn Feyerabend eine Magenspiegelung durchgeführt werden. Kurz vor zwölf war allerdings noch unklar, ob der Wessel die Untersuchung vor der Mittagspause machen würde, oder erst am Nachmittag. Da der Patient schon ziemlich ungehalten war, habe ich den Chef vielleicht etwas zu forsch gefragt: *Und was ist mit dem Feyerabend?*« Sie zischte daraufhin wie ein angestochener Autoreifen. »Mann, hat der mich geguckt! Als ob ich ihn gebeten hätte, mich zu heiraten.«

Als der Kellner an den Tisch kam und nach den Wünschen fragte, hätte Louisa am liebsten »Feierabend« geprustet. Doch beim Anblick seines gelangweilten Gesichts beließ sie es lieber bei der Bestellung eines großen Spaghetti-Eises und einer Tasse Kaffee.

Betty nahm erst einen ordentlichen Schluck Eiskaffee, dann lehnte sie sich seufzend zurück und schloss die Augen.

»Mann, bin ich froh, dass die Woche rum ist. Die neuen Schüler bringen mich manchmal um den Verstand. Man hat fast den Eindruck, als ob diese jungen Leute jede Möglichkeit suchen, sich vor den Anforderungen zu drücken. Manche haben regelrecht Angst, sich einem Patienten zu nähern. Mensch, da waren wir aber anders! Für mich war es spannend, das erste Mal Blut abnehmen zu dürfen oder einen Verband zu wechseln.« Sie blinzelte nach rechts, um zu sehen, wie ihre Freundin darauf reagierte.

»Tröste dich! Mit Älteren ist es auch nicht anders«, brummte Louisa und lutschte genießerisch das Eis vom Löffel.

»Wie das? In deinem neuen Job hast du doch weder mit Kranken noch mit Senioren zu tun, oder sehe ich das falsch?«

»Nee, nee. Schon richtig.« Louisa wusste genau, dass Betty das Problem mit der Seniorchefin ganz anders angehen würde. Sie hätte der alten Dame vermutlich gleich bei dem ersten Frage-Antwort-Spiel über Bücher vor den Kopf geknallt, dass sie seit jeher nur Pornos lesen würde. Aber das half ihr jetzt wenig. »Ich weiß im Moment nicht, wie ich mich verhalten soll«, meinte sie mit dünner Stimme, während sie nachdenklich in ihrer Eisschale herumkratzte.

Betty musterte sie überrascht.

»Bist du mit deinem Job nicht zufrieden? Du verdienst doch gut und anstrengender als unsere Stationslauferei ist es da ja wohl auch nicht.«

»Ja, schon«, druckste Louisa. »Aber stell dir vor, du hättest in der Schlossklinik gerade neu angefangen, und der Wessel würde dir nach einer Woche vorsäuseln, wie toll deine empathischen Fähigkeiten seien, und ob du ihm nicht helfen könntest, seinen suizidgefährdeten Bruder abzuhalten, sich vor den Zug zu werfen.«

»Hä? Spinnst du jetzt?« Sie stoppte mit ihrem Eiskaffeebecher auf halber Höhe zum Mund und starrte Louisa verständnislos an. »So was verlangen die von dir?«

»Nein, nicht ganz so krass. Aber ich habe durch Zufall herausgefunden, dass ich hauptsächlich eingestellt wurde, um meinem Chef Hindernisse aus dem Weg zu räumen.«

»Und was ist daran, bitte schön, so ungewöhnlich?«

Louisa sah ihr nun eindringlich in die Augen.

»Das Hindernis ist zweiundsiebzig Jahre alt, heißt Eleonore Marlow und gleicht Marcel Reich-Ranicki bis auf einen kleinen, physiologischen Unterschied.«

Betty verstand nur Bahnhof.

»Und warum will die sich vor den Zug werfen?«

Louisas Stoßseufzer veranlasste die Gäste an den Nachbartischen, ihre Köpfe abrupt zu ihnen zu drehen.

»Mensch, versteh doch! Der smarte Herr Marlow will mich gar nicht als seine Assistentin. Ich soll ihm seine Mutter vom Hals schaffen.« Sie rollte mit den Augen. »Blöderweise steht in meinem Zeugnis, dass ich gut mit alten Menschen kann und gern lese. Damit habe ich das große Los bei Blifrisk gezogen.«

»Und warum will er sie weg haben?«, hakte Betty nach und ergänzte zu allem Überfluss: »Alte Leute sind doch harmlos.«

»Von wegen! Seit dem Tod ihres Mannes spielt Frau Marlow

wohl immer noch die Grande Dame der Firma, obwohl ihr Sohn vor vier Jahren die Unternehmensleitung übernommen hat. Überall mischt sie sich ein, zweifelt Entscheidungen an und nervt die Mitarbeiter mit ihrem Literaturtick.«

Nun war auch Betty mit ihrem Latein am Ende.

»Und was gedenkst du zu tun?«

Louisa zuckte mit den Schultern.

»Das ist es ja gerade. Wenn ich mich dagegen auflehne, riskiere ich doch rauszufliegen. Meinen Tauchkurs kann ich dann knicken. Und wer weiß, ob ich überhaupt eine neue Stelle finde, wenn Marlow im Zeugnis meine mangelnde Kooperationsbereitschaft anklingen lässt.«

Betty dachte nach. Dabei kniff sie so fest ihre Lippen aufeinander, dass sie schon fast blutleer waren.

»Das kann man doch nicht machen, eine medizinisch-technische Spitzenkraft zur Leiterin eines Senioren-Literaturzirkels umzufunktionieren. Da muss es doch einen Weg geben, dich da unbeschadet rauszubekommen.«

»Ach, lass gut sein. Wenn ich es schaffe, in einer Woche fünf Bücher zu lesen, habe ich einigermaßen gute Karten, in dem blöden Spiel mitzumischen«, entgegnete Louisa mit resigniertem Unterton in der Stimme, denn Bettys Lösungsansätze kannte sie zur Genüge. Helfen würde ihr in dieser prekären Situation kein einziger davon. »Dein Eis schmilzt«, versuchte sie, ihre Freundin auf andere Gedanken zu bringen.

»Deine Arbeitsmotivation auch«, konterte Betty mit betretener Miene. »Trotzdem darfst du den Kopf jetzt nicht hängen lassen. Du weißt doch: Wenn du denkst, es geht nicht mehr, kommt von irgendwo ein Lichtlein her.«

Louisa bedankte sich mit einem gequälten Lächeln.

»Mehr bleibt mir im Moment auch nicht übrig.«

Als sie sich ein paar Minuten später vor der Eisdiele voneinander verabschiedeten, nahm Betty Louisa noch einmal tröstend in die Arme.

»Glaub mir, Lou. Vieles ist gar nicht so schlimm wie es scheint. Und gegen den Rest helfen ein bis zwei Gläser Wein bei mir auf der Couch.«

»Danke«, sagte Louisa mit einem freundschaftlichen Zwinkern. Eine brauchbare Lösung sah anders aus, aber besser ging es ihr nach diesem Treffen auf jeden Fall.

Kapitel 7

So aufgeregt wie jetzt, in den letzten Minuten vor ihrer ersten Tauchunterrichtsstunde, war Louisa schon lange nicht mehr gewesen. Als sie auf dem Parkplatz vor dem Hallenbad aus ihrem Wagen stieg und zu dem flachen Anbau hinüberlinste, in dem Saschas Tauchschule untergebracht war, bekam sie sogar eine leichte Gänsehaut.

Die Hitzewelle des Jahres, die in den ersten beiden Maiwochen ein Gefühl von Hochsommer verbreitet hatte, war mittlerweile von einer Schlechtwetterfront abgelöst worden. Die Temperatur fiel nun in den Abendstunden wieder unter die Fünfzehn-Grad-Marke, sodass Louisa wohl oder übel eine Strickjacke über ihr sportliches, rosafarbenes Poloshirt ziehen musste. Als sie auf den Eingang der Schwimmhalle zuging, fragte sie sich, ob bei den Tauchern wohl derselbe gehobene Dresscode herrschte wie bei den Tennisspielern oder Golfern. Kurz vor dem Eintreten sah sie ein letztes Mal an sich hinab und nickte unmerklich. Für die erste Theoriestunde war sie in ihrer hellen Jeans und den Sportschuhen jedenfalls passend gekleidet, und in den nächsten Kursstunden würde es, wenn überhaupt, auf ihre Straßengarderobe sowieso nicht mehr ankommen. Allerhöchstens auf ihren Badeanzug. Aber auch da war sie gut gewappnet, denn in der vergangenen Woche hatte ein Sportgeschäft die Schließung angekündigt und alles um die Hälfte reduziert. Nach einem langen inneren Kampf hatte sie sich in der Umkleidekabine dann nicht für das dunkelblaue, sportlich hoch geschlossene Modell entschieden, sondern das deutlich stoffärmere Teil in orangerot genommen. Doch auch dieses Kleidungsstück würde seine Wirkung einbüßen, sobald es unter die Wasseroberfläche ging. Von da an waren sämtliche attraktiven Körperteile zusätzlich mit einer dicken Neoprenschicht überzogen, und sie würde so aussehen wie alle anderen Taucher auch - wie ein tollpatschiger, geschlechtsneutraler Marsbewohner.

Nachdem sie barfuß die dunstig warme Schwimmhalle hinter

sich gebracht hatte, drückte sie die Tür zur Tauchschule auf und schlüpfte im Vorraum wieder in ihre Schuhe. Aus den Räumen im Hintergrund drangen gedämpfte Stimmen zu ihr, aber das Büro, in dem sie die ersten Gespräche mit Sascha geführt hatte, war leer. Auch im angrenzenden Aufenthaltsraum mit der Holzpaletten-Sitzgruppe und den leicht schmuddeligen Segeltuchpolstern traf sie niemanden an. »Und was mache ich jetzt?«, brummte sie enttäuscht. Bei ihren vorherigen Besuchen hatte sie dort immer einige Taucher um den Kaffeeautomaten herumstehen sehen. Doch ausgerechnet heute war kein Mensch da, den sie hätte fragen können. Womöglich fiel der Kurs aus und niemand hielt es für nötig, einem neuen Schüler, wie sie es nun einmal war, Bescheid zu sagen. Immer übellauniger öffnete sie die Tür zu dem Flur, der sich an das Büro anschloss. Den ersten Raum auf der rechten Seite, dessen weit geöffnete Tür mit einem Holzkeil arretiert war, kannte sie bereits. Hier befanden sich die Neoprenanzüge und Ausrüstungsteile zum Ausleihen und die riesigen Pressluftbehälter, aus denen die Flaschen für die Tauchgänge gefüllt wurden.

Beim Weitergehen stellte Louisa ernüchtert fest, dass die Personen, deren Unterhaltung sie anfangs vernommen hatte, verschwunden waren. Sie schob die nächste Tür auf und staunte, als ihr kühle Frühlingsluft entgegenwehte. Vor ihr erstreckte sich eine leicht abschüssige Rasenfläche, die am Kiesstreifen eines kleinen Sees endete. Auf dem dazugehörigen Steg waren gerade drei Taucher dabei, sich die Flossen anzuziehen und ihre Atemgeräte überzustreifen. Louisa lächelte erleichtert. Nun wusste sie wenigstens, warum die Stimmen nicht mehr zu hören waren.

Sie ging zum nächsten Raum auf dem Flur. Als sie auf dem kleinen Schild neben der Tür die Aufschrift U1 entdeckte, erhellte sich ihr Gesicht. Natürlich! U konnte nichts anderes als Unterrichtsraum bedeuten. Bevor sie den Raum betrat, sicherte sie sich ab, indem sie rasch die Aufschrift auf dem nächsten Türschild las. Auch das schien ein Unterrichtsraum zu sein, denn er war mit U 2 gekennzeichnet. Louisa legte ihr Ohr an die Tür und wunderte sich. Im Inneren rauschte es, als ob jemand den Boden mit einem Gartenschlauch abspritzte. Nachdem sie die Tür entschlossen aufgedrückt hatte, stutzte sie ein weiteres Mal. Die Wände des schmalen, hell erleuchteten Raums waren durchgehend mit Spinden versehen. In der Mitte befand sich eine breite Sitzbank, auf der jemand eine Sporttasche und ein Handtuch abgelegt hatte. Louisa kicherte in sich hinein. Von wegen Unterrichtsraum! Das U stand für Umkleidekabine! Sie schmunzelte, als sie die Dampfschwaden sah, die ihr aus dem angrenzenden Duschbereich entgegenquollen. Vermutlich war das Wasser des Sees noch ziemlich kalt. Warum sonst sollte man so heiß duschen, dass die Spiegel an den Wänden beschlugen. Na, egal! Die Hauptsache war, dass sie endlich jemanden gefunden hatte, der ihr erklären konnte, wo sich Sascha und der Unterrichtsraum für den Grundkurs befanden. Mit drei Schritten war sie am Durchgang zum Nassbereich und blinzelte durch die Dunstwolke. Gerade wollte sie die Person ansprechen, die dort unter dem üppigen Wasserstrahl vor sich hinsummte, als sie mit weit aufgerissenen Augen erstarrte. Der Anblick des nackten Mannes, der sich dort, mit dem Rücken zu ihr, in aller Seelenruhe einseifte, verschlug ihr die Sprache. Er war nicht nur nahtlos braun, sondern sah auch noch umwerfend aus. In den Sekunden, die ihr Kopf dringend brauchte, um einen klaren Gedanken zu fassen, scannte sie jeden Quadratzentimeter seines attraktiven Körpers. Sie hatte sich schon halb zum Ausgang gedreht, als ihr Blick seinen Po streifte. Wow! Das war ja wohl einzigartig! Fasziniert und erschreckt zugleich betrachtete sie das stählerne Muskelpaket über seinen Oberschenkeln. Was war dem Ärmsten denn da bloß passiert? Das Mal auf seiner linken Gesäßhälfte hatte eine verblüffende Ähnlichkeit mit der Zickzacknarbe, mit der Voldemort Harry Potters Stirn gezeichnet hatte. Unglücklicherweise war dieses Exemplar fünf Mal so groß. Bevor sie von noch intensiveren Mitleidsgefühlen übermannt wurde und sich hinreißen ließ, tröstend über den malträtierten Po zu streicheln, trat sie energisch den Rückzug an. Mit raschen Schritten durchquerte sie den Herrenumkleideraum und glitt durch den Türspalt hinaus auf den Flur. Beim leisen Zuziehen der Tür sah sie prüfend nach rechts und links. In diesem Moment war sie ganz froh, niemanden auf dem Gang zu sehen.

Als sie erneut im Büro ankam, winkte ihr Sascha vom Schreibtisch aus freudestrahlend zu.

»Jeah! The sun is rising! Schön, dass du da bist, Paula. Der Unterricht beginnt in ein paar Minuten. Wenn du möchtest, kannst du schon zu den anderen rübergehen. Die sind in Raum K 1. Das ist der letzte auf der linken Seite, gleich hinter den Toiletten.« Er zeigte in die Richtung, aus der sie gerade gekommen war.

»Logisch! K wie Unterricht«, wiederholte Louisa kichernd und machte kehrt. Sie musste unwillkürlich schmunzeln, als sie erneut an der Tür mit dem Schild U 2 vorbeikam. Sofort hatte sie wieder das mystisch vernebelte Bild des nackten Adonis vor Augen. Und dann war da ja auch noch dieser tolle Po mit der seltsamen Narbe!

Weiter konnte sie leider nicht in der aufregenden Erinnerung schwelgen, denn nun musste sie erst einmal die drei Männer und zwei Frauen begrüßen, die mit ihr zusammen das Tauchen lernen wollten. Wenig später betrat auch Sascha den Raum und hieß alle Anfänger herzlich willkommen. Er ging rasch die Anmeldeliste durch, wobei er nicht einmal stutzte, als er Louisas Namen aufrief. Im Stillen bezweifelte sie, dass er es je checken würde, dass sie nicht Paula hieß. Aber vielleicht war es ja sogar für irgendetwas gut. Ihretwegen konnte Sascha ruhig dabei bleiben, und den anderen würde sie die Sache mit dem Namensdreher in der ersten Pause erklären. Mittlerweile fand sie es sogar ganz witzig, einen speziellen Tauchnamen zu haben. Immerhin klang Paula tausendmal besser als Tante Käthe bei Rudi Völler oder Pink Panther, dem Spitznamen, den man der Golferin Paula Creamer wegen ihrer etwas einseitigen Farbvorliebe gegeben hatte.

Nachdem Sascha per Knopfdruck den Raum zur Hälfte verdunkelt hatte, griff er zur Fernsteuerung des Beamers und startete einen Film mit zwei Tauchern, die gerade über eine Riffkante paddeln, auf der es vor bunten Fischen nur so wimmelt. Eine

Weile ließ er die romantische Musik und die Bilder auf seine faszíniert raunenden Schüler wirken. Dann stoppte er die Wiedergabe und stellte sich breitbeinig vor die Gruppe, die die vordersten beiden Tische besetzt hatte.

»Wundervoll, nicht wahr?«, gab er seine Begeisterung an die Schüler weiter. »Bevor Ihr allerdings so weit seid, liebe Leute, habt Ihr noch eine Menge zu lernen.« Er wartete das einsichtige Nicken ab. »Es gibt genau zwei Hindernisse, die uns Menschen vom Tauchen abhalten. Erstens: Wir besitzen keine Kiemen, und falls Ihr jemals einem Menschen begegnet, der durch Kiemen atmet, fresse ich einen Besen. Versprochen! Zweitens: Das Wasser übt einen mächtigen Druck auf Euren Brustkorb und die Lunge aus. Ohne ein geeignetes Gegenmittel würden Eure Lungenflügel beim Abwärtstauchen irgendwann kollabieren. Genauer gesagt: Sie würden ausgequetscht wie die rohe Kartoffel in der Hand des Seewolfs.« Er ließ diesen Satz so lange auf sein Publikum wirken, bis das aufgeregte Murmeln nachließ. »Ohne die Tauchausrüstung hätte Eure Lunge nicht die Kraft, sich zu füllen, selbst wenn ihr Luft bekämt. Sie versorgt Euch nämlich nicht nur mit Luft zum Atmen, sondern misst auch den Druck und gleicht ihn aus. Alles zusammen nennt man Scuba, self-contained underwater breathing apparatus. Also ein unabhängiges Unterwasseratemgerät. In meiner Schule arbeiten wir übrigens mit ganz normalen Pressluftgeräten.«

Weiter ging es mit den Bezeichnungen und Funktionsweisen der einzelnen Ausrüstungsteile. Dazu zog Sascha einen Wäschekorb mit allerlei schwarzgummierten, chromblitzenden Utensilien in die Mitte des Raums. Nach und nach nahm er einen Gegenstand nach dem anderen heraus und ließ ihn in der Gruppe herumgehen.

»Tiefenmesser, Unterwasserkompass, und das hier ist das Jacket, an der auch die Flasche hängt. Es ist eine aufblasbare Tarierweste, die mit Bleigewichten gefüllt wird. An ihr werden außerdem Sachen wie diese Schreibtafel hier befestigt.« Er reichte die steife Plastikhülle mit dem angehängten Spezialstift an Louisa weiter.

Als das Tauchzubehör wieder im Korb angekommen war, holte er aus dem Schrank einen Atemregler und hielt ihn in die Höhe.

»Zum Schluss der heutigen Stunde seht Ihr hier den Atemregler oder auch Lungenautomat. Er ist mit der Flasche verbunden und regelt die Atemluftzufuhr. Zusammen mit dem Druckanzeiger ist er der wichtigste Teil unserer Ausrüstung. Er zeigt an, wie lange Ihr noch unter Wasser bleiben könnt.«

Der jüngste Teilnehmer, ein Sportstudent, hob die Hand. »Wie viel Luft hat denn so eine Flasche?«

»Normal sind zwölf Liter«, antwortete Sascha. »Das reicht für durchschnittlich eine Stunde in zwanzig Meter Tiefe.«

Bei dem Thema Tiefe und Sauerstoffversorgung wurde es Louisa ganz mulmig zumute. Es erinnerte sie an ihren letzten furchterregenden Traum mit dem Walhai.

»Und was ist, wenn man zu spät merkt, dass man nicht mehr genügend Luft hat, weil man vielleicht vor lauter Faszination Raum und Zeit vergessen oder sich irgendwie vertaucht hat?«

Das Gelächter, das ihre Frage bei den Teilnehmern ausgelöst hatte, erstarb im Nu, als die Tauchschüler mitbekamen, wie rasch Sascha wieder ernst wurde. Gebannt warteten sie auf seine Antwort.

»Tja, ganz ungefährlich ist das Tauchen natürlich nicht. Das hat Paula schon richtig erkannt. Deshalb taucht man auch nie allein. Aber im Normalfall kommt es nicht soweit, weil Ihr lernen werdet, unter Wasser immer Euren Druckanzeiger im Auge zu behalten.« Nun hielt er ein neongelbes Teil in die Höhe. »Außerdem hat jeder Taucher den sogenannten Oktopus bei sich. Das ist ein Atemregler zweiter Stufe. Mit dem kann man seinen Tauchpartner im Notfall aus seiner Flasche mitversorgen.«

Viel beruhigter war Louisa nach Saschas Erläuterung nicht. Aber bis es so weit war, dass sie sich mit allem Drum und Dran rückwärts in die Fluten stürzte, hatte sie diese diffuse Angst hoffentlich längst hinter sich gelassen.

Zum Schluss erläuterte Sascha noch kurz, was auf dem Programm der nächsten Stunde stand.

»Wir werden uns wieder ein Video ansehen und uns dann mit der Tauchsicherheit beschäftigen. Dazu gehört auch ein Erste-Hilfe-Kurs, in dem Ihr lernt, wie man jemanden reanimiert. Außerdem erkläre ich Euch, wie das Tauchen auf den Körper wirkt. In diesem Zusammenhang erfahrt Ihr auch etwas über den sogenannten Dekompressionsunfall. Laien bezeichnen ihn auch als Taucherkrankheit.«

Der Student meldete sich sofort wieder zu Wort.

»Stimmt es, dass man sich dabei fühlt, als ob man gekifft hätte?«

Um das Gekicher sofort wieder zu stoppen, hob und senkte Sascha die Hände.

»Nein, das ist beim Tiefenrausch der Fall. Die Symptome ähneln dabei einer Alkoholvergiftung. Zuerst wird man ziemlich gelassen, möglicherweise sogar euphorisch, und die Reaktion verlangsamt sich. Dann setzt eine zunehmende Verwirrtheit ein, die bis zur Benommenheit führen kann, bei der man sogar halluziniert. Beim Dekompressionsunfall handelt es sich um eine Stickstoffübersättigung des Gewebes. Das kann zu lebensgefährlichen Lähmungen, Gleichgewichtsstörungen und sogar zum Verlust des Bewusstseins führen. Die Betroffenen müssen sofort in eine Druckkammer und mit hundertprozentigem Sauerstoff versorgt werden, sonst drohen ihnen irreparable Schäden.«

Louisa und die beiden anderen Frauen in ihrem Alter waren mittlerweile völlig verstummt. Sie starrten mit weit geöffneten Augen nach vorn und hofften, dass Sascha irgendetwas sagen würde, was ihnen die aufkeimende Angst nahm.

»Wenn man fit ist, alle Regeln beachtet und sein Equipment gut überprüft hat, passiert so etwas eigentlich nicht«, schränkte er das Gesagte gleich wieder ein. Doch sehr überzeugend klang es für die meisten nicht. Erst recht nicht, als er anhängte: »Vor allem sollte man stets die Ruhe bewahren. Nur wer panisch wird, macht den Fehler, so schnell wie möglich auftauchen zu wollen. Dabei kann es unter Umständen zu einer Dekompression kommen.«

Hatte es Louisa nicht schon geahnt? Ruhe bewahren, nicht

panisch werden! Womöglich auch noch weiteratmen! Alles leicht gesagt. Aber wer bleibt schon locker, wenn ein Rudel Haie angeschwommen kommt? Oder wenn man aus Versehen den Atemschlauch an einer spitzen Koralle eingeritzt hatte und die Luft, anstatt in die Lunge zu strömen, munter aus dem Loch an die Wasseroberfläche perlte? So etwas durfte sie sich gar nicht weiter ausmalen.

Als Sascha mitbekam, wie irritiert die meisten Kursteilnehmer plötzlich auf seinen Vortrag reagierten, schüttelte er lachend den Kopf.

»Keine Sorge, Freunde. Das passiert nur ab einer Tiefe von dreißig Metern, und so tief muss am Anfang keiner von Euch runter. Bis nächste Woche und einen schönen Abend noch.«

Eine paar Minuten später passierte Louisa barfuß und mit dröhnendem Kopf das Schwimmerbecken. Im Foyer des Hallenbades beugte sie sich hinab, um die Schnallen an ihren Schuhen zu schließen. Als sie sich mit einem vor Selbstmitleid triefenden Stöhnen aufrichtete, schaute sie geradewegs ins das amüsierte Gesicht des Laborleiters.

»So schlimm?«, erkundigte er sich prompt mit einem anteilnehmenden Stirnrunzeln.

Erst wusste Louisa nicht, was sie sagen sollte. Dann gab sie sich einen Ruck und lachte gekünstelt. »Nein. Schon in Ordnung.« Ihr Blick erfasste rasch sein Gesamtbild. »Und Sie waren schwimmen?«

»Ja, genau. Ein paar Kilometer schwimme ich immer, wenn ich trainiere.«

Wenn ich trainiere? Was sollte das denn heißen? Planschte er sonst etwa im Spaßbecken herum?

»Oha! Gleich ein paar Kilometer?«, wiederholte sie anerkennend und kicherte leise: »Bei meinem Schwimmstil würde auch das nächst kleinere Längenmaß ausreichen.«

Inzwischen hatte Dr. Urdenbach die Tasche, die er lässig über die Schulter geworfen hatte, auf den Boden gestellt.

»Finde ich ja gut, dass Sie trotz Ihres kleinen Schwächeanfalls letztens weiter Sport treiben. Die meisten Frauen, die ich kenne, wären sofort zum Arzt gerannt und hätten sich krankschreiben lassen.«

Louisa rollte innerlich mit den Augen. Der Mann hatte ja seltsame Mimosen in seinem Bekanntenkreis!

»Ich wusste ja, dass es nur eine leichte Unterzuckerung war.« Die Erinnerung an seine umsichtige, liebevolle Betreuung während ihres kleinen Blackouts trieb ihr das Blut in die Wangen. »Außerdem hatte meine Mutter ihre eigene Art, mit dem Unwohlsein ihrer Kinder umzugehen. Wenn man statt eines tröstenden Wortes stets *Jetzt hab dich nicht so!* zu hören bekommt, gewöhnt man sich das Schwächeln ziemlich schnell ab.« Sein Gesicht drückte so tiefes Mitgefühl aus, dass sie sich gezwungen sah, sofort etwas Lockeres nachzuschieben. »Außerdem schadet Sport ja nicht, wie man es bei Ihnen sieht«, meinte sie und blinzelte ihn vergnügt an.

Zu ihrer Verwunderung färbte sich das Braun seines Gesichts etwas dunkler.

»Und er ist ein toller Ausgleich, wenn man Stress am Arbeitsplatz hat.« Als sie mit zusammengepressten Lippen nickte, aber nichts erwiderte, fuhr er umgehend fort: »Ich war übrigens sehr überrascht zu hören, dass die Idee mit der Fitness-Challenge in der Firma von Ihnen stammt. Ich hab gar nicht gewusst, dass man damit eine ganze Belegschaft motivieren kann, sich mehr zu bewegen. Herr Marlow rechnet Ihnen übrigens hoch an, dass Sie es geschafft haben, sogar seine Mutter zum Mitmachen zu überreden.«

Obwohl Louisa sich sehr geschmeichelt fühlte, versiegte ihre heitere Laune genauso schnell wie sie entstanden war. Einen Augenblick verfolgte sie durch die große Glasscheibe nachdenklich das Treiben in der Schwimmhalle, dann sah sie Dr. Urdenbach ernst in die Augen.

»Einfach war das nicht. Und überzeugt bin ich auch nicht, dass es die Wirkung erzielt, die er sich davon verspricht.«

»Wenigstens bewegt sie sich jetzt mehr. Das ist in ihrem Fall sehr wichtig.«

»Sie meinen, wegen ihres Alters?« Sie merkte an dem unruhigen Zucken in seinem Gesicht, dass er mit sich haderte, ihr den wahren Grund zu nennen.

»Eher, weil sie nicht ganz gesund ist und zudem viel herumsitzt und liest.« Er betrachtete eindringlich ihr Gesicht. »Das sollte aber unter uns bleiben«, hängte er rasch an und warb mit einem Lächeln um ihr Verständnis.

Louisa wusste, dass es unangebracht wäre, jetzt nachzuhaken. Also versuchte sie, die Situation durch Heiterkeit zu entspannen.

»Bei der Menge Bücher, die ich von der alten Dame zum Lesen aufgebrummt bekommen habe, wird mein Schrittzähler bestimmt bald einrosten.«

»Lassen Sie sich von ihr bloß nicht unter Druck setzen. Sie mag einem ja mit ihrem Büchertick ganz schön auf den Wecker gehen. Aber bei Blifrisk wurde noch nie jemand entlassen, nur weil er den Lesegeschmack der Seniorchefin nicht teilte. Über die Stellenbesetzung entscheidet immer noch ihr Sohn.«

Louisa versuchte krampfhaft, beim Nicken kein allzu verbittertes Gesicht zu machen. Genau darum ging es doch gerade! Sollte sie mit ihrer geheimen Mission, die alte Dame vom Firmengeschäft abzulenken, Schiffbruch erleiden, würde Frederic Marlow ganz schnell reagieren. Aber bestimmt nicht in der Weise, wie es Dr. Urdenbach gerade so besänftigend geschildert hatte. Mit Sicherheit sähe seine Entscheidung so aus, dass er sie umgehend durch eine zweckdienlichere Person ersetzen würde. Das war für sie so sicher wie das Amen in der Kirche. Einen Augenblick lang musterte sie das charmante Gesicht des Laborleiters. Wusste er nicht, dass ihre Beschäftigung an einem seidenen Faden hing? Er war doch der engste Vertraute von Frederic Marlow. Hatte er wirklich keinen Schimmer von dem eigentlichen Grund ihrer Anstellung?

Betty stand auf dem Gang der Privatstation und versuchte ihre Hand aus dem Schraubstock zu ziehen, mit dem sich der Patient gerade bei ihr verabschiedete.

»Frau Heiland, ich muss Ihnen sagen, Sie haben die Station prima im Griff. Ich habe mich hier wirklich wie im Hotel gefühlt.« Er schüttelte und schüttelte, bis er von seiner Frau mit einem säuerlichen Blick ausgebremst wurde. »Sie und ihre Mannschaft haben einem wirklich jeden Wunsch von den Augen abgelesen.«

Gerade das gefiel der übel gelaunten Gattin des Patienten am allerwenigsten.

»Ach, und ich tue das wohl nicht«, meinte sie kurz angebunden und wischte sich den Schweiß ab, der ihr bereits in einem kleinen Rinnsal in den Blusenkragen lief. »Wir müssen jetzt aber wirklich, Wolfgang. Die Parkuhr ist schon zehn Minuten drüber.« Mit der Sporttasche und dem Bademantel ihres Mannes unter dem Arm verfolgte sie missmutig, wie ihr Mann der Stationsleiterin etwas verdeckt einen Geldschein zusteckte. »Bitte, Schwester Betty. Für die Kaffeekasse.«

»Oh, danke. Das ist aber nett von Ihnen.« Beinahe hätte Betty ihm noch einmal die Hand gegeben. Doch dann flammte der dumpfe Schmerz in den Handknochen erneut auf, und so umklammerte sie mit beiden Händen die Dokumentenmappe und hielt sie wie einen römischen Schild vor ihre Brust. »Gute Besserung weiterhin, Herr Feyerabend. Und denken Sie daran, was der Chefarzt Ihnen empfohlen hat. Mindestens einmal am Tag eine halbe Stunde stramm mit der Fitnessuhr marschieren!«

Kaum war der Patient um die nächste Ecke des Gangs verschwunden, stand Dr. Wessel neben Betty und grinste.

»Na, sind Sie nun zufrieden? Ab jetzt kein Feyerabend mehr!«

»Ha, ha, ha! Wüsste nicht, was an der Realität so lustig ist.« Die Stationsleiterin rieb sich mit genervtem Blick die immer noch pochende rechte Hand.

Dr. Wessel lachte schallend über ihren trockenen Humor. Gleich darauf sah er auf die Uhr und begann umgehend, die Knöpfe an seinem Kittel aufzuknöpfen.

»Apropos Feierabend. Ich bin jetzt auch weg. Vielleicht könnten Sie noch schnell bei dem Frischoperierten auf Zimmer siebenundzwanzig vorbeischauen. Der hat wohl beim Umdrehen versehentlich an seinem Venenzugang gezogen und ein kleines Gemetzel angerichtet.«

Betty schnaubte erbost.

»Ich werde es nie verstehen, wie es die Patienten immer schaffen, an dem Zugang, der einem förmlich ins Gesicht springt, aus Versehen herumzuzerren?« Wenn ihr Chef von einem Gemetzel sprach, bedeutete es, dass sich ihr Dienstende um mindestens zwanzig Minuten verschob, weil der Venenzugang neu verpflastert und das Bett komplett neu bezogen werden musste. Nachdem der Chefarzt außer Hörweite war, meckerte sie über den menschenleeren Flur: »Feierabend! Dass ich nicht lache! Wer den erfunden hat, gehört an die höchste Buche des Schlossparks aufgeknüpft! Und der Wessi gleich daneben.«

Bevor sie zu dem Zimmer aufbrach, in dem das Blutbad auf sie wartete, schnappte sie sich den Versorgungswagen aus dem Dienstzimmer und kurvte mit ihm schwungvoll um die Ecke auf den Flur hinaus. Beinahe hätte sie dabei eine Frau angerempelt, die sich wegen ihrer hohen Absätze nur mit Mühe in Sicherheit bringen konnte.

»Hoppla, Entschuldigung«, entfuhr es Betty, die den Wagen so abrupt zum Stehen brachte, dass die Flasche mit der Wunddesinfektion zu Boden fiel. Da die junge Frau keine Anstalten machte, sich danach zu bücken, mühte sich Betty zum Boden hinab und hob sie auf.

»Ich war mir nicht sicher, ob Fremde diese Sachen überhaupt anfassen dürfen, wegen der Keime und so«, gab sie zur Entschuldigung an.

Doch Betty vermutete eher, dass sie Angst um ihren engen Minirock hatte. Ohne Schaden zu nehmen hätten die Nähte das Hinunterbeugen niemals überstanden.

»Kein Problem«, meinte sie mit einer wegwerfenden Handbewegung und erkundigte sich gleich darauf, zu welchem Patienten die Besucherin denn wolle.

»Eigentlich suche ich meinen Vater«, erwiderte die auffällig zurechtgemachte Frau. »In seinem Zimmer ist er aber nicht.« Dabei blickte sie an Betty vorbei den Gang entlang.

»Möglicherweise ist er noch bei der Physiotherapie, oder er besorgt sich eine Zeitschrift unten am Kiosk. Wenn Sie mir sagen, wie er heißt, kann ich Ihnen vielleicht helfen«, bot sie nun schon leicht ungeduldig an. Für umständliche Wer-bin-ich-Spielchen hatte sie gerade absolut keine Nerven.

Als die Frau mit der blonden Lockenpracht sie dann auch noch anstarrte, als ob sie von einem Blinden gesprochen hätte, der gerade etwas zum Lesen einkaufte, war ihre Geduld gänzlich am Ende. Gerade wollte Betty Luft holen, um etwas bestimmter zu werden, da hörte sie aus dem knallrot umrandeten Mund den Namen ihres Chefs.

»Wie jetzt? Sie sind Herrn Dr. Wessels …?«

»... Tochter Doreen, genau. Vielleicht hätten Sie jetzt die Güte, mir zu sagen, wo ich ihn finde.«

Dieses An-ihr-Vorbeigucken, gepaart mit dem arroganten Mundwinkelhochziehen konnte Betty schon gar nicht leiden! Wenn sich hin und wieder eine Pflegeschülerin zu dieser herablassenden Art des sozialen Umgangs hinreißen ließ, wusste sie, wie sie erzieherisch reagieren musste. Doch in diesem speziellen Fall schied ihre bewährte Methode, in der Abgeschiedenheit des Medikamentenzimmers die Schränke von oben bis unten säubern zu lassen, aus. Stattdessen setzte sie all ihre Kraft ein, um gegen den Wunsch anzukämpfen, dem liebreizenden Töchterlein ihres Vorgesetzten ordentlich die Meinung zu sagen. Zum Glück besaß sie eine Menge davon.

»Es tut mir leid, aber Ihr Vater hat sich vor ein paar Minuten von mir verabschiedet. Allerdings ist er noch mal kurz ins Untersuchungszimmer gegangen. Vielleicht ist er da ja noch.« Sie zeigte zu der Tür, die sich hinter der langgezogenen Glasfront des Dienstzimmers befand.

Kaum hatte sich Doreen bei Betty ohne das kleinste Anzeichen eines Lächelns bedankt, ging die besagte Tür auf, und ihr Vater erschien auf dem Flur, diesmal in legerer Freizeitgarderobe. Als er seine Tochter erblickte, stutzte er erfreut und ging ihr zur Begrüßung entgegen.

»Hallo, Doreen. Was gibt's?« Der einen Kopf kleinere Mann

musste sich ordentlich recken, um die üblichen Küsschen rechts und links an die richtige Stelle zu setzen.

»Hi, Papa.« Bevor sie fortfuhr, vergewisserte sie sich, ob Betty noch in der Nähe war. Da die Stationsleiterin gerade frisches Bettzeug aus dem Flurschrank nahm, bat Doreen mit wichtigem Gesichtsausdruck: »Hast du mal grad eine Minute für mich?« Sie deutete nach hinten. »Unter vier Augen?«

Obwohl der Chefarzt mit der Andeutung seiner Tochter nicht viel anzufangen wusste, nickte er ergeben und öffnete die Tür zum Untersuchungszimmer. Mit neugierigem Blick verfolgte er, wie sie die Tür schloss und sich dann auf die Kante der Liege setzte.

»Hast du bei Blifrisk ein Wundermittel gegen Liebeskummer entwickelt, oder warum machst du es so geheimnisvoll?«

Sie schüttelte heftig ihre Locken.

»Ach, Papa! Du weißt doch genau, woran ich arbeite. Das ist aber nicht der Grund, weshalb ich hier bin.«

Dr. Wessel, der mit überkreuzten Beinen am Schreibtisch lehnte, sah sie fragend an.

»Und warum dann?«

Doreen schnaufte laut.

»Es geht um ein Firmenprojekt, bei dem ich mithelfe«, druckste sie.

»Ach, du meinst sicher diese Fitness-Geschichte mit den Schrittzählern.«

Doreens Augen verengten sich zu schmalen Schlitzen.

»Woher weißt du das denn? Papa, du hast hoffentlich nicht jemanden aus der Firma als Spitzel auf mich angesetzt?«

Ihr Vater schüttelte nervös lachend den Kopf.

»Ach, i wo. Letztens war nur jemand zur Untersuchung bei mir, der ebenfalls dort arbeitet, und der hat mir davon erzählt.«

»Und wer war das?«, hakte Doreen sofort misstrauisch nach.

Er zuckte entschuldigend mit den Schultern.

»Sei mir nicht böse, aber das darf ich dir nun mal nicht verraten. Du weißt schon, das Arztgeheimnis.«

»Hm!«, brummte sie. »Immer dieses Getue um den Datenschutz! In den meisten Unternehmen ist der doch sowieso eine Farce. Auch hier in deiner Klinik.« Im nächsten Augenblick tauschte sie ihren grimmigen Gesichtsausdruck gegen ein gewinnendes Lächeln ein. »Papa, wir sind doch hier unter uns. Von mir erfährt niemand was über diese Person. Hast du mit dem etwa auch über mich gesprochen?« Die zarte Haut auf ihrer Stirn schlug plötzlich bedrohliche Falten.

Dr. Wessel wand sich wie ein Aal auf dem Trockenen.

»Nein, dazu hatte ich gar keine Zeit. Ich habe nur kurz erwähnt, dass ich eine Tochter habe, die dort ihre Masterarbeit anfertigt. Mehr auch nicht«, meinte er mit belegter Stimme und vergewisserte sich mit einem kurzen prüfenden Blick, ob ihr seine kleine Flunkerei verborgen geblieben war.

»Na, ist ja auch egal. Die Sache, wegen der ich hier bin, hat auch mehr mit dir und der Schlossklinik zu tun.«

Er hob erwartungsvoll die Brauen.

»So? Jetzt machst du mich aber neugierig. Du gehst doch hoffentlich nicht davon aus, dass du dein neu entwickeltes Mittel an meinen Patienten ausprobieren darfst?«

»Nein, nein, ganz was anderes. Das, worum ich dich bitten möchte, hat eher etwas mit kultureller Bildung zu tun.«

Der Chefarzt musterte seine Tochter verblüfft. Nie zuvor hatte sie sich mit diesem Gebiet beschäftigt. Die Erkenntnis, dass sie auf dem besten Wege war, erwachsen zu werden, rührte sein Herz.

»Oh, das freut mich zu hören. Was kann ich denn in dieser Richtung für dich tun?«

»Ihr hattet doch im letzten Jahr noch diese *Grüne Dame* auf der Station. Du weißt schon, die, die mit dem Bücherwagen über die Stationen gefahren ist und den Patienten Leseempfehlungen gegeben hat.«

»Ja, das war doch die nette Frau Binnebesel. Eine wirklich liebe und umgängliche Person, die bei unseren Patienten sehr beliebt und geschätzt war«, beschrieb er die Ehrenamtlerin mit einem schwärmerischen Blick in die Ferne. »Aber die musste ja bedauerlicherweise im vergangenen Winter aufhören, weil sie das viel Stehen und Laufen nicht mehr vertragen hat. Soviel ich weiß, hat sie kurz darauf in der Chirurgischen ein neues Hüftgelenk bekommen.«

»Genau.« Doreen legte ihre ganz Hoffnung in das Strahlen, das sie ihrem Vater nun schenkte. »Ich kenne da jemanden, der wie geschaffen ist, diese Aufgabe zu übernehmen. Eine sehr gebildete ältere Dame mit einem großen Herz für Bücher. Sie kommt aus einer vornehmen Familie, die seit Generationen eine eigene Bibliothek besitzt. Dadurch kennt sie sich mit den Klassikern sämtlicher Länder bestens aus. Außerdem hat sie ein Händchen dafür, andere von Büchern zu begeistern und sie zum Lesen zu animieren.«

Dr. Wessel brummte skeptisch.

»Und wer soll das sein?«

Doreen streckte ihren Rücken durch.

»Frau Marlow. Das ist die Seniorchefin unserer Firma. Sie ist seit vier Jahren Witwe und eine sehr interessante Frau, finde ich. Vielleicht kennst du sie ja.« Mit erwartungsvoll geweiteten Augen beobachtete sie ihren Vater.

»Du meinst Eleonore Fahrwasser?« Von Wort zu Wort wurde seine Stimme erregter. »Mit Elli bin ich zur Schule gegangen. Sie war damals schon eine absolute Streberin. Später hat sie dann diesen aufgeblasenen Herbert Marlow geheiratet, den Firmenbesitzer von Blifrisk.« Zu Doreens Ernüchterung machte er den Eindruck, als ob ihm diese Frau außerordentlich zuwider sei. Doch seltsamerweise verflog seine Abneigung sofort wieder. »Wie geht es Eleonore denn? Kommst du gut mit ihr zurecht? Das ist ja schlimm, dass Herbert schon tot ist«, sagte er nun eher mitfühlend als ablehnend.

»Klar komme ich mit ihr zurecht«, log Doreen und spitzte ihre prallen Lippen zu einem wohlmeinenden Nicken. »Sie ist ja eine sehr nette und außergewöhnliche Frau. Und mit ihren Literaturkenntnissen kann sie es mit jedem Germanistikprofessor aufnehmen, glaube ich.«

Das Gesicht des Chefarztes erhellte sich nun immer mehr.

»Na ja, ist das nicht ein bisschen übertrieben? Außerdem kann ich mich erinnern, dass Elli damals ein ziemlich herablassendes Verhalten an den Tag gelegt hat. Dann muss sie sich ja ziemlich geändert haben.« Mit einem Mal sah er an Doreen vorbei aus dem Fenster und schmunzelte. »Aber ausgesehen hat sie damals wundervoll. Sie war die einzige in unserer Klasse, die sich anmutig zu bewegen wusste und immer hübsch zurecht gemacht war. Eine wirklich aparte junge Frau war sie damals.«

Bingo! Doreen strahlte über das ganze Gesicht, denn an der Reaktion ihres Vaters konnte sie ablesen, dass sie ihrem Ziel ein gewaltiges Stück näher gekommen war. Der nächste Schritt würde jetzt nur noch ein Kinderspiel sein.

»Was hältst du davon, wenn du sie einfach anrufst und fragst, ob sie bereit wäre, diese ehrenvolle Aufgabe mit dem Bücherwagen zu übernehmen?« Sofort begann sie, in ihrer Handtasche nach der Nummer der Seniorchefin zu suchen. Die hatte sie zum Glück kurz vorher aus dem Intranet herausgesucht. Den Zettel mit der Durchwahl händigte sie ihrem Vater kurz darauf mit einem aufmunternden Nicken aus. »Ich wette, sie freut sich riesig, dich wiederzusehen. Vor allem, wenn du ihr dieses tolle Angebot machst.« Doreen rieb sich in Gedanken die Hände. Wenn ihr Vater jetzt einwilligte, hatte sie endlich den entscheidenden Trumpf in der Hand, um Frederic Marlow zu beeindrucken.

Dr. Wessel betrachtete nachdenklich die Nummer auf dem Zettel. Dann sah er mit zweifelndem Blick zu seiner Tochter.

»Ich weiß nicht, ob das so gut ist. Die Idee mit dem Bücherwagen ist ja wirklich nicht schlecht, aber ob Elli die Richtige dafür ist …?« Mit einem Mal verlor sich sein gedankenversunkenes Grübeln und er warf Doreen einen prüfenden Blick zu. »Seit wann setzt du dich eigentlich so für das Wohl anderer Menschen ein? Gibt es da vielleicht noch etwas, das ich wissen sollte?«, fragte er plötzlich wie ein Vater, der seinem Fußball spielenden Sprössling die Beichte über eine zerbrochene Fensterscheibe entlocken will.

Einen knisternden Moment lang herrschte Stille. Als er ihr

dann mit einem abwehrenden Kopfschütteln den Zettel zurückgeben wollte, sah sie sich gezwungen, ein weiteres Register zu ziehen.

»Papa, da ist noch etwas. Wenn du Frau Marlow diese Gefälligkeit erweist, hätte ich vielleicht die Chance, von unserem Chef, also ihrem Sohn Frederic, eine großzügige finanzielle Unterstützung für meine Masterarbeit zu bekommen.« Mit einem angespannten Funkeln in den Augen gierte sie nach seinem Einverständnis.

Der Chefarzt zog erst die Stirn kraus und überlegte einige Sekunden. Dann presste er die Lippen zusammen und nickte. Erst unmerklich langsam, dann immer überzeugter.

»Na ja, okay. Dann will ich mal nicht so sein, mein Schatz. Wenn du meinst, dass sie sich über die Aufgabe mit dem Bücherwagen freuen würde, dann sollte ich es vielleicht mit ihr versuchen.«

Doreen polterte eine ganze Steinhalde vom Herzen. Sie sprang von der Liege und flog ihrem Vater jubelnd um den Hals.

»Ich wusste doch, dass du der Karriere deiner Tochter keine Steine in den Weg legst. Und außerdem ist Frau Marlow bestimmt eine Bereicherung für die Klinik und vor allem für deine Patienten.«

Ein klein wenig überrumpelt fühlte sich Dr. Wessel schon. Aber der Gedanke, eine ehemalige Freundin wiederzusehen, die ihm zu Schulzeiten kaum aus dem Kopf gegangen war, hatte etwas Aufregendes, ja geradezu Prickelndes. Und froh war er außerdem, denn so wie es schien, machte seine Tochter einen recht ordentlichen Eindruck bei Blifrisk. Nach allem, was er mit ihr durchgemacht hatte, würde er den Teufel tun, ihr durch irgendwelche Animositäten die Zukunft zu verbauen.

Über das Kantinenessen war die Meinung der Blifrisk-Belegschaft seit jeher zweigeteilt. Die einen hielten es für fade und wenig gehaltvoll und brachten stattdessen ihr eigenes Essen mit, oder sie trafen sich zu Currywurst mit Pommes beim Wurst-Maxe um die Ecke. Die aus dem anderen Lager polterten dagegen großspurig, man solle mal die Kirche im Dorf lassen. Ein Mittelständler sei kein Sterne-Restaurant und an der Salatbar sei ja wohl nichts auszusetzen. Immerhin gebe es da den leckersten Kartoffelsalat überhaupt. Zweimal im Monat jedoch, wenn es am späten Vormittag überall in der Firma nach Reibekuchen mit Apfelkompott roch, waren sich alle einig und die Kantine bis auf den letzten Platz besetzt.

Auch Edith und Louisa freuten sich schon den ganzen Vormittag lang auf ihre Portion. Pünktlich um eins ergatterten sie gerade noch den letzten Tisch am Fenster und ließen sich mit einem genussvollen Seufzen auf ihren Stühlen nieder.

Kurz darauf erschien Doreen mit einem Teller Blattsalat ohne Soße und setzte sich zu ihnen. Auf ihrem Gesicht stand in großen Buchstaben: Igitt! Wie kann man nur dieses fetttriefende und nach Zwiebeln stinkende Kartoffelzeug essen!

Louisa warf Edith einen vielsagenden Blick zu und verteilte einen Teelöffel Zucker auf ihren Reibekuchen.

»Wisst Ihr eigentlich, dass Fett und Zucker im Gehirn wie Rauschgift wirken? Sie regen das Belohnungszentrum an, Serotonin auszuschütten.«

»Ja, und?«, fragte Edith und kaute genüsslich an ihrem ersten Bissen. »Serotonin ist doch klasse. Kann man nie genug von bekommen, oder bist du da anderer Meinung?«

Doreen ließ die Gabel mit dem zusammengefalteten Salatblatt sinken.

»Es ist wissenschaftlich erwiesen, dass man bei gesteigertem Genuss dieser Substanzen abhängig wird.« Ihr überlegenes Lächeln wich nicht einmal, als sie das Salatblatt im Mund hatte. »Das heißt, man braucht das Zeug dann ständig. Und wie man sieht, in immer größeren Mengen.«

Edith nickte hektisch und kratzte den Rest Kompott auf ihrem Teller zusammen.

»Genau deshalb braucht der Junkie in mir jetzt auch Nachschub. Mit Entzugssymptomen kann man schließlich schlecht arbeiten.« Und schon war sie mit einem breiten Grinsen im Gesicht unterwegs zur Essensausgabe.

Louisa, die ihr Lachen nicht mehr zurückhalten konnte, tat so, als habe sie sich verschluckt und hustete mehrmals kräftig durch.

»Wenn ich sehe, was du so isst, Doreen, würde ich mich vor schlechter Laune kaum noch vor die Tür wagen.«

Das war genau die Bestätigung, auf die die Studentin gewartet hatte.

»Daran siehst du genau, wie weit du dich durch dein falsches Essverhalten schon konditioniert hast. Allein der Gedanke, auf diese ungesunden Energieträger verzichten zu müssen, ist dir schon unangenehm.«

Sollte das jetzt die ganze Mittagspause so weitergehen, dass sie ihnen den Genuss an den himmlischen Reibekuchen madig machte? Mühsam unterdrückte Louisa den Drang, ihr einen anderen Tisch zu empfehlen.

»Beim Walken heute Abend mache ich eben ein paar Schritte mehr. Dann ist mein Belohnungszentrum wieder im Tritt.« Beim Blick auf Doreens linkes Handgelenk stutzte sie allerdings. »Wo hast du denn das noble Armband gelassen, das du letztens an deinem Fitness-Tracker hattest? Schon kaputt?« Verwundert registrierte sie, wie die Studentin kaum sichtbar zuckte und auf ihrer dunkelrot bemalten Unterlippe kaute. Irgendetwas stimmte doch da nicht! Doch weiter konnte Louisa der Sache nicht auf den Grund gehen, denn Edith kam an den Tisch zurück und stellte ihren Teller mit der zweiten Portion Reibekuchen ab. Ohne zu zögern und mit einem schadenfrohen Zug um den Mund begann sie, Zucker und Apfelkompott auf die knusprigen Fladen zu verteilen.

Doreen zog mit gelangweilter Miene einen Mundwinkel hoch.

»Manchen ist eben nicht zu helfen«, begründete sie ihr Aufgeben. Während sie in ihrem Salat herumstocherte, verfolgte sie schweigend das Gespräch der beiden anderen.

»Ich bin ja echt gespannt, ob sich Frau Marlow ab jetzt wirklich mit dem Fitnessarmband abgibt«, meinte Louisa mit zweifelnder Miene zu Edith. Noch am Tag zuvor hatte sie den beiden beim Mittagessen freudestrahlend verkündet, dass sie die Seniorchefin überreden konnte, sich ebenfalls an der Fitness-Challenge zu beteiligen. »Hoffentlich wirft sie ihr Band nicht gleich wieder in die Ecke, wenn sie merkt, wie schwer es ist, ein paar tausend Schritte am Tag zu schaffen.«

Edith fiel sofort der verzweifelte Unterton in ihrer Stimme auf, als sie die Befürchtung äußerte.

»Das wäre wirklich blöd. Für unseren Chef und vor allem für dich.«

Louisa nickte nachdenklich.

»Tja, wer weiß, was dann wird, wenn meine Aktion das eigentliche Ziel zu hundert Prozent verfehlt.«

»Du meinst, wenn die Seniorchefin nicht ausreichend abgelenkt wird und ihrem Sohn immer noch ständig über die Schulter guckt und in alle Entscheidungen reinredet?«

Wieder nickte Louisa, diesmal mit verächtlich zusammengepressten Lippen.

»An die möglichen Konsequenzen darf ich gar nicht denken. Immerhin hat er mir die ehrenvolle Aufgabe übertragen, Abstand zwischen seine Mutter und die Firma zu bringen. Das Schlimme ist, er rechnet voll damit, dass es funktioniert.«

Im Gegensatz zu Doreen konnte sich Edith genau ausmalen, wie sich Louisa in diesem Moment fühlte. »Komm! Das klappt schon. Doreen und ich können ja auch ein bisschen darauf einwirken, dass sie am Ball bleibt.«

»Wie willst du das denn schaffen?«, hakte die Studentin kritisch nach. »Alte Leute sind doch oft stur und uneinsichtig wie Kinder.«

»Das stimmt«, erwiderte Edith. »Aber wenn es um Leistung geht, ticken sie genau wie mein Isländer. Für ein bisschen Lob würde der sogar rückwärts galoppieren. Wir sagen Frau Marlow halt immer mal wieder, wie toll wir es finden, dass sie so sportlich ist und uns allen mit gutem Beispiel vorangeht. Dann sollt Ihr mal sehen, mit welchem Ehrgeiz die weiter ihre Schritte zählt.«

Ein spöttisches Flackern huschte über Doreens Gesicht.

»Ihr haltet die alte Frau wohl für blöd. Die durchschaut das Spielchen doch sofort.« Mit einem Mal streckte sie ihren schmalen Rücken und blitzte die beiden Frauen triumphierend an. »Ich habe da übrigens einen viel effizienteren Plan ausgeknobelt, um sie aus der Firma zu locken«, gab sie mit einem geheimnisvollen Unterton bekannt. »Spätestes übermorgen werdet Ihr erfahren, ob es klappt.«

Louisa sah Edith verunsichert von der Seite her an. Hatte sie es nicht schon befürchtet, dass Doreen die Sache als Wettkampf um die Gunst des Chefs auffasste? Eigentlich völlig verständlich, sagte sie sich im Stillen. Auch die Studentin war auf sein Wohlwollen angewiesen. Das hatte Dr. Urdenbach ihr doch letztens erst bei dem überraschenden Zusammentreffen vor dem Hallenbad anvertraut. Wenn es Doreen fertig brächte, den Firmenchef vom Einfluss seiner Mutter zu befreien, würde er ihr den finanziellen Zuschuss für ihre Masterarbeit mit Kusshand bewilligen. Aber wieso hatte die Tochter eines Chefarztes eigentlich finanzielle Probleme? Louisa konnte sich keinen Reim darauf machen. Außerdem versetzte sie der Gedanke, Doreen könne vielleicht noch etwas anderes als Geld von Frederic Marlow wollen, in Unruhe. Noch vor einer Woche hätte ihr das nichts ausgemacht. Doch mittlerweile hatte sie das Gefühl, dass der Firmenchef in ihr mehr sah als die Frau, die ihm beruflich assistierte.

»Wenn man über die richtige Menge Vitamin B verfügt, ist das wahrscheinlich nicht schwer«, konterte sie und schob resigniert das letzte Stück Reibekuchen auf ihre Gabel.

Doreen grinste frech.

»Tja, in diesem Fall sind Vitamine schon ganz nützlich. Aber diesen ganzen Nahrungsergänzungs-Scheiß braucht doch in Wirklichkeit niemand. Wenn Blifrisk da mal nicht auf ein lahmes Pferd gesetzt hat. Sobald ich mit meiner Masterarbeit hier fertig bin, werde ich mich jedenfalls nicht mehr mit diesem fruchtlosen Zeug beschäftigen.«

Damit hatte sie wieder einmal Ediths Hauptarbeitsnerv getroffen.

»Ich verstehe nicht, warum du dann ausgerechnet hierhin

wolltest. Du hättest doch gleich bei Bayer Pharma anheuern und dein exorbitantes Fachwissen bei der Weiterentwicklung des berühmten Cholesterinsenkers einbringen können. Das hätte ja erheblich mehr Sinn ergeben, als hier an einem Nahrungszusatz zu tüfteln, den deiner Meinung nach eh keiner braucht.«

Doreen musterte sie mit einem kämpferischen Flackern in den Augen. Da sie auf Ediths Argument nichts zu entgegen wusste, nahm sie den vorherigen Gedanken auf.

»Auch das Wundermittel von Bayer gegen zu hohe Cholesterinwerte wäre völlig überflüssig, wenn sich die Menschen vernünftig ernähren würden. Doch da hat die Pharmaindustrie ja seit jeher ihr Geheimrezept, um den Medikamentenabsatz auf Jahrzehnte zu sichern. Die sorgen einfach dafür, dass der Grenzwert runtergesetzt wird.«

Louisa brummte leise. Da war es also wieder, das Lieblingsthema der beiden Streithähne! Einmal wollte sie es noch versuchen, dem studentischen Neunmalklug den Wind aus den Segeln zu nehmen.

»So wie es mir Dr. Urdenbach erzählt hat, gibt es ziemlich viele Stoffwechselerkrankungen, bei denen die Erkrankten auf die Ergänzungsmittel von Blifrisk angewiesen sind. Für sie sind diese Zusatzstoffe lebensnotwenig.«

»Klar!« Doreen lachte süffisant. »So etwas muss er doch auch erzählen. Der wäre ja schön dumm, sich selbst das Wasser abzugraben. Aber für uns gesunde Normalos ist das Zeug doch wirklich überflüssig. Mich kann man von diesem Vitamin-Gedöns jedenfalls nicht überzeugen. Nur weil Dr. Urdenbach so wahnsinnig smart aussieht«, sie warf Louisa einen vielsagenden Blick zu, »und er der Big Boss des Labors ist, muss er ja noch lange nicht recht haben.«

Edith nickte gelangweilt. Für sie war klar, woher Doreens Abneigung gegen Dr. Urdenbach rührte. Von Anfang an hatte er sie spüren lassen, dass er ziemlich wenig von ihr hielt, und das besänftigte den mächtigen Zorn in ihr, der sich seit dem Beginn des gemeinsamen Essens aufgestaut hatte.

Da sie Louisa in der ersten Arbeitswoche bereits von dem angespannten Verhältnis erzählt hatte, wusste auch sie die anmaßenden Äußerungen der Studentin einzuordnen. Dazu kam noch, dass sie durch das private Gespräch mit Doreens Vater bei der Tauchtauglichkeitsuntersuchung vorgewarnt war.

»Mich wundert es sowieso, wie leichtgläubig ihr seid«, fuhr Doreen mit ihrer Hetzkampagne fort. »Wie könnt Ihr nur auf diese simplen Marketingtricks reinfallen? Es ist doch reine Verkaufspolitik zu behaupten, ohne Ergänzungsmittel würde es jedem Menschen irgendwann schlecht gehen.«

»Du musst es ja wissen«, meinte Edith schnippisch. »Studiert ist schließlich studiert!« Noch mehr von dem impertinenten Geschwafel konnte sie sich nicht anhören. Mit einem Ruck schnellte sie in die Höhe, schnappte ihr Tablett und machte sich mit einem eisigen Gesichtsausdruck auf den Weg zur Geschirrannahme.

Als Doreen merkte, dass Louisa ebenfalls den Tisch verlassen wollte, lehnte sie sich mit einem verschwörerischen Blick zu ihr über den Tisch und flüsterte: »Möglicherweise kann ich Euch schon in den nächsten Tagen beweisen, was für ein Humbug die komplette Blifrisk-Produktpalette ist.«

Louisa sah sie misstrauisch an.

»Wie willst du das denn machen?« Schon der Ansatz ihrer Beweisführung mutete alles andere als legal an.

Das Grinsen auf Doreens Gesicht wich einem wichtigtuerischen Nicken.

»Lass dich überraschen.«

Wie gewohnt liefen Betty und Louisa den ersten Kilometer ihres Laufpensums durch den Schlosspark ohne viel zu reden. Erst als sie ihren Rhythmus gefunden hatten und einigermaßen gleichmäßig atmen konnten, begannen sie, sich gegenseitig von ihren herausragenden Tagesereignissen zu berichten. Dabei konnte es passieren, dass sie mit Zeitgenossen, die ihnen Ärger bereitet hatten, nicht lange fackelten. Auch an diesem Tag baumelte bereits einer von Bettys Krampfaderpatienten an einer

Mullbinde am höchsten Ast der Schlosskastanie. Louisa hingegen hatte Doreen bis auf den blondgelockten Teil ihres Kopfes zwischen die gelben Stiefmütterchen gepflanzt und ausgiebig gewässert. Den ärgsten Fall lieferte allerdings Betty. Mit ihrem Übeltäter war sie erst durch, nachdem sie ihn mit Handschellen an den kleinen Zeiger der Schlossuhr befestigt hatte. Ein Sekundenzeiger wäre ihr lieber gewesen, aber den gab es leider nicht.

Louisa sah sie nach dieser Strafmaßnahme eher amüsiert als mitfühlend an. »Und du meinst wirklich, dass Robin so eine harte Strafe verdient, obwohl er nur einen Tag die Schule geschwänzt hat? Die Computerspiele-Messe ist doch nur einmal im Jahr.«

Betty verstand nicht, warum ihre Freundin das immer noch nicht kapierte. Hatte sie ihr das Dilemma mit Robin denn auf Chinesisch geschildert?

»Verstehst du denn nicht? Nach den Sommerferien geht es aufs Abitur zu, und bis jetzt fehlen ihm immer noch ein paar Punkte für die Zulassung. Weißt du, was mein fauler Herr Sohn zu diesem Thema meint?«

Bettys verhärmter Gesichtsausdruck ließ Louisa kurz erschaudern. Dennoch lächelte sie, als sie sie Kopf schüttelnd ansah. Sie wusste genau, dass sich der Siebzehnjährige gern cool und lässig gab. Aber nachlässig war er auf keinen Fall. Schon gar nicht, wenn es um seine Zukunft ging. Immerhin war sein höchstes Ziel, einmal an einem Forschungsprojekt im kalifornischen Silicon Valley mitzuarbeiten.

»Ich möge doch ganz gechillt bleiben. Die paar Pünktchen seien doch Peanuts für ihn.« Mit betont geheuchelter Überzeugung fuhr sie fort: »Tausendmal wichtiger ist doch, dass die Schule einen fetzigen Online-Auftritt bekommt und die Partys zur Finanzierung der Abschlussfeier organisiert werden. Mensch, der sollte sich auf seinen Po setzen und büffeln und sich bis zu den Sommerferien nicht mehr erheben, sonst findet die Abschlussfeier nämlich ohne ihn statt!«

Louisa gab ein kicherndes Grunzen von sich.

»Hab doch einfach Vertrauen zu ihm! Der macht das schon«,

versuchte sie, ihre Freundin zu beruhigen. Als sie abermals an den Körperteil dachte, den Betty in ihrem letzten Satz erwähnt hatte, spürte sie ein seltsames Kribbeln. Da war doch was! Ja, richtig, der überraschend nette Anblick in der Männerumkleide der Tauchschule!

»Apropos Po!«, sagte sie und kicherte erneut wegen der lustigen Silbenwiederholung. »Du kannst dir nicht vorstellen, wen ich vor ein paar Tagen gesehen habe!«

Bettys schmächtige Schultern zuckten ein paar Mal nach oben.

»Den interessanten Typ von der Darmspiegelung letztens.«

Die schmale Krankenhausangestellte wusste mit dieser Antwort nichts anzufangen. In den vergangenen zwei Wochen hatte sie mindestens fünfzehn unterschiedliche Gesäßvarianten zu Gesicht bekommen, und es war weiß Gott keiner dabei, der sie vom Hocker gerissen hätte. Ganz im Gegenteil.

»Na, der kernige, braungebrannte, von dem du so geschwärmt hast«, half ihr Louisa auf die Sprünge. »Der mit der komischen Narbe auf der linken Hälfte.«

Dieser Hinweis ließ Bettys Augen blitzartig aufleuchten.

»Nein, nicht möglich!« Beim nächsten Gedanken wäre sie beinahe gestolpert. »Wenn du seinen Po gesehen hast, dann muss er doch nackt gewesen sein. Aber normal gestrickte Männer rennen meines Wissens nicht nackt durch die Gegend. Oder treibst du dich neuerdings in der Stripperszene herum?«

»Quatsch!«, erwiderte Louisa. »Er ist mir aus Versehen in der Männerumkleide der Tauchschule begegnet.«

Betty nickte wohlwollend.

»Ja, klar. Da zieht sich Frau ja auch üblicherweise um.« Sie warf ihr einen besorgten Blick zu. »Hast du es schon so nötig?«

Louisa rollte mit den Augen.

»Mensch, es war ein Irrtum! Ich dachte doch, es sei die Frauenumkleide. Weil ich niemanden fand, den ich nach dem Kursraum fragen konnte, bin ich bis vor zur Dusche gegangen. Und da war er eben, dieser besagte Po.«

Betty prustete.

»Da hab ich aber mehr gesehen, und ich kann dir sagen … hui, jui, jui!« Sie schüttelte ihre rechte Hand mit einem vielsagenden Blick zu Louisa aus. »Und? Hast du mit dem Adonis gesprochen?«

Völlig empört hob Louisa ihre Hände.

»Wie stellst du dir das denn vor? Hätte ich ihn unter der Dusche fragen sollen, ob er der tolle Typ sei, der letztens nackt vor meiner Freundin lag, als sein Darm gespiegelt wurde?« Nach einigen verstärkten Atemzügen ergänzte sie fast ein wenig betrübt: »Ich glaube, er hat gar nicht mitbekommen, dass ich hinter ihm stand. Und herauskommen sehen habe ich ihn auch nicht, weil kurz darauf der Tauchunterricht anfing.«

»Schade, dass ich mit Wassersport so wenig anfangen kann«, jammerte Betty. »Na ja, immerhin wissen wir jetzt, dass er zu den Leuten aus der Tauchschule gehört.«

Nach einer etwas längeren Pause meinte Louisa bedauernd: »Dabei wird es wohl auch bleiben. Wie soll ich denn herausfinden, zu welchem Taucher der Po mit der Narbe gehört?«

»Ja. Zu dumm aber auch«, bestätigte Betty mit einem schmerzlichen Zug um den Mund.

Kapitel 8

Erst wollte Louisa dem Gerücht, das seit den frühen Morgenstunden in der Firma die Runde machte, keine Beachtung schenken. Als sie allerdings von mehreren Personen aus unterschiedlichen Abteilungen dieselbe Information bekam, wurde sie neugieriger. Sollte es wirklich stimmen, dass die Seniorchefin ihren Abschied nahm? War sie vielleicht kränker, als sie nach außen hin wirkte? Gleich darauf ging ihr noch eine viel schlimmere Befürchtung durch den Kopf. Hatte sie der alten Dame mit dem Vorschlag, an der Fitness-Challenge teilzunehmen, zu viel zugemutet? Augenblicklich spürte Louisa, wie sich ihr Magen zusammenschnürte. Nie und nimmer hätte sie sich darauf einlassen sollen, Frau Marlow zum Mitmachen zu animieren. Sollte es der Seniorin wirklich schlecht gehen, lag nichts näher, als die Schuld dem Urheber der Aktion in die Schuhe zu schieben. Ob sie es wollte oder nicht, den Floh mit dem kollektiven Hecheln nach immer mehr Schritten hatte sie dem Firmenchef in den Pelz gesetzt.

Während sie sich in ihrem Büro um Terminabsprachen mit neuen Kunden kümmerte, war Frederic Marlow auf dem Weg zum Büro seiner Mutter. Auch er hatte bereits Wortfetzen aufgeschnappt, in denen die Rede davon war, dass sie die Firma verlassen wollte. Doch davon ließ er sich nicht aus der Ruhe bringen. Zu oft schon hatte er gebangt und gehofft, um dann resigniert zur Kenntnis nehmen zu müssen, dass alles beim Alten blieb. Er wollte den Gerüchten erst Glauben schenken, wenn er es aus ihrem Mund gehört hatte.

Voller Hoffnung klopfte er an und drückte die schwere Eichentür zum ehemaligen Büro seines Vaters auf.

»Du wolltest mich sprechen, Mutter?« Zuerst studierte er gewissenhaft ihr Erscheinungsbild, dann klopfte er alles, was vor ihr auf dem Tisch oder hinter ihr auf dem Sideboard lag, nach Anzeichen ab, die auf eine mögliche Änderung hinwiesen. Aber da war nichts, rein gar nichts, was diesen Eindruck erweckte.

Eleonore Marlow bat ihren Sohn milde lächelnd Platz zu nehmen. Ihre gute Stimmung hielt immer noch an, als sie ihre Hände faltete und in den Schoß legte.

Dieses anhaltend positive Lächeln war für ihren Sohn das einzige Zeichen, dass sich etwas ändern würde. Spätestens jetzt hätte sich früher die bekannte Strenge auf ihrem Gesicht ausgebreitet.

»Tja, mein Sohn, ich habe dir etwas mitzuteilen, dass vielleicht überraschend kommt, aber dennoch mein fester Entschluss ist. Ich werde mich in den kommenden Tagen aus der Firma zurückziehen.«

Frederic Marlow schüttelte vor Erstaunen mehrmals den Kopf und suchte umständlich nach den richtigen Worten.

»Aber wieso? Ich will damit sagen, natürlich respektiere ich deinen Wunsch, aber warum willst du denn so plötzlich aufhören? Bisher hast du dich doch den Anforderungen stets gewachsen gefühlt.«

Das Lächeln hielt an.

»Das tue ich auch jetzt noch. Und vom Aufhören habe ich auch nicht gesprochen. Nur werde ich meine verbleibende Kraft in eine andere Aufgabe stecken.« Ihre Augen leuchteten, als sie die dünn nachgezogenen Brauen hob. »In eine sehr interessante und verlockende.«

»Woher kommt dein plötzlicher Sinneswandel? Willst du jetzt eine Wohltätigkeits-Organisation gründen?« Etwas anderes konnte er sich beim besten Willen nicht vorstellen.

Nun lachte seine Mutter sogar.

»Nein, nein. Das ist was für die gelangweilten Frauen von Politikern und Großunternehmern. Ich habe von einem sehr guten, alten Freund ein Angebot bekommen, das das Herz jedes Literaturliebhabers höher schlagen lässt. Und da ich nicht mehr zu den Jüngsten zähle, werde ich sein Angebot annehmen.«

»Und worum geht es da genau?«, fragte Frederic Marlow so emotionslos wie möglich. Ganz traute er der Sache noch nicht.

Nun wurde der Blick der alten Dame doch etwas ernster.

»Du wirst staunen, wer dahinter steckt.«

»Mutter, bitte. Nun sag schon!«, nörgelte er.

»Es war Doreen, diese nette Biochemie-Studentin, die in unserem Labor die Forschungsarbeiten für ihre Masterarbeit macht. Du kennst sie doch, Doreen Wessel. Ihr Vater ist übrigens der Chefarzt der Schlossklinik«, hob sie anerkennend hervor.

Einen kurzen Augenblick stutzte Frederic Marlow. Hatte sich seine Mutter vor einem Monat nicht ganz besonders intensiv für die Zusage von Doreens Bewerbung eingesetzt? Wenn da nicht mehr dahintersteckte als die Kontaktpflege zu den Hochschulen! Weiter konnte er diesem Gedanken jedoch nicht nachhängen. Viel wichtiger war es, schnellstmöglich herauszufinden, welche verrückte Idee da gerade im Kopf seiner Mutter herumspukte.

»Und welche Aufgabe willst du nun übernehmen?«

»Ich werde ab Juni, also genau genommen ab kommendem Montag, in Friedrichs Klinik die ehrenvolle Aufgabe der Bücherfrau übernehmen.«

Nun verstand er gar nichts mehr.

»Wer zum Teufel ist Friedrich?«

»Na, Doreens Vater, Dr. Friedrich Wessel. Er ist ein lieber, alter Schulfreund, der mich damals häufig mit kleinen Geschenken oder einem lustigen Buch überrascht hat.« Sie neigte den Kopf leicht und sah mit einem entrückten Schmunzeln in die Ferne. »Wie sagt man so schön? Alte Liebe rostet nicht.«

Noch nie hatte Frederic Marlow bei seiner Mutter Anzeichen von Zuneigung oder gar Verliebtheit beobachtet. Schon gar nicht, als sein Vater noch lebte. Umso unheimlicher war ihm diese Situation.

»Und warum ist aus dir und diesem Friedrich nichts geworden? Beruhten eure Gefühle nicht auf Gegenseitigkeit?«

Die heitere Stimmung in ihrem faltigen Gesicht wich nun einer schalen Nüchternheit.

»Das schon, aber dann kam halt dein Vater, und Friedrich hatte sowieso vor, für Ärzte ohne Grenzen nach Uganda zu gehen.« Betrübt blickte sie nach draußen. »Wir haben uns dann aus den Augen verloren.«

Dem jungen Firmenchef war es mehr als unangenehm, seine

sonst so dominante Mutter plötzlich so gefühlsbetont und schwärmerisch zu erleben. Mit dieser Ausdrucksform des Weiblichen konnte er nicht umgehen, aber sie beinhaltete immerhin ein Fünkchen Hoffnung.

»Und wie soll es nun weitergehen?«, fragte er ziemlich spröde und rüttelte seine Mutter damit unsanft aus ihren Träumen.

»Ähm, ja. Ich nehme mal an, du wirst es ab jetzt auch ohne mich schaffen. Außerdem gibt es ja dieses Handy-Dings da, falls du in Schwierigkeiten bist.« Sie wedelte mit den Fingern zu dem Smartphone vor ihr auf dem Tisch. »Und außerdem bin ich ja nicht aus der Welt.« Sie sah ihren Sohn prüfend an, wurde aber nicht schlau aus seinem Gesicht. War er nun enttäuscht oder nur verunsichert? Na ja, plötzliche Veränderungen bringen halt jeden Menschen durcheinander. Mehr konnte sie aus dem seltsamen Funkeln seiner Augen nicht ablesen. »Ich kann es ja verstehen, wenn du es bedauerst, dass ich dir nicht mehr mit Rat und Tat zur Seite stehe, aber meine Lebenszeit ist nun einmal endlich.« Sie lehnte sich theatralisch seufzend in den Stuhl zurück.

»Ach, nun mach mal halblang, Mutter! Die Verbreitung von Endzeitstimmung war doch noch nie dein Ding. Ich habe es immer so verstanden, dass du die Firmenleitung, also mich, nach Vaters Tod so lange wie möglich unterstützen wolltest. Bist du dir hundertprozentig sicher, dass diese neue Aufgabe die richtige für dich ist?« Er war gespannt, was sie auf seine ultimative Testfrage antworten würde.

»Schluss, Aus, Feierabend!« Sie klatsche ihre Handflächen auf den Tisch, dass es nur so krachte. »Mein Entschluss steht fest! Ich denke, wir sollten das zeitnah der Belegschaft mitteilen, und am Freitag gebe ich einen kleinen Abschiedsempfang für unsere leitenden Angestellten. Vielleicht könntest du mir ja die Vorbereitungen dazu abnehmen. Ich muss mich nämlich auf meine zukünftige Tätigkeit einstimmen.«

Frederic Marlow schluckte heftig.

»Kein Problem, Mutter.« Dann schüttelte er ungläubig den Kopf. Dafür hatte er nun seit Monaten, nein, ganze vier Jahre lang gekämpft! Und nun zog sie ihren Abschied mal eben zwischen Tür und Angel durch. Wegen einer Liebelei aus der Schulzeit! Nee! So richtig traute er dem Frieden immer noch nicht. »Wie wäre es, wenn ich Frau Wessel für einen Moment zu uns bitte? Dann kannst du ihr deinen Entschluss mitteilen, und sie kann ihn sofort an ihren Vater weiterleiten«, schlug er vor und verengte gleich darauf seine Augen. »Oder wissen die beiden etwa schon Bescheid?«

»Ach, wo!« Sie sah ihren Sohn vorwurfsvoll an. »Das habe ich doch noch niemandem gesagt. Gute Idee übrigens, Doreen als Erste davon in Kenntnis zu setzen!« Mit einem bedeutungsträchtigen Zwinkern in seine Richtung hob Frau Marlow den Firmenhörer ab und wählte die Nummer des Labors. Wenige Minuten später trat die Studentin ein und stöckelte, vom freudigen Winken der Seniorchefin animiert, auf die beiden Anwesenden zu, die sich bereits aus ihren wuchtigen Bürosesseln erhoben hatten.

»Hallo, meine liebe Frau Wessel.« Zum Erstaunen ihres Sohnes nahm sie die rechte Hand der jungen Frau zwischen ihre eingefallenen Handflächen und drückte sie hingebungsvoll. »Ich habe Sie zu mir gebeten, weil ich Ihnen noch einmal ganz herzlich danken möchte.« Sie schüttelte und drückte und strahlte in einem fort. »Ich habe mich übrigens gerade dazu entschieden, das Angebot Ihres werten Herrn Vaters anzunehmen. Vielleicht hätten Sie die Güte, ihm das mitzuteilen. Ich will ihn ungern bei seiner Arbeit stören. Zum Besprechen der Details werde ich ihn persönlich um einen Gesprächstermin bitten. Seine Nummer haben Sie mir ja schon gegeben.«

»Ja, natürlich. Das richte ich ihm sehr gern aus.« Nach einem kurzen, siegesbewussten Blick zum Firmenchef strahlte sie die Seniorin erneut an. »Mein Vater wird glücklich sein, dass Sie sich so entschieden haben. Sie helfen ihm damit sehr. Wie oft hat er mir vorgejammert, wie schade er es findet, dass es kaum noch Menschen mit guten Literaturkenntnissen gibt. Als die Dame krank wurde, die vorher den Bücherdienst übernommen hatte, war er richtig verzweifelt. Er ist immer so um seine Patienten bemüht. Ich glaube, er fühlt sich regelrecht verpflichtet, ihnen ein möglichst anspruchsvolles Kulturprogramm zu bieten.« Erneut blitzte sie Frederic Marlow von der Seite her an und wandte sich dann gleich wieder der alten Dame zu. »Sie glauben gar nicht, wie vielen Menschen Sie mit der Übernahme dieser hübschen Aufgabe einen Gefallen tun.«

Der Firmenchef fuhr sich nervös durch die Haare. Er wusste genau, dass die Idee, seine Mutter als Bücherfrau einzusetzen, nicht von dem Chefarzt stammte, sondern von seiner Tochter. Er lächelte gekünstelt in Doreens Richtung. Wahrscheinlich hätte er es genauso gemacht, wenn die Fortführung seiner Masterarbeit an den Kosten für den Unternehmer zu scheitern drohte. Irgendwie imponierte es ihm sogar, wie diese Studentin ihre Wünsche durchkämpfte. Nur dass sie es seiner Mutter jetzt so verkaufte, als wäre es der innigste Wunsch ihres Vaters, empfand er als reichlich dick aufgetragen. Aber er würde den Teufel tun, etwas dagegen einzuwenden. Ihr Vorgehen war zwar dreist, aber es hatte Stil, und es war ihm die von ihr erhoffte finanzielle Unterstützung allemal wert. Etwas Unbehagen bereitete ihm höchstens die Frage, ob Doreen es von vorneherein als Win-win-Situation eingeplant hatte. Aber woher sollte sie gewusst haben, wie sehr ihm die permanente Einflussnahme seiner Mutter zusetzte? Egal! Ob es eiskalte Berechnung war oder nicht, der saure Drops mit dem mütterlichen Beigeschmack war für ihn endgültig gelutscht. Zum Dank wollte er Doreen noch etwas Hübsches zukommen lassen, aber dann musste die Sache auch endgültig vom Tisch sein.

Frau Marlow hatte mittlerweile genug vom Herumstehen. Sie ging zum Schreibtisch zurück, um sich zu setzen.

»Warte, Mutter! Ich helfe dir!« Im Nu war ihr Sohn zur Stelle. Während er ihr den Bürosessel zurechtschob, warf er Doreen einen unsicheren Blick zu. Worüber würde sich eine Frau wie sie wohl freuen? Blumen, einen Kosmetikgutschein, Parfum? Als Tochter eines Chefarztes war sie bestimmt sehr anspruchsvoll. Noch vor zwei Tagen, als sie so heftig über ihre Forschungsarbeit debattiert hatten, fand er sie eher unsympathisch. Süß vielleicht und auch sehr sexy. Aber die Art, wie sie ihr Projekt durchboxte, war ihm mächtig gegen den Strich gegangen. Aber gab es überhaupt Frauen, an denen alles stimmte? Mit einem Ruck streckte er seinen Rücken und breitete wie der Mann vom Wetterdienst die Arme aus.

»So, von meiner Seite ist soweit alles gesagt. Hast du noch etwas, Mutter?«

Ja, sie hatte noch etwas, aber das war nur für die Ohren ihres Sohnes bestimmt.

»Frau Wessel, wenn Sie uns nun entschuldigen. Mein Sohn und ich haben noch ein paar wichtige betriebliche Dinge zu besprechen. Und bei Ihnen ruft sicherlich auch die Arbeit.«

»Ja, genau. Das tut sie«, antwortete sie brav und verabschiedete sich. »Ich gebe meinem Vater gleich in der Mittagspause über ihre Zusage Bescheid. Er wird sich freuen.« Sie warf dem Firmenchef ein herausforderndes Lächeln zu und tippelte mit raschen Schritten zur Tür. »Sehen wir uns beim Essen?«

Mit errötenden Wangen nickte er ihr zu.

»Ja, möglich. Ich kann es noch nicht sicher sagen.«

Mit einem fröhlichen Gruß an die Seniorchefin verließ sie den Raum.

Kaum war die Tür ins Schloss gefallen, lehnte sich Frau Marlow vor und redete mit scharfem Ton auf ihren Sohn ein.

»Warum bist du nur immer so zugeknöpft? Diese Frau wäre doch genau die Richtige für dich. Elegant, gebildet und aus gutem Hause. Und gut aussehen tut sie ja wohl auch, oder ist dir das etwa noch nicht aufgefallen?«

Jetzt geht das schon wieder los! Frederic Marlow wand sich wie ein Wurm auf heißem Asphalt.

»Mutter, bitte! Welche Frau zu mir passt, entscheide immer noch ich!«

Die alte Dame schmollte.

»Ja, schon gut! Ich habe halt gehofft, dass ihr beide euch zusammentut, jetzt, wo ich das Feld räume. Die Zeit, allein durchs Leben zu gehen, ist allmählich vorbei, mein Junge. Auf dem Heiratsmarkt gibt es nichts Unbeliebteres als eingefleischte Junggesellen. Lass dir das gesagt sein! Eine attraktive Frau an seiner

Seite zu haben, ist ein uraltes Symbol der Macht. Barak Obama, Trump. Ja, selbst der alte Al Pacino weiß, wie wichtig eine gut aussehende, junge Frau für das Image ist.«

»Denselben Geschmack wie Donald Trump zu haben, ist nicht gerade ein Aushängeschild, Mutter. Schon gar nicht für Frauen.«

Frau Marlow schüttelte verständnislos den Kopf. Was hatte er bloß gegen Melania?

»Aber ihr könnt es doch mal miteinander versuchen.« Ihre Augen schmerzten bei dem Versuch, möglichst flehend dreinzuschauen. »Tu mir wenigstens den Gefallen und schenk ihr ein paar Blumen! Das hat noch nie geschadet. Ob dann mehr daraus wird, das überlasse ich ganz euch. Außerdem macht es einen guten Eindruck auf ihren Vater.«

So läuft also der Hase! Frederic Marlow nickte verächtlich. Seine Mutter bangte um ihren neuen Wirkungsbereich.

»Mach dir keine Sorgen, Mutter. Frau Wessel bekommt von mir alles, was sie braucht, beziehungsweise verdient hat. Sieh du nur zu, dass du Doreens Vater mit dem Bücherwagen nicht über die Füße fährst.«

Dieses spitzfindige Gerede konnte er nur von seinem Vater haben, sinnierte Frau Marlow mit zusammengepressten Lippen.

»Das lass man ruhig meine Sorge sein«, murmelte sie schnippisch. »Eine Frau von Welt weiß schließlich, worauf es ankommt.«

Als ihr Sohn schon halb durch die Tür war, fiel ihr noch etwas Wichtiges ein.

»Frederic, einen Augenblick noch! Denkst du bitte daran, Dr. Urdenbach auf meine Vitaminration hinzuweisen? Der Monat ist bald zu Ende.«

»Ich kümmere mich darum.« Beim Verabschieden bemühte er sich, so höflich wie möglich zu lächeln, auch wenn es in seinem Inneren brodelte. War ihm nicht schon öfters der Gedanke gekommen, dass Doreen nicht ganz zufällig bei Blifrisk war? Er schnaufte verärgert. Das hatten seine Mutter und Doreens Vater ja schön hinter seinem Rücken eingefädelt!

Edith konnte es kaum erwarten, dass Louisa endlich in der Kantine erschien. Sobald die Chefassistentin mit ihrer Portion Chili con Carne am Tisch Platz genommen hatte, sprudelte es auch schon aus ihr heraus.

»Du glaubst gar nicht, was der Marlow gerade unserem Goldlöckchen ins Labor gebracht hat.«

Louisa zuckte mit den Schultern.

»Einen norwegischen Elch als Plüschtier?«

»Falsch. Zweiter Versuch.«

»Einen weißen Labor-Overall?« Mit leerem Magen arbeitete auch ihre Phantasie auf Sparflamme.

»Wäre zwar nicht schlecht, ist aber auch falsch.« Als sie sah, wie schwer sich Louisa mit der Antwort tat, gab sie ihr eine kleine Hilfe. »Fängt mit R an und hat lange grüne Stiele.«

Louisa ließ ihre Gabel sinken.

»Rosen etwa?«

Edith nickte heftig.

»Das müssen mindestens dreißig gewesen sein. Allerdings rosafarbene.«

»Hm! Vielleicht hat sie ja Geburtstag?«

Die Laborassistentin sah sie irritiert an.

»Hast du da jemals Blumen von einem deiner Chefs bekommen?« Sie neigte sich so weit vor, dass die Mitarbeiter an den Nebentischen nichts mitbekamen. »Und er hat sich bei ihr bedankt«, flüsterte sie und zwinkerte wie wild mit ihren buschigen Wimpern. »Möchte ja nur mal wissen, wofür.«

Ediths Neuigkeit schlug Louisa so stark auf den Magen, dass sie ihren Teller halb leer gegessen von sich schob.

»Und warum sollte mich das interessieren?«, fragte sie, während sie resigniert zum Fenster hinausstarrte.

»Na, weil ich das Gefühl hatte, er sei dir nicht ganz gleichgültig«, erwiderte sie pikiert. »Ich wollte dich doch nur warnen, damit du dich nicht in etwas verrennst.«

Natürlich hatte Edith recht. Frederic Marlow war ihr nicht gleichgültig. Aber so wie es jetzt aussah, war sie seiner offenen, charmanten Art wie ein dümmlich verliebter Teenager erlegen.

»Ich wette, der Blumenstrauß hatte einen rein geschäftlichen Hintergrund. Vielleicht hat sie ihm über ihren Vater einen neuen Kunden vermittelt. Der ist doch Chefarzt in der Schlossklinik.« Dabei fiel ihr wieder ein, wonach sie Edith fragen wollte. »Hast du schon davon gehört, dass die Seniorchefin ihren Abschied nehmen will?«

Edith lachte spöttisch und laut.

»Klar, habe ich das. Aber wenn das stimmt, fresse ich sämtliche Reagenzglasbürsten im Labor.« In der nächsten Sekunde sackten ihre Mundwinkel zwei Etagen tiefer. Im Flüsterton informierte sie Louisa, die mit dem Rücken zum Kantineneingang saß: »Pst! Madame Rosenstrauß ist im Anmarsch!«

Kaum ausgesprochen, setzte sich Doreen mit einem heroischen Strahlen an den Tisch. Diesmal hatte sie bei der Essensausgabe richtig zugeschlagen, denn zusätzlich zu Salat und Wasser stand ein Tellerchen Schokoladenpudding auf ihrem Tablett.

»Oh, heute ist Fastenbrechen?«, witzelte Edith sofort los und legte gekonnt nach: »Oder gibt es was zu feiern?«

Doreen wusste genau, worauf sie anspielte.

»Du meinst, wegen der Blumen vorhin vom Chef?« Sie schob mit majestätischer Gelassenheit eine Gabel Salat in den Mund und vergewisserte sich bei ihren Tischnachbarinnen, dass sie erwartungsvoll genug schauten. »Tja, Leute, ich habe gute Neuigkeiten für euch.«

Um den heißen Brei redete Edith nie gern herum.

»Sag nur, der Marlow hat dir einen Antrag gemacht!«

Doreen schnaubte abwertend.

»Gott bewahre! Da kann ich ja gleich meinen Vater heiraten.« Sie lehnte sich in den Stuhl zurück und startete mit genüsslicher Miene ihre kleine einstudierte Rede. »Ich habe es geschafft, die Firma Blifrisk von dem furchterregenden Bücherdrachen zu befreien.«

Nachdem die befürchtete Liaison zwischen Doreen und dem Chef vom Tisch war, ließ Edith ihrem schwarzen Humor freien Lauf.

»Aber die alte Dame lebt doch noch und zählt fleißig ihre Schritte. Ich habe sie samt Fitnessarmband vor einer Viertelstunde durch den Eingangsbereich der Verwaltung spurten sehen.«

»Sehr witzig«, konterte Doreen mit gelangweilter Miene und nahm ein Löffelchen vom Schokoladenpudding. »Ab dem nächsten Ersten ist sie aber weg.«

»Und wohin?«, kam es aus zwei Mündern gleichzeitig.

»Sie arbeitet dann bei meinem Vater in der Schlossklinik als Bücherfrau. Ihr wisst schon, das sind diese netten alten Tanten, die den ganzen Tag über die Stationen rennen und den Patienten die Ohren über Tops und Flops aus der Bücherwelt vollquatschen.«

Louisa starrte die Studentin völlig verdattert an.

»Bei uns in der Schlossklinik?«

Die Studentin verstand nur noch Bahnhof.

»Kennst du dieses Krankenhaus?« Sie sah Louisa verwundert an.

»Kann man wohl sagen«, gab sie kurz angebunden zurück. Bevor sie ihr den Zusammenhang ausführlicher erklären konnte, grätschte Edith dazwischen. »Und du bist sicher, dass das keine Fake News sind? Die sind doch zurzeit top in Mode.«

»Nee, das ist hundertprozentig sicher. Frau Marlow hat es mir vor einer Stunde persönlich gesagt.« Vor lauter Stolz über ihren Erfolg wuchs sie auf ihrem Stuhl einen halben Kopf in die Höhe.

Während Edith ihrer Verwunderung mit einer polternden Lachsalve Luft machte, sackte Louisa mehr und mehr in sich zusammen. Als Doreen ihren Sieg im Wettbewerb *Wie entferne ich am geschicktesten die Seniorchefin aus der Firma?* bekannt gab, war ihr bewusst geworden, dass ihr Arbeitsplatz an einem seidenen Faden hing. Und dicht daneben, an einem Fädchen, das dünner war als ein Säuglingshaar, baumelte ihr Tauchkurs.

»Also ab Montag arbeitet sie schon dort?«, vergewisserte sich Louisa mit spröder Stimme.

»Ja, wie mein Vater meinte, beginnt sie mit ihrer ersten Büchertour um neun auf seiner Privatstation.«

Bei dem letzten Wort fiel Louisa sofort Betty ein. Die Ärmste wusste sicherlich noch gar nicht, welche Gewitterfront sich gerade ihrem Wirkungsbereich näherte.

»Des einen Freud', des anderen Leid«, leierte sie, und da jetzt sowieso alles egal war, stellte sie Doreen die alles entscheidende Frage. »Und der Blumenstrauß?«

»Das war doch nur ein kleines Dankeschön, weil ich seiner Mutter den Bücherjob vermittelt habe.«

Edith warf Louisa ein aufmunterndes Schmunzeln zu.

»Dann sind ja noch nicht alle Geigen vom Himmel gefallen.«

Auch wenn sie genau wusste, dass es Edith nicht böse gemeint hatte, brummte sie grimmig zurück: »Das interessiert mich doch jetzt nicht mehr!« Zu ihrer Erleichterung machte Doreen nicht den Eindruck, als wüsste sie, worauf Ediths poetische Worte anspielten. Dennoch beschloss Louisa, die Laborassistentin am kommenden Laufabend mit Gewebeband umwickelt in den Schlossweiher zu werfen. Nur so zur Sicherheit. Vielleicht auch ein klitzekleines bisschen, weil Edith so vernarrt in ihren Laborchef war.

Auf dem Weg zurück zu ihrem Büro seufzte Louisa einige Male tiefsinnig vor sich hin. Die Angelegenheit um Frederic Marlow und seine anspruchsvolle Mutter empfand sie mittlerweile als nervenaufreibender als die Beziehungskrisen mit ihrem ehemaligen Freund. Ab Montag würde hier in der Firma wieder Ruhe einkehren. Aber wie lief es dann mit ihr weiter? Würde der Firmenchef überhaupt noch einen Sinn darin sehen, sie weiter zu beschäftigen? Jetzt, wo ihre besonderen Fähigkeiten im Umgang mit älteren Menschen nicht mehr gefragt waren? Sie war immerhin noch in der Probezeit. Leichter als jetzt konnte er sie doch nicht loswerden.

Kurz vor elf am Freitagvormittag trat Louisa vor das Waschbecken in ihrem Büro und prüfte im Spiegel, ob ihr dunkles Kostüm richtig saß und ob das Make-Up eine Auffrischung benötigte. Mit geschicktem Griff fädelte sie ein paar abstehende Haarsträhnen in die Hochsteckfrisur zurück und tupfte einen Hauch Parfum in die Hautpartie neben den Ohren. Zum Schluss zog sie ihre Lippen nach und atmete noch einmal kräftig durch. Es half nichts. Ihre Anspannung wollte und wollte nicht weniger werden. Noch einmal suchte sie ihr Antlitz nach Anzeichen ab, die ihre aufgewühlte Stimmung verraten könnten. Bis auf die zwei, drei rötlichen Flecken am Halsansatz wirkte es unauffällig, fast sogar abgeklärt. Dennoch fühlte sie sich alles andere als gelassen. Was kam da in Zukunft auf sie zu? Folgte der Abschiedsveranstaltung der Seniorchefin auch ihre Kündigung? Das nervöse Zittern, das sich gerade von ihrer Magendecke über den gesamten Körper ausbreitete, würde sie sicherlich in den Griff bekommen. Aber wie würde sie reagieren, wenn sie nach der Mittagspause die Aufforderung bekam, sich bei Frederic Marlow zu melden? Mit klammen Fingern und einem anhaltenden Zittern machte sie sich auf den Weg zu dem großen Konferenzraum im Erdgeschoss. Kurz vor den weit geöffneten Türflügeln, aus denen bereits gedämpftes Gemurmel drang, stöhnte sie unmerklich auf. Wenn sie jetzt auch noch mehr als ein Glas Sekt trinken musste, würde sie für nichts mehr garantieren können.

Als sie den Saal betrat, standen schon viele der leitenden Mitarbeiter an den Stehtischen, die in ihren weißen, taillierten Stretch-Bezügen wie riesige Garnrollen aussahen. Die Stimmung war trotz des feierlichen Anlasses schon leicht angeheitert. Nicht sehr verwunderlich, denn neben den kleinen in gelb gehaltenen Rosenbouquets reihten sich bereits zahlreiche leer getrunkene Gläser aneinander. Die beiden jungen Kantinenauszubildenden in schwarzem Rock und weißer Bluse kamen kaum nach, sie einzusammeln. Als eine von ihnen Louisa am Eingang stehen sah, eilte sie sofort mit einem Tablett voller Sektgläser zu ihr und bat sie, sich zu bedienen.

Louisa nahm dankend ein Glas und ließ ihren Blick weiter über die Köpfe der Anwesenden gleiten. Die meisten kannte sie schon recht gut, andere Gesichter waren ihr völlig fremd. Sie vermutete, dass es besonders gute Kunden und langjährige Zulieferer der Firma waren. Manche von ihnen kamen sicherlich auch von den umliegenden Hochschulen, mit denen Blifrisk seit mehreren Generationen in gutem Kontakt stand.

Am anderen Ende des Saals entdeckte Louisa den Firmenchef, der in seinem schwarzen, perfekt sitzenden Anzug sehr nobel wirkte. Während er sich mit dem knabenhaft wirkenden IT-Spezialisten unterhielt, den er zeitgleich mit ihr eingestellt hatte, erschien ein Blumenbote mit einem wunderschönen, in Folie verpackten Pfingstrosenstrauß. Louisa fiel sofort die Äskulap-Schlange auf dem goldumrandeten Kuvert auf, das an der Seite der Verpackung befestigt war. Wenn der Strauß mal nicht aus der Schlossklinik kam, stellte Louisa schmunzelnd fest! Sofort sprang eine der jungen Servicekräfte herbei, nahm die Blumen dankend entgegen und steckte sie in eine der Vasen, die auf einem Beistelltisch am Fenster bereit standen.

Trotz intensiver Suche konnte Louisa die Hauptperson des Empfangs nicht unter den Gästen ausmachen. Dafür freute sie sich umso mehr, als sie Dr. Urdenbach entdeckte, der die Jacke seines eleganten, dunklen Anzugs leger geöffnet hatte und immer wieder nickend zu Doreen sah, die, von kleinen Lachern unterbrochen, an einem Stück auf ihn einredete. Louisa fiel sofort auf, wie selbstsicher die Studentin wirkte, obwohl sie in ihren High Heels unruhig auf der Stelle trat. In regelmäßigen Abständen strich sie ihr Haar gekonnt nach hinten, um ihre Lockenpracht in Szene zu setzen. Die erschien Louisa ohnehin noch voluminöser als sonst. Genau wie ihr Po in dem azurblauen Bleistiftrock und die Oberweite, die das enge, cremeweiße Rolli-Top fast zu sprengen drohte.

Gegen Doreens Aufmachung kam sich Louisa in ihrem Business-Kostüm wie der Inbegriff der grauen Maus vor. An ihren schlanken, gut geformten Beinen in den dunklen Pumps war sicherlich nichts auszusetzen, und durch das regelmäßige Laufen mit Betty hatte sie auch schon eine sportlichere Figur bekommen.

Doch was spielte es für eine Rolle, wenn man keine süßen Fünfundzwanzig mehr war und auch sonst nicht zu den Privilegierten der Gesellschaft gehörte?

Das Gesicht des Laborchefs erhellte sich augenblicklich, als er Louisa auf den Tisch zukommen sah, hinter dem er mit Doreen stand. Normalerweise war er die Höflichkeit in Person. Doch in diesem Moment ließ er die schnatternde Studentin einfach stehen und ging Louisa entgegen.

»Sie sehen bezaubernd aus, Frau Paulus. Die hochgesteckten Haare stehen Ihnen wirklich gut«, sagte er in seiner gewohnt zuvorkommenden Art.

Louisa strahlte ihn verlegen an.

»Oh, danke«, hauchte sie und sah in Augen, die eine ganz andere Sprache sprachen als sonst. Eine viel direktere und ziemlich verwegene, die ihre Bauchdecke auf der Stelle zum Beben brachte. Komisch, dass ihr noch nie sein perfekt geformter Mund aufgefallen war. Und auch nicht die markanten Kerben, die von den Nasenflügeln bis hinab zum Kinn reichten. Louisa räusperte sich verschämt. Allmählich musste er aufhören, sie mit diesem ungemein sympathischen Blick anzusehen.

Ihre Erlösung erschien bereits in der nächsten Sekunde am Eingang des Saals. Die Seniorchefin, die in ihrem pastellblauen Kleid und den frisch ondulierten, silbergrauen Haaren der Queen von England Konkurrenz machte, hielt einen Moment inne, um den Applaus zu genießen, den ihr die Anwesenden in diesem Augenblick spendeten. Dann ging sie bedächtig und in alle Richtungen nickend ihrem Sohn entgegen, der seine Arme ein wenig ungelenk ausgebreitet hielt.

Die eigentliche Feierzeremonie, die eine komplette halbe Stunde in Anspruch nahm, spielte sich hauptsächlich zwischen drei Personen ab. Der kurzen Eröffnungsrede von Frederic Marlow folgte eine ausführlichere, sehr geschichtsträchtige Ansprache der Seniorchefin, die ihren Auftritt mit vielen kurzen Pausen versah und sichtlich genoss. Danach wurde Doreen nach vorn gebeten. In ihrem Beisein berichtete Frau Marlow nun von ihrem zukünftigen Wirken in der Schlossklinik und bedankte sich immer wieder übertrieben herzlich bei der Studentin.

Wie alle anderen zollte auch Louisa am Ende brav ihren Beifall. Gelangweilt verfolgte sie dann, wie die Seniorchefin dazu überging, die Hände der Umstehenden zu schütteln und sich wortreich für die Glückwünsche zu bedanken. Doreen, die den Firmenchef fortwährend mit albernem Kichern und eindeutigen Augenaufschlägen befeuerte, fühlte sich sichtlich in ihrem Element. Das Schauspiel, das sie da vorn aufführte, war wirklich filmreif, fand Louisa.

Plötzlich neigte sich Dr. Urdenbach zu ihr hinüber.

»Kommen Sie! Wir gehen weiter nach hinten. Da kann man sich besser unterhalten.«

»Wollen Sie ihr denn nicht gratulieren?« Louisa deutete mit dem Kopf zur Seniorchefin.

Er schüttelte entschieden den Kopf.

»Frau Marlow und ich haben seit dem Tod ihres Mannes nicht das beste Verhältnis zueinander. Da muss ich es ja nicht gerade heute auf einen Eklat ankommen lassen.« Gleich darauf bahnte er Louisa und sich einen Weg durch den Gästestrom, der sich auf die Jubilarin zubewegte.

Als sie am hintersten Tisch angekommen waren, zog er seinen Krawattenknoten hin und her und seufzte erleichtert.

»Möchten Sie auch gern etwas Alkoholfreies trinken?« Auf ihr heftiges Nicken hin ging er mit forschen Schritten auf eine der Servicefrauen zu und bestellte zwei Gläser Wasser. Beim Zurückkommen lächelte er Louisa so hinreißend an, dass ihr ganz heiß wurde.

Irgendwie musste sie es schaffen, das Gespräch auf eine unverfängliche Ebene zu bringen.

»Was ist eigentlich mit Edith, ich meine, mit Frau Fuchs? Ist sie nicht eingeladen worden?«

»Doch. Sie kommt nur etwas später, weil sie heute Vormittag mit einer wichtigen Untersuchungsreihe begonnen hat, und die darf sie leider nicht aus den Augen lassen.«

Louisa nickte betrübt.

»Außerdem ist Frau Fuchs nicht der Typ für Feiern dieser Art. Sie hasst es, sich zurechtmachen zu müssen.«

Auch wenn diese Feststellung nicht sehr schmeichelhaft für die Laborassistentin war, konnte Louisa es gut nachempfinden. Trotzdem versetzte ihr die vertraute Art, mit der dieser Mann sie beschrieb, einen Stich. Hatten die beiden nun etwas miteinander oder nicht? Irgendwie kamen sie Louisa wie ein altes Ehepaar vor, das sich zwar gegenseitig achtet, aber nicht mehr füreinander herausputzt. Aber Edith war doch viel älter als er und er mit Sicherheit anderweitig gebunden. Und überhaupt! Warum zerbrach sie sich den Kopf über diese beiden, wenn sie die Firma ohnehin bald verließ?

»Sie schauen so betrübt. Gibt es etwas, das sie bekümmert?«, hörte sie ihn plötzlich fragen.

Sie lächelte sofort wieder.

»Nein. Ich dachte nur gerade daran, wie gut es manche Menschen von Geburt aus haben.«

»Sie denken an Doreen, nicht wahr?«

Louisa nickte stumm und hielt Ausschau nach der langbeinigen Schönheit. Seltsam. Bei der Jubilarin und ihrem Sohn stand sie nicht mehr. Auch sonst war sie nirgends zu sehen.

»Wo ist sie eigentlich?« Louisa reckte den Kopf in die Höhe, um besser nach vorn sehen zu können.

Auch er sah sich nach ihr um und zuckte dann gelangweilt mit den Schultern.

»Hier im Raum ist sie jedenfalls nicht. Aber ehrlich gesagt, bin ich auch nicht böse darum.«

»Sie können sie nicht besonders gut leiden, oder?« Das hatte ihr Edith zwar schon mitgeteilt, aber jetzt war eine gute Gelegenheit, den wahren Grund zu erfahren.

Er schnaubte verächtlich.

»Es ist nicht meine Art, Leute aus meinem Arbeitsbereich schlecht zu machen, aber manchmal geht sie mir gehörig auf die Nerven mit ihrem zickigen Gehabe. Sie weiß genau, dass ich sie nicht rauswerfen kann. Deshalb nimmt sie auch kein Blatt vor den Mund, wenn es um irgendwelche Entscheidungen im Labor geht. Tja, und der liebe Frederic ist ihr ja fast schon hörig.« Damit Louisa nicht mitbekam, wie sehr ihn das devote Verhalten seines Vorgesetzten störte, senkte er den Kopf.

»Hatten Sie denn kein Mitspracherecht, als sich Doreen wegen ihrer Masterarbeit bei Blifrisk beworben hat?«

»Ja, schon. Nur habe ich es nicht wahrgenommen.«

Louisa sah ihn fragend an.

»Angst um Ihren Arbeitsplatz müssen Sie ja wohl nicht haben.«

»Nein, ich hatte eher Angst um die alte Dame da vorn.«

Seine plötzlich sehr ernste Miene zeigte ihr, dass sie nur die Spitze des Eisbergs kannte, der zwischen ihm und der Seniorchefin schwamm. Sie schüttelte den Kopf.

»Und weshalb? Sie weiß doch, dass Sie nur das Wohl der Firma im Auge haben.«

»Das stimmt. Aber leider spielt da auch das berühmte Vitamin B eine Rolle.«

»Sie meinen, Doreen hat den Einfluss ihres Vaters ausgenutzt?«

Wieder nickte er, diesmal deutlich zorniger.

»Klar, diese Vetternwirtschaft in den oberen Etagen gab es schon immer. Aber wenn ich mich bei Frau Marlow gegen Doreens Beschäftigung ausgesprochen hätte, wäre es womöglich zu einem riesigen Krach gekommen.«

»Na, und? Darauf hätten Sie es doch ankommen lassen können.«

Er schüttelte den Kopf ohne Louisa anzuschauen.

»Das würde ihr möglicherweise so zusetzen, dass sie ins Krankenhaus gebracht werden müsste.« Er blickte Louisa eindringlich an. »Ich habe Ihnen ja schon mal gesagt, dass sie nicht ganz gesund ist. Jede ungewohnte Aufregung kann in ihrem Fall zu einem körperlichen Zusammenbruch führen.« Bevor Louisa einhaken konnte, führte er seine Erklärung fort. »Und noch tragischer ist, dass sie ihre Krankheit nicht nur bagatellisiert, sondern gänzlich ignoriert. Sie weigert sich einfach, krank zu sein. Es passt nicht in ihr abgehobenes Weltbild. Das heißt, sie geht nicht zum Arzt, und Medikamente verabscheut sie wie Vampire den Knoblauch.«

»Aber sie macht überhaupt nicht den Eindruck, als sei sie schwer krank.«

Dr. Urdenbach schnaubte leise, und Louisa erschrak richtig, als sie sein ernstes Gesicht sah.

»Sie bekommt von uns ja auch alle wichtigen Stoffe, damit sie fit bleibt.«

»Aber gerade sagten Sie doch, sie weigere sich, Pillen zu schlucken.«

»Ja, deshalb haben Frederic und ich mit ihr ausgehandelt, dass sie wenigstens ein paar Vitamine einnimmt. Das tut sie nun auch schon seit mehreren Monaten.« Er nahm einen kräftigen Schluck aus dem Wasserglas, das die Servicedamen kurz vorher an den Tisch gebracht hatten. »Als Frederic mir damals sein Leid über die Uneinsichtigkeit seiner Mutter klagte, habe ich ihm vorgeschlagen, er solle ihr unser wirkungsvollstes Produkt geben und es als etwas ganz Besonderes aus Amerika anpreisen. Nun glaubt die alte Dame, dass sie täglich ein Anti-Aging-Wundermittel der Spitzenklasse einnimmt, das für Normalverdiener kaum erschwinglich sei und nur unter höchster Geheimhaltung in unsere Hände gelänge.«

»Eine geniale Lösung«, stellte Louisa anerkennend fest. »Aber muss man nicht damit rechnen, dass sie diese Pillen zwischendurch mal aus Versehen vergisst?«

»Da kommt ihr wahrscheinlich die weibliche Eitelkeit zugute.« Er zwinkerte Louisa mit einem entschuldigenden Lächeln zu. »Bisher legte Frau Marlow größten Wert darauf, dass ich ihr pünktlich zum Monatsersten das besagte Zaubermittel beschaffe. Und sie bat ausdrücklich darum, dass in der Firma niemand etwas von ihrer Krankheit erfährt.«

Zwar hatte Louisa immer noch nicht erfahren, an was die Seniorchefin erkrankt war, aber zumindest wusste sie nun, was in dem ominösen Päckchen war, das Dr. Urdenbach ihr für Frederic Marlow anvertraut hatte. Und es wunderte sie auch nicht mehr, dass sie es der Seniorchefin auf keinen Fall aushändigen durfte.

»Ja, aber dann kann doch eigentlich nichts mehr schiefgehen«, versuchte sie ihn zu beruhigen. An seiner nachdenklichen Miene erkannte sie jedoch sofort, dass sie nur bedingt Erfolg hatte. Nach einer kurzen Gesprächspause nickte sie verständnisvoll. »Deshalb waren sie auch so froh, dass ich sie für das Schrittezählen gewinnen konnte. Weil Bewegung bei den meisten Krankheiten hilft, nicht wahr?«

Der Blick, der nun ihr Gesicht traf, hatte etwas liebevoll Dankbares an sich. Er schien froh zu sein, endlich jemanden gefunden zu haben, dem er vorbehaltlos anvertrauen konnte, was ihn bedrückte. Louisa spürte, wie ihr bei dieser Erkenntnis ganz warm ums Herz wurde. Der Blick, den sie dem Laborleiter nun zuwarf, sollte die tiefe Verbundenheit ausdrücken, die sie in diesem Augenblick für ihn empfand.

Sie spürte, wie ergriffen er war und wie schwer es ihm fiel, Worte zu finden, die sensibel genug für diesen Augenblick waren. Als er zaghaft ansetzte, etwas zu sagen, erschien Edith am Tisch. Louisa war erstaunt, sie in einem hübschen, beigefarbenen Hosenanzug zu sehen und nicht in dem üblichen lässigen Jeans-Outfit. Das cremeweiße Seidentop, das ihren Ausschnitt betonte, passte perfekt dazu.

»Wow, du siehst toll aus, Edith!« Ihre ehrliche Anerkennung verlieh dem Gesicht der Fünfzigjährigen einen rötlichen Schimmer.

»Tja, leider muss ich eure nette Gesellschaft schon verlassen«, meinte Dr. Urdenbach und warf Louisa und Edith einen bedauernden Blick zu. »Ich habe noch etwas Dringendes mit dem Firmenchef zu bereden.«

Mit langen Gesichtern verfolgten die beiden Frauen, wie er sich zwischen den Gästen hindurch zu Frederic Marlow durchschlängelte. Edith leerte ihr Sektglas mit einem Zug.

»Gab es denn etwas Besonderes bei der Verabschiedung?«, wollte sie nun wissen.

Louisa versuchte die Situation mit Heiterkeit zu entspannen.

»Sei froh, dass du nicht früher kommen konntest. Die beiden Ansprachen waren so was von öde, und dann hättest du dich wahrscheinlich auch tierisch über Doreen aufgeregt. Die hat sich aufgeführt, als sei die Verabschiedung der Seniorchefin so etwas wie eine Bambi-Verleihung.«

Edith musterte sie für einen kurzen Moment verwundert. Dann reckte sie sich hoch auf die Zehenspitzen, um über die Köpfe hinweg nach vorn sehen zu können.

Die gefeierte Seniorin zeigte nicht die geringsten Anzeichen von Ermüdung, und auch Doreen spielte die Miss Biochemie mit derselben Nonchalance wie zu Beginn.

Plötzlich rückte Edith dichter an Louisas Seite.

»Ich war doch heute Morgen allein im Labor. Da habe ich was ganz Komisches beobachtet.«

Louisas Augen weiteten sich überrascht.

»Haben eure Labormäuse plötzlich gescheckten Nachwuchs bekommen?«

»Quatsch!« Sie reckte sich erneut und sah prüfend zu der Gruppe, die um Frau Marlow herumstand. »Vor einer halben Stunde ungefähr ging plötzlich die Tür auf, und wer glaubst du, kam da herein? Unser Goldlöckchen mit einem Blatt Papier in der Hand!«

Mit offenem Mund schüttelte Louisa den Kopf.

»Und was wollte sie von dir?«

»Nichts. Erstens hat sie mich nicht sehen können, weil ich ganz hinten neben der Tür zum Lager stand. Und zweitens hat sie wohl auch nicht damit gerechnet, dass während der Feierstunde jemand im Labor ist.«

»Woraus entnimmst du das?«

»Sie hat sich ziemlich verstohlen umgeguckt und ist dann in Alexanders Büro verschwunden. Da habe ich sie mindestens zehn Minuten herummachen hören. Danach ist sie genauso rasch wieder verschwunden. Diesmal ohne das Papier.«

Louisa kam sich vor wie ein Tatort-Ermittler im Fernsehen.

»Hat sie denn was aus dem Büro mitgenommen?«

»Nee, das glaube ich nicht.« Edith sah geheimnisvoll zur Seite. »Allerdings konnte ich das aus der Entfernung nicht richtig erkennen.«

Während die beiden Frauen nachgrübelten, was Doreen dort wollte, nippten sie an ihren Gläsern.

»Sie war mittendrin kurz verschwunden. Das ist mir aufgefallen«, teilte Louisa ihre Beobachtung mit. »Warum hast du sie denn nicht einfach zur Rede gestellt?«

»Weiß nicht.« Edith zupfte gedankenverloren an einem Rosenblatt herum, das aus dem Tischbouquet heraushing. »Ich hatte gehofft, ich würde von meinem Versteck aus besser mitbekommen, auf was sie es abgesehen hat.«

»Hast du es deinem Chef schon gesagt?«

»Dazu war ja noch keine Gelegenheit. Und außerdem wird sich das smarte Fräulein Wessel bestimmt damit rausreden, dass sie ihm bloß ein Schriftstück zum Unterschreiben auf den Schreibtisch gelegt habe«, meinte sie mit mürrischer Miene. »Am Ende sieht das dann so aus, als wolle ich ihr irgendwas Kriminelles anhängen, nur um sie wegzubekommen. Nach ihrem hohen Beliebtheitsgrad in der Firmenspitze könnte der Schuss mächtig nach hinten losgehen. Das lass ich besser, bis Frau Marlow der Firma den Rücken gekehrt hat.«

»Und warum sollte sie das tun?«

»Aus Krankheitsgründen, wie es in der Amtssprache so schön heißt«, erklärte Edith völlig gelassen.

»Du weißt davon?« fragte Louisa enttäuscht. Wie konnte sie nur so naiv sein zu glauben, Dr. Urdenbach habe nur ihr das Geheimnis anvertraut.

»Im Labor weiß das jeder. Wir arbeiten doch alle an dem Supercocktail, von dem sich die Seniorchefin das ewige Leben verspricht. Allerdings unter größter Verschwiegenheit.« Sie legte den Zeigefinger auf den Mund. »Also pst! Von mir hast du das nicht, okay?«

Louisa nickte ergeben.

»Kannst dich auf mich verlassen.« Schöne Verschwiegenheit, brummte sie in sich hinein und trank ihr Glas leer. Kurz darauf verabschiedete sie sich von der Laborassistentin und machte sich auf den Weg zu ihrem Büro.

Am frühen Abend drückte sie die Tür zum Büchergeschäft auf und sog beim Eintreten den typischen Geruch ein, den Papier, Leim und Druckerschwärze in die Raumluft abgaben.

Eigentlich wäre sie jetzt, um kurz nach sechs, mit Betty zur ersten Runde durch den Schlosspark aufgebrochen. Doch am späten Nachmittag war auf der Station ihrer Freundin eine frisch operierte Frau aus dem Bett gerutscht und hatte sich nicht nur den Verband, sondern auch die darunterliegende Operationsnaht aufgerissen. Bis die Notärzte sie versorgt hatten, musste Betty wohl oder übel im Dienstzimmer ausharren. Diese Zeit bot sich an, ein paar Mails abzuschicken und ihrer Laufpartnerin auszurichten, dass sie es bis zum vereinbarten Termin nicht schaffen würde.

Louisa war ihr absolut nicht böse. Ganz im Gegenteil. Nach der steifen Abschiedsfeier am Vormittag und dem Nervenkrieg um ihre Zukunft bei Blifrisk hatte sie aufatmend entschieden, ihr Laufpensum an diesem Abend ebenfalls sausen zu lassen und stattdessen ein paar Besorgungen in der Stadt zu machen.

Für Betty ein absolutes No-Go.

»Kommt ja gar nicht in die Tüte! Wenn du einmal aussetzt, läufst du bald nur noch an ungeraden Tagen oder wenn der Wind aus Osten kommt! Außerdem könntest du ruhig ein paar Schrittchen für mich mitlaufen«, war ihr dann noch etwas säuerlich rausgerutscht. Aber damit hatte sie bei Louisa den absolut falschen Nerv getroffen.

»Nee, du. Gern ein andermal, aber an einem so bescheuerten Tag wie heute rettet mich nur noch ein ausgiebiger Stadtbummel mit einer extragroßen Portion Eis!«

Das Protestgezeter über Kalorienbomber, Willensschwächlinge und ziemlich beste Freundinnen, mit dem Betty sie in die Knie zwingen wollte, hallte jetzt im Buchladen noch in Louisas Ohren nach. Während sie zwischen den Bücherregalen entlangschritt, fuhr sie gedankenverloren über ihre Lippen und lächelte. Hm! Das Eis war wirklich prima. Mit dem zarten Nachgeschmack von Limetten und Mokka auf der Zunge zog sie einen schmalen Reiseführer über Ägypten heraus und setzte sich damit in die Leseecke.

Seufzend blätterte sie von den Bildern über die Pyramiden in Luxor zu Aufnahmen von Schiffen auf dem Nil, bis sie schließlich ein wunderschönes Foto von einer türkisblauen Bucht am Roten Meer aufschlug. Wie schön wäre es jetzt, dort im warmen Wasser zu paddeln und sich die Fische und Pflanzen auf dem Meeresgrund anzusehen, schwärmte sie beim Betrachten der Unterwasserfotos auf den folgenden Seiten.

»Ihr nächster Urlaub geht zum Sinai?«, hörte sie plötzlich eine vertraute, dunkle Stimme fragen.

»Oh, hallo! Die Welt ist doch klein«, stellte sie errötend fest und blickte in das gebräunte Gesicht des Laborleiters.

»… und besteht zum Glück nicht nur aus Blifrisk und Hallenbädern«, fügte er lachend hinzu, während er sich leger an das Regal mit den Afrikareiseführern lehnte.

Vor lauter Verlegenheit senkte Louisa ihren Blick wieder zu den Unterwasseraufnahmen auf ihrem Schoß. Sollte sie ihm jetzt endlich sagen, warum sie letztens im Hallenbad war? Nein! Dafür würde es bestimmt noch eine bessere Gelegenheit geben. Zurzeit war die Gefahr viel zu groß, sich mit ihren Tauchambitionen grenzenlos zu blamieren. Wenn es wirklich so weit käme, dass sie ihren Job verlor, müsste sie auch den Kurs beenden, und dann? Zwar hatte sie sich zwischenzeitlich schon bei anderen Arbeitgebern beworben, aber solange sie nicht wusste, wie es weiterging, behielt sie ihre privaten Pläne besser für sich. Was wäre peinlicher, als ihren sehnlichsten Traum preiszugeben, und kurze Zeit später klebte er womöglich wie eine zerplatzte Kaugummiblase an ihrem Kinn?

Er wies auf das Foto mit der kargen Wüstenlandschaft und dem menschenleeren Küstenstreifen davor.

»Das da ist übrigens Ras Mohammed, ein ägyptischer Nationalpark. Er gehört zu den berühmtesten Tauchrevieren der Welt«, erklärte er mit einem Glanz in den Augen, den Louisa von Robin kannte, als er zum vierzehnten Geburtstag seinen ersten leistungsstarken Computer geschenkt bekam.

Tauchrevier? Hatte sie das gerade richtig verstanden? Bevor sie fragen konnte, weshalb er sich damit so gut auskannte, deutete er auf den kleinen Lesesessel neben ihr.

»Darf ich?«

Louisa brachte nur ein erfreutes Nicken zustande, denn die passenden Worte kreisten irgendwo in dem ungewohnten Gefühlschaos, das sie gerade übermannte. Unauffällig äugte sie zu dem Laborleiter, der in den verwaschenen Jeans und dem Leinenhemd viel jünger wirkte als in dem dunklen Anzug, den er bei der Verabschiedung von Frau Marlow getragen hatte. Während er auf die winzige Siedlung auf dem Foto zeigte und den entsprechenden arabischen Ortsnamen nannte, schnupperte sie unmerklich den dezenten Duft von Zitronen und Zedernholz ein, den sein Körper verströmte. Als sie beim Umblättern in die Nähe seines Arms kam, spürte sie ganz deutlich die Wärme, die diese wenigen Quadratzentimeter Haut abstrahlten. Es war ein sehr gegensätzliches Gefühl! Erregend und beschützend gleichermaßen.

»Ich würde ja gern einmal dorthin verreisen, aber man hört immer noch so viel über politische Unruhen und Überfälle auf Touristen.«

Dr. Urdenbach schüttelte den Kopf.

»Das bezieht sich eher auf Kairo und die großen Ausgrabungsstätten. Diese kleinen Küstenorte um den Sinai bestehen eigentlich nur aus einer Handvoll Hotels und den Hafenanlagen. Da gab es bisher keine Terroranschläge«, erklärte er so gelassen, als ob er sie für einen Bauernhofurlaub im Allgäu begeistern wollte. »Die Bevölkerung dort ist so arm, dass sie um jeden Urlauber kämpft.«

Ihr Mitgefühl hielt sich in Grenzen.

»Trotzdem setze ich im Urlaub nicht gern mein Leben aufs Spiel. Außerdem gibt es so viele andere Orte auf der Welt, wo man hervorragend tauchen kann.« Kaum hatte sie den Satz ausgesprochen, hätte sie ihn am liebsten sofort wieder gelöscht. Sie hoffte inständig, dass er zwischen dem Tauchsport und ihr keine engere Verbindung herstellte.

»Sagen Sie nur, Sie können tauchen!«

Aus seinen Worten hörte sie genauso viel Hoffnung wie Erstaunen.

»Nein, das kann ich nicht«, erwiderte sie entschieden, und zum Glück stimmte es ja auch. Als sie seinen enttäuschten Blick wahrnahm, fühlte sie sich verpflichtet, ihm wenigstens ein paar Gründe zu nennen. »Tauchen ist ja auch ziemlich teurer. Die Kursgebühr, die Leihgebühr für die Ausrüstung und dann die Reisen zu den angesagten Revieren. Das kann sich ja längst nicht jeder leisten. Und gefährlich ist es außerdem.« Sie sah ihn herausfordernd an. »Sie begnügen sich doch auch mit dem Schwimmen im Hallenbad, statt im warmen Wasser des indischen Ozeans herumzupaddeln.« Am liebsten hätte sie sich die Zunge abgebissen. »Entschuldigung. Ich wollte damit nicht ausdrücken, dass ich Ihnen keine anspruchsvollere Freizeitbeschäftigung zutraue.« Sie warf ihm von der Seite her einen hilfesuchenden Blick zu. »Dazu kenne ich Sie viel zu wenig, will ich damit sagen.«

»Ich verstehe schon, was Sie meinen.« Einen Moment lang sah er sie nachdenklich an. »Sie haben vollkommen recht. Tauchen ist ein ziemlich elitärer Sport.« Er streckte seine Hand nach dem Reiseführer aus. »Darf ich mal kurz nachsehen, wie der Titel des Buches heißt?«

Sie händigte ihn ungern aus.

»Mhm! Tauchreviere am Roten Meer«, brummte er und gab es Louisa mit einem vielsagenden Grinsen zurück. Dann drückte er sich hoch auf die Beine. »Es gibt da einen internationalen Informationsdienst, der es sich zur Aufgabe gemacht hat, Ferntouristen für ein verantwortungsvolles Reisen, vor allem in unterentwickelte Gebiete, zu sensibilisieren. Sie weisen ausdrücklich darauf hin, dass es auch viele gute Freizeitmöglichkeiten gibt, die oft gar nicht weit vom Wohnort entfernt liegen. Wissen Sie, wie der Wahlspruch dieser Organisation lautet?«

Sie erhob sich ebenfalls und schüttelte den Kopf.

»Warum in die Ferne schweifen, wenn das Gute liegt so nah. Goethe.«

Bei dem tiefen Blick, mit dem er ihre Augen in Besitz nahm,

spürte sie ihr Herz Kapriolen schlagen.

»Da ist viel Wahres dran«, erwiderte sie heiser.

»In diesem Sinn: Sehen wir uns nachher im Hallenbad?«

Die Schwingungen seiner tiefen Stimme hatten längst ihre Bauchdecke erreicht.

»Möglich«, erwiderte sie heiser und reichte ihm wie in Trance die Hand.

»Bis dann.« Mit einem langen, ernsten Blick drückte er ihre Hand und gab sie erst nach einer kleinen Ewigkeit wieder frei.

Kapitel 9

Das Gestell des Bücherwagens war zwar aus Leichtmetall und mit leicht drehbaren Rädern versehen, aber durch die vollgepackten Regale, die an den Seiten schräg nach oben zuliefen, ließ er sich schwerer schieben als es Frau Marlow vermutet hatte. Seit zwei Tagen versorgte sie nun schon die Patienten der Schlossklinik mit ausgesuchtem Lesestoff, doch ihre Hoffnung, allmählich besser mit dem klobigen Ding zurechtzukommen, ließ von Zimmer zu Zimmer nach. Mit leisem Stöhnen drückte sie das Monstrum vorwärts zu dem Patientenzimmer hinter dem Dienstraum der Pflegekräfte, klopfte forsch und öffnete die Tür.

»Einen wunderschönen guten Morgen, die Damen«, wünschte sie den beiden Frauen, die ihr eher teilnahmslos entgegenblickten.

Die ältere der beiden, deren Beine bis zur Hüfte umwickelt auf zwei Schaumstoffkeilen platziert waren, legte ihren Kopf gleich wieder schwer seufzend ins Kissen zurück.

»Ich kann heute noch nichts lesen. Ich muss mich noch erholen«, jammerte sie laut zur Tür hin, durch die Frau Marlow gerade den Wagen schob.

Wohlwollend nickte ihr die Bücherfrau zu.

»Keine Sorge. Ich komme jeden Tag vorbei. Vielleicht finden wir ja morgen etwas Passendes für Sie.«

Das Gesicht der Beinpatientin drückte heftige Zweifel aus.

»Haben Sie denn auch Arztromane? Ich sehe auf dem Wagen nur Bücher.«

Voller Freude zog Frau Marlow ein ziemlich umfangreiches Buch aus dem unteren Regal.

»Natürlich habe ich etwas für Sie. *Doktor Schiwago* wird genau das Richtige für Sie sein. Oder vielleicht auch *Der Arzt von Stalingrad*.«

Die Patientin zog ihre Stirn kraus.

»Um Himmels Willen, bleiben Sie mir weg mit diesen Wälzern! Ich meine doch diese dünnen Heftchen, die man an jeder

Lottoannahmestelle bekommt. Die schafft man wenigstens in ein paar Tagen.«

Heftchenromane, du liebe Güte! Frau Marlow musste erst einmal kräftig schlucken, bevor sie ihr voller Abscheu entgegnete: »So was bekommt man auch unten am Kiosk. Sie verstehen sicher, dass ich diese Art von Lesestoff nicht auch noch herumkutschieren kann. Dann könnte ich ja gleich Nüsschen und Feuerzeuge anbieten.«

Um die unerfreuliche Diskussion zu beenden, widmete sie sich mit einem gewinnenden Lächeln der wesentlich jüngeren Frau am Fenster.

»Kann ich Ihnen vielleicht etwas zum Lesen anbieten? Etwas Spannendes vielleicht, oder eine amüsante Liebesgeschichte? Etwas fürs Gemüt sozusagen«, versuchte sie, der Patientin ein Werk aus ihrer erlesenen Auswahl schmackhaft zu machen.

»Danke, ich bin eigentlich versorgt.« Sie zeigte zu dem Taschenbuch auf dem Schränkchen neben ihrem Bett.

Nach der herben Enttäuschung am Nachbarbett ließ es sich Frau Marlow nicht nehmen, einen kurzen Blick auf den Titel zu werfen. *Eine Million Küsse für deine Liebe* stand über dem blumenumrankten Schattenbild eines eng umschlungenen Paares. Frau Marlow zog die Augenbrauen in die Höhe. Kein Wunder, dass die jungen Leute weder Jane Austen noch Theodor Fontane kennen, wenn sie nur noch diesen oberflächlichen Schmuseschund lesen!

»Ich könnte Ihnen durchaus etwas in dieser Richtung anbieten. Lassen Sie mich mal nachsehen!« Frau Marlow hatte schon einen ganz bestimmten Roman im Auge. Wo hatte sie *Effi Briest* nur hingesteckt? Während sie die Regale absuchte, tippte sie immer wieder mit dem Finger auf ihren gespitzten Mund.

»Ach, bemühen Sie sich nicht. Bis ich entlassen werde, bin ich ja eingedeckt.«

So schnell ließ Frau Marlow aber nicht locker, wenn es darum ging, der jungen Generation literaturtechnisch auf die Sprünge zu helfen. Bei den meisten war dieser Boden sowieso noch wenig beackert worden. Da ließ sich bestimmt noch etwas retten. Mit einem verheißungsvollen Lächeln reichte sie ihr das gesuchte Buch. Doch statt des erwarteten Dankes beteuerte die junge Frau, es tue ihr ja sehr leid, aber sie könne mit diesen alten Kamellen einfach nichts anfangen. Die Weltanschauung darin sei ihr viel zu altbacken und zu verkrustet.

»Da geht es doch nur um langweilige Liebesbriefe, Händchenhalten und Blümchensex.«

Damit hatte sie Frau Marlow aber eine Steilvorlage geliefert.

»Dann würde ich Ihnen dringend empfehlen, einmal *Lady Shatterly* von D. H. Lawrence zu lesen. Sie werden staunen, wie es da zur Sache geht.«

»Darum geht es doch gar nicht«, entgegnete die Patientin mit einem genervten Augenaufschlag. »Ich brauche in meinem Lesestoff keine ausführlichen Sexszenen, sondern ich mag Geschichten, die in der heutigen Zeit spielen, wo es Handys und Internet gibt. Sorry, aber das findet man doch alles nicht in diesen alten Schinken. Sie sollten sich mal in den Büchern der Indie-Autoren umschauen. Da geht es nicht nur um Liebe und Sex, sondern um den ganz normalen Alltag von jungen, weltoffenen Menschen. Glauben Sie mir, diese Bücher sind mit Sicherheit tausendmal peppiger als Ihre Lady Schätterling.«

»Shatterly«, korrigierte Frau Marlow pikiert. »Und was haben diese Bücher mit Indien zu tun? Das erschließt sich mir nun absolut nicht.«

»Als Indie bezeichnet man Schriftsteller, die ihre Bücher nicht nur schreiben, sondern sich auch um das Lektorat, den Vertrieb und das Marketing kümmern. Die ihre Werke also unabhängig veröffentlichen. Indipendent halt«, belehrte sie die junge Frau.

Davon hatte Frau Marloww allerdings schon gehört.

»Ach, Sie meinen diese Möchtegern-Autoren, die kein namhafter Verlag unter Vertrag nehmen will?«

»Genau. Weil sie das nämlich nicht nötig haben. Diese Autoren legen Wert auf ihre Selbständigkeit und Entscheidungsfreiheit. Sie wollen nicht, dass die Verlagslektoren ihre Werke dem Mainstream angleichen, bis sie fast identisch sind.«

Frau Marlow kannte sich mit dieser fragwürdigen Autorenspezies zu wenig aus, um mit etwas Passendem kontern zu können. Deshalb räumte sie Effi Briest erst einmal wieder in das Regal zurück. »Und nur weil Sie ein paar von diesen Schmökern gelesen haben, meinen Sie, eine Lanze für diese dilettantischen Schreiberlinge brechen zu müssen?«

Die junge Frau, der man auf dem ersten Blick nicht ansah, weshalb sie im Krankenhaus lag, richtete sich nun unter leisem Stöhnen zum Sitzen auf.

»Nein, ich kenne mich deshalb so gut aus, weil ich eine Freundin habe, die supertolle Bücher schreibt und sie selbst veröffentlicht. Daher weiß ich auch, dass es nicht an mangelnder Qualität liegt, dass die Verlage bei diesen Autoren so abweisend reagieren«, eiferte sie sich nun immer mehr. »Es liegt eher an Leuten wie Ihnen, die noch nie etwas von Indie-Autoren gelesen haben, aber behaupten, Ihre Bücher seien billig und unprofessionell gemacht.« Ohne Frau Marlows Einwand abzuwarten, kramte die Patientin einen Flyer aus ihrer Handtasche und reichte ihn über die Bettdecke. »Hier, falls Sie mal eine spannende und gleichzeitig bewegende Liebesgeschichte einer erfolgreichen Selfpublisherin lesen möchten. Es geht darin um eine Therapeutin, die den Mut hat, auf ihr Herz zu hören und ihr Leben grundlegend zu verändern.«

Die alte Dame linste durch den unteren Bereich ihrer Brille und las bedächtig den Titel und den Namen der Verfasserin vor.

»Mhm!«, brummte sie skeptisch. »*Ein Landhaus zum Verlieben* von Ulla B. Müller.« Sie lugte über den goldenen Rand ihrer Sehhilfe zu der jungen Frau. »Eine deutsche Autorin? Nie was von gehört.« Sie drehte die Karte um.

»Unter Ullas Kurzbiographie sind alle Bücher aufgelistet, die sie geschrieben hat.« Die Patientin nahm ihr Smartphone vom Schränkchen und zeigte auf das Display. »Und auf ihrer Homepage findet man sämtliche Leseproben, die kommenden Lesungstermine und die Verkaufslinks.«

»Homepage, Internet, Verkaufslinks«, murmelte Frau Marlow und schüttelte verdrießlich den Kopf. »Finden Sie es nicht erstaunlich, dass es gute Autoren früher auch ohne diesen ganzen elektronischen Schnickschnack geschafft haben, bekannt zu werden?« Sie schob den Werbeflyer mit einem abfälligen Zug um den Mund unter das Blatt, auf dem sie die Ausleihen festhielt. »Wenn ich mehr Zeit habe, werde ich mir mal das Buch Ihrer Freundin anschauen. Aber im Moment habe ich alle Hände voll zu tun. Das sehen Sie ja.«

»Schade! Es hätte Ihnen bestimmt gefallen«, erwiderte die junge Frau. »Schon bedauerlich, dass jemand wie Sie nicht das Bedürfnis hat, sich ein eigenes Urteil über die literarische Qualität von Indie-Büchern zu bilden.«

»Ähm, ja. Schön, schön. Das mag aus Ihrer Sicht ja alles stimmen, aber jetzt muss ich leider weiter. Einen schönen Tag noch, die Damen«, setzte Frau Marlow auf ihre typische Art den Schlussstrich unter die anstrengende Diskussion. Sie öffnete eilig die Tür, drehte den Bücherwagen um und schob ihn auf den Flur hinaus.

Gerade war sie vor dem nächsten Zimmer angekommen, da kam Dr. Wessel mit Betty und seinem Ärzteteam im Schlepptau um die Ecke.

»Hallo, Eleonore. Wie schön! Kommst du in deinem neuen Tätigkeitsbereich zurecht?«, erkundigte er sich mit einem freudigen Aufleuchten seiner kleinen runden Augen. »Die Patienten sind ja voll des Lobes über dein Leseangebot.«

Betty hüstelte plötzlich laut und deutlich und sah danach grinsend zu Boden. Den bitterbösen Blick, den ihr der Chefarzt mit aufeinandergepressten Lippen zuwarf, ignorierte sie gelassen.

»Oh, das freut mich sehr.« Frau Marlow hatte Mühe, ihrer Dankbarkeit das richtige Gewicht zu verleihen, denn das seltsame Gehabe der Stationsleiterin irritierte sie. »Ich könnte es mir wirklich nicht schöner vorstellen, Friedrich. Dieser angeregte Meinungsaustausch und die vielen zufriedenen Gesichter, einfach wunderbar!«

Während sie weiter Begeisterung versprühte und ihren

Charme spielen ließ, um den Chefarzt angemessen in Verlegenheit zu bringen, bemerkte sie in den übrigen Gesichtern eher verhaltene Zustimmung. Na ja, wie konnte es auch anders sein? Das banale Krankenhausleben und die gehobene Literatur hatten eben nicht allzu viele Gemeinsamkeiten.

Dr. Wessel sah mit zerknitterter Miene auf die Uhr.

»Sei mir nicht böse, Eleonore, aber die Pflicht ruft.« Wenn er allein mit ihr gewesen wäre, hätte er seinem reizenden Gegenüber einen Handkuss gegeben. Doch in dieser speziellen Situation war es besser, sich auf einen angedeuteten Diener zu beschränken, auch wenn ihn die Distanziertheit schmerzte. »Wenn es etwas zu beanstanden gibt, lass es mich unbedingt wissen. Ansonsten wünsche ich dir noch viele zufriedene Leser an diesem herrlichen Tag.«

»Ja, das kann ich gebrauchen«, erwiderte sie mit einem schiefen Lächeln.

Gleich darauf drängte Dr. Wessel seine Visiten-Mannschaft mit ausgebreiteten Armen zur Tür des nächsten Patientenzimmers.

»Vorwärts, Freunde! Um zwölf steht noch eine Magenspiegelung auf dem Programm.«

Beim Eintreten der kleinen Gruppe griffen die Männer in den beiden Betten sofort zu ihren Fernsteuerungen. Der junge Mann neben der Tür stellte das Fernsehprogramm auf lautlos, während der schmächtige, ältere Patient mit Halbglatze und einem vorwitzigen Ziegenbärtchen das Kopfteil seines Bettes hochfuhr. Wie auf ein heimliches Kommando hin legten sie dann beide ihre gefalteten Hände auf der Bettdecke ab und blickten den Ärzten und Pflegern erwartungsvoll entgegen.

»Guten Tag, meine Herren«, wurden sie schwungvoll begrüßt. »Ich hoffe, Sie hatten eine angenehme Nacht.«

Der junge Mann nickte.

»Kein Problem. Bis auf ein leichtes Ziehen hab ich nichts mehr gemerkt.«

Der Chefarzt kontrollierte die Wunde an seinem Bein, die Betty rasch freigelegt hatte und nickte zufrieden.

»Ich denke, dass Sie morgen Vormittag nach der Abschlussuntersuchung nach Hause gehen können.«

Dann wandte er sich dem Mann am Fenster zu.

»Und wie sieht es bei Ihnen aus? Hatten Sie heute Nacht immer noch Probleme beim Durchatmen?«

Der Mann mit dem auffälligen Bart schüttelte heftig den Kopf.

»Die OP-Naht habe ich nur noch beim Umdrehen gemerkt.«

In der Zwischenzeit hatten Betty und der Patient gemeinschaftlich die Bauchdecke freigelegt, sodass sie den handtellergroßen Verband rechts neben seinem Bauchnabel abnehmen konnte.

Der Chefarzt brummte zufrieden, als er sich die stachelige Zickzackwurst ansah, die leicht von dem orange eingefärbten Hautareal abstand.

»Sieht gut aus. In acht bis zehn Tagen können die Fäden raus.« Er drehte sich zu dem jungen Assistenzarzt neben ihm. »Und was sagen die Werte?«

»Noch leicht erhöhte Entzündungswerte, aber sonst alles im grünen Bereich.«

Während Betty die Operationswunde versorgte, ordnete er an, mit der Antibiotikagabe bis zum Ende der Woche fortzufahren. Als er sich per Handschlag von dem Patienten verabschiedete, fiel sein Blick auf das leicht zerfledderte Taschenbuch, das auf dem Nachtschrank des Mannes lag. Auf dem Cover prangte eine abgeschnittene Hand in einer Blutlache, die fast die Hälfte der Buchfront einnahm.

»Die Hand des gnadenlosen Rächers«, las er ehrfürchtig nickend vor. »Sagen Sie nur, diesen deftigen Schmöker hat Ihnen unsere Bücherfrau empfohlen.«

Der Mann lachte so heftig, dass sein vorgewölbter Schlund samt Ziegenbärtchen kollerte. Dann hielt er sich mit schmerzverzerrtem Gesicht den Bauch.

»Die hat ganz schön geguckt, als sie die abgesäbelte Hand sah.«

»Kann ich mir vorstellen«, prustete Betty und sah sofort mit einem entschuldigenden Grinsen zu Dr. Wessel.

»Und was haben Sie daraufhin empfohlen bekommen? Etwas von Pater Anselm Grün oder gleich die Bibel?«

Der Chefarzt zeigte sich bei dem allgemeinen Gelächter gnädig und schüttelte nur leicht den Kopf.

»Nun mal halblang, liebe Leute!«

»Ein bisschen weltfremd ist die gute Frau ja schon«, meinte der Patient, der sich mit der Visitengruppe im Rücken sicher fühlte. »Sie wollte mich, einen eingefleischten Krimileser, tatsächlich überreden, mal etwas Liebevolleres zu lesen. Sie meinte, diese blutrünstigen Mordgeschichten wären nichts für einen frisch operierten Menschen. Da bräuchte man etwas Aufmunterndes oder Harmonisierendes.« Das letzte Wort zog er betont in die Länge, bevor er erneut loslachte. Diesmal allerdings vorsichtiger und mit den Händen auf dem Unterbauch. »Dabei sind Krimis für mich wie Kreislauftropfen. Ohne die bin ich zu nichts zu gebrauchen, verstehen Sie? Andere trinken ihre drei Tassen Kaffee am Tag, ich brauche halt meine Toten.«

»Mit den Toten habe ich es schon von Berufswegen nicht so, aber ansonsten kann ich Sie gut verstehen«, sagte der Chefarzt augenzwinkernd. »Aber Sie sollten das Ganze sportlich nehmen. Frau Marlow will mit ihren Büchern ja nur zum Lesen anregen. Gezwungen wird man hier zu nichts.«

Nun blickte der Mann etwas ernster in die Runde.

»Aber sie kann einem ja trotzdem ganz schön zusetzen. Gestern meinte sie allen Ernstes, dass Bücher die Seele beeinflussen würden.« Er verzog das Gesicht und schnaubte spöttisch. »Als ob man vom Krimilesen zum Mörder wird! Angeblich soll es sogar Therapeuten geben, die mit Büchern heilen. Muss man sich das dann so vorstellen, dass ein chronisch Kranker statt Pillen *Die unendliche Geschichte* verordnet bekommt?«

»Aus medizinischer Sicht kann ich mir nicht denken, dass das hilft«, entgegnete Dr. Wessel und versuchte mit einem heiteren Kopfschütteln die Situation zu entschärfen. Lustig war ihm nach der Unterhaltung mit dem Krimifan allerdings nicht mehr zumute.

Am Wochenende hatte er sich noch so gefreut, seiner Jugendliebe auf diesem ungewöhnlichen Weg möglichst häufig und unverfänglich begegnen zu können. Es bestand ja durchaus die Möglichkeit, dass sie genauso empfand, und es darauf anlegte, ihm nahe zu sein. Auf keinen Fall durfte er sich diese Chance verbauen, indem er übereilt vorpreschte. Dieser Fehler war ihm in der Jugend häufiger passiert. Noch einmal würde er ihn nicht begehen. Am Montagmorgen hatte er sich sogar eine ganze Stunde Zeit genommen, um Eleonore einen gebührenden Empfang zu bereiten. Nachdem sie das tolle Engagement seiner Tochter in der Firma gelobt hatte, war er voller Elan mit ihr losgezogen, um ihr die Stationen zu zeigen und sie den diensthabenden Pflegekräften vorzustellen. Auch die Patienten waren begeistert, dass es den Bücherdienst wieder gab. Nach dem gemeinsamen Rundgang war er sich so sicher gewesen, dass es eine perfekte Win-win-Situation war, ihr diese Tätigkeit anzuvertrauen.

Doch nun, gerade mal zwei Tage später, hatten sich schon etliche Patienten kritisch über sie geäußert, und das setzte ihm ziemlich zu. Das Aufflammen seiner Gefühle für diese Frau hatte sich so gut angefühlt, und nun drohte alles den Bach hinunterzugehen. Mit mürrischer Miene verabschiedete er auf dem Flur die Kollegen, die mit ihm Visite gemacht hatten, und setzte sich wortlos vor den Computer im Dienstzimmer, um die Patientendokumente zu vervollständigen.

Betty linste vom Medikamentenwagen aus immer wieder zu dem Chefarzt hinüber. Nun arbeitete sie schon seit zehn Jahren mit ihm zusammen, aber so bedrückt und schweigsam hatte sie ihn nur nach dem Tod seiner Frau erlebt. Und dabei war sie doch meistens diejenige, die unter dem Ärger der Patienten zu leiden hatte. Nicht umsonst hatte Louisa sie schon als wandelnden Kummerkasten bezeichnet.

Nach einer Weile ging sie zum Kaffeeautomaten, füllte eine der großen Tassen und stellte sie neben die Tastatur, in die er gerade hineinhämmerte. Ohne aufzuschauen brummte er ihr einen knappen Dank zu. Dass ihm die Sache mit Frau Marlow so zu schaffen machte, hätte sie nie vermutet. Immerhin war die

Klinik ein halbes Jahr prima ohne den Bücherdienst ausgekommen. Als sie erneut zu ihm sah, dämmerte ihr plötzlich, dass seine gedrückte Stimmung gar nichts mit dem Bücherdienst an sich zu tun hatte. Ihr Chef war über beide Ohren verliebt. Warum merkte sie das bloß jetzt erst? Und vor allem: Wie konnte sie ihm helfen?

»In Frau Marlows Haut möchte ich nicht gerade stecken«, legte sie ihren Köder aus. »Sie gibt sich so viel Mühe, und als Dank bekommt sie den Widerwillen dieser Kulturbanausen zu spuren.«

Dr. Wessel nahm die Tasse, drehte sich zu ihr um und trank einen Schluck.

»Ich bin ehrlich gespannt, wo das noch hinführt. Wenn die Resonanz weiterhin so schlecht ist, muss ich mir eine andere Lösung einfallen lassen. Immerhin bin ich verantwortlich, dass sich die Leute bei uns wohlfühlen. Und auch Frau Marlow natürlich«, fügte er in einem Nachsatz an.

Die Verzweiflung im Gesicht des zwanzig Jahre älteren Mannes fachte ihr Mitgefühl noch mehr an.

»Ich wette, das liegt einfach nur am anfänglichen Übereifer. Wenn unsere Pflegeschüler das erste Mal auf der Station arbeiten, schießen sie mit ihrem Tatendrang auch gern übers Ziel hinaus. Da ticken wir Menschen doch alle gleich.«

»Wenn es nur das wäre«, seufzte er. »Es gibt da gewisse Umstände, die es mir nicht leicht machen, an Frau Marlows Vorgehensweise Kritik zu üben.«

Betty schmunzelte verständnisvoll in sich hinein. Wenn sie in seiner Position wäre, würde sie eine gerade begonnene Liaison auch nicht so leichtfertig aufs Spiel setzen. Aber Louisas Schicksal lag ihr ebenfalls am Herzen. Trennten sich die Wege der beiden nicht mehr ganz so jungen Turteltäubchen, würde Frau Marlow sicherlich nach Blifrisk zurückkehren, und ihre Freundin hätte erneut die Karte mit dem großen A gezogen. Statt gemeinsam im Schlosspark zu laufen oder ins Kino zu gehen, würde sich Louisa durch den nächsten Bücherberg quälen müssen, um die Seniorchefin in sachkundige Literaturgespräche verwickeln zu können. Widerwillig schüttelte Betty den Kopf. Wie konnte sie bloß Ordnung in dieses Chaos bringen?

»Wahrscheinlich stellt sich jeder Patient etwas anderes unter einem Bücherdienst vor«, kam sie auf das anfängliche Thema zurück. »Außerdem lesen die meisten sowieso lieber Zeitschriften oder gucken sich Fernsehfilme an.« Sie versuchte es mit einem aufmunternden Lächeln. »Ich bin mir sicher, dass sich die beiden Seiten bald angepasst haben, und dann wird der Bücherdienst wieder zu den herausragenden Alleinstellungsmerkmalen unserer Klinik gehören.«

Der Chefarzt nickte und schnaufte erschöpft.

»Das hoffe ich sehr. Es hängt nämlich viel davon ab.« Nach einem beiläufigen Blick auf seine Uhr sprang er erschreckt auf. »Betty, in fünf Minuten steht der Magen auf dem Programm. Sind Sie bereit?«

»Aber so was von …«, bestätigte Betty mit einem ergebenen Nicken. »Sie kennen mich doch!«

Louisa saß leger zurückgelehnt auf ihrem Stuhl im Unterrichtsraum der Tauchschule und lauschte Saschas Erklärungen über den Gebrauch des Tiefenmessers und des Kompasses. Immer wieder musste sie ein Gähnen unterdrücken und sich zwingen, nicht ständig zum Fenster hinaus zu sehen. Natürlich wusste sie, dass dieses technische Wissen lebenswichtig war, doch viel lieber hätte sie jetzt auf einer Wiese liegend die Wärme der untergehenden Sonne genossen. Zum Glück war die heutige Stunde die letzte, die sozusagen auf dem Trockenen stattfand. In der nächsten Woche ging es mit dem richtigen Tauchen los. Zuerst noch im tiefen Becken des Hallenbades. Eine Woche später würde sie dann ihren ersten Tauchgang im offenen Gewässer absolvieren. Sofern nichts dazwischen kommt, schränkte sie ihren Gedankengang sofort mit einem mulmigen Gefühl ein. Zwar hatte sie in der Firma seit Montagmorgen keine Anzeichen bemerkt, die für eine baldige Kündigung sprachen, doch das musste ja nichts heißen.

»Und, Paula? Welche Arten des Wassereinstiegs kennst du?«,

hörte sie Saschas Stimme aus weiter Ferne fragen. Erst als er ein weiteres Mal deutlich »Hallo, Paula!« rief, setzte sie sich verwirrt gerade und kämpfte gegen das Erröten.

»Oh, Entschuldigung. Ja, natürlich. Ähm, der Wassereinstieg.« Sie biss sich auf die Unterlippe und suchte im ganzen Raum nach der Antwort. Plötzlich sah sie, wie der Student neben ihr seine beiden Zeigefinger so bewegte, als wickele er etwas um eine unsichtbare Spule. »Ach ja, ganz klar. Mit einer Rückwärtsrolle, einem großen Schritt vorwärts oder sitzend vom Rand«, zählte sie die drei Möglichkeiten erleichtert auf. Während Sascha sie mit einem hochgestreckten Daumen belohnte, schenkte sie ihrem jugendlichen Retter ein dankbares Lächeln.

Zu Louisas Erleichterung folgte nach ihrer peinlichen Einlage nur noch die Bekanntgabe der Termine für die ersten Tauchgänge.

»Tja, Freunde. Dann allzeit gut Luft, und denkt in der nächsten Woche an Handtuch und Badezeug«, sagte Sascha abschließend und wünschte allen einen angenehmen Abend. Dann ging er auf Louisa zu, die sich gerade bückte, um ihren Kugelschreiber aufzuheben. »Kann ich dich gleich noch was fragen?«, meinte er so leise zu ihr, dass die andern es nicht hören konnten. Nach ihrem erstaunten Nicken machte er sich daran, das Unterrichtsmaterial wegzuräumen, bis der letzte Kursteilnehmer den Raum verlassen hatte.

Als sie langsam zu ihm nach vorn kam, sah er sie erwartungsvoll an.

»Hast du noch Lust, mit mir was trinken zu gehen, Paula? Hier in der Nähe ist eine coole Szenekneipe. Die machen Supercocktails, und man kann wunderbar draußen sitzen.« Seine meerblauen Augen strahlten sie so bettelnd an, dass sie Mühe hatte, die richtigen Worte für ihre Absage zu finden.

»Sorry, du, aber mit mir ist heute Abend nicht mehr viel los. Der Tag war ziemlich anstrengend, und außerdem habe ich meiner Freundin versprochen, nach dem Tauchkurs noch bei ihr vorbeizuschauen.« Sie forschte in seinem Gesicht nach Anzeichen von Enttäuschung.

Doch er schien mit Körben Erfahrung zu haben.

»No problem, Paula. Wir können es ja nächste Woche nachholen, nachdem du das erste Mal in die Untiefen des Universums eingetaucht bist.«

Louisa spitzte schmunzelnd die Lippen und nickte.

»Ich wollte zwar nur ins Wasser und nicht gleich in den Himmel, aber egal.« Es schmeichelte ihr, dass er so hartnäckig blieb. Er war anscheinend besorgt, bis zum Ende des Kurses nicht mehr bei ihr landen zu können. »Klar! Warum nicht?« Mit einem Mal hörte sie das schrille Bimmeln des Alarmglöckchens in ihrem Kopf, das sie davor warnte, zu offenherzig und unüberlegt auf diese Art Anfragen einzugehen. Hatte sie nicht schon genug Reinfälle mit charmeversprühenden Sportskanonen erlitten? Und überhaupt! Musste es ausgerechnet ein Taucher sein? Diese Spezies Mann verbrachte doch den Hauptteil ihrer Freizeit unter Wasser!

»Oh, warte mal kurz«, tat sie erschreckt. »In der nächsten Woche ist es eigentlich gar nicht so gut. Das habe ich ganz vergessen. Aber danach vielleicht, okay?« Sein kindlich enttäuschtes Nicken tat ihr zwar leid, aber damit konnte sie zurzeit leben.

Zehn Minuten später parkte sie ihren Wagen vor dem Mehrfamilienhaus, in dem Betty und Robin wohnten. Nach dem dritten Klingeln summte endlich der Türöffner. Louisa stieg die Treppen in den zweiten Stock hoch und zog die weit geöffnete Wohnungstür hinter sich zu.

»Ist hier heute eintrittsfreie Besichtigung, oder liegt ihr geknebelt im Badezimmer rum?«, rief sie in den Flur hinein und lauschte.

Plötzlich lugte Robins Kopf aus der Küchentür.

»Hi, Louisa! Nee, hier ist alles im Lot. Ich musste nur schnell wieder zum Backofen zurück. Mir wäre fast die Pizza verkohlt«, entschuldigte er sich und winkte ihr geschäftig zu. »Mama ist übrigens beim Anstreichen auf dem Balkon.«

Louisa stutzte und folgte ihm bis zur Küche. Dass Betty ihren Balkon renovieren wollte, hatte sie vorher gar nicht erwähnt.

»Sie macht was?«

»Na, anstreichen«, wiederholte er, während er mit riesigen Kochhandschuhen sein Abendessen rettete. »Oder wie nennt man das bei Fußnägeln?«

Louisa schnaubte amüsiert.

»Klar, und wenn du demnächst vom Reifen wechseln sprichst, weiß ich jetzt, dass du dir neue Schuhe kaufen willst. Lass es dir schmecken, Robin!« Auf dem Weg durch Bettys langgezogenes Wohnzimmer schüttelte sie lachend den Kopf und wiederholte leise seinen handwerklichen Ausdruck für das Lackieren der Nägel.

Mit einem Schmunzeln lehnte sie sich an den Balkontürrahmen und bestaunte das Ergebnis der Malerarbeit.

»Wow, blau!« Sie gab sich Mühe, nicht allzu skeptisch zu wirken, als sie sich zu Betty hinabneigte und ihr die üblichen Begrüßungsküsschen gab.

»Hi, Lou. Sieht doch richtig fetzig aus, oder?«, meinte Betty entzückt und stoppte das Fächern mit der Sportillustrierten. Vorsichtig nahm sie die Füße mit den praktischen Schaumstoffkeilen zwischen den Zehen vom Stuhl und umarmte ihre Freundin mitsamt der Zeitschrift. »Setz dich doch!«, bot sie an und reichte ihr das Sitzpolster, das sie zum Lackieren weggenommen hatte.

»Und wieso musste es ausgerechnet türkisblau sein?«, erkundigte sich Louisa. Die diesjährige Modefarbe war das nicht gerade.

»Passend zu meinem neuen Bikini«, entgegnete ihre Freundin, griff zu der Einkaufstüte neben ihrem Korbstuhl und zog stolz ein goldglitzerndes Stoffensemble heraus, das die gesamte Tonpalette von blau bis grün aufwies.

»Hui, jetzt willst du es aber wissen!« Louisa nickte mit abwärtsgezogenen Mundwinkeln. »Sag nur, du nimmst jetzt doch den Kampf mit dem nassen Element auf?« Ihre Gedanken hatten eine interessante Fährte aufgenommen. »Sollte ich dir mit meinen Berichten über die tollen Typen aus der Tauchschule vielleicht den Mund wässrig gemacht haben?«

Betty bedachte Louisa mit einem vorwurfsvollen Blick.

»Ein Bikini funktioniert auch prima ohne Wasser.« Dann warf

ihre Stirn plötzlich Falten. »Apropos Typen vom Tauchklub. Hast du noch mal was von dem geheimnisvollen Mister P. gehört?«

»Mister P? Welcher Herzensbrecher schwebt dir denn dabei vor?« Louisa stand total auf dem Schlauch.

»Na, P wie Potter!« Betty funkelte ihre Freundin solange erwartungsvoll an, bis sie merkte, dass sie mit ihrer Andeutung nichts bewirkte. »Oder P wie Po, zum Donner!«, ergänzte sie ungeduldig.

Nun war endlich der Groschen gefallen.

»Ach, du meinst den Mann, von dem wir den Namen nicht kennen, aber ziemlich genau wissen, wie er ohne Hose aussieht?«, prustete Louisa plötzlich los und schränkte sofort mit bedauerndem Unterton ein: »Wenigstens von hinten.«

»Auch von vorn«, trumpfte ihre Freundin auf und legte sich genießerisch in die Lehne zurück. »Dagegen ist sein Sitzfleisch langweilig wie trocken Brot, sag ich dir!«

Während Louisa gespielt entrüstet den Kopf schüttelte, brüllte Betty den Namen ihres Sohnes durch das Wohnzimmer.

Mit einem Pizzastück in der Hand erschien er nicht gerade umgehend, aber zeitnah.

»Was steht an?«, brummte er den beiden Frauen auf dem Balkon kauend zu.

»Könntest du uns bitte eine Flasche Wein aus dem Keller holen?« Sie zeigte mit einem angewiderten Zug um die Nase zu seiner Hand. »Ich meine, wenn du mit dieser äußerst gehaltvollen, ausgewogenen Mahlzeit fertig bist.«

Robins Augen blitzten schelmisch auf.

»Und dabei habe ich meine Ernährung gerade erst umgestellt.«

»So?«, staunte Louisa und erntete ein verschmitztes Grinsen.

»Ja, die Schokolade liegt jetzt links von meinem Computer.« Danach machte er rasch, dass er weg kam.

»Der treibt mich manchmal zur Weißglut mit seiner ungesunden Esserei«, schimpfte Betty und strafte Louisa mit einem bitterbösen Blick, als sie mitbekam, wie wenig Mühe sie sich gab, ihr Lachen zu unterdrücken. »Wenn der nicht bald was gegen seinen Babyspeck tut, kann er sich das Thema Frauen abschminken.«

Louisa hob ihre Brauen in die Höhe.

»Ach, mach dir da mal keine Sorgen. Sollst mal sehen, wie bei dem die Pfunde purzeln, sobald sich ein Mädel für ihn interessiert!«

»Na, ob ich das noch erlebe, bevor ich mit dir zum Senioren-Basteln gehe?«, seufzte die genervte Mutter. »Eher heiratet unser Chefarzt diese ausrangierte Bücherqueen aus eurer Firma. Das ist ja vielleicht ein Feger!«, hängte sie mit einem vielsagenden Blick an.

»Ach, komm! Lass dem armen Kerl doch diese kleine Liebelei. Der wird es mit Frau Marlow ja nicht gleich auf dem OP-Tisch treiben!« Bei dem Gedanken an die Seniorchefin kam ihr sofort wieder die Abschiedsfeier in den Sinn. Unwillkürlich musste sie an das nette Gespräch mit Dr. Urdenbach denken und an Doreens affektierten Auftritt. In diesem Zusammenhang erinnerte sie sich auch wieder an die merkwürdige Beobachtung, die Edith kurz vorher im Labor gemacht hatte. Mit rechten Dingen ging das seltsame Herumscharwenzeln der Studentin in Dr. Urdenbachs Büro jedenfalls nicht zu.

»Die Tochter vom Wessi ist ja schon ein seltsames Früchtchen«, murmelte sie, während sie gedankenverloren über die Dächer der Häuserblocks blickte. »Ich verstehe ja, dass sie sich nicht unbedingt mit Blifrisk identifiziert, nur weil sie in unserem Labor ihre Masterarbeit schreiben darf. Aber deshalb gehört es sich noch lange nicht, dauernd über die Produkte der Firma herzuziehen, oder?«

»Vielleicht will sie ja nur ihre akademische Überlegenheit demonstrieren«, erklärte Betty. »Aber damit will ich auf keinen Fall ihr Benehmen gutheißen. So was geht in meinen Augen überhaupt nicht. Warum sagt das dieser Göre denn niemand?«

Louisa überlegte eine Weile, ob es wirklich sinnvoll wäre, Doreen auf diese Weise die Augen zu öffnen.

»Viel effektiver wäre es, wenn ich ihr ein paar wissenschaftliche Fakten vor den Kopf knallen könnte. Zum Beispiel einen medizinischen Bericht über Vitaminmangelerscheinungen bei Senioren.«

Mit einem Mal wurde Betty munter.

»Warte mal! Ich glaube, da habe ich was für dich.« Sie pulte ihre blau gekrönten Zehen aus den beiden Schaumstoffsägen und ging ins Wohnzimmer. Wenig später klappte sie ihren Laptop auf dem Balkontischchen auf, klickte mal hier und mal da und scrollte dann solange abwärts, bis sich ihr Gesicht aufhellte. »Bingo! Da haben wir's doch! Es geht doch nichts über ein gut funktionierendes, weit verzweigtes Netzwerk.« Mit stolzem Blick drehte sie Louisa den Bildschirm zu. »Eine Bekannte von mir ist Ernährungsberaterin, und die hat mir den Link zu dieser Plattform gegeben. In dem speziellen Blogbeitrag geht es um Mangelerscheinungen bei Veganern und Leuten, die längere Zeit auf eigene Faust fasten oder eine einseitige Diät machen.« Sie wartete eine Weile, bis sich Louisa eingelesen hatte.

Während sie den ersten Absatz der Abhandlung durchging, nickte sie erst zögerlich, dann immer überzeugter.

»Genau so etwas habe ich gesucht. Einen Bericht, der ganz aktuell ist und der auf wissenschaftlichen Fakten basiert. Dagegen kann Doreen argumentieren, wie sie will!« Mit einem zufriedenen Lächeln ließ sich Louisa in den Korbstuhl sinken. »Super, Betty! Das werde ich ihr morgen Mittag vorlegen, wenn sie wieder zu einem Rundumschlag gegen unsere Vitaminpräparate ansetzt.«

»Meinen Segen hast du.« Betty stutzte, als Robin wenig später mit der gewünschten Weißweinflasche erschien. Zu ihrer grenzenlosen Verblüffung platzierte er zwei Gläser auf dem Balkontisch, drehte fachmännisch den Korken heraus und schenkte den erfreut dreinschauenden Frauen ein. Dann erkundigte er sich mit einem galanten Kopfneigen: »Ich hoffe, es ist den Damen so genehm?«

Louisa strahlte den jungen Mann an.

»Oh, ja, danke. Sehr genehm sogar!«

Betty fand ihre Stimme erst nach mehrmaligem Kopfschütteln wieder.

»Warum habe ich bei solchen Aktionen immer das komische Gefühl, dass du was Kostspieliges brauchst oder was ausgefressen hast?«

Obwohl Robin Louisas Ansicht nach allen Grund gehabt hätte, wütend oder wenigstens empört zu sein, zuckte er nur gelangweilt lächelnd mit den Schultern.

»Ist doch wieder typisch. Ich kann machen was ich will, nie ist meine Mutter zufrieden mit mir!« Dabei zwinkerte er Louisa spitzbübisch zu. »Hast du nicht Lust, mich zu adoptieren?«

»Oh, danke für die Blumen. Aber ich vermute, dann kämst du vom Regen in die Traufe«, meinte Louisa lachend. Dann wandte sie sich wieder ihrer Freundin zu. »Ich finde, Robin sollte sich ebenfalls ein Glas holen und mit uns anstoßen. Ich umgebe mich nämlich gern mit intelligenten, zuvorkommenden Männern.«

»Pfff!« Betty sah irritiert von einem Gesicht zum anderen. Dann zog sie die Mundwinkel hoch und nickte ergeben. »Aber vorher druckst du das hier mal eben für deine Verehrerin aus, ja?«, bat sie und drückte ihrem Sohn den Laptop in die Hand. Als er außer Hörweite war, schimpfte sie heiser über den Tisch: »Ich fasse es ja nicht! Bei dir legt er sich ins Zeug wie Romeo, aber wenn ich ihn auch nur um eine kleine Gefälligkeit bitte, bekomme ich, wenn überhaupt, nur dämliches Protestgelaber zu hören.« Daraufhin holte sie ihrem Sohn ein Glas aus dem Wohnzimmerschrank.

Bis sich Louisa an diesem herrlich milden Abend mit dem ausgedruckten Bericht auf den Nachhauseweg machte, dauerte es noch zwei Stunden und eine weitere Flasche Weißwein, die Robin anstandslos aus dem Keller holte.

Nichts gegen Deftiges, aber diesen riesigen, fettdurchzogenen Kasseler-Scheiben und dem unappetitlich grauen Sauerkraut konnte Louisa an diesem Mittag nichts abgewinnen. Stattdessen türmte sie sich einen hohen Salatberg auf den Teller und lud zusätzlich noch eine hübsch dekorierte Erdbeerquarkspeise auf ihr Tablett.

Edith sah verwundert von ihrem Teller auf, als sich Louisa zu ihr an den Tisch setzte.

»Hast du es am Magen?« Sie schob eine Gabel voll Kartoffelpüree in den Mund und brummte genüsslich. »Für diese Mahlzeit nehme ich heute meinen Cheat Day.« Sie grinste kauend.

»Ich wusste gar nicht, dass du eine Diät machst«, erwiderte sie kichernd und fuhr mit skeptischer Miene fort: »Glaubst du wirklich, du tust dir was Gutes, wenn du mittendrin so zuschlägst?«

Edith nickte und kaute ihren Mund leer.

»Eine Studie am Skidmore College in New York hat gezeigt, dass dieser sogenannte Schummeltag beim Abnehmen sehr nützlich ist. Er sorgt dafür, dass der Stoffwechsel nicht zu stark runterfährt. Außerdem hat es sich gezeigt, dass die Probanden an ihrem Ausnahmetag kaum noch richtig zugeschlagen haben. Nach kurzer Zeit reichte ihnen schon ein kleiner Snack, um sich ausgeglichener zu fühlen und die Verbrennung aufrechtzuerhalten.«

Louisa sah schmunzelnd zu Ediths hochbeladenem Teller.

»Diese Phase kommt bei dir anscheinend noch.«

»Hä, hä, hä!«, erwiderte die Laborassistentin und spießte mit einem schwärmerischen Augenverdrehen ein Stück Fleisch auf die Gabel.

Doreen nahm wie selbstverständlich Platz und musterte Edith interessiert.

»Welche Phase?«. Als ihr die Stille am Tisch zu lange dauerte, lenkte sie ein: »Oh, sorry. Falls ihr gerade über die Wechseljahre redet, will ich mich nicht einmischen. Da habe ich ja noch Lichtjahre Zeit.«

Louisa sah an den herabgezogenen Mundwinkeln der Fünfzigjährigen, dass sie ihr Haar gerade auf Krawall brüstete. Dann kam auch schon ihr erster Angriff.

»Ja. Wir überlegen gerade, mit welchen unserer Vitamine man das Beste aus diesem Lebensabschnitt herausholt.« Die Steilvorlage für Doreen saß.

Am Aufblitzen ihrer heftig geschminkten Augen erkannten die beiden Frauen sofort, dass sich die Studentin für den Torschuss bereit machte.

Dass sie gerade zu dem absoluten Super Goal ausholte, ahnten in diesem Augenblick weder Edith noch Louisa.

»Das ist doch alles Aberglaube, dass man der Natur mit Vitalstoffen ins Handwerk pfuschen kann«, belehrte Doreen ihre Tischnachbarinnen.

»Na, da bist du aber auf dem Holzweg. Noch nie was von Phytohormonen gehört? Deren Wirkung ist hundertprozentig nachgewiesen worden.«

Das war schon einmal Fakt Nummer eins, zählte Louisa in Gedanken auf und zog Fakt Nummer zwei aus ihrer Jackentasche, Bettys Papierausdruck.

»Ach, und hier steht übrigens noch was Interessantes zu diesem Thema. Man hat nämlich herausgefunden, dass gerade sehr alte Menschen mit schlechten Zähnen und altersbedingten Darmstörungen Vitaminzugaben benötigen, um nicht krank zu werden. Und bei ungeübten Veganern und Menschen, die eine sehr einseitige Diät machen, sind solche Ergänzungen auch sinnvoll. Allein um den Eisenwert zu halten, müssten die sonst körbeweise Brokkoli und Linsen essen.« Fakt Nummer zwei.

Doreen las zwar interessiert in den Blättern, hob dabei aber immer wieder gelangweilt ihre Augenbrauen.

»Das beweist doch gar nichts! Solche Berichte stammen meist von Journalisten, die überhaupt keine Ahnung von Medizin und Pharmakologie haben. Außerdem resultiert dieser Hype einzig und allein aus der Profitgier der Herstellerfirmen.«

Das reichte Edith.

»Damit mein Cheat Day nicht noch mehr zu einem Shit Day wird, gehe ich mal lieber wieder an die Arbeit!«, sagte sie ziemlich angefressen und verließ mit ihrem Tablett die Runde.

Völlig unbeeindruckt und mit einem teuflisch anmutenden Grinsen schob Doreen die ausgedruckten Seiten zu Louisa zurück.

»Ich habe doch letztens erzählt, dass ich einen Beweis liefern werde, wie unsinnig das Vitaminzeug gerade für Senioren ist.«

Louisa streckte ihren Rücken mit einem Ruck gerade. Auf diesen Beweis war sie mehr als gespannt. Es mutete fast unheimlich an, zumal er allen aktuellen wissenschaftlichen Erkenntnissen über Nahrungsergänzungsmittel widerspräche.

Doreen sah sich um und neigte ihren Oberkörper leicht zu ihr hin. »Die Versuchsperson, mit deren Hilfe ich beweisen werde, dass Vitaminpräparate kompletter Blödsinn sind, ist allen gut bekannt. Sie entspricht zu hundert Prozent der Altersgruppe, von der wir gerade gesprochen haben. Ein Mensch im fortgeschrittenen Alter und mit einem altersgerechten Gesundheitszustand.«

»Meinst du etwa Frau Marlow?«, murmelte Louisa und löste mit ihrer Frage ein begeistertes Nicken bei der Studentin aus.

Louisas Augen weiteten sich erschreckt und ihr Unterkiefer sackte langsam, aber stetig abwärts. »Und wie sieht dieser Beweis aus?«

Doreens Gesicht strahlte voller Stolz.

»Du weißt doch, dass der Urdenbach der Seniorchefin jeden Monat ein Paket mit speziellen Vitamintabletten aus Amerika zurechtmacht. Ich habe die Dinger zufällig mal gesehen. Die sehen wie zig tausend andere Tabletten aus, die es zurzeit auf dem Markt gibt. Platt, weiß und mit einem Schlitz zum Halbieren. Und da kam mir plötzlich die Idee.«

»Du hast die doch hoffentlich nicht einfach mitgenommen und deiner Großmutter untergejubelt?«, fragte Louisa mit erschreckt geweiteten Augen. Unwillkürlich musste sie an Ediths heimliche Beobachtung denken, bei der sie mitbekommen hatte, wie sich Doreen in Dr. Urdenbachs Büro zu schaffen machte.

»Nee, Quatsch! Das wäre doch auf dasselbe herausgekommen. Nein, ich habe die Tabletten einfach gegen ein Placebo ausgetauscht.«

»Aber hinkt der Beweis nicht? Angeblich soll bei einem Placebo doch der Glaube ausreichen, damit es genauso wirkt wie das eigentliche Medikament.«

»Ach, Unsinn. Richtig bewiesen ist das doch auch nicht. Dieses Ammenmärchen wird von der Pharmaindustrie bewusst verbreitet, um den Absatz an Placebos anzukurbeln.«

Louisa brauchte eine Weile, um Doreens verwegene Beweisaktion zu verarbeiten. Danach starrte sie die Studentin ungläubig an.

»Das ist ja der Hammer!« Die Worte kamen fast ein wenig heiser aus ihrem Mund. Was machte sie nun? Doreen wusste nicht, dass die Seniorchefin kränklich war, und sie die Vitamine unbedingt brauchte, um einigermaßen fit zu bleiben. Und sie selbst hatte Frederic Marlow und dem Laborchef versprochen, niemandem etwas davon zu erzählen. Platzte sie jetzt mit ihrem Wissen heraus, würde mindestens einer von ihnen sie für eine rücksichtslose Plaudertasche halten.

Für den entsetzten Unterton in Louisas Stimme hatte Doreen keine Antenne. Sie sonnte sich in ihrem Triumph.

»Ja, toll, was? Die alte Dame schiebt voller Elan und Hingabe mit ihrem Bücherwagen durch die Schlossklinik, und das auch ohne ihre Powervitaminpille!« Sie lehnte sich beglückt in ihren Stuhl zurück. »So einfach ist das manchmal, der hohen Wissenschaft ein Schnippchen zu schlagen.«

In Louisas Kopf ging es drunter und drüber. Im Grunde war es ihre Pflicht, der Seniorin zu helfen, indem sie ihrem Sohn Bescheid gab. Aber damit würde sie sich selbst ans Messer liefern. Auch wenn es nicht mit der Wahrheit übereinstimmte, könnte er ihr sofort vorwerfen, dass er sich nicht auf ihre Verschwiegenheit verlassen könne, und dann wäre ihre Zeit bei Blifrisk abgelaufen. Noch mehr litt sie in diesem Moment jedoch unter der Vorstellung, dass auch Dr. Urdenbach so denken könnte, denn er hatte sie ja ebenfalls gebeten, nichts über die gesundheitlichen Probleme der Seniorchefin verlauten zu lassen. Und dennoch! Sie konnte nicht tatenlos zusehen, wie Frau Marlow durch ihr Schweigen zu Schaden kam. Schlimm genug, dass Doreen sie mit ihrer gedankenlosen Profilierungssucht in Gefahr brachte.

Gerade wollte sie mit ihrer Gegenrede loslegen, da sah Doreen sie durch misstrauisch verengte Augen an.

»Eins ist dir doch hoffentlich klar, Louisa. Wenn du die Sache mit den Placebos auffliegen lässt, sorge ich dafür, dass du dir einen neuen Job suchen kannst. Und bei meinem Vater in der Schlossklinik brauchst du dann gar nicht erst nachzufragen.«

Louisa hatte an dieser Kröte heftig zu schlucken.

»Reicht es dir denn nicht, dass du bei Frederic Marlow jetzt die absolute Nummer eins bist, weil du seiner Mutter den Job in der Klinik vermittelt hast? Warum musstest du denn unbedingt noch diesen unsinnigen Tablettentausch durchziehen?«

»Was soll denn dabei schon passieren? Der alten Frau geht es gut. So, what?« Doreen streckte mit gelangweilter Unschuldsmiene beide Handflächen nach oben. »Mehr wollte ich doch nicht beweisen.« Nachdem sie aufgestanden war und ihr Tablett genommen hatte, wandte sie sich noch einmal mit einem eindringlichen Blick an Louisa. »Ich kann dir nur raten, es dabei zu belassen.« Dann warf sie ihre blonde Lockenmähne nach hinten und stakste zur Geschirrrückgabe.

Beim Laufen im Schlosspark hatte Betty den Eindruck, dass Louisa irgendetwas mit sich herumtrug. Sie wirkte ziemlich wortkarg und mitgenommen. Aus Mitgefühl hatte sie das Tempo auf den ersten fünfzig Metern schon gedrosselt. Doch noch langsamer zu gehen, grenzte für sie an Quälerei.

»Mit deinen zweitausendvierhundert Schrittchen heute kannst du aber keinen Blumentopf gewinnen«, tastete sie sich langsam an Louisas Baustelle heran. Als ihre Freundin immer noch wortlos neben ihr herwanderte, legte sie nach. »Wenn wir nicht bald einen Zahn zulegen, können wir gleich die Brötchen fürs Frühstück vom Bäcker mitnehmen.«

»Ja doch«, maulte Louisa und schritt etwas rascher voran.

»Warst du eigentlich schon unter Wasser?«, versuchte es Betty mit einem anderen Thema.

»Nee, warum?«

»Du wirkst, als ob du nicht pünktlich wieder hochgeholt worden wärst.«

Diese Stichelei brachte bei Louisa das Fass endgültig zum

Überlaufen. Sie blieb auf der Stelle stehen und musterte ihre Freundin mit einem zornigen Blitzen in den Augen.

»Also wirklich, Betty! Nur weil ich nicht sofort losplappere wie ein Wasserfall, musst du mich nicht so ärgern. Du riskierst, dass du dich gleich hinter Schloss und Riegel im Turmzimmer wiederfindest.« Sie zeigte zum rechten Flügel des Schlosses. »Bei deinen kurzen Haaren kannst du lange warten, bis es fürs Rapunzel Spielen reicht und sich ein Ritter erbarmt, dich da runterzuholen.«

Betty hob entschuldigend beide Hände.

»Oh, tut mir leid. Ich wollte dich nicht ärgern, sondern nur ein bisschen aus der Reserve locken. Scheint es nur so, oder gibt es wirklich unangenehme Neuigkeiten aus der Taucherszene? Hat der ominöse Mister Pobody dir vielleicht Fotos von seinem Nachwuchs gezeigt?« Während sie Louisa ketzerisch anblinzelte, erhöhte sie wieder unmerklich das Tempo.

Mit resoluten Schritten hielt Louisa die Position an ihrer Seite.

»Nee, von dem Typ hab ich nichts weiter gehört«, und etwas bestimmter ergänzte sie, »und auch nicht gesehen. Dafür läuft es in der Firma alles andere als rund. Und wem hab ich das zu verdanken?«, knurrte sie verächtlich.

Betty zuckte mit den Schultern.

»Keine Ahnung. Diesem Sahnehäubchen von Chef vielleicht?«

Louisa gab ein abschätziges Zischen von sich.

»Wenn der wüsste, was ich weiß, hätte er mich längst rausgekegelt. Nächster Versuch!«

»Unserer liebestollen Bücherfee?«, schlug die Krankenpflegerin nun vor.

»Nee, aber unserer süßen Labormaus.«

Betty machte große Augen.

»Du meinst Doreen, die Tochter vom Wessi?«

»Genau die.« Beim Nicken schossen giftige Pfeile aus Louisas Augen. »Sie hat, nur um ihre Hypothese von der Unsinnigkeit von Nahrungsergänzungen zu beweisen, die Vitaminpillen der Seniorchefin gegen Placebos ausgetauscht.«

Betty wiegte ihren Kopf hin und her.

»Na, so tragisch ist das ja nun auch nicht.«

»Doch«, widersprach Louisa und erklärte ihrer Freundin, dass die Seniorin angeblich krank sei und sie dieses Vitaminpräparat deshalb unbedingt einnehmen müsse. Als Betty wider Erwarten still blieb und nachdenklich weitermarschierte, trumpfte Louisa auf. »Siehst du! Da fällt dir auch nichts mehr zu ein.«

Plötzlich griff Betty nach Louisas Ellenbogen und stoppte ihre Vorwärtsbewegung. »Komisch! Das deckt sich auch mit meiner Beobachtung von heute Nachmittag. Irgendwie hatte ich nämlich den Eindruck, dass es der alten Dame nicht so gut geht. Sie sah verschwitzt und blass aus und wirkte ziemlich überfordert. Einmal habe ich sogar mitbekommen, wie sie auf dem Gang eine halbe Flasche Wasser ausgetrunken hat. In den Tagen davor wirkte sie jedenfalls wesentlich frischer. Aber ob das wirklich damit zusammenhängt? So einen hohen Wirkungsgrad haben Vitamine ja nun auch nicht.«

Louisa kaute auf ihrer Unterlippe.

»Das Problem ist nur, dass Doreen die besseren Karten in der Hand hat. Wenn ich dem Chef sage, was passiert ist, wird sie sich was zusammendichten, um mich bei ihm schlecht zu machen, und dann bin ich meinen Job los. Viel besser wäre es, wenn ein Unbeteiligter den Mist aufdecken würde, den sie gemacht hat. Aber bis dahin könnte es für Frau Marlow schon zu spät sein.«

»Na ja, so dramatisch ist das ja nun auch wieder nicht. Bei alten Menschen kommt es doch ständig vor, dass sie ihre Pillen vergessen einzunehmen. Außerdem sind es doch bloß Vitamine«, betonte Betty und machte eine wegwerfende Handbewegung. »Vielleicht hat die kleine Kröte auch erkannt, welchen Bockmist sie gebaut hat und die Sache längst bereinigt.« Betty strich ihrer Freundin tröstend über den Unterarm. »Ich finde, du solltest einfach abwarten, was passiert. Lebensgefährlich wird es für die alte Frau bestimmt nicht. Sie befindet sich bei uns doch in den besten Händen. Außerdem ist sie für die Misere auch ein kleines bisschen selbst verantwortlich.«

»Wieso?« Louisa verstand absolut nicht, worauf sie hinauswollte.

»Hältst du es nicht für reichlich kindisch, dass sie allen vorflunkert, sie sei kerngesund?«

Louisa nickte stumm. Obwohl immer noch keine richtige Lösung in Sicht war, ging es ihr nach Bettys eindringlicher Stellungnahme schon merklich besser. Als sie vom Spiegelweiher in den Buchenwald einbogen, schritten sie beiden etwas forscher voran.

»Vielleicht sollte ich meinen Chef trotzdem warnen, indem ich ihm von deiner Beobachtung erzähle. Ich kann ihm ja mal vorsichtig zu bedenken geben, dass der Bücherjob ganz schön anstrengend für seine Mutter ist.«

Betty hielt diese Idee für sehr vernünftig.

»Und ich werde ebenfalls die Augen offen halten. Da gibt es nämlich etwas auf unserer Station, das möglicherweise mit der windigen Aktion von dieser Doreen zusammenhängt.«

Mehr erzählte sie Louisa allerdings nicht, denn bis zum Parkplatz waren es nur noch wenige Schritte. Nachdem sie ihre Schuhe gewechselt hatten, fielen sie sich wie an jedem Laufabend erleichtert seufzend in die Arme.

»Mach's gut, und halt die Augen im Tauchclub offen! Du weißt schon nach wem«, gab ihr Betty kichernd mit auf den Weg.

Louisa lachte befreit.

»Mach ich. Und bestell meinem jugendlichen Verehrer bitte, dass er für das Ausdrucken des Berichts noch ein Eis bei mir gut hat.«

»Schenk ihm lieber ein Maßband«, konterte Betty beim Einsteigen. »Damit kann er nicht nur seinen Bauchumfang im Auge behalten, sondern auch die Tage bis zum Abitur.«

Wenig später rollten beide Wagen in verschiedene Richtungen vom Parkplatz.

Kapitel 10

Als Louisa ihrem Chef am nächsten Morgen von Bettys Beobachtungen berichtete, machte er keinen besonders besorgten Eindruck. Und dankbar oder gar froh schien er auch nicht zu sein, dass sie ihn auf den veränderten Zustand seiner Mutter aufmerksam gemacht hatte. Selbst als sie ihre Bedenken äußerte, dass das tägliche Schrittezählen seine Mutter vielleicht überfordere, reagierte Frederic Marlow nicht einmal entsprechend. Stattdessen sah er sie nur verwundert an. »Wirklich sehr ehrenwert, dass Sie immer noch besorgt um sie sind, obwohl sie die Firma verlassen hat. Aber wissen Sie, meine Mutter hatte immer schon Tage, an denen es ihr nicht gut ging. Das ist in ihrem Alter völlig normal. Außerdem glaube ich nicht, dass sie in der Klinik immer noch ihr Fitnessarmband trägt. So begeistert war sie nun auch wieder nicht davon. Das müsste Ihnen doch aufgefallen sein.«

Louisa schüttelte erstaunt den Kopf. »Mir kam es eher so vor, als wolle sie gern einen sportlich fitten Eindruck machen.«

Nach kurzem Überlegen sah er sie mit einem unheilvollen Zwinkern an.

»Mal ganz unter uns, Frau Paulus. Kann es nicht sein, dass da auch ein wenig Neid im Spiel ist?«

»Wie meinen Sie das denn?«, fragte sie, obwohl sie genau wusste, auf was sich seine Andeutung bezog.

Er legte den Kopf leicht schief und lächelte süffisant.

»Na ja, es ist doch naheliegend. Sie haben sich so ins Zeug gelegt, um mir meine Mutter, ähm, ein wenig vom Hals zu halten. Sie haben sich anstandslos in ihre Lieblingsbücher eingelesen, sie sogar überredet, an der von Ihnen initiierten Fitnessaktion teilzunehmen. Und dann kommt plötzlich eine Studentin daher und präsentiert mal eben die Hundertprozentlösung für mein Problem. Ist doch verständlich, dass Sie nicht unbedingt glücklich über ihren Erfolg sind.«

Louisa schluckte mehrmals, um ihre Empörung in den Griff zu bekommen.

»Sie meinen also, ich mache mir aus Neid Sorgen um Ihre Mutter?« Sie war viel zu fassungslos, um einen klaren Gedanken fassen zu können. Wie konnte er nur annehmen, dass sie so primitiv denken würde?

Als er mitbekam, wie sehr ihr seine Aussage zu schaffen machte, wiegelte er sofort ab.

»Nein, nein! Ich will damit doch nur ausdrücken, dass ich Verständnis für Ihre Frustration habe, nach dem ganzen vergeblichen Aufwand.«

Vergeblicher Aufwand! Frustration! Pah! Enttäuscht war sie höchstens von ihm und außerdem stinkwütend, aber das durfte sie ihm auf keinen Fall zeigen. Mit versteinerter Miene verfolgte sie, wie er im Zimmer auf und ab ging und vor lauter Anspannung in einem fort sein Kinn lang zog.

»Frau Paulus, im Grunde können wir doch alle von Glück reden, dass Doreen, ich meine Frau Wessel, diese Idee mit dem Bücherjob hatte. Sie müssen sich jetzt keinen Kopf mehr über die klassische Literatur machen, und ich kann endlich schalten und walten, wie ich will. Noch vor einem Monat hätte ich keinen Pfifferling dafür gegeben, dass es einmal so kommen würde. Sie können sicher sein, dass mir das Wohlbefinden meiner Mutter am Herzen liegt, aber ich werde mich hüten, etwas an dem jetzigen Zustand zu verändern. Das verstehen Sie doch?«

»Oh, ja. Natürlich«, erwiderte sie rasch und schluckte ihren Protest wie einen heißen, scharfkantigen Klumpen hinunter.

»Und nun, Frau Paulus, wartet die Firma auf unseren Einsatz.« Er setzte beide Hände schulterbreit vor sich auf die Schreibtischplatte und stemmte sich in die Höhe. »Ich wünsche Ihnen noch einen schönen Tag.«

Kein Zweifel! Frederic Marlow war mit dem Thema Mutter durch. Mit versteinertem Blick erwiderte sie seinen Gruß und verließ den Raum.

So rasch wie an diesem Morgen war sie noch nie von einer Chefbesprechung an ihren Schreibtisch zurückgekehrt, aber erleichtert fühlte sie sich keineswegs. Ganz im Gegenteil. Wenn Frederic Marlow bisher nicht über ihre Weiterbeschäftigung nachgedacht hatte, dann tat er es mit Sicherheit nach diesem Gespräch. Na ja, wenigstens hatte sie versucht, ihn zu warnen. Alles Weitere lag nun nicht mehr in ihrer Hand.

Gerade wollte sie sich einer Verkaufstabelle auf dem Bildschirm widmen, da klingelte das Telefon. Ein kalter Schauer lief ihr über den Rücken, als sie auf dem Display sah, wer sie sprechen wollte.

»Herr Marlow, habe ich etwas vergessen?«, fragte sie mit einem unguten Gefühl im Magen.

»Wäre es möglich, dass sie mir noch schnell etwas für Dr. Urdenbach ins Labor bringen?«

»Ach so, ja natürlich. Kein Problem. Ich hole die Unterlagen sofort ab.« Sie drückte den roten Knopf und atmete befreit aus. Noch mal gut gegangen. Keine Kündigung!

Zwei Minuten später stand sie erneut im Zimmer ihres Chefs und nahm die Mappe, deren Inhalt der Laborleiter gegenzeichnen sollte, an sich.

»Falls Herr Dr. Urdenbach nicht in seinem Büro ist, geben Sie die Unterlagen bitte bei seiner Assistentin ab.« Nachdem sie ihm versichert hatte, es sofort zu erledigen, deutete er mit einem merkwürdigen Flackern in den Augen auf ihr Fitnessarmband am Handgelenk. »Wie viele Schritte bekommen Sie denn so am Tag zusammen?«

Louisa merkte, wie sie vor Unsicherheit rot anlief.

»Na ja, in letzter Zeit leider nicht mehr so viele. Meistens sind es so um die siebentausend, je nachdem, ob ich Zeit habe, abends noch eine Runde zu walken.«

Er nickte anerkennend, aber was er dann sagte, ließ sämtliche Farbe aus ihrem Gesicht entweichen.

»Frau Wessel hat übrigens selten unter zehntausend, und sie meint, mit einem bisschen guten Willen sei das eigentlich gar nicht so schwer zu erreichen.« Sein Blick war die blanke Herausforderung, und der fühlte sich Louisa in diesem Augenblick absolut nicht gewachsen. Was sollte sie darauf erwidern? Dass Doreen immer schon viel geplappert hat, wenn der Tag lang war, und dass bei ihr längst nicht alles mit rechten Dingen zuging?

»Wahrscheinlich ist sie die sportlichere von uns beiden«, säuselte sie so glaubhaft wie möglich. Mit dieser diplomatischen Antwort hatte sie anscheinend genau den Geschmack des Firmenchefs getroffen. Jedenfalls guckte er plötzlich so entzückt, als habe sie ihm gerade mitgeteilt, die Studentin würde als Favorit für den diesjährigen Hochschul-Marathon gehandelt.

Den Weg zum Labor nutzte Louisa, um wieder Ordnung in ihre Gedanken zu bekommen. Nie wieder würde sie sich dazu hinreißen lassen, ihren Chef als einen zuvorkommenden, einfühlsamen Menschen zu bezeichnen. Es ärgerte sie jetzt noch, dass sie sich von seiner Art so hatte blenden lassen. Außerdem nahm sie sich vor, in der Firma kein Wort mehr über das Thema *Doreen und die glorreiche Idee vom Bücherdienst* zu verlieren.

Als Louisa im Eingangsbereich des Labors von Doreens frechem Grinsen empfangen wurde, murmelte sie unhörbar: »Wenn man vom Teufel spricht!« Während sie auf eine etwas weniger aufgesetzte Weise zurückgrinste, hielt sie Ausschau nach dem Rest des Laborteams.

»Falls du Edith suchst, die ist zum Arzt«, rief ihr Doreen umgehend zu. Als sie Louisas besorgtes Gesicht sah, fügte sie augenrollend Auge hinzu: »Mit ihrem Gaul.«

Mit einem erleichterten Nicken ging Louisa weiter zu Dr. Urdenbachs Büro und klopfte. Bedauernd stellte sie fest, dass er nicht da war. Auf dem Rückweg erkundigte sie sich bei der Studentin nach dem Laborleiter.

Doreen zuckte ohne aufzuschauen mit den Schultern.

»Keine Ahnung. Er hat mir nichts gesagt. Soll ich ihm das nachher geben?« Sie zeigte auf die Mappe in Louisas Hand.

Louisa schüttelte den Kopf.

»Nicht nötig. Ich komm später noch einmal rein.« Sie wollte gerade nach der Klinke der Labortür greifen, da sah sie aus den Augenwinkeln, wie die Tür zum Lager aufging und Dr. Urdenbach mit mehreren Kartons beladen auf sie zukam. Sofort warf sie Doreen einen verärgerten Blick zu, denn natürlich hatte sie gewusst, wo er war.

»Ups!«, kommentierte die Studentin mit betont erschrecktem Blick ihr Versehen. »Dass er im Lager war, hab ich total vergessen!«

Beim Näherkommen hellte sich das Gesicht des Laborleiters immer mehr auf.

»Frau Paulus, möchten Sie zu mir?«

»Ja, Herr Marlow bat mich, Ihnen dieses Dokument zum Unterzeichnen vorzulegen.«

Er warf erst einen nachdenklichen Blick auf die Mappe, die Louisa ihm ausgehändigt hatte, dann in Doreens Richtung.

»Wenn Sie einen Moment Zeit haben, unterschreibe ich das im Büro schnell. Dann können Sie es direkt wieder mitnehmen.«

Er lud die Kartons auf der nächst gelegenen Arbeitsplatte ab und ließ ihr den Vortritt in sein Arbeitszimmer. Seltsamerweise sah er sich erneut nach der Studentin um. Louisa schien es so, als wolle er sich vergewissern, dass sie in ihre Arbeit vertieft war.

»Bitte nehmen Sie doch solange Platz«, bat er und zeigte auf die blauen Ledersessel vor dem Fenster.

»Ja, danke.« Schweigend beobachtete sie, wie er die einzelnen Schriftstücke überflog und das letzte unterschrieb. Dann klappte er die Mappe zu und setzte sich aufatmend zu ihr. »Sind Sie eigentlich zufrieden mit dem Verlauf Ihrer Fitnessaktion? Soweit ich es mitbekommen habe, nimmt fast die ganze Belegschaft teil.«

Louisas Bestätigung fiel nicht ganz so begeistert aus, wie er es erwartet hatte.

»Ja, schon. Nachdem der Chef letzten Freitag die ersten monatlichen Laufprämien verteilt hat, haben sich noch fünf weitere Mitarbeiter angemeldet.« Sie verminderte leicht die Lautstärke ihrer Stimme. »Ich fand es nur nicht so gelungen, dass er die höchste Laufprämie einer Person überreicht hat, die nicht einmal Angestellte der Firma ist.«

Sie stutzte erstaunt, als Dr. Urdenbach mit dem Kopf zum Labor deutete.

»Sie meinen Frau Wessel?«, fragte er flüsternd. Nach ihrem Nicken machte er mit der Hand ein Stoppzeichen in Louisas

Richtung, drückte sich geschmeidig hoch auf die Beine und schlich zum Zimmereingang. Als er die Tür abrupt öffnete, konnte Louisa gerade noch erkennen, wie Doreen mit einem Satz zurückwich und den Laborleiter erschreckt anstarrte.

»Wollten Sie etwas von mir, Frau Wessel?«, knurrte der Laborleiter.

Mit einem heftigen Kopfschütteln zeigte sie auf den Boden vor sich und präsentierte eine geradezu lachhafte Erklärung.

»Mir ist vorhin ein Ohrstecker verloren gegangen, und gerade sah ich hier auf dem Boden etwas glitzern. Aber es war wohl nur eine Lichtreflektion.« Ein schiefes Lächeln überzog ihr gerötetes Gesicht, als sie sich wieder zu ihrem Arbeitsbereich zurückzog.

Dr. Urdenbach schloss leise die Tür und schnaubte auf dem Rückweg zur Sitzgruppe verächtlich.

»Es gibt Schlangen, die muss man gut im Auge behalten.«

»Ja, wie die gebänderte Seeschlange zum Beispiel. Sie sieht harmlos aus, gehört aber zu den giftigsten Tieren auf der Welt.« In den Augen des Laborleiters erkannte sie neben der Begeisterung über ihren gelungenen Vergleich so etwas wie eine mentale Übereinstimmung, eine Schwingung, die ihrem Wellenbereich sehr ähnlich war.

Er zwinkerte charmant.

»Ich sehe schon, wir verstehen uns. Und was die Prämie angeht, bin ich ganz Ihrer Meinung. Die sollte wirklich nur an Mitarbeiter ausgezahlt werden. Ich habe mich sowieso gewundert, wie Frau Wessel an diese hohe Schrittzahl gekommen ist. Hier im Labor konnte sie die nie und nimmer erreicht haben, schon gar nicht mit dem extravaganten Schuhwerk.«

»Aber ich halte sie schon für ziemlich ehrgeizig«, kommentierte Louisa seine Aussage. Dabei sah sie die Szene in der Kantine vor sich, als Doreen sie unbedingt mit einem effektiveren Lösungsweg für Frederic Marlows Mutterdilemma übertrumpfen wollte.

Dr. Urdenbach nickte mit gespitztem Mund.

»Ihre Methoden sind nur sehr fragwürdig.«

Bei seinen Worten musste Louisa unweigerlich an Doreens betrügerische Aktion mit den Placebos denken. Und wenn sie bedachte, wie selten sie bisher achttausend Schritte am Tag geschafft hatte, war ihr auch die hohe Schrittleistung der Studentin suspekt. Doreen rannte schließlich nicht wie Betty ständig die Flure auf und ab. In diesem Zusammenhang fiel ihr auch wieder der mitleiderregende Zustand der Seniorchefin ein, und mit einem Mal wurde ihr ganz mulmig zumute. Sollte sie denn wirklich auf Betty hören und abwarten, bis die Zeit das Problem löste? Den Kopf einfach in den Sand zu stecken, war bisher nie ihr Ding gewesen.

Während der kleinen Gesprächspause hatte Dr. Urdenbach sie die ganze Zeit beobachtet.

»Haben Sie eigentlich was Neues von der Seniorchefin gehört? Ich bezweifele, dass sie an ihrem neuen Wirkungsort das Schrittezählen beibehält.«

Seltsam! Es war nicht das erste Mal, dass es Louisa so vorkam, als könne er ihre Gedanken lesen.

»Das tut sie auch nicht mehr, und darüber bin ich sogar froh. Ich hätte Herrn Marlow sonst gebeten, sie von der Beteiligung an unserer Fitness-Challenge zu befreien. Mir kam es nämlich so vor, als sei die Aktion viel zu anstrengend für sie.« Sie sah den Laborleiter betrübt an. »Meine Freundin arbeitet in der Klinik, in der Frau Marlow jetzt tätig ist, und sie hat mir gestern berichtet, dass es der Bücherfrau gar nicht gut gehe. Sie meinte, die alte Dame sähe viel blasser aus als am Anfang und würde richtig erschöpft wirken.«

Dr. Urdenbach sah grübelnd zu Boden.

»Hm! Sie ist wahrscheinlich ganz schön nervös. Veränderungen in dieser Größenordnung steckt man in ihrem Alter nicht mehr so gut weg.« Er musterte Louisas angespanntes Gesicht. »Sie machen sich bestimmt Sorgen, weil ich Ihnen letztens gesagt habe, dass sie nicht ganz gesund ist.«

»Ja, genau«, murmelte Louisa mit einem verzweifelten Lächeln.

»Ist aber wirklich nicht nötig.« Er rutschte auf die vordere

Kante des Sessels und sah sie eindringlich an. »Ich habe Ihnen bei unserem letzten Gespräch nur die halbe Wahrheit erzählt.«

»In Bezug auf Frau Marlows Gesundheit?«

Er nickte.

»Jetzt, wo sie nicht mehr in der Firma ist, kann ich es Ihnen ja sagen. Sie ist schwer zuckerkrank und damit insulinpflichtig. Bei außergewöhnlichem Stress steigt ihr Blutzuckerspiegel stark an, weil ihre Insulinproduktion nicht mithalten kann. Wenn sie Pech hat, führt das zu einer lebensbedrohlichen Stoffwechselkrise.«

Louisa starrte ihn entsetzt an. Doch bevor sie einhaken konnte, fuhr er mit seiner Erklärung fort.

»Da es Frau Marlow so verabscheut, Medikamente einzunehmen, mischen wir die tägliche Insulindosis in ihr amerikanisches Vitaminwunderpräparat. Deshalb ist es so wichtig, dass sie diese Tablette regelmäßig einnimmt.« Er lehnte sich mit zusammengepressten Lippen in den Sessel zurück. »Jetzt wissen Sie auch, weshalb ich mich so verantwortlich für Frau Marlow fühle. Im Grunde wird sie von mir nach Strich und Faden betrogen.«

Louisa senkte den Kopf.

»Nicht nur von Ihnen«, murmelte sie kaum hörbar, doch immer noch so laut, dass er betroffen aufsah. »Sie haben ja recht. Aber die Schuld allein ihrem Sohn in die Schuhe zu schieben, wäre unfair. Immerhin habe ich ihm den Floh ins Ohr gesetzt.« Er warf ihr einen verzweifelten Blick zu. »Sie können mir glauben, dass ich mit der Situation absolut nicht glücklich bin. Der alten Frau braucht nur irgendetwas passieren, dann bin ich derjenige, der dafür geradestehen muss.« Plötzlich sah er Louisa tief und anhaltend in die Augen. »Deshalb bin ich auch so froh, dass es jetzt jemanden in der Firma gibt, mit dem ich offen darüber reden kann. Ich meine, ohne befürchten zu müssen, dass es an die Öffentlichkeit dringt. Jemanden, dem ich absolut vertrauen kann.«

Louisa wusste sofort, wen er meinte. Doch um ihn ein wenig zappeln zu lassen, stellte sie sich unwissend.

»So? Wer könnte das sein?« Sie schmunzelte verstohlen.

Da sie nicht ganz so spontan reagierte, wie er es erwartet

hatte, sah er sie fragend an.

»Oder liege ich da falsch?« Ihr bezaubernd schüchternes Lächeln war ihm Bestätigung genug. »Mir kommt es ohnehin schon länger so vor, als hätten wir einiges gemeinsam.« Seine dunklen Augen sprühten mit einem Mal vor glückseliger Zufriedenheit. »Geht es Ihnen nicht genauso? Ich meine, was das gegenseitige Vertrauen angeht?«

»Doch, schon.« Ein lähmendes Gefühlschaos überrollte in diesem Augenblick ihren Körper. Obwohl ihr Kopf glühte, war ihr eiskalt. Mit dem Blick auf ihre Füße geheftet nickte sie völlig verunsichert. »Aber wir kennen uns, ich meine, Sie kennen mich doch noch gar nicht. Ähm, zumindest nicht richtig.« Ihre Verlegenheit wuchs mit jedem ihrer mühsam zusammengestotterten Worte. Wie kam sie aus dieser Klemme bloß wieder heraus? Und überhaupt! Konnte er nicht endlich aufhören, sie so unverschämt charmant anzusehen?

Ihre Verwirrtheit bestätigte ihm, dass er mit den tiefen Gefühlen, die er schon seit Längerem für diese Frau empfand, richtig lag. Allerdings versetzte es ihm einen Stich, sie so verlegen zu sehen.

»Schade übrigens, dass Sie gestern Abend nicht im Hallenbad waren«, wechselte er rasch das Thema. »Ich wollte Ihnen nämlich etwas geben.« Als sie neugierig ihre Augenbrauen in die Höhe zog, schränkte er zerknirscht lächelnd ein: »Tja, jetzt liegt es allerdings bei meinen Sportsachen im Auto.«

»Möglicherweise sehen wir uns ja in den nächsten Tagen«, tröstete sie ihn, doch das schlechte Gewissen, das ihre Gedanken hartnäckig in Schach hielt, würgte die Freude über die nette Geste zu einer spärlichen Flamme ab. Um nicht noch ärger in Bedrängnis zu geraten, wechselte sie rasch das Thema.

»Um noch mal auf Frau Marlow zurückzukommen: Was passiert eigentlich, wenn sie ihre Tablette mal vergisst?«

»Ach, wenn es einmal dazu kommt, merkt sie noch nicht viel.«

»Und wenn sie sie über einen längeren Zeitraum nicht einnimmt?«

Dr. Urdenbach sah sie verwundert an.

»Dann kommt es zu einer allmählichen Überzuckerung, und das kann schon ziemlich gefährlich werden.«

An dem Misstrauen in seinem Blick erkannte Louisa sofort, dass er sich Gedanken machte, warum ihr diese Frage so wichtig war.

»Grübeln Sie nicht so viel! Was soll denn passieren? Außerdem befindet sich Frau Marlow ja die meiste Zeit des Tages in einem Krankenhaus. Besser kann es doch nicht sein.«

Auch wenn sie sich nach diesen Worten etwas beruhigter fühlte, hatte sie Mühe, ihm ein glaubwürdiges Lächeln zu schenken. Als sie merkte, wie intensiv er ihren Blick erwiderte, stoben die Gedanken und Gefühle in ihrem Kopf wild durcheinander.

»Ich glaube, ich sollte jetzt wieder an die Arbeit gehen.«

Er sprang zeitgleich mit ihr auf und ging hinüber zu seinem Schreibtisch, um die Mappe zu holen. Beim Überreichen klopfte es und Frederic Marlow erschien in der Tür.

»Ah, hier sind Sie, Frau Paulus. Ich habe schon versucht, Sie in Ihrem Büro zu erreichen.« Er winkte lachend mit dem Schriftstück in seiner Hand. »Ich habe noch ein Blatt vergessen beizulegen.«

Louisa war in diesem Moment so verwirrt, dass sie kaum wusste, was sie tun sollte.

»Ja, ähm, ist ja kein Beinbruch«, murmelte sie, gab die Mappe zurück und verabschiedete sich rasch.

Während der Laborleiter an seinem Schreibtisch Platz nahm, um das nachgereichte Dokument zu prüfen, ließ sich Frederic Marlow seufzend in einen der Sessel sinken.

»Bin ich froh, dass sich die Frauenpower mittlerweile um ein Drittel verringert hat.«

Dr. Urdenbach sah kurz auf.

»Ich nehme an, du sprichst von deiner Mutter?«

»Ja, genau. Sie scheint es mit dem Bücherjob in der Schlossklinik ja wirklich gut getroffen zu haben.« Sein sonst eher angespanntes Gesicht wirkte deutlich ausgeglichener.

»Woraus entnimmst du das?«

»Ich hab schon seit zwei Tagen nichts mehr von ihr gehört«, gab er als Begründung an. »Das ist ja bekanntlich ein gutes Zeichen.«

Der Laborleiter legte die Mappe auf den kleinen Beistelltisch vor dem Sesselpaar und setzte sich ebenfalls.

»Frau Paulus meinte allerdings gerade zu mir, sie habe gehört, dass es deiner Mutter gar nicht so gut geht.«

Den besorgten Blick seines Gegenübers ließ der Firmenchef lachend an sich abprallen.

»Ach, komm! Diese dramatische Story hat sie mir vorhin auch schon aufgetischt. Woher will sie das denn so genau wissen?«

»Sie sagte mir, sie habe eine Freundin, die in der Schlossklinik als Pflegekraft arbeitet. Und die meinte wohl, deine Mutter würde, im Gegensatz zum Beginn ihrer Tätigkeit, ziemlich blass und erschöpft wirken.«

Einen Moment lang wunderte sich Frederic Marlow, dass sich seine Assistentin solche Gedanken um das Wohl seiner Mutter machte. Aber gleich darauf schüttelte er unwillig den Kopf.

»Das kann gar nicht sein. Einen Tag vorher hat Mutter mir noch vorgejammert, mit was für einer bildungsfernen Klientel sie sich auf den Stationen herumschlagen müsse. Da machte sie absolut keinen schwächlichen Eindruck. Und ihre nächste Tablettenration habe ich ihr auch pünktlich ausgehändigt.« Er lächelte den Laborchef süffisant an. »Ich glaube eher, dass Frau Paulus unserer taffen Masterstudentin den Erfolg nicht gönnt und sie dich mit dieser Gefühlsduselei auf ihre Seite ziehen will.«

Dr. Urdenbach sah ihn verärgert an.

»Das ist aber eine ziemlich herbe Unterstellung, findest du nicht?«

»Nein, mein Lieber, ganz und gar nicht. Dafür gibt es Fakten. Erst musste sie verkraften, dass ausgerechnet unsere Studentin die Monatsbeste bei der Fitness-Challenge ist. Und dann konnte mir Frau Wessel auch noch die bessere Lösung für das Problem mit meiner Mutter präsentieren. Das hat der guten Frau Paulus mit Sicherheit nicht in den Kram gepasst. Also wenn du mich fragst, riecht das ziemlich nach Zickenkrieg!«

»Du meinst, sie erzählt herum, deine Mutter sei mit ihrer neuen Beschäftigung gesundheitlich überfordert, damit der Eindruck entsteht, die Idee von Frau Wessel sei ein Flop? Das kann ich mir beim besten Willen nicht vorstellen!«

Frederic Marlow lachte laut und spöttisch.

»Mann, es ist doch allgemein bekannt, dass Frauen in Betrieben ständig um irgendwelche ideellen oder geldwerten Vorteile konkurrieren.«

»Bei dieser Studentin stimme ich dir absolut zu«, brummte der Laborchef. »Aber was die Motive deiner neuen Assistentin angeht, wäre ich vorsichtig. Mir kommt sie jedenfalls tausendmal glaubwürdiger und seriöser vor als dieses Modepüppchen da nebenan.« Er zeigte mit dem abgespreizten Daumen zum Laborraum.

Der Firmenchef schmunzelte.

»Höre ich da vielleicht den Lockruf der Natur?« Er prustete amüsiert. »Sag nur, du hast ein Auge auf meine neue Assistentin geworfen!« Sein erhobener Zeigefinger wippte nach rechts und links. »Obacht, mein Lieber! Frauen sind Meister der Berechnung. Lass dich von ihr bloß nicht vor den Karren spannen!« Nach diesem kameradschaftlichen Rat fischte er plötzlich sein summendes Handy aus der Jackentasche, drückte sich aus dem Sessel hoch und überflog im Vorwärtsgehen die Nachricht. Zur Verwunderung des Laborleiters blieb er kurz vor der Tür abrupt stehen und drehte sich mit weit aufgerissenen Augen zu dem Laborleiter um. »Das war die Schlossklinik. Ich soll umgehend dorthin kommen«, sagte er mit bebender Stimme. »Da muss irgendwas passiert sein.«

Kurz vor sechs hatte Louisa ihr Tagespensum geschafft. Nach den aufwühlenden Gesprächen mit Frederic Marlow und dem Laborleiter war sie besonders froh, sich gleich im wunderschön gepflegten Grün des Schlossparks auspowern zu können. Nachdem sie den Computer heruntergefahren und ihren Arbeitsplatz aufgeräumt hatte, warf sie noch einen raschen Blick in den Spiegel. Dann nahm sie ihre Tasche und das Handy und verließ den

Raum. Da es häufiger vorkam, dass Betty aus dienstlichen Gründen ihren gemeinsamen Lauftermin nicht einhalten konnte, und Louisa selten Lust hatte, allein zu laufen, prüfte sie rasch nach, ob Nachrichten eingegangen waren. Und tatsächlich! Auf dem Display ploppte eine Mail von ihrer Freundin auf, und was für eine! Als ihr die fünf Smileys mit großen Augen direkt am Anfang der Mail ins Auge fielen, musste sie schmunzeln. Selbst ein betagter Seniorenheimbewohner hätte daraus schließen können, dass der Absenderin etwas ganz Außergewöhnliches widerfahren war. Der Rest ließ sie allerdings entsetzt einatmen.

Eure Bücherfee ist vorhin zusammengebrochen! Mehr dazu nachher beim Laufen.

Louisa las die zwei kurzen Sätze erst hastig, dann noch einmal langsam und laut. Verdammt! Sie ließ die Hand mit dem Handy sinken und ging wie in Trance auf ihren Wagen zu. Jetzt war es tatsächlich so gekommen, wie sie es befürchtet hatte! Als sie losfuhr, hoffte sie inständig, dass Frau Marlow nur einen harmlosen Schwächeanfall erlitten hatte und kein lebensbedrohendes Organversagen. Während der Fahrt plagte sie so sehr die Ungewissheit, dass sie sich immer wieder zwingen musste, sich zu konzentrieren. Zum Glück würde sie in wenigen Minuten genau wissen, was passiert war.

Auf dem Schlossparkplatz war von Betty noch nichts zu sehen. Louisa parkte wie immer unter der riesigen Kastanie, setzte sich auf die Kante des Kofferraums und begann, ihre Schuhe zu wechseln. Schon während der Fahrt hatte sie hin und herüberlegt. Sollte sie Dr. Urdenbach in Kenntnis über die Nachricht setzen, oder würde er es für eine übereifrige Einmischung halten? Sicherlich hatte ihm Frederic Marlow schon Bescheid gesagt, und dann würde er ihr Mitteilungsbedürfnis vielleicht als Effekthascherei interpretieren, oder gar, als wolle sie sich möglichst geschickt an ihn heranmachen. Aber was, wenn er noch gar nichts davon wusste? Nach all dem, was er ihr so vertrauensvoll mitgeteilt hatte, fühlte sie sich irgendwie verpflichtet, ihn zu informieren, vor allem auch über Doreens verantwortungslose Tablettenschummelei. Aber wie würde sie dann nicht als Petze dastehen?

Und außerdem! Wie sollte sie den Laborleiter erreichen? Sie hatte ja gar keine private Nummer von ihm.

In diesem Moment rollte Bettys Wagen heran. Die schlanke Pflegeleiterin stieg behände aus und eilte auf ihre Freundin zu. Schon während der üblichen Umarmung wurde sie von Louisa mit Fragen überschüttet.

»Mensch, was ist denn bloß passiert? Habt ihr Frau Marlow auf die Intensivstation bringen müssen?« Als Betty ihr, statt zu antworten, nur einen bedenklichen Blick zuwarf, presste Louisa ihre allerschlimmste Befurchtung hervor. »Sag nur, sie ist gestorben!«

»Ach, Papperlapapp! Bei der muss man schon schwerere Geschütze auffahren, um sie tot zu kriegen. Die war zwar kurz ohne Bewusstsein, aber jetzt liegt sie bei mir auf der Privatstation und macht den jungen Pflegerinnen das Leben schwer.«

Als Louisa Bettys typisch genervten Gesichtsausdruck wahrnahm, hatte sie sofort wieder ein besseres Gefühl.

»Und weshalb ist Frau Marlow nun umgekippt?«

Betty sah ihre Freundin an, als ob man bei der Seniorin eine Mehrlingsschwangerschaft festgestellt hätte.

»Tja, du wirst es nicht glauben, aber eure Queen Mum ist schwer zuckerkrank. Sie hätte längst schon Insulin gebraucht.« Plötzlich lachte sie schallend. »Stell dir vor, sie wollte uns weismachen, dass sie mit den Vitamindrops aus eurer Firma prima über die Runden kommt. Pah! Bei einem Zuckerwert von über 800! Sie kann von Glück reden, dass ihr das nicht nachts passiert ist, sondern bei uns im Krankenhaus. Mit ihrer ausgeprägten Überzuckerung hätte sie in Nullkommanichts ins Koma fallen können, und dann wärt ihr sie für immer losgewesen.«

Louisa presste die Lippen aufeinander.

»Ich wusste schon vorher, dass sie Diabetikerin ist.«

Betty schüttelte verständnislos den Kopf.

»Wie jetzt? Alle Welt wusste davon? Das ist doch …«

»Absurd«, ergänzte Louisa, da ihr nichts Passenderes einfiel. »Das es ist wirklich. Völlig absurd. Das Schlimmste ist, dass ich mich verpflichtet habe, den Mund zu halten. Ihr Sohn ist doch mein Vorgesetzter, und dem musste ich mein Wort geben, nichts über ihre Krankheit auszuplaudern.«

Nun klatschte sich Betty die flache Hand auf die Stirn.

»Aber das ist doch mindestens genauso krank!«, wetterte sie. »Wenn nicht sogar kriminell. Mag ja sein, dass die alte Frau schon zu senil ist, aber dann müsste ihr Sohn doch dafür sorgen, dass sie Insulin bekommt. Alles andere grenzt doch an Mord.« Sie blickte ihrer Freundin eindringlich in die Augen. »Mensch, Lou! Wenn das rauskommt, kann man dich wegen unterlassener Hilfeleistung verklagen. Ist dir das klar? Oder wenigstens wegen Mitwisserschaft.«

Den eigentlichen Schuldschuh hatte sich Doreen anzuziehen, redete sich Louisa ein, um ihr schlechtes Gewissen zu beruhigen. Aber die Studentin hatte bestimmt nichts zu befürchten, denn Frederic Marlow würde sofort seine schützende Hand über sie halten.

Mittlerweile kauerte Louisa wie ein Häufchen Elend auf der Kofferraumkante.

»Du hast ja recht, aber dass es so schlimm kommt, konnte ich doch nicht wissen«, jammerte sie und hängte dann leise an: »Außerdem würde ich meinen Job gern noch ein bisschen behalten. Wenn ich mich jetzt in der Probezeit durch mangelnde Diskretion und Loyalität profiliere, kann ich doch gleich meinen Hut nehmen.«

»Hm«, brummte Betty und schrappte mit den Schuhen nachdenklich auf dem Parkplatzboden herum. »Und dann ist bei der Untersuchung noch eine merkwürdige Sache herausgekommen.«

Louisa stutzte. »So? Was denn?«

»Kurz nach dem Vorfall habe ich ja ihren Sohn benachrichtigt. Der kam dann auch sofort und brachte seiner Mutter ein paar Sachen für die Klinik mit. Unter anderem die Vitamintabletten, die sie täglich einnimmt.«

Louisa ahnte Böses.

»Hat Dr. Wessel denn mit den beiden über den Diabetes gesprochen?«

»Klar hat er das, aber erst nur mit dem Sohn. Dabei kam heraus, dass seine Mutter bestens über ihre Krankheit Bescheid wusste, und dass er sie schon immer über diese ominösen Vitamintabletten mit Insulin versorgt. Als Begründung gab er an, sie habe seit dem Tod ihres Mannes eine sehr spezielle Meinung zu Ärzten und würde sich strikt weigern, sich von ihnen etwas verordnen zu lassen. Deshalb verstehe er auch nicht, wieso ihr Zuckerwert mit einem Mal so hoch war.«

Louisa konnte sich dieses Phänomen bestens erklären. Placebos bestanden nun einmal aus nichts anderem als Zucker und Laktose. Da Betty aber am unechten Klang ihrer Stimme sofort gemerkt hätte, dass sie etwas verheimlichte, beschränkte sie sich auf ein knappes »Und weiter?«

»Zur Sicherheit hat der Chef dann eine von diesen Supervitaminpillen zur Untersuchung ins Labor geschickt.« Betty sah Louisa nun mit einem geheimnisumwitterten Blick an. »Da stellte sich dann heraus, dass in der Vitaminpille überhaupt kein Insulin enthalten war. Du kannst dir gar nicht vorstellen, wie dieser Marlow da geguckt hat. Der konnte sich das überhaupt nicht erklären.«

Louisa sah zum Park hinüber. Eigentlich hätte sie jetzt so tun müssen, als sei sie bass erstaunt, doch die Lügerei wurde ihr allmählich zu viel.

»Vielleicht hat ja jemand Frau Marlows Tabletten ausgetauscht«, meinte sie kleinlaut.

Betty schien nichts bemerkt zu haben.

»Diesen Verdacht hat ihr Sohn auch geäußert. Aber gleichzeitig hat er heftig bestritten, dass jemand aus seiner Firma für diese Tat infrage käme.« Sie guckte einen Augenblick lang stumm vor sich hin. »Das Verrückteste kommt aber noch.« Bevor sie fortfuhr, prüfte sie mit einem raschen Blick zu Louisa, ob ihre Ankündigung den gewünschten Effekt erzielt hatte. »Als ich kurz nach dem Gespräch mit dem Chef allein im Untersuchungszimmer war, rückte er plötzlich damit raus, dass die untersuchte Tablette ein reines Placebo sei. Im Labor hätten sie darin nicht einmal eine Spur von Vitaminen entdeckt. Und dann meinte er noch ziemlich irritiert, er könne schwören, dass es eins von den Placebos sei, die er unseren Patienten verabreicht. Es gibt ja diese Pseudokranken, die überhaupt kein Medikament brauchen, aber erst zufrieden sind, wenn sie etwas verordnet bekommen.«

Dass die Placebos aus der Schlossklinik stammten, wunderte Louisa nun gar nicht. Dr. Wessel hatte ihr schließlich bei der Tauchuntersuchung anvertraut, dass Doreen vor ihrem Studium eine Ausbildung in der Klinik angefangen hatte. Also kannte sie diese Quelle bestens und hatte sich kurzerhand dort bedient.

»Das ist ja ein starkes Stück!«, bekundete sie möglichst glaubhaft ihre Empörung.

Betty schnaubte verächtlich. »Und willst du nicht wissen, ob das Zeug nun wirklich von uns stammt?«, fragte sie eher verärgert als verwundert.

»Oh, ja, entschuldige. Tut es das denn?« Diese elende Schauspielerei brachte sie allmählich um den Verstand.

Betty nickte irritiert.

»Ich habe sofort eine Pflegerin losgeschickt, um im Medikamentenschrank nachzusehen, und die hat tatsächlich festgestellt, dass eine Dreißigerpackung fehlt.«

Louisa schüttelte erneut ihren Kopf.

»Unglaublich!« Doch diesmal wurde sie von Betty derart misstrauisch angesehen, dass sie kaum noch wusste, wie sie ihre fragwürdige Rolle weiterspielen sollte. »Und was hat Dr. Wessel dazu gesagt?«

»Dass das Zeug aus unserem Lager stammt, hat ihn richtig umgehauen.« Mit eindringlichem Blick musterte sie Louisas angespanntes Gesicht. »Könnte es nicht sein, dass Wessis Fräulein Tochter die Tabletten ausgetauscht hat? Die sitzt doch mit bei euch im Labor.« Als Louisa nichts antwortete und auch sonst keine Gesten von sich gab, stupste Betty sie sanft an. »Du weißt, dass sie es getan hat, nicht wahr?«

Diesmal nickte sie mit hängendem Kopf.

»Dir ist doch klar, dass dieses Früchtchen mit dem Leben eines Menschen gespielt hat, und dass man sie eigentlich anzeigen müsste?«

»Ja, weiß ich doch alles«, brummte Louisa ärgerlich. »Aber hast du dir mal ausgemalt, was das für Konsequenzen hätte, vor allem auch für ihren armen Vater? Außerdem, wie willst du beweisen, dass Doreen die Tabletten aus dem Lager geklaut hat?« Louisa sprang vom Rand ihres Wagens und stellte sich mit beiden Armen lamentierend vor Betty. »Die ist doch nicht doof. Sie wird sofort alles abstreiten und eiskalt behaupten, dass ich sie aus Neid oder Eifersucht oder was auch immer vor dem Chef schlecht machen wolle. Und dreimal darfst du raten, wen Frederic Marlow dann an die Luft setzt.«

Nun war es Betty, die stumm über den Parkplatz schaute. Ihre Ratlosigkeit bekam sogar noch eins draufgesetzt, als Louisa mit brüchiger Stimme ergänzte: »Genau damit erpresst sie mich doch. Sie hat mir angedroht, mit ein paar passenden Bemerkungen würde sie Frederic Marlow ganz flott dazu bekommen, mich rauszuwerfen. Und ich gebe dir Brief und Siegel darauf, dass ihr mit Sicherheit was Passendes einfällt.«

»Dieses Luder!«, knurrte Bettys nach einer kurzen Pause mit bedrohlich wirkender Stimme. Dann kniff sie die Lippen zusammen und nickte. »Wäre doch gelacht, wenn wir die nicht am Schlafittchen gepackt kriegen. Lass mich mal machen! Ich hab da schon so eine Idee«, meinte sie leise zu sich selbst. Ihre Freundin herrschte sie gleich darauf mit deutlich kräftigerer Stimme an. »Wofür sind wir eigentlich hier? Jetzt aber mal flott! Die Schritte laden sich ja nicht von selbst auf unsere Tracker!«

Die ersten zwei Kilometer marschierten die beiden Frauen zügig voran, und das tat ihnen an diesem besonderen Tag auch sehr gut. Durch das forcierte Atmen bekamen sie endlich ein wenig Ordnung in ihre wirren Gedanken. Louisa spürte zunehmend, wie der schmerzhafte Druck in ihrem Kopf nachließ und ihre übelsten Befürchtungen merklich kleiner wurden. Eine Angst blieb allerdings bestehen, und die bezog sich gar nicht mal auf ihr eigenes Schicksal. Seit dem schlimmen Ereignis mit der Seniorchefin kreisten ihre Gedanken auch um Dr. Urdenbach. Es tat ihr in der Seele weh, zu sehen, wie verantwortlich er sich für das Wohlergehen der alten Dame fühlte und wie sehr er die

Heimlichtuerei mit dem Insulin hasste. In diesem Moment wurden auch ihre Zweifel stärker, dass sich Frederic Marlow schützend vor ihn stellen würde, wenn es hart auf hart kam. Da sie an der Tablettenpanscherei nicht beteiligt war, würde ihr die Polizei nichts vorwerfen können. Doch was würde aus ihm werden, wenn es Doreen schaffte, sich frei zu lügen?

Kapitel 11

Mit wenigen kraftvollen Kraulschwimmzügen erreichte Alexander Urdenbach den Rand des Schwimmerbeckens. Er schob seine Schwimmbrille zur Stirn hoch und wischte das Wasser aus seinem Gesicht. Bis er wieder normal Luft bekam, breitete er die Arme am Beckenrand aus und beobachtete die wenigen Badegäste, die jetzt um kurz vor acht Uhr noch ihre letzten Bahnen zogen, oder mit vorsichtigen Schritten hinuber zum Spaßbecken tappten. Bald würden sie sich in den Duschräumen und Umkleiden einfinden, denn die Badezeit ging langsam zu Ende.

Seitdem er Louisa Paulus das erste Mal im Eingangsbereich der Schwimmhalle getroffen hatte, hielt er während seines Trainings immer wieder Ausschau nach ihr. Bisher jedoch vergeblich. Sein Wunsch, ihr hier ein weiteres Mal zu begegnen, war mittlerweile so übermächtig geworden, dass er sich fast schon albern vorkam. Aber was sollte er machen, wenn ihm diese wundervolle Frau Tag und Nacht im Kopf herumspukte.

Nach einer kurzen Weile schnellte er sich aus dem Wasser hoch auf die Füße und ging zu der Steinbank vor der Fensterfront, auf der sein Handtuch lag. Bevor er sich die Haare trocken rubbelte, pfefferte er seine Brille enttäuscht in die Sporttasche, in der immer noch das Päckchen lag, das er ihr längst geben wollte. Wie oft hatte er schon in Gedanken die Szene durchgespielt, in der er sie hier wiedertraf und ihr die kleine Aufmerksamkeit überreichte? Die lockere Freizeitatmosphäre des Hallenbads war genau der richtige Ort dafür. Er war unverfänglich und passte prima zum Inhalt seines kleinen Geschenks. In der Firma bestand immer die Gefahr, dass es ein Kollege mitbekam und blöde Bemerkungen machte. Aber so wie es jetzt aussah, blieb ihm wohl nichts anderes übrig, als es ihr doch im Büro auszuhändigen.

Er legte sich das Handtuch um den Hals und ging am Beckenrand entlang zum Eingang der Tauchschule. Als er den Vorraum betrat, in dem sich auch das Büro befand, begrüßte ihn Sascha auf seine typisch lockere Art. »Hi, Alex. Du kannst dir nicht vorstellen, wie schwer es manchen fällt, so ein simples Anmeldeformular richtig auszufüllen«, beklagte er sich ohne vom Bildschirm aufzuschauen. »Da steht groß und breit, in welches Feld der Vorname und der Nachname gehört, und trotzdem muss ich die Einträge bei der Hälfte der Anmeldungen korrigieren. Am schlimmsten ist es mit der Rubrik für die Postleitzahl. Da gibt es wirklich Deppen, die da ihre Telefonnummer reinhauen.« Stöhnend strich er seine blonden Haarsträhnen mit den Fingern nach hinten. Die Schreibtischtätigkeit war und blieb für den gelernten Heizungsinstallateur eine Strafarbeit. Tausendmal lieber hätte er mit seinen Tauchschülern die Ausrüstung auseinander- und wieder zusammengebaut.

Der Laborleiter warf dem Tauchlehrer ein bedauerndes Lächeln zu und ging dann weiter zum Flur, von dem es zu den übrigen Räumen der Tauchschule ging. Kurz vor der Männerumkleide blieb er abrupt stehen und wiederholte leise das Wort Tauchschüler. Na klar! Das war es doch! Frau Paulus ging wahrscheinlich gar nicht schwimmen, wie er es erst vermutet hatte, sondern nahm an einem der Tauchkurse teil. Warum war er nicht schon früher drauf gekommen? Durch ihre Aussage im Buchladen, dass ihr das Tauchen zu teuer und zu elitär sei, hatte er angenommen, dieser Sport sei ihr zuwider. Aber möglicherweise hatte sie es ja nur gesagt, um in seiner Gegenwart keinen snobistischen Eindruck zu erwecken.

Nach einem befreiten Durchatmen drehte er um und ging zum Büro zurück.

»Ach, noch was, Sascha. Gibt es im Anfängerkurs zufällig eine Frau, die Louisa heißt?«

»Du meinst den Kurs, der am Freitag seinen ersten Tauchgang mit Flasche hat?«

Alexander Urdenbach nickte hoffnungsvoll.

»Nee, du. Nicht, dass ich wüsste.« Sascha hatte sich auf dem Bürostuhl zu ihm gedreht. »Da gibt es nur drei Frauen. Paula, Maike und Katrin.«

»Vielleicht bei den Anmeldungen für die kommenden

Kurse?«, versuchte es der Laborleiter weiter.

Mit wenigen Klicks holte Sascha die Liste mit den nächsten Bewerbern auf den Bildschirm. Nachdem er in der Vornamenrubrik mit dem Curser mehrmals auf- und abwärtsgefahren war, schüttelte er den Kopf.

»Nee, tut mir leid, Alex.« Plötzlich breitete sich auf seinem kunstgebräunten Gesicht ein breites Grinsen aus. »Das muss ja ein heißes Geschoss sein, wenn du dich so ins Zeug legst, nach der zu fahnden.«

Der Laborleiter sagte nichts, sondern bedachte den Tauchschulleiter nur mit einem lässigen Heben der Mundwinkel.

»Ach, übrigens, Alex!« Sascha faltete mit einem jovialen Grinsen die Hände hinter dem Kopf. »Falls diese Traumfrau hier aufkreuzt, werde ich sowieso erst mal prüfen, ob sie nicht eher was für mich ist. Immerhin bin ich hier der Boss.«

»Hätte ich mir auch nicht anders denken können«, erwiderte der Laborleiter. Mit einem nichtssagenden Gesichtsausdruck machte er sich wieder auf den Weg zum Umkleideraum, begleitet von Saschas schadenfrohem Lachen. So unbeeindruckt wie sich Alexander Urdenbach dem Tauchschulleiter gegenüber gegeben hatte, war er aber ganz und gar nicht. Der Reinfall bei der Computerrecherche machte ihm ganz schön zu schaffen. Er hätte seine Tauchausrüstung darauf verwettet, dass ihr Name auf einer der Listen stehen würde.

Auf dem Weg zur Dusche stellte er sich ein letztes Mal vor, wie toll es gewesen wäre, dieser begeisterungsfähigen, naturverbundenen Frau die Unterwasserwelt des Roten Meers zu zeigen. Etliche Male war er schon allein oder mit einer Gruppe von Tauchern in Sharm el Sheikh und Hurghada gewesen, aber mit ihr würde diese Tauchtour zu einer Traumreise werden.

Mit dem bitteren Gefühl der Ernüchterung drückte er auf den Duschknopf und drehte den Temperaturregler auf kalt. Unter dem eisigen Duschstrahl spürte er, wie auch der Rest dieser wunderschönen Vorstellung aus seinem Kopf verschwand.

In dieser Nacht hatte Louisa kaum geschlafen. Statt nach

Bettys zuversichtlicher Äußerung, dass sie vielleicht einen Lösungsweg wisse, beruhigt einzuschlafen, hatte sich das Gedankenkarussell in ihrem Kopf von Stunde zu Stunde schneller gedreht. In immer übleren Varianten hatte sie sich die Szene vorgestellt, in der ihr Frederic Marlow die Kündigung aussprach. Dann war ihr Doreen erschienen, wie sie mit einer Maske über dem Gesicht und in einem schwarzen, hautengen Overall durch Dr. Urdenbachs Büro schlich und die Tabletten für die Seniorchefin gegen Gummibärchen austauschte. Gegen vier Uhr morgens war sie abermals aus einem wirren Traumgespinst aufgeschreckt, in dem Frau Marlow, unter einem riesigen Bücherberg begraben auf dem Flur der Privatstation lag und mit kläglicher Stimme nach ihrem Sohn rief. Danach war sie in einen ziemlich oberflächlichen Schlaf gesunken, bis der Wecker sie um sieben endgültig aus diesem unerquicklichen Zustand riss und sie sich mit bleischweren Gliedern unter die Dusche schleppte.

Nach einem großen Pott Kaffee ging es ihr auf der Fahrt zur Firma wieder deutlich besser. Als sie am Abzweig zum Hallenbad vorbeikam, musste sie sogar ein wenig kichern. Seitdem ihr Dr. Urdenbach im Buchladen begegnet war, musste sie immer wieder an seine wunderschönen Hände denken. Beim gemeinsamen Blättern im Ägypten-Reiseführer war ihr sofort aufgefallen, wie feingliedrig und gepflegt sie aussahen. Im Nachhinein ärgerte sie sich sehr, dass sie ihm bei dieser Gelegenheit nicht ehrlich gesagt hatte, dass es ihr größter Traum war, tauchen zu können und dass sie im Hallenbad gerade einen Kurs besuchte. Eigentlich war sie beschämend ungerecht zu ihm gewesen. Er vertraute ihr so sehr, dass er sie sogar in die Interna um Frau Marlows Erkrankung eingeweiht hatte, und sie zierte sich, ihm zu sagen, dass sie sich bei einem Arbeitsplatzverlust das Tauchen nicht mehr leisten können würde. In diesem Moment ärgerte sie sich auch maßlos über ihre unüberlegte Behauptung, dass dieser Sport nur etwas für Reiche und Angeber sei. Sicherlich hielt er sie jetzt für einen intoleranten Kleingeist.

Der Weg durch die Flure der Firma hatte für sie mittlerweile etwas von einem Gang über brüchiges Eis. Jeden Moment musste sie damit rechnen, dass es unter ihr knackte und sie ohne viel Aufhebens von der Bildfläche verschwand. Bis sie ihr Büro erreicht hatte, verlief dieser Morgen jedoch ganz normal. Sie legte ihre Tasche auf dem Sideboard ab und öffnete alle Fensterflügel weit, um die frische Morgenluft hereinzulassen. Beim flüchtigen Blick zu ihrem Schreibtisch stutzte sie allerdings, denn dort vor der Tastatur ihres Rechners hatte jemand ein kleines Paket abgelegt. Es war sauber in blaues Geschenkpapier eingeschlagen, und obenauf lag ein weißer Briefumschlag.

Louisa ahnte sofort, von wem das Geschenk kam. Beim Auspacken spürte sie deutlich, wie die Temperatur ihrer Gesichtshaut anstieg. Einen Augenblick später hielt sie ein Buch in der Hand, dessen Titel ein Strahlen in ihre Augen zauberte. *Tauchreviere rund um die Sinai-Halbinsel*. Ungefähr in der Mitte der Seiten steckte ein orangefarbener Papierreiter. Als sie das Buch an dieser Stelle aufklappte, blickte sie auf das Kapitel, das sich mit dem Küstenstreifen vor Sharm el Sheikh befasste. Auf der gegenüberliegenden Seite leuchtete ihr eine wunderschöne Unterwasseraufnahme entgegen, auf der sich ein Schwarm weiß-gelb gebänderter Fische vor einem leuchtend roten Korallenriff tummelte.

Völlig überwältigt öffnete Louisa den Umschlag und nahm eine Briefkarte heraus. Beim Lesen war sie so aufgeregt, dass ihre Hand, mit der sie das Blatt hielt, ohne Unterlass zitterte. *Liebe Frau Paulus, ich hoffe, das Buch gefällt Ihnen so gut, dass Sie Ihre Meinung über diesen wunderschönen Sport überdenken. Taucher sind übrigens ganz anders als Sie denken - bescheiden, gefühlvoll und sehr vertrauenswürdig. Mit herzlichen Grüßen, Ihr Alexander Urdenbach*

Nach einer Weile ertappte sie sich, wie sie die Worte, die mit einer sehr gleichmäßigen, etwas steilen Handschrift verfasst worden waren, schon zum x-ten Mal las. Während sie die Karte behutsam neben das Buch legte, kaute sie verlegen auf ihrer Unterlippe. Hatte sie es nicht schon geahnt? Die Hauptfreizeitbeschäftigung dieses Mannes war gar nicht das Schwimmen. Er war sicherlich Mitglied in Saschas Tauchverein. Was musste er nur gedacht haben, als sie sich im Buchladen so abfällig über diese Sportlerspezies geäußert hatte?

Gedankenverloren strich sie erst über das Buch, dann über die Karte. Ganz klar! Sobald sich eine Lücke in ihrem Arbeitspensum ergab, würde sie zu ihm gehen und sich bedanken. Doch wie konnte sie es schaffen, ihn im Labor anzusprechen, ohne dass Edith oder Doreen etwas mitbekamen?

Doreen betrachtete mit hochgezogenen Brauen ihre dunkelrot lackierten Nägel. Dann blickte sie gelangweilt zu Frederic Marlow hinüber, der zurückgelehnt im Sessel saß und mit der Laborassistentin telefonierte.

»Ja, Frau Fuchs, genau. Wenn Dr. Urdenbach in den nächsten Minuten zurück sein sollte, schicken Sie ihn bitte umgehend in mein Büro.« Mit einem kurzen Gruß beendete er das Gespräch.

»Bin mal gespannt, was er mir dazu zu sagen hat. Eigentlich kann ich mir überhaupt nicht vorstellen, dass er so etwas tun würde«, sagte er nachdenklich zu der Studentin, die an der Fensterbank lehnte und ungeduldig mit dem Fuß wippte. »Er wird bestimmt empört sein und alles abstreiten.«

Sie warf ihre Locken mit gekonntem Schwung nach hinten.

»Bei Ihrer neuen Assistentin sollten Sie übrigens auch vorsichtig sein. Wenn mich nicht alles täuscht, steckt die mit dem Urdenbach unter einer Decke. Ist Ihnen schon mal aufgefallen, wie häufig die in letzter Zeit bei ihm im Büro herumhockt?«

Frederic Marlow kniff die Augen leicht zusammen.

»Du meinst, die haben das mit den Tabletten zusammen ausgeknobelt?«

»Warum nicht? Beim Essen in der Kantine hat die Paulus mehrfach durchblicken lassen, wie ätzend sie es findet, dass du deine Mutter immer noch in der Firma mitmischen lässt.«

Gerade wollte er etwas dazu äußern, da klopfte es und der Laborleiter trat mit ausladenden Schritten ein. Er begrüßte Doreen mit einem flüchtigen Nicken und wandte sich dann an den Firmenchef.

»Du wolltest mich sprechen?«

Frederic Marlow nickte ohne den Hauch eines Lächelns. Mit

leichtem Unbehagen beobachtete der Laborleiter, wie er Doreen zunickte.

»Frau Wessel, wären Sie so nett?« Mit den Augen deutete er dabei zur Tür. Sie machte ein betont langes Gesicht und stakste an dem Laborleiter vorbei zur Tür. Auf seiner Höhe angekommen lächelte sie ihm mit hochgerecktem Kinn eiskalt zu und verabschiedete sich.

Kaum hatte sie die Tür zugezogen, bot Frederic Marlow dem Laborchef den Besucherstuhl vor seinem Schreibtisch an.

»Wie geht es denn eigentlich deiner Mutter? Ich war ja ganz geschockt, als ich hörte, dass sie gestern zusammengebrochen ist«, sagte Dr. Urdenbach, nachdem er Platz genommen hatte. »Möglicherweise ist dieser Klinikjob ja doch ein bisschen zu anstrengend und nervenaufreibend für sie. Immerhin ist sie nicht nur zuckerkrank, sondern auch schon weit über siebzig.«

»Das stimmt nicht ganz. Sie ist erst zweiundsiebzig«, stellte der Firmenchef mit ernster Miene richtig. Während er grübelnd sein Kinn lang zog, fixierte er das Gesicht des Laborleiters mit einem prüfenden Blick. »Und noch etwas stimmt nicht.«

»So?« Der Laborleiter musterte ihn mit einem befremdeten Lächeln.

»Die Zusammensetzung ihrer Tabletten«, gab er zur Antwort. »Man hat im Labor des Krankenhauses festgestellt, dass in denen, die sie zuletzt von dir bekommen hat, gar kein Insulin enthalten ist.«

»Was?« Dr. Urdenbach runzelte die Stirn. »Das kann doch gar nicht sein! Ich habe sie genauso hergestellt, wie in den Monaten zuvor auch. Die Laborleute haben bei der Analyse bestimmt die Daten verwechselt. So etwas kommt in Krankenhäusern doch ständig vor. Ich würde meine Hand dafür ins Feuer legen, dass die Tabletten, die ich für deine Mutter zurecht gemacht habe, die vorgesehene Mischung enthalten, und zwar auf das Milligramm genau.«

Der Firmenchef starrte mit den flach aneinandergelegten Händen vor dem Mund einige Sekunden stumm auf die Tischplatte vor sich. Dann klatschte er laut auf den Tisch.

»Ich bin ganz deiner Meinung, dass da jemand etwas vertauscht hat. Aber wir wollen doch mal bei der Wahrheit bleiben, Alexander. Derjenige warst du doch. Du hast meiner Mutter diesmal blankes Laktosepulver in ihre Monatsration gepackt und dafür gesorgt, dass die Tablettenserie haargenau so aussieht wie ihre übliche Sorte.«

Dr. Urdenbach schnellte vom Stuhl hoch und sah den Firmenchef entrüstet an.

»Spinnst du jetzt total? Warum sollte ich das tun?«

»Weil du die Gelegenheit für günstig hieltest, sie unauffällig aus dem Verkehr zu ziehen. Mutter war dir doch immer schon ein Dorn im Auge. Glaubst du, ich habe nicht mitbekommen, wie sehr du dich jedes Mal zusammenreißen musstest, wenn sie dich wieder in die Mangel genommen hat?«

Der Laborleiter stand fassungslos vor dem Schreibtisch und schüttelte den Kopf.

»Hab ich das jetzt richtig verstanden? Du unterstellst mir, ich hätte ihr das Insulin absichtlich vorenthalten, damit es ihr schlecht geht?« Er stieß ein boshaftes Lachen aus. »Das ist doch völlig absurd und unlogisch. Wenn es so wäre, dann hätte ich doch nicht gewartet, bis sie die Firma verlassen hat. Und außerdem konnte es jeder in der Firma getan haben. Unser Labor ist doch für alle zugängig. Abgesehen davon hättest du doch wohl das größere Interesse daran. Aber im Unterschied zu dir käme ich nie auf den Gedanken, dir so etwas Infames zu unterstellen.«

»Aber nur du wusstest davon, dass in den Tabletten mehr steckt als Vitaminpulver. Außer mir bist du doch der Einzige, der von dem Insulin weiß.« Frederic Marlows Gesicht war die hohe Anspannung deutlich anzusehen. Es war rot und glänzte vor Schweiß. Im Gegensatz dazu wirkten seine schlitzartig verengten Augen wie Speerspitzen aus eiskaltem Stahl.

Mit zwei großen Schritten stand Dr. Urdenbach vor der riesigen Fensterfront des Chefbüros und starrte fassungslos nach draußen. Als er nach einer längeren Pause immer noch nichts sagte, legte der Firmenchef noch einen Gang zu.

»Mensch, Alex. Ich kann ja verstehen, dass du manchmal einen ziemlichen Zorn auf meine Mutter hast, aber dass du ihr auf so eine linke Tour schaden würdest, hätte ich nie von dir gedacht. Verdammt! Wie konntest du das Vertrauen, das meine Mutter und ich in dich gesetzt haben, nur so mit Füßen treten.«

Dr. Urdenbach drehte sich abrupt zum Schreibtisch um.

»Das ist doch alles hirnverbrannter Mist! Ich habe die Tabletten nicht manipuliert. Das musst du mir glauben«, schnaubte er völlig aufgebracht.

Als Frederic Marlow kopfschüttelnd erwiderte: »Ich wünschte, ich könnte es«, verließ der Laborchef wutschnaubend den Raum.

Auch dem Weg zum Labor hoffte er, dass sich der aufgestaute Zorn allmählich verflüchtigen würde. Doch das Gegenteil war der Fall. Je intensiver er über die anmaßende Verdächtigung nachdachte, desto stärker wurde sein Wunsch, irgendetwas zerstören zu wollen. Die vorbeieilenden Kollegen bekamen seinen ungezügelten Zorn als Erstes ab. Anstatt zu grüßen, warf er ihnen vernichtende Blicke zu. Als er merkte, wie er zunehmend die Kontrolle über sich verlor, verließ er kurzentschlossen das Verwaltungsgebäude am Hinterausgang und eilte zu der Bank unter der Kastanie. Mit Wucht schmiss er sein Jackett auf die Sitzfläche, setzte sich daneben und streckte die Beine stöhnend von sich. Dann hob er die Hände hinter den Kopf, den er immer noch fassungslos schüttelte. »Verdammter Bullshit! Das darf doch wohl alles nicht wahr sein!«, wetterte er laut in den Park hinaus. Trotz der Enttäuschung und der immensen Wut auf den Firmenchef, die Dr. Urdenbach in jeder Körperfaser spürte, machte ihm ein Gefühl noch wesentlich stärker zu schaffen: Das Entsetzen über Frederic Marlows Kaltherzigkeit. Er konnte zwar verstehen, dass er sich hinter seine Mutter stellte, auch wenn sie ein Drachen war. Aber das berechtigte Frederic noch lange nicht, seinen engsten Vertrauten einer Tat zu beschuldigen, die er niemals begehen würde, und für die es keinerlei Beweise gab. Noch bei der Verabschiedungsfeier seiner Mutter hatte er ihn großherzig als seinen Coach und Seelsorger in einer Person bezeichnet und betont, wie wichtig es in den heutigen Zeiten sei, einen verlässlichen Partner an der Seite zu haben.

Dr. Urdenbach grub die Finger in seinen dichten, dunklen Haarschopf und überlegte. Wie konnte er nur herausfinden, wer diese Tat begangen hatte? Während er grübelte, wurde ihm immer klarer, dass es schnell gehen musste. Wenn er selbst nichts zur Auffindung des Täters beitrug, konnte es das Ende seiner Karriere bei Blifrisk bedeuten, wenn nicht sogar das Aus für jede andere Anstellung. In Anbetracht der verfahrenen Situation war es vielleicht sogar ratsam, einen Anwalt einzuschalten. Oder sollte er gleich auch die Polizei informieren? Nein, das konnte er später immer noch tun. Ratlos schüttelte er den Kopf. Wie konnte er Frederic Marlow bloß seine Unschuld beweisen? Einfach abzuwarten und zu hoffen, dass sich die Sache zu seinen Gunsten entwickelt, erschien ihm als die denkbar schlechteste Lösung. Er musste selbst herausfinden, wer die Tabletten vertauscht hatte. Aus dem Labor konnte es eigentlich keiner gewesen sein. Edith war viel zu korrekt, loyal und selbstsicher. Der Mensch, der es schaffte, sie einzuschüchtern, musste erst noch geboren werden. Selbst die garstigen Sticheleien der Seniorchefin ließ sie an sich abperlen, als wäre sie von einer Plastikhaut überzogen. Und diese arrogante Studentin war viel zu sehr mit ihrem narzisstischen Ego beschäftigt. Außerdem hatte sie es auf Frederic Marlow abgesehen und würde deshalb den Teufel tun, seiner Mutter Schaden zuzufügen.

Um besser nachdenken zu können, stützte er sich mit den Ellenbogen auf den Knien ab und legte den Kopf in die Hände. Nachdem er eine Weile auf den steinigen Belag vor seinen Füßen gestarrt hatte, hob er langsam und mit zunehmendem Entsetzen seinen Blick an. Verdammt! Daran hatte er gar nicht gedacht! Der Firmenleiter und er waren ja gar nicht die Einzigen, die von der Insulinbeimischung wussten! Auch Louisa Paulus wusste seit Kurzem davon. Dr. Urdenbach erinnerte sich ganz deutlich an ihre letzte Begegnung im Buchladen, bei der er sie ziemlich gutgläubig in dieses Geheimnis eingeweiht hatte. Sollte sie diese Information wirklich missbraucht haben? Eigentlich konnte er sich das bei ihr nicht einmal ansatzweise vorstellen. Obwohl? Er kannte sie ja eigentlich nicht richtig, und außerdem war es nicht nur einmal vorgekommen, dass sie sich bei ihm über das anmaßende Verhalten der Seniorchefin beklagt hatte. Damals konnte er das gut nachempfinden, denn Frau Marlow hatte wirklich keine Gelegenheit ausgelassen, sie mit ihrem Literaturspleen zu ärgern. Und noch etwas sprach dafür, dass Louisa Paulus die Täterin war: Ihr eigentlicher Beruf. Er erinnerte sich gut an den Hinweis des Firmenchefs, dass Frau Paulus früher als medizinisch-technische Assistentin gearbeitet habe. Und zwar im Labor der Schlossklinik. Wer glaubte da noch an einen Zufall?

Bei dieser Erkenntnis wurde ihm ganz übel. Ganz klar, nur sie konnte es getan haben, denn sie wusste als Einzige außer Frederic und ihm von dem Insulin. Er schnaubte verächtlich. Louisa Paulus. Wer hätte das gedacht? Unwillkürlich begann er, an seinen Gefühlen für sie zu zweifeln. Wie konnte er sich nur so von ihrer Integrität und Vertrauensseligkeit blenden lassen? Und noch schlimmer: Wie konnte sie ihn so hintergehen? Gerade jetzt, wo er die ersten ernsthaften Gefühle für sie entwickelte und sich wünschte, sie besser kennenzulernen. Wo er unentwegt davon träumte, Dinge mit ihr gemeinsam zu erleben. Wie sehr hatte er sich darauf gefreut, sie behutsam an den Tauchsport heranzuführen. Zu dumm aber auch, schnaufte er verächtlich. Ausgerechnet heute Morgen hatte er den ersten bangen Schritt getan, ihr seine Zuneigung in Form eines kleinen Geschenks zu zeigen.

Mit einem energischen Kick schoss er eine verschrumpelte Kastanie ins Beet auf der anderen Seite des Weges. Auch wenn alles dafür sprach, konnte er nicht glauben, dass diese bezaubernde Frau zu so etwas Hinterhältigem fähig war.

An ein konzentriertes Arbeiten war an diesem Tag nicht mehr zu denken. Er gab seiner Assistentin die nötigen Anweisungen, damit sie wusste, welche Arbeitsgänge im Labor erledigt werden mussten. Dann zog er sich in sein Büro zurück. Kurz nach dem Ende der Mittagspause klopfte es und Louisa Paulus betrat mit einem seligen Strahlen in den Augen den Raum.

»Hallo«, begrüßte sie ihn verlegen. »Ich komme, um mich für

das wunderschöne Buch zu bedanken.« Sie wartete auf ein Zeichen in seinem Gesicht, das die Gefühlslage widerspiegelte, die er auf so sensible Weise in seinen Zeilen ausgedrückt hatte, oder wenigstens auf das Angebot, Platz zu nehmen. Doch er warf ihr nur einen kurzen emotionslosen Blick zu. »Gern. Ich hoffe, Sie haben Spaß daran.«

Obwohl sie nicht verstand, warum er gerade in diesem Moment so verbittert dreinschauen musste, nickte sie zuversichtlich in sich hinein. Wahrscheinlich hatte er gerade viel zu tun oder betrieblichen Ärger, der ihn zum Grübeln zwang. Edith hatte mehrfach erwähnt, dass er sich häufig zurückzog, um nach Lösungswegen zu suchen. Zu diesen Zeiten übertrug er ihr gern die Verantwortung für die Arbeit im Labor, und das empfand sie als sehr schmeichelhaft. Die Einzige, die damit Probleme hatte, war Doreen. Sie gehörte von Hause aus nicht zu den Menschen, die sich gern etwas von anderen sagen ließen.

»Dann will ich Sie nicht länger stören«, beendete sie mit tiefem Bedauern ihren kurzen Besuch und machte sich auf den Weg zur Tür.

»Warten Sie, Frau Paulus! Es gibt da etwas, das ich dringend mit Ihnen bereden muss.« Er richtete sich in seinem Bürosessel auf. »Bitte, setzen Sie sich doch.«

Louisa machte erleichtert kehrt. Besser spät als gar nicht, kicherte sie in sich hinein und nahm vor seinem Schreibtisch Platz.

»Wie Sie vielleicht schon gehört haben, ist Frau Marlow gestern während ihrer neuen Tätigkeit in der Schlossklinik zusammengebrochen.«

Louisa erschrak fast ein wenig, als sie seinen abschätzenden Blick wahrnahm. Von der gewohnten Wärme und Herzlichkeit fehlte diesmal jede Spur.

»Ich weiß. Meine Freundin arbeitet ja dort. Die sagte mir, dass ihr Blutzucker viel zu hoch war und sie beinahe ins Koma gefallen wäre.«

»Und Sie wissen sicherlich auch, warum das so gekommen ist?«

Warum sagte er nicht gerade heraus, was er dachte? Sein

förmliches Herumgerede irritierte Louisa fast genauso stark, wie ihre Sorge vor der Taταufklärung, die langsam Fahrt aufzunehmen schien. Möglicherweise war er bereits über Doreens Tablettenschummelei im Bilde und wollte nur herausfinden, ob sie auch davon wusste. Doch solange es keine Beweise gab, durfte sie die Studentin auf keinen Fall beschuldigen.

»Der Grund war wohl, dass Frau Marlow Tabletten bekommen hat, in denen das Insulin fehlte«, tastete sie sich vorsichtig vor. Mit Befremden registrierte sie, dass er sie nun besonders skeptisch musterte.

»Und Sie halten das für normal, ja?«

Was sollte das denn jetzt? Ihr stockte bei dem bösartigen Unterton in seiner Stimme fast der Atem.

»Nein, wie kommen Sie darauf? Normal ist das ja wohl absolut nicht«, erwiderte sie beleidigt. »Meine Freundin berichtete mir, in der Klinik gehe man davon aus, dass jemand die Tabletten der Seniorchefin verwechselt oder bewusst ausgetauscht hat.« Auch wenn ihre Auskunft lückenhaft war, entsprach sie dennoch der Wahrheit.

»Ja, so hat man es mir auch mitgeteilt.« Er nickte stockernst zur Tischplatte hin. »Das Problem liegt einfach darin, dass außer mir, Ihnen und Frederic natürlich niemand von dem Insulin in dem Vitaminpräparat wusste.«

Das feindselige Flackern in seinen Augen verstörte sie immer mehr. Wollte er damit etwa andeuten, dass nur sie für die Tat infrage kam? Nein, das würde dieser Mann, der kürzlich noch so intensiv mit ihr geflirtet hatte, niemals von ihr denken.

»Sie glauben doch nicht etwa, dass ich es war?« Sie lachte für einen kurzen Moment höhnisch. »Dass ich dazu fähig bin, einer alten, kranken Frau das lebenswichtige Medikament wegzunehmen? Ich kann mir nicht vorstellen, dass ausgerechnet Sie mir so etwas Infames zutrauen!« Je intensiver sie über seine letzten Worte nachdachte, desto enttäuschter und wütender wurde sie. »Das ist doch eine üble Unterstellung!« Sie fuhr sich nervös durch die Haare. »Wenn ich gewusst hätte, dass Sie meine Ehrlichkeit einmal gegen mich verwenden würden, dann …, dann hätte ich Ihnen niemals anvertraut, was ich über Frau Marlow denke«, stotterte sie den Tränen nahe.

Alexander Urdenbach stand auf und sah sie ernst an.

»Wenn sich hier jemand über einen Vertrauensbruch beklagen kann, dann bin ich es ja wohl.«

Stumm vor Fassungslosigkeit spürte Louisa, wie sich eine Wand aus eisiger Spannung zwischen ihnen aufbaute. »Wie können Sie das behaupten? Ich habe mit der Tablettensache doch nicht das Geringste zu tun«, presste sie heiser hervor.

»Aber Sie wussten durch mich von der Insulinbeigabe und kennen sich bestens mit Laborarbeit aus. Und Sie hatten von Anfang an Probleme mit dem Verhalten der Seniorchefin.« Er sah verzweifelt zu Boden. »Leider alles Argumente, die gegen Sie sprechen, Frau Paulus.« Der Blick seiner dunklen Augen bekam nun fast etwas Flehendes. »Warum sagen Sie mir nicht einfach, dass Sie in der Sache mit drinhängen? Dann weiß ich wenigstens, woran ich bin.« Fast lautlos fügte er hinzu: »Vielleicht kann ich Ihnen ja helfen.«

Louisa schoss in die Höhe.

»Zu gütig, aber das ist wirklich nicht nötig!«, brüllte sie, nachdem sie den Kloß im Hals hinuntergewürgt hatte, der ihr fast die Kehle zuschnürte. »Ich habe absolut nichts damit zu tun! Warum glauben Sie mir nicht einfach? Außerdem sollten Sie den Täter eher in Ihrem eigenen Umfeld suchen.« Wutentbrannt drehte sie ihm den Rücken zu und eilte zur Tür. Nachdem sie sie mit einem lauten Knall zugezogen hatte, lief sie mit den Tränen kämpfend den Flur entlang zum Treppenhaus. Hier brauchte sie wenigstens nicht zu befürchten, in den nächsten Minuten einem der Mitarbeiter zu begegnen.

Wenig später stand sie vor dem kleinen Waschbecken in der Ecke ihres Büros und wusch sich mit kaltem Wasser das tränenverschmierte Gesicht.

»Dieser Idiot!«, schimpfte sie laut vor sich. »Was denkt der sich denn eigentlich! Der will doch nur seine eigene Haut retten.« Völlig fertig ließ sie sich auf ihren Bürostuhl sinken. Das war's dann wohl mit ihrer tollen Stelle bei Blifrisk und mit Alexander

Urdenbach auch, schoss es ihr bereits im nächsten Augenblick durch den Kopf. Und gleich darauf murmelte sie verdrossen: »Tauchen ade!« Niemals hätte sie gedacht, dass dieser Mann so dreist sein könnte, einem anderen die Schuld in die Schuhe zu schieben, um selbst die weiße Weste anbehalten zu können.

Bevor sie am späten Nachmittag ihren Arbeitsplatz verließ, tippte sie rasch eine Nachricht an Betty in ihr Handy: *Hab heute absolut keinen Nerv zum Walken. Kann ich vielleicht kurz vorbeikommen. Muss unbedingt was loswerden. LG Louisa.* Als sie nach ihrer Tasche griff, fiel ihr Blick auf das Tauchbuch am Rand des Schreibtisches. Wutentbrannt knallte sie es mitsamt der Karte in den Papierkorb. Dann machte sie sich auf den Weg zu ihrer Freundin.

Kaum saß sie in ihrem Wagen, erschien Bettys Antwort auf dem Display. Den Anfang machten diesmal drei Smileys mit großen Augen und einer mit zorngerötetem Gesicht.

Haben dich diese blöden Vitaminpillendreher jetzt doch rausgeworfen? Komm nur! Wir finden schon eine Lösung.

Den Abschluss ihrer Nachricht bildete ein trauriger Smiley mit zwei dicken Tränen und ein Feuerwehrwagen.

Wenige Minuten später öffnete Betty die Wohnungstür und schloss ihre heulende Freundin in die Arme. Sie streichelte ihr solange über den Rücken, bis das Beben ihres Brustkorbs nachließ.

»Komm, wir setzen uns nach draußen. Da weht wenigstens ein angenehmes Lüftchen.«

Als die beiden Frauen an Robins Zimmer vorbeikamen, streckte der Schüler seinen Kopf durch die Tür und sah Louisa betreten an.

»Soll ich schnell mal Wein hochholen?«, fragte er schüchtern nach.

»Danke, Robin. Lieb von dir, aber im Moment vertrage ich wahrscheinlich kaum was. Ich habe seit heute früh nichts mehr gegessen.«

»Oder lieber einen Likör«, versuchte er es mit einer Alternative.

Nun sah sich Betty doch gezwungen einzuschreiten.

»Was soll das denn jetzt? Willst du Louisa mit dem klebrigen Zeug vergiften?«

Vor lauter Überschwang versuchte der Siebzehnjährige, die ungewohnte Situation mit einem flapsigen Spruch zu entschärfen.

»Nee, ich dachte doch nur. Wenn in der Schule mal eine Schülerin flennt, kommt unser Deutschlehrer immer mit dem Spruch: Es ist bekannt von alters her, wer Kummer hat, hat auch Likör. Und dann drückt er den Mädels meist eine Dose Apfelschorle in die Hand. Und so ein Minirausch ist schließlich kein Weltuntergang, Mama. Und außerdem: Wer schwankt, hat mehr vom Weg.«

Diese Fülle an Ratschlägen aus dem Mund ihres Sohnes war Betty dann doch etwas viel.

»Na, du scheinst ja einen reichen Erfahrungsschatz zu haben, was den Alkoholkonsum angeht. Beschränken wir uns mal lieber auf deinen ersten Vorschlag. Der mit dem Wein-aus-dem-Keller-holen.« Sie deutete mit dem Kopf zum Wohnungsausgang. Als sie die Gläser aus dem Wohnzimmerschrank holte, beobachtete Betty besorgt aus den Augenwinkeln, wie sich Louisa ermattet in einen der Korbsessel auf dem Balkon sinken ließ und ihre Nase putzte. Gleich darauf erschien Robin, füllte ohne weitere Spruchuntermalung Wein ein und verschwand sofort wieder.

Mit verquollenen Augen hob Louisa ihr Glas in seine Richtung und prostete ihm dankbar zu.

»Nicht, dass ich ein Plädoyer für das Alkoholkonsumieren halten will, aber im Moment ist das hier meine einzige Rettung.« Nachdem sie das Glas in einem Zug geleert hatte, lehnte sie sich seufzend in die knarzende Lehne zurück.

»Jetzt erzähl endlich! Was ist passiert?« Betty nahm ebenfalls einen Schluck.

»Ich bin mit meinem Job am Ende, Betty. Die wollen mir doch

tatsächlich diese Tablettentauscherei in die Schuhe schieben. Dabei steckt doch Dr. Wessels Tochter dahinter, und die hat unseren Chef voll im Griff.« Sie rollte mit den Augen.

»Und wieso kommen die ausgerechnet auf dich?«

»Weil ich mich durch meine frühere Labortätigkeit mit der medizinischen Chemie auskennen würde.«

»Behauptet das dein Chef?«

»Nein, der Leiter des Labors«, erwiderte Louisa ziemlich kleinlaut. Doch Betty hatte längst schon begriffen, dass dieser Mann eine besondere Rolle im Leben ihrer Freundin spielte.

»Das ist doch der, von dem du mir letztens so vorgeschwärmt hast, nicht wahr? Wollte der dir nicht sogar etwas schenken?«, hakte sie mit einem neugierigen Funkeln in den Augen nach.

»Hat er ja auch«, gab Louisa murrend zu. »So ein blödes, kleines Buch.«

Betty nickte mit einem bedauernden Schmunzeln.

»Und ausgerechnet der behauptet jetzt, du seist der Drecksack, der die Tabletten gegen Placebos ausgetauscht hat, die wir auch hier in der Klinik benutzen?«

Louisa sah Betty erschreckt an.

»Nein, das mit den Placebos aus Eurem Giftschrank weiß in der Firma doch niemand. Du meintest doch selbst, Dr. Wessel hätte das nur dir anvertraut. Oder hat er diese Information jetzt doch an Frederic Marlow weitergegeben?«

Die Krankenpflegerin schüttelte heftig den Kopf.

»Um Himmels willen, nein! Der bekommt doch einen Heidenärger, wenn rauskommt, dass die Dinger aus unserem Medikamentenschrank stammen. Dann würde man ihn doch sofort mit dieser krummen Sache in Verbindung bringen«, zeterte sie im Flüsterton. Ihr Gesicht wurde mit einem Mal grimmig. »Und alles nur, weil dieses schräge Gör seine kriminelle Energie nicht im Griff hat. Zu dumm aber auch, dass man nichts in der Hand hat, womit man beweisen kann, dass sie es war.«

Zu Doreens krimineller Energie wusste Louisa auch noch etwas zu sagen.

»Dr. Urdenbach bezweifelt übrigens auch ganz stark, dass sie die vielen Kilometer, mit denen sie im letzten Monat die Prämie abgestaubt hat, selbst erlaufen hat.« Sie presste angewidert ihre Lippen aufeinander. »Wenn ich die in der Kantine schon vor mir sitzen sehe, mit ihrem BH der ständig aus ihrem drei Quadratzentimeter großen Blüschen vorguckt und diesem türkisfarbenen Glitzerband am Handgelenk, wird mir schlecht. Mit allem, was sie anhat und tut, muss dieses Weib Aufsehen erregen.«

Bettys Stirn wies auf einmal tiefe Falten auf.

»Sag das noch mal genau! Wie sieht dieses Band aus? Türkis, und weiter?«

Louisa deutete auf ihr Band, winkte dann allerdings ab.

»Ihr Tracker ist ja derselbe, den alle in der Firma haben. Sie hat ihn halt nur mit diesem hässlichen Kitschband aufgepeppt. Und zum Wechseln hat sie sich gleich mehrere von den hässlichen Dingern gekauft. Falls mal eins verschwitzt sein sollte.« Louisa drehte die Augen zur Decke des Balkons. »Es ist übrigens überall mit winzigen Svarowsky-Steinen besetzt.«

»Verlaufen die so zickzackartig über das ganze Band?«, wollte Betty wissen. Als Louisa arglos nickte, spitzte sie nachdenklich ihre Lippen und rief die Seite mit dem Dienstplan ihrer Pflegekräfte auf ihrem Laptop auf. Wenig später erhellte sich ihr Gesicht. »Kann sein, dass wir morgen früh ein ganzes Stück weiter sind mit unserer Detektivarbeit.«

Als Louisa wissen wollte, was sie vorhatte, legte sie mit einem geheimnisvollen Augenzwinkern ihren Zeigefinger auf den Mund.

»Abwarten und Tee trinken.« Damit erhob sie ihr Glas und animierte ihre Freundin zum Anstoßen. »Wäre doch gelacht, wenn wir der nicht auf die Schliche kommen.«

Im Dienstzimmer der Station warteten bereits die beiden älteren Pflegerinnen, die an diesem Donnerstagmorgen den Frühdienst übernehmen sollten, um mit den Verantwortlichen des Nachtdienstes die Übergabe zu machen. Wie es Betty erwartet hatte, gehörte zu dieser Gruppe auch die Pflegeschülerin Kerstin Maiwald. Die Auszubildende bereitete ihr zunehmend Sorgen, weil sie nach vier Wochen Stationsdienst immer noch überaus schüchtern und unsicher wirkte. Betty hatte ihr zwar mehrmals gut zugeredet und ganz behutsam ihre Anforderungen gesteigert, doch irgendwie machte die junge Frau, obwohl sie sehr sportlich wirkte, einen bedrückten, ja fast unglücklichen Eindruck auf sie.

An diesem Morgen gab es für Betty noch einen weiteren Grund, weshalb sie mit der Schülerin reden musste. In dem Moment, als die Dienstbesprechung ihrem Ende zuging und alle ihre Stuhle wegräumten, deutete sie Kerstin an, noch einen Augenblick dazubleiben. Als Betty und sie allein im Raum waren, lächelte Betty der jungen Pflegerin aufmunternd zu.

»Ich finde es toll, wie flink und umsichtig Sie Ihren Dienst erledigen, Kerstin«, hob sie lobend hervor. »Im Gegensatz zu Ihren jungen Mitauszubildenden habe ich Sie noch nie über die viele Lauferei murren hören.« Betty freute sich darüber, dass das fahle Gesicht ihrer Gesprächspartnerin etwas mehr Farbe bekam. Nun deutete sie auf das auffällige Glitzerband an Kerstins Handgelenk und hob gleichzeitig ihren linken Unterarm mit dem Fitnessband in die Höhe. »Wie viele Schritten schaffen Sie denn so am Tag?«

»Meist sind es mehr als zehntausend«, antwortete die Pflegeschülerin leise und bekundete gleich darauf, dass ihr das überhaupt nichts ausmachen würde.

Betty nickte anerkennend.

»Auf die Menge komme ich auch ab und zu, aber nur, wenn ich abends noch eine Walkingrunde anhänge. In meinem Alter muss man ja schon was tun, damit die Muskeln und Knochen bis fünfundsechzig noch mithalten.«

Der Schülerin war bewusst, dass sie ihrer Vorgesetzten jetzt eigentlich ein Kompliment aussprechen müsste, doch vor lauter Angst, in einen Fettnapf zu treten, schwieg sie lieber.

Als Betty plötzlich die Hand ausstreckte und darum bat, sich noch einmal ihr schickes Fitnessband ansehen zu dürfen, zuckte Kerstin leicht zusammen. Zögerlich hielt sie der Stationsleiterin den Arm hin und wartete mit weit geöffneten Augen auf die Reaktion der Stationsleiterin.

»Hm! Das ist ja wirklich ein ganz schmuckes Teil«, beschrieb Betty das Band, und ohne Kerstin anzusehen fragte sie völlig beiläufig: »Hat Frau Wessel Ihnen eigentlich was dafür versprochen, dass Sie für sie die Schritte sammeln?«

Die Schülerin zog ihren Arm so abrupt zurück, dass Betty ebenfalls ein leichter Schreck durch die Glieder fuhr. An der unwillkürlich heftigen Reaktion konnte sie allerdings deutlich erkennen, dass sie mit ihrer Vermutung goldrichtig lag.

»Ich weiß gar nicht, was Sie damit meinen«, druckste die Pflegeschülerin mit hochrotem Kopf. »Außerdem hat Sie mir nichts versprochen.« Als ihr bewusst wurde, dass sie sich gerade verplappert hatte, senkte sie betreten den Kopf. »Ich sollte doch nur einen Monat lang testen, ob das Band wirklich korrekt misst. Mehr hat sie mir nicht gesagt, aber ich habe mir schon gedacht, dass sie damit etwas anderes bezweckt.«

Betty überlegte angestrengt. Das konnte doch nicht alles gewesen sein.

»Und damit Sie dicht halten, hat sie Ihnen den Tracker geschenkt.« Mit Erleichterung registrierte sie das schwache Nicken, mit dem Kerstin auf ihre Testfrage antwortete. Also hatte sie doch richtig getippt. Kerstin wurde von Doreen erpresst.

Gleich darauf sah Kerstin sie flehend an.

»Aber bitte, Frau Heiland, verraten Sie mich nicht. Frau Wessel hat mir nämlich angedroht, sie würde umgehend mit ihrem Vater über meine Zukunft in der Klinik sprechen, falls ich irgendjemandem das mit dem Schrittzählen erzähle.« Ihre Augen füllten sich langsam mit Tränen. »Wenn ich hier rausfliege, bricht für meine Eltern eine Welt zusammen. Sie sind doch so froh, dass ich diese Ausbildungsstelle bekommen habe.«

»Finden Sie das denn gut, was Frau Wessel da mit Ihnen macht? Ich halte das für eine ganz üble Erpressung«, redete Betty ihr ins Gewissen.

»Nein, natürlich nicht. Aber was bleibt mir denn anderes übrig. Sie ist doch die Tochter des Chefs.«

Beim Anblick von Kerstins verzweifeltem Gesicht hätte Betty sie am liebsten sofort aufgefordert, sich zur Wehr zu setzen, aber letztendlich musste sie der jungen Frau recht geben. Im Moment würde ihr die Preisgabe der bisherigen Fakten mehr schaden als nützen. Beruhigend strich sie der Pflegeschülerin über den Arm.

»Sie können sich auf mich verlassen, Kerstin. Ich werde über die Sache mit dem Fitnessband hier in der Klinik kein Sterbenswörtchen verlieren.« Bevor sie sie aufforderte, an die Arbeit zu gehen, schenkte sie ihr noch ein aufmunterndes Lächeln. »Und eins können Sie mir ebenfalls glauben: Auch die Tochter unseres Chefs wird nicht ungeschoren davon kommen, wenn sie etwas auf dem Kerbholz hat.«

Nachdem sich Kerstin bedankt hatte, schlüpfte sie schnell aus dem Dienstzimmer. Ihr Gesichtsausdruck wirkte auf Betty allerdings immer noch genauso bedrückt wie zu Anfang ihres Gesprächs. Entweder hatte die Pflegeschülerin Angst, dass doch etwas an die Öffentlichkeit kam, oder es belastete sie noch etwas Schwerwiegenderes als Doreens rücksichtsloser Deal mit dem Schrittzähler.

In der Mittagspause klärte Betty Louisa sofort in einer Kurznachricht über den Stand der Dinge auf. Gleichzeitig bat sie ihre Freundin, erst einmal nichts davon weiterzugeben. *Möglicherweise tut sich ja noch mehr*, prophezeite sie, ohne dass Louisa schlau daraus wurde.

Obwohl sie sich den ganzen Tag über mies fühlte, tröstete sie Bettys Nachricht ein wenig über Dr. Urdenbachs abweisendes Verhalten hinweg. Auch wenn sie es für sich behalten musste, hatte sie nun wenigstens einen Beweis in der Hand, dass Doreens bei der betrieblichen Fitness-Challenge betrogen hatte. Hatte der Laborleiter das überragende Schrittergebnis der Studentin nicht auch bezweifelt? Natürlich. In diesem Zusammenhang hatte er sie doch sogar noch auf Doreens laufunfreundliches Schuhwerk hingewiesen. Aber was nützte ihr die mentale Übereinstimmung mit ihm? Sie half ihr kaum über die schmerzlichen Stiche hinweg, den sie bei jedem Gedanken an diesen Mann spürte.

Kapitel 12

Der unerwartete Erfolg beim Verhör der Pflegeschülerin brachte Betty im Verlauf des Frühdienstes auf eine weitere Idee. Als sich eine kleine Zeitlücke bei der Versorgung der Patienten auftat, setzte sie sich rasch an den Computer im Dienstzimmer und durchsuchte die Protokolle der letzten sieben Tage. Sie wollte herausfinden, wer in dieser Zeit die Aufgabe hatte, den Medikamentenschrank aufzufüllen. Nach wenigen Augenblicken lehnte sie sich zufrieden lächelnd zurück. Als ob sie es nicht schon geahnt hätte! Kerstin Maiwald war am Anfang der Woche für das Ergänzen der Lagerbestände zuständig gewesen, während in der zweiten Hälfte eine Mitschülerin ihres Jahrgangs den Auftrag bekommen hatte. Außerdem wurde eine Pflegeschülerin aus disziplinarischen Gründen zum Reinigen dieses Lagerraums geschickt, weil sie während der Essensausgabe bei einer Zigarettenpause erwischt wurde. Diese drei Auszubildenden bestellte sie kurz vor der Mittagspause zu einer Besprechung ins Dienstzimmer.

Als alle drei anwesend waren, gab Betty mit knappen Worten den Grund für die Unterredung an.

»Wie Sie vielleicht schon mitbekommen haben, ist bei der letzten Überprüfung des Medikamentenschranks aufgefallen, dass eine Schachtel mit Placebos fehlte.«

Während sich die Schülerinnen untereinander schulterzuckend anblickten, meldete sich die Raucherin mutig zu Wort: »Also ich war es auf keinen Fall. Und überhaupt. Warum sollte man ausgerechnet Placebos klauen? Die sind doch für nichts gut«, verteidigte sie ihre Unschuld.

Betty hob sofort besänftigend die Hände.

»Darum geht es hier nicht. Kein Mensch unterstellt Ihnen, dass Sie die Schachtel entwendet haben. Ich möchte einfach nur wissen, ob einer von Ihnen beim Nachfüllen der Medikamente etwas aufgefallen ist, ob Sie etwas Sonderbares beobachtet haben, oder ob Sie jemanden im Umfeld des Lagerraums gesehen haben, der dort nichts zu suchen hat, möglicherweise ja auch einen Patienten oder den Angehörigen eines Kollegen oder Arztes.«

Die drei Pflegekräfte sahen sich erneut fragend an und schüttelten dann wie auf Kommando die Köpfe.

»Mir ist nur aufgefallen, dass die Tür offen stand, weil der Boden noch nass war. Der Reinigungsdienst wischt ja kurz vor dem Frühdienst immer den Flur und die Versorgungszimmer durch«, erwähnte die Schülerin, die demselben Ausbildungsjahrgang der beiden anderen angehörte.

Betty nickte und sah prüfend zu der dritten Person, die während des Gesprächs den Blickkontakt mit ihr bis auf wenige kurze Ausnahmen gemieden hatte.

»Und Ihnen, Kerstin? Ist Ihnen nichts aufgefallen, als Sie die Medikamente aufgefüllt haben?«

»Nein. Da war wirklich nichts«, erwiderte sie so hastig, dass man genau merkte, wie unangenehm ihr die Fragerei war.

»Tja, da kann man wohl nichts machen.« Mit unzufriedener Miene blickte Betty an der Gruppe der Pflegerinnen vorbei zur Glasfront, die das Dienstzimmer vom Stationsflur trennte. Aus den Augenwinkeln beobachtete sie, wie Kerstin von ihrer rechten Nachbarin in die Seite geknufft wurde. Als sie ihr den Blick zuwendete, bekam sie gerade noch mit, wie sie sich heftig gegen die Aufforderung ihrer Mitschülerin wehrte, etwas zu sagen.

Natürlich hakte Betty sofort ein.

»Ist Ihnen vielleicht doch noch etwas eingefallen, Kerstin?«

Die verängstigt dreinschauende Schülerin senkte den Kopf.

»Nee, ich sagte doch schon, dass da nichts war«, beteuerte sie mit gedämpfter Stimme.

Nun wurde es ihrer Mitauszubildenden aber zu bunt.

»Aber du hast mir doch letztens noch von dieser komischen Frau erzählt, die du schon früher mal in der Klinik gesehen hast, aber deren Name dir nicht einfiel«, half sie Kerstin auf die Sprünge und bewirkte damit, dass nun auch der letzte Rest Farbe aus dem Gesicht der Angesprochenen verschwand. »Du weißt doch, die eine, die hier ihren …«

Kerstin fuhr ihr plötzlich harsch ins Wort.

»Ach, das war doch nichts. Was erzählst du denn da?« An ihren erschreckt aufgerissenen Augen erkannte Betty sofort, dass sie etwas zu verbergen hatte.«

Um der verängstigten Schülerin den ersten Schritt zu erleichtern, schickte sie die beiden anderen an die Arbeit zurück. Dann klatschte sie einmal kräftig in die Hände.

»So, und nun mal Butter bei die Fische! Was verheimlichen Sie mir?«

»Da gibt es nichts!«, würgte Kerstin hervor und schniefte kräftig.

»Aber so hörte sich das, was Ihre Kollegin da gerade gesagt hat, absolut nicht an.« Da Betty das Herumreden um den heißen Brei allmählich zu viel wurde und sie noch eine Menge zu tun hatte, herrschte sie Kerstin erbost an: »Mensch, Mädchen! Nun trauen Sie sich doch endlich, mir die ganze Geschichte zu erzählen!«

Doch da war es endgültig um Kerstins Fassung geschehen. Sie schlug die Hände vor das Gesicht und heulte los.

»Aber wenn das rauskommt, muss ich bestimmt gehen«, jammerte sie nun völlig haltlos.

Da Betty längst ahnte, was der Hintergrund für die Geheimniskrämerei war, litt sie umso mehr unter der Verstocktheit der Schülerin.

»Verflixt nochmal! Nun sagen Sie schon, wen Sie im Medikamentenzimmer gesehen haben!«, donnerte sie die immer kleiner werdende Pflegeschülerin an.

Als Kerstin sich dann auch noch erdreistete, den Kopf zu schütteln, unterbreitete Betty ihr endlich die Vermutung, die ihr schon lange auf der Zunge lag.

»Es war dieselbe Person, die Ihnen dieses Fitnessarmband aufgehalst hat, nicht wahr?«

Einige Sekunden hörte Betty von der Pflegeschülerin nichts als Schluchzen. Trotz der Neugierde, die sie fast wahnsinnig machte, ließ sie Kerstin Zeit, sich wieder zu sammeln. In der Zwischenzeit fischte sie einige Papierlagen aus dem Handtuchspender und reichte sie ihr mit einem mütterlich besänftigenden Lächeln. Als das Schniefen endlich weniger wurde, bat sie Kerstin, ausführlich zu schildern, was sich im Medikamentenzimmer zugetragen hatte.

Mit gesenktem Blick begann sie leise zu berichten: »Es war in der vergangenen Woche, als ich das letzte Mal Spätdienst hatte. Ich war so um fünf im Lagerraum und habe dort die Nachfüllmedikamente für den Versorgungswagen zusammengesucht. Damit bin ich dann ins Dienstzimmer gegangen, und dort fiel mir auf, dass ich noch was vergessen hatte. Als ich dann wieder an der Tür zum Lagerraum ankam, habe ich sie dort am Schrank hantieren sehen.«

»Sie meinen, Frau Wessel«, vergewisserte sich Betty.

Nach kurzem Nicken fuhr Kerstin fort: »Vor Schreck bin ich ganz leise hinter das Regal mit dem Verbandsmaterial und den Einmalspritzen geschlüpft. Die Kartons stehen da ja so eng, dass sie mich nicht sehen konnte.« Kerstin stockte mitten in ihrem Bericht, so dass Betty schon Angst bekam, sie würde den Rest für sich behalten.

»Ja, und weiter? Was haben Sie noch gesehen?«, drängte Betty.

»Tja, dann habe ich nur noch gesehen, wie Frau Wessel eine Tablettenpalette aus einer Schachtel zog und mit der Palette aus ihrer Hosentasche verglichen hat. Danach hat sie die ganze Packung unter ihre Jacke gesteckt und den Raum verlassen.«

»Sie hat also gar nicht mitbekommen, dass Sie ebenfalls im Raum waren?«, wollte Betty noch einmal bestätigt haben.

»Genau. Ich habe dann noch ein paar Minuten gewartet und bin dann wieder zum Dienstzimmer zurückgegangen. Aber da habe ich Frau Wessel nirgendwo mehr gesehen.«

Betty schnaufte verächtlich.

»Klar. Wer will beim Tablettenklauen schon erwischt werden?« Dann sah sie Kerstin scharf an. »Und nun, meine Liebe, werden sie das Ganze noch einmal genauso unserem Chef erzählen.«

Die Schülerin atmete entsetzt ein.

»Oh, mein Gott, nein! Muss das sein? Reicht es nicht, wenn Sie ihm das sagen?«

Betty hielt den Hörer bereits in der Hand und drückte auf die Taste für den Apparat in Dr. Wessels Sprechzimmer.

»Nein!«

Wenig später schob sie Kerstin vor sich her in das Zimmer des Chefarztes.

Er begrüßte die beiden Frauen und sah Betty neugierig an.

»So? Was gibt es denn so Dringendes, Frau Heiland? Hat diese junge Dame aus Versehen vergessen, einem unserer Patienten das Bett aufzuschütteln?« Als er Bettys bitterernstem Blick begegnete, verschwand auch die Heiterkeit aus seinem Gesicht.

»Es hat sich etwas zugetragen, dass mit der Placebo-Geschichte zu tun hat. Sie wissen schon, diese Sache mit dem seltsamen Laborergebnis«, druckste Betty unbeholfen herum.

»Sie meinen sicher diesen albernen Zirkus mit der Tablettenverwechslung bei Frau Marlow.«

»Ja, genau.« Betty schluckte und sah besorgt zu Kerstin, dann zurück zu ihm. »Leider sieht es nicht so aus, als sei die Verwechslung aus Versehen passiert«, tastete sie sich nun behutsam vor. »Es ist eher so, dass jemand die Insulintabletten dieser Patientin ganz bewusst gegen Placebos aus unserem Lager ausgetauscht hat.«

Auf der Stirn des Chefarztes zeigten sich nun doch die ersten Sorgenfalten.

»Und warum haben Sie das gemacht, Frau ...«, er neigte sich etwas vor, um das Namensschild auf Kerstins Kasack besser lesen zu können, »Frau Maiwald?«

Allmählich ärgerte es Betty, dass die Schülerin schon wieder den Tränen nahe war. Bevor sich Kerstin in der Lage fühlte, sich zu verteidigen, ergriff sie das Wort.

»Frau Maiwald würde so etwas nie tun. Dazu ist sie viel zu ehrlich und verantwortungsvoll. Aber sie hat gesehen, wie jemand die Placebos aus dem Schrank genommen hat.«

Der Chefarzt lächelte die beiden Frauen arglos an.

»Und? Kennen wir diese Person?«

Wem nützte es, wenn sie weiter um den heißen Brei herumredete. Sie nickte der Schülerin solange zu, bis sie mit zerknirschter Miene den Mund auftat.

»Es war Ihre Tochter.« Nachdem sie diesen schwierigen Satz endlich über die Lippen gebracht hatte, hängte sie deutlich mutiger an: »Ich habe genau gesehen, wie sie die Schachtel aus dem Schrank genommen hat und unter ihre Jacke gesteckt hat.«

Betty beobachtete mit Sorgen, wie das Rot im Gesicht ihres Chefs von Sekunde zu Sekunde blasser wurde. Nach einer kurzen unangenehmen Pause räusperte er sich.

»Das ist ja, wie soll ich sagen? Das ist ja wirklich …«, mit fast ersterbender Stimme hängte er an, »… unglaublich.«

Die beiden Frauen verfolgten wortlos, wie er grübelnd den Raum durchschritt. Schwer seufzend setzte er sich schließlich auf die Kante er Untersuchungsbank und sah sie betreten an.

»Tja, ich denke, ich habe da einiges mit meiner Tochter zu klären. Sehr unangenehm, das Ganze, sehr unangenehm. Aber könnte es nicht sein, dass Sie die Frau im Lagerraum mit einer Person verwechselt haben, die meiner Doreen ähnlich sieht?«, fragte er mit einem kleinen Funken Hoffnung in den Augen. Der erstarb in dem Moment, als die junge Frau ihr Handy aus der Tasche zog und es ihm nach mehreren Klicks überreichte. »Ich habe sie aus meinem Versteck heraus fotografiert.«

Während der Chefarzt mit fassungsloser Miene das Foto an starrte, warf Betty der jungen Frau ein anerkennendes Nicken zu. Nie hätte sie damit gerechnet, dass diese schüchterne Auszubildende so geistesgegenwärtig reagieren würde.

Dr. Wessel atmete schwer aus.

»Da gibt es ja wohl nichts mehr dran zu rütteln. Das ist ganz offensichtlich meine Tochter.« Er brummte verdrießlich. »Tja, dann bleibt mir wohl nichts anderes übrig, als alles in meiner Macht Stehende zu tun, um die Sache schnellstmöglich aufzuklären. Das bin ich der Klinik und vor allem der armen Frau Marlow schuldig. Zum Glück geht es ihr schon wieder so gut, dass sie morgen entlassen werden kann. Aber solange möchte ich Sie beide dringend bitten, Stillschweigen zu bewahren.«

»Das versteht sich von selbst«, bestätigte Betty ihm und deutete der Pflegeschülerin an, ihm ebenfalls ihr Einverständnis zu geben.

»Das verspreche ich Ihnen, Dr. Wessel«, sagte Kerstin nun mit fester Stimme. Danach wurde sie von Betty energisch aus dem Raum geschoben und weiter ins angrenzende Untersuchungszimmer. Hier stellte sie sich vor die Schülerin und sah ihr ernst in die Augen. »So! Ab jetzt also kein Sterbenswörtchen darüber zu niemandem, ist das klar?«, wiederholte sie zur Sicherheit noch einmal. »Und noch eins: Sie schicken jetzt das Foto auf mein Handy und löschen es auf Ihrem.«

»Okay«, antwortete Kerstin mit gewichtiger Miene. Während sie die Sendung vorbereitete, nahm Betty ebenfalls ihr Handy aus der Tasche. Als es bei ihr leise pingte, zog sie die Mundwinkel hoch und nickte zufrieden. Dann verfolgte sie konzentriert, wie Kerstin das prekäre Foto löschte.

»So, und nun sollte Ihre Hauptsorge wieder den Patienten dieser Station gelten, meine Liebe«, bestimmte sie mit einem Augenzwinkern. »Alles andere überlassen Sie ab jetzt ruhig mir.«

»Gern. Bin schon unterwegs«, antwortete Kerstin wie aus der Pistole geschossen. Zum ersten Mal seit dem Beginn ihrer praktischen Arbeit auf der Station sah Betty die junge Pflegeschülerin befreit lachen. »Und danke, Frau Heiland, dass Sie mir geholfen haben.«

Frederic Marlow klopfte dezent an die Tür des Sprechzimmers. Nach dem Öffnen ging er mit großen Schritten auf den Chefarzt zu, der ihm lächelnd die Hand reichte.

»Guten Abend, Herr Marlow. Schön, dass Sie es einrichten konnten«, begrüßte Dr. Wessel den Firmenleiter. »Sie haben sicherlich gleich auch noch vor, Ihre Mutter zu besuchen. Bemerkenswert, wie schnell sie sich erholt hat. Ich finde sowieso, dass sie eine ganz tapfere und außergewöhnliche Frau ist.« Mit Erleichterung registrierte er das Aufleuchten in den Augen des zwanzig Jahre jüngeren Mannes. Nach dem Vorfall mit seiner

Mutter hatte sich Herr Marlow ihm gegenüber reichlich unwirsch und fordernd gegeben. Möglicherweise aus der Vermutung heraus, die Verwechslung sei dem Krankenhauspersonal unterlaufen.

»Ja, in Anbetracht ihrer angeschlagenen Gesundheit und ihres Alters ist sie wirklich sehr vital und unternehmungslustig«, bestätigte Frederic Marlow wohlwollend. »Sind Sie denn bei der Aufklärung der Tablettengeschichte weitergekommen? Von unserer Seite her konnte ich keinen Fehler entdecken.«

Dr. Wessel schwitzte mit einem Mal so stark, dass er ein Taschentuch hervorziehen musste und sich den Hals trocken rieb.

»Tja, ich bin da auf eine Sache gestoßen, die mir, wie soll ich sagen, äußerst unangenehm ist.« Er hob kurz seinen Blick, um zu sehen, wie sein Gegenüber darauf reagierte.

»Ich versteh schon, was Sie meinen.« Frederic Marlow winkte beschwichtigend ab. »In jedem Betrieb passieren Dinge, die man ganz salopp als Schlamperei bezeichnen kann. Da kann sich niemand von freisprechen. Zum Glück ist ja nichts Schlimmeres passiert. Meine Mutter sprüht schon wieder vor Tatendrang, und ihr Zuckerwert ist auch wieder normal.«

»Tja, wie soll ich sagen?« Der Chefarzt fuhr sich nervös durch die wenigen Haare. »Es steckt leider etwas mehr dahinter als die banale Schusseligkeit einer Pflegekraft.« Er räusperte sich und atmete laut hörbar durch. »Wie sich heute Vormittag herausgestellt hat, ist Ihre Mutter das Opfer eines völlig unbedachten und unentschuldbaren Unfugs geworden.«

Die Lockerheit auf dem Gesicht des Firmenchefs wich nun einem kritischen Starren.

»Sie wollen damit ausdrücken, dass Sie den Täter erwischt und bereits zur Rede gestellt haben?«

Dr. Wessel nickte mit zusammengepressten Lippen. »Ich kann es ja selbst nicht fassen, aber es war meine eigene Tochter.«

»Doreen?«, schoss aus dem Mund des Firmenchefs. »Aber wieso?« Er schüttelte völlig verständnislos den Kopf. »Was wollte sie denn damit bezwecken? Ich hatte den Eindruck, sie käme prima mit meiner Mutter aus.«

»Das tut sie auch«, versicherte der Chefarzt. »Sie wollte Eleonore, ich meine, Ihrer Mutter auch keineswegs schaden.«

»Ja, aber warum hat sie es dann gemacht?«

Mit zerknirschter Miene erklärte er dem Firmenchef, dass der Zusammenbruch seiner Mutter wohl das bedauerliche Ergebnis einer überaus kindischen Wette war.

»Doreen wollte beweisen, dass Vitaminpräparate überhaupt keine positive Wirkung haben. Sie wusste nicht, dass die Tabletten Ihrer Mutter Insulin enthalten«, versuchte er einen Schlussstrich unter die ärgerliche Episode zu ziehen. »Mehr steckt wirklich nicht dahinter.«

»Mhm, Doreen war das. Ausgerechnet sie«, murmelte Frederic Marlow nun ernüchtert vor sich hin.

Als Dr. Wessel bemerkte, wie schwer ihm diese Erkenntnis zu schaffen machte, legte er sofort nach.

»Ich habe sie heute Mittag sofort hierherbestellt und ihr gründlich den Kopf gewaschen. Ich will sie absolut nicht in Schutz nehmen, aber es ist ihr schon ziemlich nahe gegangen, als sie hörte, was für gefährliche Komplikationen diese alberne Wette nach sich gezogen hat.«

»Und was machen wir jetzt?« Im Kopf des Firmenchefs schossen die Gedanken so wild durcheinander, dass er den Chefarzt fast flehend ansah. »Eigentlich müsste ich sie jetzt rauswerfen.«

»Ist nicht mehr nötig«, erwiderte sein Gegenüber schon wesentlich zuversichtlicher. »Ich bin mit Doreen übereingekommen, dass sie ihren Fehler nur wiedergutmachen kann, wenn sie für eine Weile in der Krebsklinik meines Freundes in den USA aushilft. Ein paar Monate Pflegedienst in dieser Umgebung wird sie bestimmt zum Nachdenken bringen.«

Frederic Marlow nickte zwar, aber enttäuscht war er dennoch. Erstens über seine schlechte Menschenkenntnis und zweitens auch ein bisschen, weil es so schien, als sei er dieser gutaussehenden Studentin nicht ganz unwichtig gewesen. Aber da hatte er sich wohl wieder einmal getäuscht. Anscheinend gehörte auch sie zu der Sorte Frauen, die mehr Wert auf sein Ansehen und sein Vermögen legten als auf sein Herz.

Dr. Wessel neigte sich nun leicht über den Schreibtisch.

»Wären Sie damit einverstanden, das Ganze nicht an die große Glocke zu hängen? Sie verstehen meine Bitte doch sicherlich. Es würde einen herben Schlag für mich und die Klinik bedeuten, wenn die Öffentlichkeit davon Wind bekäme.«

Der Firmenchef überlegte eine Weile, dann stimmte er zu.

»Allerdings nur unter zwei Bedingungen.«

»Und welche waren das?« Der Chefarzt musterte ihn mit hochgezogenen Brauen.

»Erstens nutzen Sie Ihre ärztliche Überzeugungskraft, um meine Mutter dazu zu bringen, dass sie endlich ihre Krankheit akzeptiert und einsieht, wie wichtig das Insulin für sie ist. Und zweitens bitten Sie sie, weiterhin den Bücherdienst in Ihrer Klinik zu übernehmen. Es darf auf keinen Fall dazu kommen, dass sie wieder in unsere Firma zurückkehrt.«

Mit säuerlicher Miene bestätigte der Arzt.

»Das wäre auch viel zu aufregend für Eleonore, ich meine, für sie als Zuckerkranke.«

»Eben!« Erleichtert atmete der Firmenchef aus. Er erhob sich und reichte Dr. Wessel die Hand. »Mit diesem Deal ist uns, glaube ich, beiden geholfen.«

Nachdem Frederic Marlow das Zimmer verlassen hatte, nahm der Chefarzt ein kleines Fläschchen Melissengeist aus der Schublade, träufelte eine geringe Menge Flüssigkeit auf einen Löffel und schluckte die Pfütze hinunter. Dann seufzte er schwer. »Das wäre überstanden.«

Da Betty ihren Mitteilungsdrang nicht mehr bis zum Abend zügeln konnte, schickte sie Louisa eine Kurznachricht. Sie begann mit dem Emoji, das mit zwei Fingern ein V bildete. *Du kannst dich beruhigt zurücklegen, Lou. Doreen ist überführt und wurde von ihrem Vater bereits strafversetzt. Es gibt jetzt unanfechtbare Beweise.* An das Ende hatte sie zwei kleine Glückskleeblätter gehängt.

Louisa konnte ihr Glück kaum fassen. So wie es schien,

würde sie ihren Job nicht verlieren, und der Fortsetzung ihres Tauchkurses demnach auch nichts mehr im Wege stehen. Ein bisschen freute sie sich auch für den Laborleiter, denn nun musste Frederic Marlow seinen Verdacht zurücknehmen, dass er seiner Mutter Schaden zufügen wollte. Bis sie diesen ominösen Beweis allerdings greifbar vor sich hatte, überwog in ihrem Kopf die Skepsis. Sie traute Betty ja viel zu, aber wie war es ihr bloß gelungen, diese umtriebige Studentin zu überführen?

Spann mich nicht so auf die Folter! Sag schon, was du herausgefunden hast, tippte sie kurz vor der Mittagspause an Bettys Adresse.

Kurz darauf ploppte das Foto auf, das Doreen beim Vergleichen der Tablettenblister im Lagerraum zeigte. Im Textfeld stand, dass eine von Bettys Schülerinnen den Diebstahl heimlich beobachtet habe. Beim nochmaligen Anschauen des Bildes lief Louisa ein leichter Schauer über den Rücken. »Diese linke Bazille«, kommentierte sie leise ihren Eindruck. Als sie Bettys Schlusssatz las, musste sie jedoch lachen. *Da siehst du wieder, wie nützlich die modernen Medien sind! Netzwerken ist eben alles!*

Mit dem wunderbaren Gefühl der Erleichterung ließ sich Louisa von der Kantinenmitarbeiterin gleich zwei Hähnchenschenkel neben den Reis legen, denn endlich hatte sie wieder richtigen Appetit.

Kaum hatte sie die erste Gabel in den Mund gesteckt, setzte sich Edith zu ihr an den Tisch.

»Weißt du schon das Neuste? Unser akademisches Lockenköpfchen ist geschasst worden. Angeblich soll Doreen in den USA ein viel tolleres Angebot für ihre Masterarbeit bekommen haben.« Sie prostete Louisa grinsend mit ihrem Wasserglas zu. »Wer's glaubt, wird selig.«

Louisa hob ebenfalls ihr Glas und stimmte der Laborassistentin aus vollem Herzen zu.

»Weiß dein direkter Vorgesetzter das eigentlich schon? Dem hat der Marlow doch mangels anderer Beweise den schwarzen Peter zugeschoben. Es hieß doch sogar, dass Dr. Urdenbach nach der schlimmen Auseinandersetzung mit ihm kündigen wollte.«

Edith nickte strahlend.

»Zum Glück hat er es noch rausgeschoben. Heute Nachmittag jedenfalls, als er von der Besprechung mit Marlow zurückkam, war er wie ausgewechselt. Richtig erleichtert und wieder genauso humorvoll wie früher. Er hat mir sogar anvertraut, dass Marlow sich hochfeierlich bei ihm entschuldigt habe, und dass er die Sache damit als erledigt ansehen würde.« Sie kicherte überschwänglich. »Und dann hat er mich doch tatsächlich gefragt, ob ich Doreen sehr nachtrauern würde.« Daraufhin prustete sie so laut los, dass sich einige Kantinengäste murrisch zu ihrem Tisch umdrehten. »Und am Ende wollte er noch wissen, ob sich Marlow schon bei dir gemeldet hat. Hat er noch nicht, oder?«

Als sie hörte, dass sich Dr. Urdenbach nach ihr erkundigt hatte, begann ihr Herz plötzlich wild zu schlagen. Einerseits war sie immer noch wütend auf ihn, andererseits spürte sie in diesem Augenblick ganz stark, dass ihr seine Entschuldigung tausendmal mehr bedeuten würde als die von Frederic Marlow. Es tat ihr weh, dass dieser Mann, dem sie so viel von sich erzählt hatte, sie mit einem Mal links liegen ließ, obwohl längst geklärt war, dass sie nichts mit der Tablettenschummelei zu tun hatte.

Als Edith Louisas bedrücktes Gesicht wahrnahm, hängte sie aufmunternd an: »Wart ab, der Chef erscheint bestimmt gleich nach dem Essen mit Blumen in deinem Büro, um sich zu entschuldigen.«

»Hoffentlich nicht mit denselben ollen Rosen wie bei Doreen«, murmelte Louisa betreten. Mit einem Mal erfasste sie wieder die alte Angst. Was sollte sie bloß tun, wenn ihr Chef gar nicht vorhatte, sich bei ihr zu entschuldigen? Vielleicht war es ja sein Plan, sie auf diese unfaire Weise gleich mit loszuwerden. Die neue Frauenpower in seiner Firma schien sowieso ein Auslaufmodell zu sein. Nachdenklich schrappte sie mit dem Messer Fleischreste von den kleinen Knochen am Tellerrand. »Große Hoffnungen mache ich mir jedenfalls nicht«, meinte sie betrübt zu Edith. »Der hat mich wahrscheinlich nur wegen seiner Mutter eingestellt, und die ist ja nun für immer aus der Firma raus. Vielleicht ist es wirklich das Beste, wenn ich mich mal woanders umsehe. Ein Jobangebot habe ich sogar schon bekommen. Es ist allerdings irgendwo in der schwäbischen Walachei.«

»Warte doch erst mal ab, bis sich die Wogen geglättet haben«, schlug ihr Edith mit einem Augenzwinkern vor. Dann machten sich die beiden Frauen auf den Weg zurück zu ihren Arbeitsplätzen.

»Hallo, Mutter«, rief Frederic Marlow beim Betreten des Patientenzimmers. »Wie geht es dir heute? Dr. Wessel meint, ich kann dich morgen schon wieder mitnehmen. Ist das nicht toll?«

Die Seniorchefin winkte mürrisch ab.

»Rede nicht mit mir wie mit einem kleinen Kind, Frederic! So senil bin ich nun wirklich nicht.« Mit einem energischen Schwung wirbelte sie ihre Beine vom Bett auf den Boden und drückte sich mühelos zum Stehen hoch. »Wegen mir könnten wir sofort gehen.« Sie verdrehte die Augen. »Aber dieser Schnösel von Assistenzarzt will morgen früh unbedingt noch einen Bluttest machen. Nüchtern!« Sie fuhr fahrig mit dem Arm durch die Luft. »Als ob ich mit meiner Zeit nichts Besseres anzufangen wüsste, als hier rumzusitzen und auf Ergebnisse zu warten.«

Der Firmenchef sah seine Mutter genervt an.

»Hat Dr. Wessel eigentlich schon mit dir geredet?«

»Friedrich redet unentwegt mit mir, wenn du das meinst«, erwiderte sie ziemlich gleichgültig.

»Ich meine, ob er mit dir über deinen leichtfertigen Umgang mit dem Diabetes gesprochen hat«, führte ihr Sohn seine Frage deutlicher aus.

»Du hast ihn doch wohl nicht beauftragt, mir ins Gewissen zu reden.« Sie blickte noch pikierter als bei der Frage nach ihrem Befinden. »Ich kann immer noch gut selbst entscheiden, wie ich mit meinen kleinen Unpässlichkeiten umgehe, mein Sohn.«

»Ja, das ist doch ganz klar, Mutter. Hauptsache, du nimmst jetzt immer regelmäßig deine Vitamine und die Insulintabletten.«

»Nur, wenn du dafür sorgst, dass diese Schlamperei mit den Tabletten aufhört. Ich möchte in nächster Zeit nicht wieder irgendwo zusammenklappen, nur weil dieser Verbrecher von Laborchef meine Tabletten vertauscht hat.« Das Wort Verbrecher hatte sie dabei Silbe für Silbe betont.

»Mutter, ich bitte dich! Dr. Urdenbach hat weder mit der Verwechslungsgeschichte noch mit Vaters Tod etwas zu tun«, verteidigte er seinen wichtigsten Mitarbeiter. »Und nenne ihn nicht dauernd Verbrecher.«

Seine Mutter antwortete darauf nur kurz angebunden: »Na, du musst es ja wissen. Du bist ja nun der Chef.«

Frederic Marlow sah versteckt auf die Uhr.

»Ich muss jetzt auch gleich schon wieder«, verkündete er mit künstlichem Bedauern und hängte beiläufig an: »Ach übrigens, Doreen Wessel hat heute unser Unternehmen verlassen.«

»Oh, warum das denn? Ich habe dich doch extra gebeten, sich intensiv um sie zu kümmern. Weißt du eigentlich, wie schwer es für mich war, sie für unser Unternehmen zu gewinnen?« Enttäuscht blickte die alte Dame zum Fenster. »Schade. Wirklich schade!«

»Du hast sie dazu überredet?«, fragte ihr Sohn plötzlich völlig irritiert. »Ich dachte, es war ihr sehnlichster Wunsch, bei uns ihre Masterarbeit anzufertigen. So hat sie es mir jedenfalls erzählt.«

Die alte Dame warf ihm ein süffisantes Lächeln zu.

»Ach, Frederic! Für eine Mutter ist es doch das Wichtigste, dafür zu sorgen, dass ihr Kind glücklich ist. Und Doreen erschien mir als die perfekte Frau für dich. Hübsch, korrekt, gebildet und aus gutem Hause.«

Die Treuherzigkeit in Blick seiner Mutter gepaart mit der haarsträubenden Aufzählung brachte das Fass bei Frederic Marlow endgültig zum Überlaufen. Bis auf Doreens ansehnliche äußere Erscheinung traf in seinen Augen nichts davon auf sie zu.

»Du hast sie in unsere Firma gelockt, um mich mit ihr zu verkuppeln? Das ist doch …!« Mit Mühe rang er um Fassung. Da er dem Chefarzt jedoch sein Einverständnis gegeben hatte, über die windige Vergangenheit seiner Tochter Stillschweigen zu bewahren, kam er noch einmal zum Anfang des Themas zurück. »Na, jedenfalls ist sie jetzt nach Amerika unterwegs. Und darüber bin ich auch äußerst froh. Sie arbeitete nämlich keineswegs so korrekt, wie du es beschrieben hast. Ich finde sogar, dass sie ein ziemlich hinterhältiges Biest ist. Mit ihrer durchtriebenen Art hat sie vielen in der Firma das Leben schwer gemacht. Und in Zukunft möchte ich dich bitten, Mutter, nicht mehr mit irgendwelchen fragwürdigen Frauen für mein Glück sorgen zu wollen. Das schaffe ich bestens allein.«

Frau Marlow zupfte beleidigt am Gürtel ihres Bademantels herum.

»Und warum bist du dann immer noch nicht verheiratet?«

Er ging mit energischen Schritten auf die Zimmertür zu.

»Darüber zu diskutieren habe ich jetzt absolut keine Zeit und keine Lust, Mutter. Gute Nacht.« Mit Wucht zog er die Tür hinter sich ins Schloss.

Da Betty an diesem Tag spät abends ihre Nachtschicht antreten musste, hatten die beiden Frauen schon am Anfang der Woche entschieden, ihren nächsten Lauftermin auf das Wochenende zu verlegen. Das kam Louisa nach dem aufreibenden Tagesablauf auch sehr gelegen. Nachdem sich Frederic Marlow auch am Nachmittag nicht bei ihr gemeldet hatte, war sie völlig frustriert und mit den schlimmsten Befürchtungen nach Hause gefahren.

Auch nach dem ausführlichen Duschbad, das sie sich gleich nach der Heimkehr selbst verordnet hatte, ging es ihr nur bedingt besser. Mit nassen Haaren kauerte sie nun auf ihrer Couch und betrachtete zum x-ten Mal das Foto mit Doreen am Medikamentenschrank.

Dann griff sie zu ihrem Handy und wählte Bettys Nummer. Der Zeitraum erschien ihr unendlich, bis sie endlich die Stimme ihrer Freundin hörte.

»Na, du«, begrüßte sie Betty betrübt. »Bevor du mir erzählst, was da heute früh passiert ist, möchte ich mich erst einmal ganz herzlich bedanken. Du hast mit deiner erfolgreichen Ermittlungsarbeit ziemlich vielen in unserer Firma geholfen. Auch in deren Namen danke.«

Betty spürte am bedrückten Tonfall, dass die Freude, mit der Louisa ihren Dank ausdrückte, nicht echt war.

»Und was ist mit dir? Eigentlich wollte ich hauptsächlich dir damit helfen.«

Es vergingen einige Sekunden, bis Louisa die geeigneten Worte fand, mit denen sie Betty nicht allzu sehr verletzte.

»Bei mir hangt immer noch alles in der Schwebe. Ich denke, ich sollte mir nicht allzu große Hoffnungen machen, dass ich weiter bei Blifrisk arbeiten darf«, murmelte sie ins Handy.

»Hm! Aber was hat das Ganze denn dann gebracht, frag ich mich.« Nun war es Betty, die Zeit zum Nachdenken brauchte. »Und was gedenkst du jetzt zu tun?«

Louisa schniefte traurig.

»Auf jeden Fall werde ich mich schon mal vom Tauchkurs abmelden müssen. Morgen wäre zwar der erste richtige Tauchgang mit Ausrüstung dran, aber wenn ich mich heute noch abmelde, erstattet mir Sascha vielleicht einen Teil der Kursgebühr.«

»Nee, du. Genau das machst du nicht«, wetterte Betty voller Überzeugung ins Mikrofon. »Seit Wochen freust du dich auf diesen Augenblick, und jetzt, so kurz vor dem schönsten Teil, willst du abbrechen? Kommt ja gar nicht in die Tüte! Du gehst morgen dahin!«, bestimmte sie wie ein Feldwebel. »Und ich komme mit.« Mit einem erheiterten Gackern versuchte sie die Stimmung des Gesprächs zu verbessern. »Ich will doch sehen, wie komisch du aussiehst in deinem sexy Gummi-Jumpsuit und dem ganzen Klimbim am Körper. Das muss doch unbedingt fotografisch festgehalten werden.«

Als Louisa erneut losnörgelte, ihr sei die Lust am Tauchen vergangen, fuhr ihr Betty wütend ins Wort.

»Keine Ausrede. Wir fahren morgen Abend gemeinsam zum Hallenbad und du tauchst.«

Widerworte hatten bei Bettys derzeitiger Stimmungslage

keinen Zweck. Das hatte Louisa schon zu Beginn ihrer gemeinsamen Laufabende begriffen, als es darum ging, ob man noch eine zusätzliche Runde anhängen sollte oder nicht. Deshalb ließ sie jeden weiteren Versuch bleiben.

»Okay, wenn du meinst.« Im Grunde freute sie sich sehr, dass ihre Freundin mitkommen wollte. Aber merkwürdig war es trotzdem, denn die halbe Welt wusste, dass Betty Heiland das nasse Element hasste wie der Teufel das Weihwasser. »Glaub mal nur nicht, dass ich nicht weiß, warum du mitgehen willst.«

»So, weshalb denn deiner Meinung nach?«, fragte Betty nun ehrlich erstaunt.

»Weil du unbedingt den smarten Sascha, unseren Tauchschulleiter, kennenlernen willst.«

»Pah, das ist ja wohl absoluter Unsinn«, konterte sie aufgebracht. Dann kicherte sie leicht verlegen. »Aber ich hab mir doch den neuen Bikini gekauft. Wird mal Zeit herauszufinden, wie der außerhalb meines Badezimmers wirkt!«

Dr. Urdenbach war gerade auf dem Weg zu seinem Wagen, um zur Firma zu fahren, als er am Vibrieren seines Handys merkte, dass eine Nachricht eingegangen war. Da es an diesem Morgen schon ziemlich schwül war, setzte er sich ins Auto und ließ beim Lesen die Fahrertür offen stehen. Als er sah, dass die Mitteilung von der Tauchschule kam, runzelte er irritiert die Stirn.

Hi, Alex. Könntest du um sechs Uhr meinen Anfängerkurs übernehmen? Die haben heute ihren ersten Tauchgang. Hab ganz vergessen, dass ich mit den Fortgeschrittenen im Tauchgasometer in Duisburg verabredet bin. Und noch was: Deine Louisa ist übrigens doch in dem Kurs. Hab auf der Anmeldung versehentlich ihren Vor- und Nachnamen vertauscht. Tolle Frau übrigens!

Der Laborleiter war so verblüfft, dass er die Nachricht gleich noch einmal las. Dann schüttelte er lachend den Kopf. Also hatte ihn sein Gefühl doch nicht getäuscht. Bevor er den Motor startete, tippte er rasch seine Antwort ins Handy. *Geht in Ordnung, Sascha. Ich sorge dafür, dass es für alle ein unvergessliches Unterwassererlebnis wird.*

Auch Louisa machte sich an diesem Freitagmorgen früh auf den Weg zur Firma. Durch die Aufregung der letzten beiden Tage war einiges an Arbeit liegengeblieben, das unbedingt bis zum Wochenende erledigt werden musste. Und dann wollte sie am Nachmittag auch möglichst pünktlich Feierabend machen, um sich auf das Tauchevent am Abend vorzubereiten.

Als sie den Flur des Verwaltungstrakts entlangging, wunderte sie sich, dass die Tür zu ihrem Büro weit offen stand. Nach einem raschen Blick auf die Uhr wusste sie den Grund. Das Reinigungspersonal, das seinen Dienst um fünf Uhr morgens antrat, war gewöhnlich bis halb acht mit den Räumen des Verwaltungsflügels fertig. Doch jetzt war es erst Viertel nach sieben. Mit einem freundlichen Nicken begrüßte Louisa die Reinigungskraft.

»Bin sofort fertig«, antwortete junge Frau im hellblauen Kittel munter, fuhr zügig mit dem Staubtusch über das Fensterbrett und eilte dann zu dem Putzwagen, den sie mitten im Raum abgestellt hatte.

Louisa bückte sich, um ihre Tasche auf den Boden neben dem Schreibtisch abzustellen. Als sie sich wieder aufrichtete, staunte sie nicht schlecht, als ihr die Frau mit einem verlegenen Lächeln das Tauchbuch entgegenhielt, das sie am Vortag wütend weggeworfen hatte.

»Das habe ich gestern in Ihrem Papierkorb gefunden, und da wollte ich fragen, ob das wirklich weg soll, oder ob es Ihnen vielleicht nur vom Schreibtisch gerutscht ist.«

Louisa nahm das Buch mit einem verschämten Zucken um den Mund entgegen.

»Oh, Sie haben es aufgehoben«, sagte sie leise und strich sanft über den Einband.

»Entschuldigen Sie! So was mache ich gewöhnlich nicht, aber als ich das schöne Buch da drin liegen sah, konnte ich nicht anders.« Sie machte einen Schritt auf Louisa zu und ergänzte im Flüsterton: »Aber bitte, sagen Sie das nicht meiner Chefin, dass ich was aus dem Müll genommen habe. Das dürfen wir nämlich nicht.«

Louisa schüttelte energisch den Kopf.

»Machen Sie sich keine Sorgen. Das bleibt unter uns. Und außerdem bin ich sehr froh, dass Sie es wieder herausgeholt haben.« Sie warf einen schuldbewussten Blick auf das Buch in ihrer Hand. »Normalerweise werfe ich Geschenke auch nicht weg.«

Als die junge Frau hörte, dass es sich um ein Geschenk handelte, ging sie abermals zu ihrem Putzwagen und zog unter dem Paket mit den Einmalhandschuhen ein Papierstück hervor. Zögernd reichte sie es Louisa.

»Vielleicht wollen Sie das dann auch zurückhaben?«

Louisa nahm die Briefkarte mit Dr. Urdenbachs Schrift entgegen und reichte der jungen Frau mit einem Strahlen in den Augen die Hand. Beinahe kam es ihr so vor, als ob diese fremde Frau genau wusste, dass sie diesen impulsiven Schritt bereuen würde.

»Danke, dass Sie das auch für mich gerettet haben.«

»Keine Ursache. Hab ich doch gern getan.« Schmunzelnd verabschiedete sich die junge Frau.

Als Louisa eilig hinter ihr herlief, um das Türschließen zu übernehmen, bedankte sie sich noch einmal herzlich und ergänzte mit einem vielsagenden Blick: »Viel Glück Ihnen beiden!«

»Tja, ein kleines bisschen Glück könnte jetzt wirklich nicht schaden«, sagte sie leise zu sich selbst. Dann setzte sie sich an den Schreibtisch, schob mit einem wehmütigen Zug um den Mund die Karte zwischen die Seiten und ließ das Buch in ihre Tasche gleiten. Seufzend startete sie danach ihren Rechner. Doch zum Arbeiten kam sie immer noch nicht, denn kaum hatte sie das erste Diagramm auf den Bildschirm geladen, klingelte das Telefon.

»Hallo, Herr Marlow«, begrüßte sie ihn mit heiserer Stimme. »Was kann ich für Sie tun?«

»Ich möchte Sie bitten, kurz in mein Büro zu kommen. Es gibt da einiges, was ich gern mit Ihnen besprechen möchte.«

Louisa schluckte.

»Ja, natürlich. Ich komme sofort.« Nach dem Auflegen spürte sie, wie ihre Kehle enger wurde und sich ihr gesamter Körper von einer unangenehmen Unruhe erfasst wurde. Jetzt war es also soweit.

Auf dem Gang zum Büro ihres Chefs fühlte es sich an, als ob ihre Oberschenkel aus Blei bestünden. Vor der wuchtigen Eichentür atmete sie noch einmal tief durch und klopfte an.

Anstatt sie, wie gewöhnlich, am Schreibtisch sitzend zu empfangen, kam er sofort auf sie zu und reichte ihr freudig lächelnd die Hand.

»Bitte, nehmen Sie Platz.«

Louisa war froh, dass das Zittern nach dem Niedersetzen nachließ. Mit ernstem Gesicht verfolgte sie, wie Frederic Marlow einen Umschlag aus der Schublade nahm und ihn vor sich auf den Tisch legte. Merkwürdig! Für ein offizielles Kündigungsschreiben war er mindestens eine Nummer zu klein.

»Wie Sie sicherlich schon erfahren haben, Frau Paulus, hat Frau Wessel gestern unser Unternehmen verlassen.«

Louisa nickte betreten.

»Ich gehe mal davon aus, dass Sie auch über den Grund Bescheid wissen.«

Auch das bestätigte sie ihm wortlos.

Er rieb nun etwas umständlich seine Hände.

»Tja, um ehrlich zu sein, stehe ich mächtig in Ihrer Schuld. Sie waren vor ein paar Tagen so nett, Ihre Sorge um meine Mutter auszudrücken, und ich habe es so abgetan, als wollten Sie Frau Wessel aus purem Neid heraus eins auswischen. Dabei haben Sie es nur gut gemeint mit Ihrer Mitteilung. Der Fehler lag einzig und allein bei mir, liebe Frau Paulus. Das ist mir leider jetzt erst klar geworden. Ich habe die Situation mit Ihnen und Frau Wessel vollkommen falsch interpretiert und Ihnen deshalb etwas ziemlich Respektloses an den Kopf geworfen. Das tut mir unendlich leid. Ich hoffe, Sie können mir diese Fehleinschätzung verzeihen.«

»Natürlich«, bekundete Louisa ihm sofort. »Sie kannten die Hintergründe ja nicht. Ich habe selbst nicht damit gerechnet, dass es so schlimm kommt. Bis vor Kurzem wusste ich auch nur, dass es sich bei den Tabletten Ihrer Mutter um ein harmloses Vitaminpräparat handelt.« Sie sah verlegen zu ihren Füßen hinab. »Ich will Frau Wessel nicht in Schutz nehmen, aber sie wusste von dem Insulin genauso wenig wie alle anderen hier in der Firma. Also konnte sie auch nicht abschätzen, welchen gesundheitlichen Schaden sie Ihrer Mutter mit den Placebos zufügen würde.«

»Warum haben Sie mir eigentlich nichts von ihrer blödsinnigen Idee erzählt?«

Louisa rutschte unruhig auf dem Stuhl herum.

»Weil es nicht meine Art ist, Kollegen bloßzustellen.« Als sie sah, wie er ihr wohlwollend zunickte, traute sie sich auch, ihm die ganze Wahrheit zu sagen: »Und weil sie mich auch ein bisschen erpresst hat.«

Der Firmenchef zupfte nachdenklich an seinem Kinn.

»Das auch noch!«, brummte er missbilligend und streckte sich gleich danach in seinem Sessel gerade. »Tja, dann will ich mal zu dem eigentlichen Anlass dieser Unterredung kommen.« Er schob Louisa den Briefumschlag zu. »Da uns Frau Wessel ja auch mit der Höhe ihrer erlaufenen Schritte hintergangen hat, musste sie mir die vierhundert Euro, die sie als Prämie erhalten hat, zurückzahlen. Dieser Betrag steht nun demjenigen zu, der die höchste Schrittzahl wirklich selbst erlaufen hat, und das waren ja wohl Sie, Frau Paulus.«

»Von wem haben Sie das eigentlich erfahren?«, wollte Louisa wissen.

Seltsamerweise machte Frederic Marlow nach dieser Frage einen etwas verlegenen Eindruck. »Von der Oberschwester der Privatstation.«

»Sie meinen Frau Heiland?«, fragte Louisa schmunzelnd. Eigentlich hätte ihr klar sein müssen, dass Betty nicht stillhalten würde.

»Ja, genau. Eine bemerkenswerte Person übrigens, diese Frau Betty, wie meine Mutter sie immer nennt. Als ich gestern zum Krankenbesuch auf die Station kam, hat sie mich ins Dienstzimmer gebeten und mir ein Fitnessband in die Hand gedrückt.

So ein schickes, wie es Frau Wessel immer trug. Und dann hat sie mich gebeten, es der Studentin vor die Nase zu halten und sie nach der Methode zu fragen, mit der sie ihre zehntausend Schritte am Tag zusammenbekommen hat. Und das habe ich dann auch getan. Ich habe mich, das muss ich zugeben, in ihr getäuscht.« Nun machte er einen derart geknickten Eindruck, dass er Louisa richtig leid tat.

»Tja, mit Fairness und Ehrlichkeit hatte das wirklich nichts zu tun.«

»Zum Glück war Frau Heiland ja so geistesgegenwärtig und ist der Sache sofort nachgegangen. Wirklich beeindruckend, wie sie Frau Wessel auf die Schliche gekommen ist.«

Es freute Louisa richtig, wie angetan er von der detektivischen Ermittlungsarbeit ihrer besten Freundin war. Als eingefleischter Gentleman hatte er ihr mit Sicherheit ein großes Kompliment gemacht. Eigentlich hätte Betty noch viel mehr verdient, stellte Louisa beschämt fest. Immerhin hatte sie ihr den Job bei Blifrisk gesichert.

»Ehrlich gesagt, habe ich vor Ihrer Bürotür noch damit gerechnet, dass Sie mir gleich die Kündigung aussprechen.« Louisas Lippen bebten bei diesem Geständnis.

»Ganz im Gegenteil, Frau Paulus«, erwiderte er lachend. »Ich werde es Ihnen natürlich auch noch schriftlich geben, dass ich Ihre Probezeit vom heutigen Tag an als beendet betrachte. Außerdem erhalten Sie demnächst ein Schreiben von unserer Personalabteilung, aus dem Sie entnehmen können, dass ich ihr Gehalt angehoben habe.«

Wäre Betty in der Nähe gewesen, hätte Louisa sie umgehend gebeten, sie kräftig zu kneifen. Das konnte doch alles nicht wahr sein! Mit Mühe kämpfte sie gegen die Tränen, mit denen sich ihre Augen immer mehr füllten.

»Oh, das ist wirklich sehr nett von Ihnen, Herr Marlow. Etwas Schöneres kann ich mir zurzeit nicht vorstellen.« Natürlich konnte sie das. Aber das hatte nichts mit diesem Mann zu tun. Unweigerlich musste sie an das unterkühlte Gespräch denken, dass sie zuletzt mit Dr. Urdenbach geführt hatte. Dann sah sie das Tauchbuch vor sich und die Karte mit seinen liebenswerten Worten, und augenblicklich spürte sie eine Welle der Zuneigung in sich aufsteigen. Doch im selben Moment hörte sie erneut die üblen Worte, mit denen er ihr unterstellt hatte, sie habe die Tabletten ausgetauscht, und im Nu verflüchtigten sich die zarten Gefühle wieder, die ihr Herz gerade ein Stück weit geöffnet hatten.

»Ja, und dann wäre da noch etwas.« Er drehte sich mit seinem Bürosessel um hundertachtzig Grad und zeigte auf das Norwegenbild an der Wand hinter seinem Schreibtisch. »Hätten Sie etwas dagegen, geschäftlich nach Tromsö zu fliegen? Wie Sie wissen, habe ich dort einen Freund, der sich um den Vertrieb unseres Vitamin-D-Präparats kümmern will. Es ist immer besser, wenn man geschäftliche Dinge direkt vor Ort klärt, wissen Sie?«

Nicht nur die angekündigte Reise, auch sein Schmunzeln verwirrte Louisa sehr. »Das würde ich wirklich sehr gern, aber meinen Sie nicht, dass ich mich erst noch ein bisschen länger in die Materie einarbeiten sollte?«

»Das können Sie alles an Ort und Stelle machen. Außerdem wird Sie ein sehr kompetenter Mitarbeiter begleiten.«

Louisa wäre auch jemand vom Putzpersonal recht gewesen, wenn sie nur nicht allein an den Polarkreis fliegen musste. »Ist es jemand vom Vertrieb?«, fragte sie nun frei heraus.

»Nein, Herr Dr. Urdenbach vom Labor.« Da der Firmenchef aus zuverlässiger Quelle wusste, dass sich zwischen dem Laborleiter und ihr etwas anbahnte, beobachtete er amüsiert Louisas überraschtes Mienenspiel. »Oder haben Sie etwas gegen diesen Kollegen?«

»Nein, nein«, wehrte sie viel zu heftig ab. »Aber vielleicht hat er ja etwas dagegen, mit mir zu verreisen.«

»Warum sollte er das?«, fragte der Firmenleiter erstaunt. »Er hat es doch selbst vorgeschlagen.«

Louisa war so verblüfft, dass ihr die Worte fehlten. Jede Faser ihres Körpers vibrierte mit einem Mal, als habe man sie unter Strom gesetzt. Nachdem sie ihre Stimme wieder gefunden hatte, meinte sie mit einem Hauch von Zärtlichkeit: »Immer für eine Überraschung gut, dieser Mann!«

Frederic Marlow warf seinen Kopf in den Nacken und lachte nun frei heraus.

»Da sagen Sie was! Dr. Urdenbach wollte es Ihnen eigentlich heute Nachmittag selber sagen. Aber da er heute Abend noch eine Vertretung in seinem Sportverein übernehmen muss, ist er vor einer halben Stunde schon aus dem Haus.«

Louisa linste verstohlen auf die Uhr an ihrem Handgelenk. Es war bereits nach fünf. Viel Zeit blieb ihr nicht mehr bis zu dem spannenden Ereignis, dem sie seit Wochen wie ein Kind entgegenfieberte. Endlich konnte sie dieser Freude den ihr gebührenden Raum in ihrem Herzen einräumen.

Sie nahm den Umschlag an sich und bedankte sich herzlich bei Frederic Marlow, der aufgesprungen war und ihr mit einem herzlichen Lächeln die Hand reichte.

»Ich freue mich auf die weitere Zusammenarbeit mit Ihnen, Frau Paulus.«

»Ich mich auch, Herr Marlow. Sehr sogar. Und grüßen Sie bitte Ihre Mutter von mir. Sie wird es vielleicht nicht glauben, aber seitdem sie mich mit ihren Büchern bombardiert hat, habe ich wieder Spaß am Lesen gefunden.«

Frederic Marlow hob erstaunt die Augenbrauen.

»Oh, das wird sie sehr freuen. Wieder eine Seele gerettet!«

Weil sie schon ziemlich spät dran war, spurtete Louisa gleich zwei Stufen auf einmal nehmend zu Bettys Wohnung hinauf.

»Wie weit bist du denn? In einer halben Stunde beginnt mein Kurs«, rief sie ihrer Freundin schon von der Eingangstür aus zu.

»Ja, doch. Hetz doch nicht so! Ich brauche ja nur noch mein Badetuch.« Betty kam aus dem einen Zimmer herausgeschossen und huschte sofort ins nächste. Kurz darauf erschien sie mit dem Arm voller Badesachen auf dem Flur und stopfte alles in eine riesige Korbtasche. Nach einem prüfenden Blick in den Garderobenspiegel rannte sie hinter Louisa die Treppe hinab. »Ich versteh dich nicht, Lou. Erst willst du gar nicht dorthin, und nun kann es dir nicht schnell genug gehen.«

Louisa warf ihr ein strahlendes Lächeln zu.

»Es hat sich ja in der Zwischenzeit auch einiges ereignet.«

Betty hatte bereits an ihren strahlenden Augen erkannt, dass sich die Sache um ihren Arbeitsplatz positiv entwickelt habe musste.

»Dein Chef hat dir also doch nicht gekündigt.«

»So ist es!«, jubelte Louisa. Bevor sie den Parkplatz erreichten, hatte sie ihrer Freundin den gesamten Inhalt des Gesprächs mit Frederic Marlow im Schnelldurchgang abgespult. »Ist das nicht toll?«

Betty gab sich nur mäßig beeindruckt.

»Der hätte auch mal was anderes mit dir machen sollen!« Als Louisa ihren Wagen ansteuerte, hob Betty drohend den Zeigefinger. »Nee, nee, meine Liebe! Du bist mir viel zu aufgeregt zum Autofahren.«

»Wie du willst.« Louisa zog die Mundwinkel hoch und setzte sich ergeben auf den Beifahrerplatz des kleinen Sportflitzers.

»Ist Robin eigentlich noch nicht zu Hause?«

»Wer?«

»Na, Herr Heiland Junior, dein Sohn.«

Betty warf ihrer Freundin beim Starten des Motors einen genervten Blick zu.

»Du meinst den, der nach der Schule mal kurz reinschneit, um zu duschen und dann zehn Minuten später in Oberhemd und eine Aftershave-Wolke gehüllt die Wohnung verlässt?«

Louisa warf lachend ihren Kopf in den Nacken.

»Sag nur, er hat eine Freundin!«

»Nee, das bestreitet er rigoros«, posaunte Betty. »Er gibt angeblich nur einer aus der Parallelklasse Nachhilfeunterricht in Informatik.«

Louisa konnte kaum sprechen vor Lachen.

»Und du glaubst wirklich, dass die nur das Programmieren üben?«

»Tse!«, stieß Betty augenrollend hervor. »Ich möchte gar nicht wissen, welche Programme die noch so durchgehen.«

»Ach, komm! Erinnere dich mal an unsere Jugend! Mit siebzehn ging es doch selten über den Vorwaschgang hinaus.«

»Hast du eine Ahnung!«, protestierte die besorgte Mutter. »Ich hoffe ja nur, dass die an den ausreichenden Schutz für empfindliches Gewebe denken, bevor sie zum Schleudern übergehen.«

Wenig später parkte Betty ihren Wagen so dicht es ging am Eingang des Hallenbades.

»Wie lange geht dein Kurs eigentlich?«, fragte sie im Eingangsfoyer beiläufig.

»Bis halb acht höchstens«, erwiderte Louisa und erntete dafür ein zufriedenes Kopfnicken. Bevor sich ihre Wege trennten, zeigte Louisa durch die große Glasscheibe zum Becken mit dem Sprungturm. »Wir treffen uns dann gleich da drüben an der Steinbank vor der Fensterfront, okay?«

Betty drückte sich auf die Zehenspitzen hoch, um genauer sehen zu können, welche Stelle Louisa meinte und verschwand danach im Umkleidebereich für die Schwimmgäste, während Louisa ihre Schuhe in die Hand nahm und am Becken entlang zur Tauchschule tappte.

Schon von Weitem sah sie, dass die Tür zu den Schulungsräumen offen stand, und einige aus ihrer Gruppe bereits in Neoprenanzügen ihre Tauchausrüstungen zum Beckenrand schleppten.

»Bin ich zu spät?«, fragte Louisa den Studenten, der mit ihr den Anfängerkurs besuchte.

»Nein, nein! Mach dir keinen Stress! Wir waren halt schon etwas eher da und haben deshalb schon mal angefangen, die Geräte rauszutragen. Der Big Boss ist sowieso nicht da. Wir haben heute bei einer Vertretung«, ergänzte er, als ob es das Normalste der Welt wäre.

Louisa schnaufte verärgert. Ausgerechnet bei dieser besonderen Unterrichtsstunde überließ Sascha einem Fremden die Gruppe! Ihre Lust auf das erste Abtauchen bekam damit einen gewaltigen Dämpfer.

»Wer weiß, was das für ein seltsamer Vogel ist«, brummelte sie in sich hinein und angelte sich übellaunig einen Neoprenanzug von der Stange. Im Umkleideraum bemühte sie sich dennoch, rasch fertig zu werden, denn sie wollte die anderen auf keinen Fall warten lassen.

Als sie mit ihrer ABC-Ausrüstung in der Hand die Schwimmhalle betrat, stellte sie erleichtert fest, dass der Unterricht noch nicht angefangen hatte. Bis auf einen, der sich krank gemeldet hatte, standen die Gruppenteilnehmer beieinander und unterhielten sich. Dicht neben ihnen breitete Betty gerade ihr Handtuch auf der Steinbank aus und platzierte ihren schlanken Körper so geschickt, dass ihr Prunkstück von Bikini angemessen zur Geltung kam. Als sie Louisa kommen sah, griff sie sofort nach ihrem Handy und machte gleich mehrere Fotos von ihrer exotisch wirkenden Freundin.

»Wow, du siehst ja vielleicht cool aus in diesem Gummiteil. Der bringt ja wirklich alles ans Tageslicht, was sonst kaum zu sehen ist«, sprudelte es anerkennend aus ihrem rotumrandeten Mund.

Louisa sah erschreckt an sich herab.

»Und dabei habe ich schon vier Kilo weniger.«

Betty, die sich nun zu ihr gestellt hatte, entschuldigte sich sofort: »Ich meine doch deine tollen Formen, Lou. In dem Anzug sieht man sie endlich mal deutlicher als in deinem üblichen Schlabberlook oder Business-Outfit.«

Louisa errötete noch mehr, als sie mitbekam, wie ihre Freundin die Hände in Schlangenlinien abwärts bewegte.

»Das finde ich übrigens auch«, hörte Louisa plötzlich jemanden direkt hinter ihrem Rücken sagen. Als sie sich umdrehte, blickte sie geradewegs in die dunklen Augen des Laborleiters. »Was machen Sie denn hier?«

»Na, mit Ihnen tauchen, hoffe ich«, entgegnete er mit einem hinreißenden Lächeln. Dann wandte er sich dem Rest der Gruppe zu. »So, liebe Tauchfreunde. Da Sascha verhindert ist, werde ich heute mit euch das erste Mal runtergehen. Ich hoffe, ihr fühlt euch alle fit genug und seid nicht zu aufgeregt.« Er warf Louisa einen vielsagenden Blick zu. »Ich bin übrigens der Alex. Ich denke, es ist okay, wenn wir uns alle duzen.« Diesmal sah er ihr solange in die Augen, bis sie schmunzelnd nickte. »Tja, dann wollen wir mal. Wenn Ihr soweit fertig seid, zieht bitte Eure Ausrüstungen an und setzt Euch an den Rand des Beckens! Dort könnt Ihr eure Füße nass machen und in die Flossen schlüpfen.«

Louisa war durch das unerwartete Auftauchen des Laborleiters so verwirrt, dass sie kaum mehr wusste, welcher Handgriff zuerst drankam. Und Betty war ihr in diesem Moment auch keine große Hilfe. Anstatt dezent aus dem Hintergrund ein paar Fotos zu schießen, versuchte sie ihr in einem fort etwas mit Fingerzeichen und einer merkwurdig gerundeten Lippenstellung mitzuteilen. Als sich Alex kurz zu seinen Flossen bückte, deutete sie besonders aufgeregt auf ihn und tappte sich zu allem Überfluss auch noch selbst auf den Po.

Fremdschämen bekam für Louisa in diesem Moment eine ganz neue Dimension. So konnte es jedenfalls nicht weitergehen! Erbost fuhr sie mit der Hand durch die Luft, um Betty anzudeuten, endlich Ruhe zu geben.

Alex hatte in der Zwischenzeit seine Tauchausrüstung übergestreift und festgeschnallt. Mit der Brille auf der Stirn und den Flossen in der Hand stellte er sich nun wieder vor die kleine Gruppe, die mit geröteten Gesichtern auf das Startzeichen wartete.

»Als Erstes üben wir den korrekten Einstieg ins Wasser. Dann werden wir knapp unter der Wasseroberfläche einmal hin- und zurückpaddeln und uns dann in der Mitte des Beckens versammeln, um das Tarieren auszuprobieren. Die letzte Übung findet dann hinten im tieferen Bereich statt. Dort werden wir uns gegenseitig Handzeichen geben. Das läuft so, dass der eine das Kommando auf seine Tafel schreibt, und der andere es mit der Hand anzeigt. Und umgekehrt genauso. Dazu tun wir uns zu Paaren zusammen.« Ohne zu zögern fuhr er fort: »Da einer aus der Gruppe krank ist, werde ich einspringen. Louisa und ich bilden die erste Zweiergruppe.« Während die anderen sich zu zweit nebeneinanderstellten, sah er sie unsicher an. »Ich hoffe, es ist dir recht?«

Was für eine Frage? In diesem Moment hätte sie ihm noch

ganz andere Dinge gewährt. Dabei spürte sie deutlich, wie ihre Knie leicht nachgaben und ihre Schläfenadern unter dem Gurt der Brille wie nach einem Hundert-Meter-Sprint pochten. Wenn sie ihren Kreislauf nicht gleich wieder in den Griff bekam, würde sie unweigerlich Schwierigkeiten mit der Atemtechnik unter Wasser bekommen. Das war Louisa so klar wie das Wasser im Becken vor ihr.

In den kommenden Minuten beobachtete Betty fasziniert, wie sich die sechs Personen in geschlechtslose Froschmänner verwandelten und einer nach dem anderen mit der Hand auf der Maske und einem großen Schritt nach vorn ins Wasser platschte. Mit stiller Bewunderung verfolgte sie, wie ihre beste Freundin zügig unter der Oberfläche vom rechten zum linken Beckenrand paddelte und sich dann im brusttiefen Wasser aufstellte, das Mundstück herausnahm und die Brille anhob. In den Minuten, die sie fotografierend auf der Steinbank verbrachte, grübelte sie unentwegt nach, wie sie Louisa unauffällig mitteilen konnte, dass der Vertretungstauchlehrer kein anderer als ihr Darmspiegelungspatient war, der charmante Adonis mit der Potternarbe auf dem Gesäß.

Mittlerweile waren die Kursteilnehmer bei der letzten Übung angekommen. Paar für Paar tauchte nun auf den Grund des drei Meter tiefen Beckenbereichs ab, um dort die wichtigsten Handzeichen zu üben. Kurz vor Beginn der Übung hatte Alex noch die Reihenfolge festgelegt.

»Louisa und ich bilden den Abschluss. Ihr anderen könnt ruhig schon das Wasser verlassen und Euch umziehen. Anschließend treffen wir uns dann noch im Clubraum. Dort könnt Ihr mir dann erzählen, wie es euch ergangen ist.«

Während Louisa mit Maske und Mundstück im Mund verfolgte, wie das letzte Paar das Becken verließ, spürte sie, wie Alex ihre rechte Hand nahm.

»Bist du bereit?«, fragte er sie besonders einfühlsam. Dann zog er sie sanft mit sich in die Tiefe. Sie merkte, dass er sich ungewöhnlich viel Zeit beim Abwärtsgleiten ließ, und als sich ihre Blicke erneut begegneten, hätte Louisa schwören können, dass

Alex' dunkle Augen ungewöhnlich stark strahlten. Völlig überwältigt von den Gefühlen, die in diesem wunderschönen Moment in ihr tobten, umklammerte sie immer fester seine Hand.

Am Grund des Beckens positionierte sich Alex eine Armlänge vor ihr und deutete ihr an, das Schreibboard zu nehmen. Gleich darauf begann er, etwas aufzuschreiben. Als er Louisa die Tafel zudrehte, hätte sie beim Lesen fast vergessen, weiter zu atmen. *Verzeihst du mir?*

Als sie ihm mit zwei Fingern das Okay-Zeichen beschrieb, war sie sich sicher, dass ihr wild pochendes Herz Wellen verursachte.

Nun war sie an der Reihe. Doch verflixt! Wie gingen noch die übrigen Zeichen? In Louisas Kopf herrschte ein heilloses Chaos. In ihrer Not malte sie ein großes Herz auf das Board und hielt es Alex zögerlich hin.

Sie hätte schwören können, dass er unter seiner Maske lachte. Als er dann auch noch mit seinen schönen langen Fingern riesige Os formte, dann ebenfalls ein Herz aufmalte und ihr das Zeichen für große Gefahr andeutete, fühlte sie sich wie in dem wunderbaren Unterwassertraum, den sie so oft vorher geträumt hatte.

Wenig später standen sie tropfnass am Beckenrand und wussten vor Verlegenheit nicht, was sie sagen sollten. Zum Glück kam Betty nun zu ihnen geeilt.

»Darf ich bekanntmachen? Dr. Alexander Urdenbach, unser Laborchef.« Mit dem Blick auf die völlig verdattert dreinschauende Betty gerichtet, fuhr sie fort: »Und das ist meine beste Freundin, Betty Heiland.«

»Kennen wir uns nicht irgendwoher?«, meinte er zögerlich zu Louisas Freundin. Als er aber sah, wie sie den Mund spitzte und überzeugt feststellte, sie wisse absolut nicht, wo das gewesen sein könnte, ließ er davon ab, weiter nachzuhaken. Stattdessen warf er Louisa ein charmantes Lächeln zu. »Hat es dir gefallen, da unten?«, wollte er nun mit einem spitzbübischen Grinsen wissen.

»Es war der absolute Traum«, bestätigte sie ihm. Dabei lugte sie kurz zu Betty hinüber, um festzustellen, ob sie von dem Unterwasser-Rendezvous etwas mitbekommen hatte. Doch sie schien ein ganz anderes Problem zu haben, denn nach einem kurzen Blick auf die Schwimmbaduhr fragte sie Louisa mit zerknirschter Miene: »Wie lange brauchst du denn noch? Es ist schon nach halb.«

»Warum hast du es denn so eilig?«, fragte sie mit einem bedauernden Blick zu Alex.

»Es ist doch nur, weil du doch mit mir gekommen bist und ich gleich um acht noch eine Verabredung habe«, gab sie zögerlich preis.

»Das ist doch kein Problem. Ich kann dich genauso gut nach Hause bringen. Außerdem könnten wir bei dieser Gelegenheit auch etwas trinken gehen und unsere Reise nach Norwegen besprechen.« Alex warf Louisa einen liebevollen Blick zu.

Betty sah verdutzt von einem zum anderen.

»Na, ihr habt ja ein Tempo drauf. Gerade noch per Sie, und nun verreist ihr schon zusammen.« Dann winkte sie Alex zum Abschied zu und zog Louisa mit zu ihrer Tasche auf der Steinbank. Nachdem sie sich vergewissert hatte, dass sie außer Hörweite waren, platzte sie endlich mit ihrem Wissen heraus: »Mensch, hast du denn nicht mitbekommen, was ich dir die ganze Zeit sagen wollte?«

Louisa schüttelte nichtsahnend den Kopf.

»Das ist er! Mr. Pobody, also der mit der Potternarbe auf seinem Allerwertesten. Der Mann, für den ich ins Wasser gegangen wäre«, hängte sie mit einem besonders dramatischen Tonfall in der Stimme an. Gleich darauf lachte sie polternd in die Schwimmhalle hinein. »Du kannst von Glück reden, dass ich jetzt anderweitig vergeben bin und ich dir dieses Sahneschnittchen großzügig überlassen kann.« Sie schenkte Ihrer Freundin, die sie mit erstaunt geweiteten Augen ansah, ein überaus herzliches Lächeln.

»Kenn ich ihn?«

Betty nickte und sah verschämt zu Boden.

»Es ist Frederic Marlow, dein Chef.«

Völlig sprachlos vor Erstaunen umarmte Louisa ihre Freundin.

»Ich freu mich so für dich. Alles Glück der Erde Euch beiden. Und danke für alles.«

Dann eilte sie hinüber zu Alex, der am Eingang zur Tauchschule mit einem sehnsüchtigen Lächeln auf sie wartete. Kaum war die Tür hinter ihnen ins Schloss gefallen, zog er sie seufzend in seine Arme und schenkte ihr einen Kuss, der den Beginn einer wunderbar liebevollen Beziehung einläutete.

Schlussworte von Ulla B. Müller

Liebe Leserinnen, liebe Leser,

wenn Ihnen die Geschichte über Louisas »nassen« Weg ins Liebesglück gefallen hat, dann empfehlen Sie »Liebe, Drugs und Neopren« doch weiter. Es würde mich auch sehr freuen, ihre Gedanken zum Buch in Form einer Rezension auf Amazon zu erfahren.

Der direkte Kontakt zu meinen Lesern ist mir wichtig. Schreiben Sie mir bitte unter kgursulamueller@web.de, was Ihnen an dem Roman gefallen oder was Sie gestört hat. Für Anregungen und Kritik bin ich stets dankbar.

Mehr über mich und meine Bücher finden Sie auf meiner Homepage http://www.ullabmueller.de Hier können Sie auch meinen exklusiven **Newsletter** abonnieren.

Bitte besuchen Sie mich auch auf Facebook und Instagram.

Ich bedanke mich bei …

… meiner lieben Lektorin Barbara Frank für die Akribie beim Prüfen des Manuskripts und ihre Geduld mit mir.

… meinen Testlesern für ihr empfindliches Fehlernäschen.

… meinem Mann für seine professionelle IT-Unterstützung.

… meiner Familie für alle nützlichen Tipps und die gelassene Einstellung zu ihrer Writing-Mum, frei nach dem Motto: Sie ist beschäftigt und wir haben unsere Ruhe.

Herzlichst
Ihre Ulla B. Müller

Weitere Romane von Ulla B. Müller

Der Rollenkavalier

Mobbic Walking

Ein Landhaus zum Verlieben Teil 1

Ein Landhaus zum Verlieben Teil 2

Lieb gewonnen

Er liebt uns, er liebt uns nicht

Alle Bücher sind als E-Book(Amazon) und Taschenbuch erhältlich.